도둑맞은 자전거

우밍이 장편소설 — 허유영 옮김

Wu Ming-Yi

도둑맞은 자전거

單 車 失 竊 記

비채

자전거 부품 명칭

1915 BSA Territorial 'Modele de Luxe 1A'

1915 BSA 테러토리얼 '호화 모델 1A'

① 브레이크레버   ⑥ 앞포크   ⑪ 밸브   ⑯ 뒷흙받기
② 그립   ⑦ 타이어   ⑫ 다운튜브   ⑰ 뒷브레이크
③ 핸들바   ⑧ 림   ⑬ 크랭크   ⑱ 짐받이
④ 앞흙받기   ⑨ 스포크   ⑭ 페달   ⑲ 안장
⑤ 앞브레이크   ⑩ 허브   ⑮ 체인커버   ⑳ 톱튜브

차례

당신에게 그날 새벽의 이야기를 들려줘야 할 것 같다. 이야기는 할 때마다 매번 새로운 의미가 생겨나는 법이니까. 우선 지평선 위로 올라온 여명을 서서히 움직여 대지에 펼쳐놓는다. 나무, 마을, 집, 초등학교, 갖가지 색이 이어진 논밭, 해풍에 출렁이는 작은 어선이 바둑알처럼 풍경 속 점점이 놓여 있다.

마을 민가의 굴뚝에선 연기가 피어오르지 않고 공기는 달큰하다. 들판은 지난밤 내린 비에 벼 줄기가 말끔히 씻긴 듯 깨끗하다. 이곳에 서서 바라보면 시선 끝자락엔 조용하고 소박하며 아련한 그리움이 드는 반농반어촌이 보일 것이다.

마을 너머에는 백사장과 바다가 있다.

바닷소리에는 버려진 쓸쓸함이 묻어 있다. 바람을 타고 온 바닷소리가 마을을 지나 이쪽 논까지 올라와 벼 위에 파도 무늬를 그리고, 희붐한 새벽빛 아래 막 나기 시작한 이삭이 살짝 부푼

알갱이의 윤곽을 드러낸다. 멀리서 보면 왠지 모를 불안감이 들
만큼 조용한 마을이다.

해오라기가 드문드문 무리 지어 둥지로 돌아가고, 일찍 일어
난 새는 조잘조잘 지저귄다. 멀리 논두렁 위에 나타난 검은 점
몇 개가 점점 가까워지며 커진다. 달려오는 아이들이다. 하나같
이 짧은 머리에 모두 바지를 입었는데 가까워지고 보니 남자아
이 하나에 여자아이 셋이다.

남자아이는 까무잡잡한 얼굴에 이목구비는 별다른 특징이 없
지만 손과 발이 크다. 여자아이 둘은 쌍둥이인 듯 생김새와 피부
색이 똑같고, 달릴 때 양 볼이 흔들리는 것이나 숨이 차서 헐떡
이는 모습까지 똑같다. 하지만 자세히 보니 한 아이는 당장 해야
할 일이 있기라도 한 양 한달음에 달려오는데, 다른 아이는 살짝
안짱다리다. 아, 제일 눈에 띄는 것은 뒤에 있는 아이의 웃지 않
을 때에도 쏙 들어간 보조개다. 제일 어린 듯 맨 뒤에 처져서 따
라오는 키 작은 여자아이는 다른 아이들이 자기만 떼어놓고 가
버릴까 겁이 난 듯 있는 힘을 다해 달린다. 아이들의 옷은 모두
조금 낡고 제 몸보다 훨씬 크지만 깨끗한 편이다.

아이들은 십자 모양으로 교차하는 논두렁 중간까지 달려가서
는 둥글게 서서 무슨 모의를 하는 것 같더니 별안간 각자 다른
방향으로 뿔뿔이 흩어져 뛰기 시작한다. 그리고 잠시 후 땅으로
급강하한 종다리처럼 논 사이로 사라져 이내 모습을 감춘다.

"야!" 아이들이 여기저기서 소리친다. 허공을 찌를 듯 솟구쳐

오르는 아이들의 목소리에 잔뜩 신이 나 있다.

논바닥에 웅크린 아이들은 보이지 않고, 논 가장자리에서 허수아비 네 개가 번쩍 들어 올려지더니 천천히 흔들린다. 참새를 쫓는 것. 이것이 바로 오늘 아이들이 할 일이다. 이미 망종 무렵. 조금 더 있으면 가을걷이가 시작될 것이다. 그 전에 참새들이 이삭을 쪼아 먹지 못하게 해야 한다. 영리한 참새들은 우두커니 서 있기만 하는 허수아비를 무서워하지 않는다. 그들은 금세 속임수를 알아채고는 작고 귀여운 머리통을 기울여 알곡을 먹어치우며 올해 이삭의 맛을 품평한다.

이삭이 영글기 시작해 수확할 수 있을 때까지는 별다른 농사일이 필요하지 않다. 그래서 마을 농부들은 제일 어린 아이들을 시켜 허수아비를 흔들게 하고, 남자들은 바다에 나가 고기를 잡고 여자들은 텃밭에 채소를 심는다. 이렇게 분업이 이루어져야 그나마 가족의 생계를 유지할 수 있다.

아이들이 논 가운데 쪼그려 앉아 큰 소리로 웃고 떠들면 그 소리가 구수한 벼 냄새를 안고 다른 아이가 숨어 있는 곳까지 전해진다. 한 아이가 제 말을 다 하고 다른 아이의 대답을 기다리지만 한참을 기다려도 바람 소리만 들릴 때가 있다. 반대쪽 논바닥에 웅크린 아이가 까무룩 잠이 든 것이다.

한바탕 재잘대며 떠든 뒤, 보조개 아이가 저만치에 있는 벼 포기에 작은 둥지가 올라앉아 있는 것을 발견했다. 아이는 그것이 날개부채새의 둥지라는 걸 아빠에게 들어 알고 있다. 날개부채새도 벼 이삭을 쪼아 먹을 수 있으므로 아빠가 본다면 둥지를 치워 알을 깨고 아기 새를 죽일 것이다. 악의적인 살생이 아닌, 이삭을 보호하기 위함이다. 둥지를 들여다보니 안에 작디작은 아기 새 몇 마리가 있다. 둥지가 흔들리자 어미가 온 줄 알고 목을 길게 빼고 찍찍거리다가 어미가 아닌 걸 알고 몸을 바짝 움츠린다.

"와, 네 마리야." 보조개 아이는 둥지를 발견했다는 걸 아빠에게 말하지 않기로 했다. 벼 이삭보다는 아기 새에게 더 마음이 가는 나이였다. 아이가 고개를 들어 손에 들고 있는 허수아비를 올려다보았다. 허수아비 때문에 어미 새가 다가오지 못할 것 같아 살금살금 다른 곳으로 옮겨 가기로 했다. 햇빛이 점점 환해지고 먼 하늘이 우르릉우르릉 이상하게 울렸지만, 아이는 그 소리를 듣지 못했다. 고개를 들자 벼 이삭마다 매달린 이슬이 유난히 반짝였다. 아름답지만 조금…… 음…… 이상한 기분이 들었다. 아이는 조금 더 자라야 엄마의 입을 통해 '적막'이라는 단어를 배우게 될 것이다. 다른 아이들이 다 잠든 것 같아 아이도 스르르 잠이 들었다.

얼마나 지났을까, 보조개 아이가 눈을 뜨니 공기에서 이상한 냄새가 났다. 잠에서 깨자 머리가 무겁고 말을 해도 목소리가 들리지 않았다. 목소리가 논바닥의 풀벌레처럼 이리저리 날아다니기만 할 뿐 귓속으로 하나도 들어오지 않았다.

일어나는데 옆에 쓰러져 있는 허수아비가 발에 챘다. 논두렁으로 올라가 보니 푸르던 지평선이 군데군데 삽으로 퍼낸 듯 움푹 파여 있고 납처럼 시커먼 구름이 하늘가를 뒤덮고 있었다. '벌써 밤인가?' 아이는 생각했다.

그럴 리 없다. 잠깐 자고 일어났을 뿐인데. 친구들 이름을 큰 소리로 불렀지만 대답이 없었다. 아무 소리도 나지 않았다. 애매미 소리도, 개구리 소리도 나지 않았다. 누군가 그들의 입을 틀어막고 데려가버린 것처럼. 다른 여자아이가 있는 논에 가보려 했지만 낯설고 험악하게 변해버린 들판이 무서워 발이 떨어지지 않았다. 덜컥 겁이 났지만 아이는 무작정 논두렁과 논두렁 사이를 달리기 시작했다. 뺨엔 여전히 보조개를 달고, 자기가 달리고 있다는 것도 깨닫지 못한 채로. 이 길이 아까 달려온 그 길이 맞나? 정말?

'마을로 돌아가. 어서 빨리.' 머릿속에서 어떤 목소리가 외쳤다. 엄마가 한 말이었다. 무슨 일이 생기면 곧장 마을로 달려가 어른을 찾으라고, 엄마는 몇 번이나 말했었다. 그 생각이 들자 갑자기 마음이 급해져 넘어지고 말았다. 버둥대며 몸을 일으키는데 눈앞에 까만 자전차가 보였다. 자전차에 발이 걸려 넘어진 모양이었다. 아이는 자전차를 탄 일본 순사가 사람을 쫓는 걸 본 적이 있었다. 아주 빨랐다. 그걸 타고 가면 마을까지 빨리 갈 수 있을 것 같았다.

"어서 돌아가!" 시커멓게 타버린 허수아비가 말했다.

"어서 돌아가!" 하늘을 나는 황로가 말했다.

"어서 돌아가!" 고랑에 흐르는 물이 말했다.

커다란 자전차는 아이에게 철마鐵馬와 같았다. 하지만 이곳에 한순간도 더 있기 싫은 마음에 어디서 나왔는지 모를 힘이 솟았다. 자전차 핸들바를 잡고 일으킨 다음 훅 하고 숨을 뱉으며 자전차를 앞으로 밀기 시작했다. 허브, 바퀴축, 체인, 자전차가 아이의 발을 따라 천천히 달리기 시작했다. 찰카당찰카당, 찰카당찰카당. 아이는 키가 작아 안장에 올라탈 수 없고, 안장에 앉는다 해도 페달에 발이 닿지 않겠지만 순간 아이의 몸속에서 동물적인 직감이 솟구쳤다. 한쪽 다리를 톱튜브와 다운튜브 사이에 넣으면 오른쪽 페달을 밟을 수 있다. 아이들 사이에서 '산카쿠노리', 즉 삼각 타기라고 불리는 방법이었다.

후! 하! 후! 하! 자전차가 달리기 시작했다. 후! 마을로 돌아가! 하! 어서 빨리! 후!

하늘에서 검은 비가 내리기 시작했다. 아니, 자세히 보니 물체가 불에 타면서 생긴 미세한 알갱이가 모인 검은 안개였다. 그것들이 햇빛을 가려 검은 망사가 사방을 뒤덮은 것 같았다. 비처럼 보이지만 진짜 비가 아니었다.

1. 우리 가족이 잃어버린 철마들

내가 들려줄 이야기는 자전거에서 시작된다. 아니, 더 정확히 말하면 도둑맞은 자전거에서 시작된다. "철마가 우리 가족의 운명을 바꿔놨어." 어머니는 툭하면 이렇게 말했다. 어머니는 신역사주의자다. 어머니의 기억 속에는 위대한 인물도, 영웅도, 진주만 폭격도 없다. 어머니가 기억하는 건 자전거를 잃어버린 것 같은 잡다한 이야기뿐이다. 어머니가 대만 방언으로 '운명'이라고 말할 때마다 나는 이 언어에 아직도 '운'을 '명'보다 앞세우는 서민의 신념이 보존되어 있다는 사실을 상기하곤 한다.*

이따금 나를 자전거 마니아라고 할 수 있을지 스스로 묻곤 한다. 그럴 수는 없을 것이다. 나는 자전거 타기를 열렬히 좋아하지 않지만 싫어하지도 않는다. 정확히 말하면 나는 자전거의 어

---

* 대만에서 '운명'을 뜻하는 단어는 '명운命運'으로 '운'보다 '명'을 앞에 둔다.

떤 점을 좋아하지만, 또 어떤 점은 용납할 수 없다. 우선 자전거의 단순한 형태가 좋다. 삼각형 프레임에 앞뒤로 두 개의 둥근 원이 달린 형태 말이다. 사슬의 힘만으로 지치지 않고 돌아가는 두 개의 바퀴가 거리, 숲속, 오솔길, 호숫가를 누비는 것보다 더 아름다운 장면이 세상에 있을까? 하지만 자전거를 타고 장거리를 달린 뒤에 느껴지는 엉덩이의 뻐근한 통증이 싫고, 사이클 고글과 선수용 사이클복을 빼입고 우쭐대지만 완만한 경사의 양 더대로조차 오르지 못해 비싼 자전거를 길가에 세워놓고, 배를 불뚝 내밀어 자랑하는 사이클족을 혐오한다. 길에서 그런 사람을 볼 때마다 그들의 자전거 체인이 빠지고 타이어가 펑크 나고 스포크가 부러지길 바란다.

가끔 내가 정말 좋아하는 건 자전거 타는 일이 아니라는 생각이 든다. 처음 미쇼 부자에 의해 '발판이 달린 빠른 발'이라고 만들어졌다 나중에 피에르 랄레망에 의해 'bicycle'('둘'을 뜻하는 라틴어 'bi'와 '원'을 의미하는 그리스어 'kyklos'를 합친 말)로 개조된 이 단어와, 이 단어와 관련된 일을 좋아하는 것이 아닐까 싶다.

언제부턴지 모르지만 다른 언어를 쓰는 사람을 만나면 그의 언어로 '자오타처'*를 뭐라고 부르는지 물어보곤 한다. Bike, velo, cykel, 자전거, велосипед, jizdni kolo⋯⋯. 할 줄 아는 언어는 2종뿐이지만 자전거라는 단어만큼은 36종의 언어로 말할 수 있다. 자전거에 한해서는 다중언어 구사자인 셈이다.

---

* '자전거'를 뜻하는 단어로 주로 대만에서 사용한다.

16

내 성장 과정을 돌이켜보건대 자전거라는 단어는 지역성을 갖고 있다. 자전거를 자전차라고 부르는 사람은 일본 교육을 받았을 것이고, 철마나 공명차라 부르는 사람은 민남어* 사용자일 것이며, 단차나 자행차라고 부른다면 중국 남부에서 온 사람일 가능성이 크다. 다만 지금은 이 단어들이 혼용되고 있어 이것만으로는 지역을 식별할 수 없다.

나는 어머니가 민남어로 공명차와 철마를 말할 때의 발음을 제일 좋아한다.**

특히 철마라는 단어가 아름답다고 느낀다. 자연과 인력이 결합된 단어이기 때문이다. 조물주가 흙에 묻어둔 철을 함유한 광석을 인간이 캐내 검은 탄소강으로 바꾼 뒤 다시 말의 형태로 가공하는 과정을 상상해보라. 하지만 이 세상에선 종종 아름다운 것이 아름답지 않은 것으로 대체되곤 한다. 나는 철마라는 단어가 단차나 자행차로 바뀐 것을 어리석은 문화 퇴보라고 생각한다.

자전거라는 개체의 독특함도 날 매료했다. 자전거는 만들어진 시대에 따라 그 시대만의 것이 된다. 자전거를 기준으로 역사서를 집필할 수도 있을 것 같다. 역사서 제일 앞에는 대표적인 자전거 기종을 기원으로 삼아 시대를 구분한 연표가 실릴 것이다. 예를 들면 후지패왕호 원년, 케넷베스트호 원년, 행복표 내장기어3단 로드바이크 원년 등. 나를 유물사관론자라고 부를 수

---

* 중국 푸젠 성과 대만에서 쓰는 방언.
** 민남어로 공명차와 철마는 각각 '콩빙차'와 '티빼'라고 읽는다.

도 있겠지만, 자전거가 있는 세상과 없는 세상은 진화부터 다를
수밖에 없다.

앞에서 말했듯 우리 가족의 이야기를 하려면 도둑맞은 자전
거 이야기부터 시작해야 한다. 첫 시작은 메이지 38년인 1905년
일 것이다.

당신이 역사를 조금 안다면 그해 1월 뤼순항에 백오십칠 일
간 포위되어 있던 러시아군이 일본군에 투항하고, 그로부터 한
달 뒤 이 전쟁의 마지막 전투인 봉천회전이 발발했다는 걸 알고
있을 것이다. 어쩌면 그 전투에서 일본이 거둔 승리가 일본의 군
사적 야심을 비뚤어진 길로 인도한 걸지도 모른다. 그로부터 얼
마 뒤, 인도 캉그라에 진도 8.6의 대지진이 발생해 1만 9천 명이
사망했고 쑨원은 동맹회를 창설했다. 거의 같은 시기에 대영제
국은 거포로 중무장한 드레드노트에 용골을 설치함으로써 현대
전함의 새 시대를 열었고 프리츠 샤우딘은 무수히 많은 이를 고
통스럽게 한 암흑의 질병, 매독의 병원체를 발견했다.

바로 그해에 나의 외할아버지가 태어났다.

외할아버지의 출생은 역사적인 사건도 아니고, 당연히 어떤
신문에도 실리지 않았지만 어머니는 외할아버지의 생일을 신문
한 장과 고집스럽게 연관지었다. 아니, 자전차 한 대와 연관 지
었다 해도 좋다. 어머니 얘기에 따르면, 외할아버지는 철들 무렵
부터 이삭이나 세간을 실어 나를 수 있고, 장래에 해산이 임박한
아내를 진鎭에 있는 병원까지 태워 갈 수도 있는 자전차 한 대를

갖고 싶은 꿈이 있었다. 그것은 외할아버지 일생을 통틀어 꼭 이루고 싶은 소망이었다. 지금 보면 더할 나위 없이 소박해 보이는 이 소망은 오래된 신문 한 장에서 시작됐다. 바로 메이지 38년 양력 9월 27일자 〈대만일일신보〉다.

외증조부는 까막눈이었다. 그에게 있어 그날의 신문은 진에서 생선을 팔던 중 우연히 주워 자식을 위해 간직해둔 출생 선물이자 아이가 훗날 농부 신세를 벗어나 공무원이 되길 바라는 기대의 상징이었다. 외할아버지는 그 신문을 손수건만 하게 접어 무명천으로 두 겹 감싼 뒤 당시에는 매우 귀했던 깡통 상자에 넣어 보관했고, 진에서 글자를 아는 선생을 찾아가 실려 있는 기사를 읽어달라고 하기도 했다. 그래서 외할아버지는 자신이 태어난 날 무슨 일이 있었는지 잘 알고 있었다. 어머니가 그 누리끼리하고 바삭거리는 신문을 처음 본 날, 외할아버지는 오른쪽 하단 모서리에 실린 아주 짧은 기사를 가리키며 그게 당신에게 아주 중요한 기사라고 했다. '자전自轉하는 자전차'라는 제목을 가진 기사의 내용은 이랬다. 타이난에 사는 옌전성이라는 명의가 자전차를 타고 왕진을 갔다가 환자 집에 도착하자마자 급하게 자전차에서 내려 집으로 들어갔다. 자전차를 밖에 세워둔 것이 불안했던 환자가 하인을 불러 자전차를 집 안으로 들여다 놓으라고 시켰는데 나가 보니 이미 '어디론가 날아간 참새'처럼 누군가 훔쳐 간 뒤였다.

일치시기 서민사를 연구한 사람이라면 알고 있겠지만 당시 자전차 한 대는 지금의 벤츠 한 대, 아니 집 한 채와 맞먹는 큰 재산이었다. 때문에 자전차를 도둑맞은 것은 신문에 실릴 만큼 중대한 사건이었다. 하지만 외할아버지는 이 절도 기사 하나 때문에 평생을 이렇게 탄식했다. "내가 태어나던 해에 어떤 사람은 벌써 철마를 도둑맞았어. 그게 너무 부러워."

외할아버지는 1945년에 돌아가셨다. 세계대전이 끝난 바로 그해에. 한창때의 장년이었는데……. 외할아버지의 죽음 역시 도둑맞은 자전차 때문이었지만, 그 자전차도 외할아버지 것은 아니었다. 외할아버지는 평생토록 자전차를 소유해보지 못했다. 일생의 염원을 이루지 못한 채 돌아가신 것이다. 다행히 외할머니가 낳은 아홉 아이는 모두 같은 마을에 사는 산파가 받아주었고 모두 무럭무럭 자랐지만, 가난한 데다 가장까지 잃은 농민 가정에게 이것은 사실 불행이나 다름없었다.

물론 당신이 내 어머니와 오래 얘기를 나눈다면 우리 가족이 도둑맞은 세 번째 자전거와 다섯째 누나에 관한 이야기를 들을 수 있을 것이다. 그 자전거는 아버지 것이었다. 제조사도 모델명도 알 수 없는 그것이 아버지의 첫 번째 자전거였다.

아버지는 양복을 만드는 사람이었고 나중에는 청바지도 함께 팔았다. 어머니는 양복 만드는 일이 아버지 성격에 잘 맞는다고 했다. 아버지는 '반벙어리'였기 때문이다. 아버지는 가위와 옷본, 바늘과 실만 있으면 종일 한마디도 하지 않을 수 있었다. 사각사각 소리를 내며 물 흐르듯 옷감 위를 미끄러지는 가위 소리와, 광산의 석탄 수레처럼 궤도를 오가는 재봉틀 소리만 이어졌다. 어머니는 자연히 시침질하는 여공 역할을 맡았다. 어머니의 예쁜 눈은 긴 세월 옷감에 찍힌 점만 응시한 탓에 늘 꿈을 꾸는 것 같았다.

아버지와 어머니는 딸만 내리 다섯을 낳았다. 가난보다도 아들이 없다는 사실이 아버지를 더 절망케 했다. 밤늦도록 일을 하는 날이면 아버지는 어머니에게 다섯째 딸을 차라리 시골 사는 먼 친척에게 보내는 게 '더 좋은 팔자'로 사는 방법이지 않겠느냐고 말했다. 당초 넷째 딸이 태어났을 때 부부는 다섯 번째 아이에게 도박을 걸었었다. 만약 아들이면 자식을 그만 낳고, 딸이면 먼 친척에게 보낸 뒤 여섯째를 낳기로 했다. 어머니는 '운명'이 자신을 그토록 농락할 리 없다는 생각에 아버지 제안에 동의했다. 하지만 다섯째도 딸이었다. 늘 운명에 순응하던 어머니가 유일하게 그 일만은 완강히 반대했고, 아버지 역시 떨치지 못한 죄책감에 끝까지 고집을 부리지 않았다.

낮 시간 동안 부모님은 더 부지런히 일했지만 하루에 만들 수 있는 셔츠와 양복의 양은 정해져 있었다. 그때는 값싼 양복을 맞출 때도 일일이 치수를 재고 옷본을 뜨고 가봉한 뒤 수정까지 해야 했기 때문에 양복 한 벌 만드는 데 몇 주가 걸렸다. 어머니는 궁여지책으로 의류 공장에서 일감을 받아다가 집에서 부업을 했다. 큰누나가 말하기로 어머니가 한창 주머니 꿰매는 부업을 할 때는 똑같은 모양의 주머니가 집에 산더미처럼 쌓여 있었다. 밤이 되면 부부는 아들을 낳겠다는 희망을 버리지 않았다. 더는 딸을 낳고 싶지 않다는 다짐을 담아 다섯째 딸에게 '만滿' 자가 들어간 이름을 지어주었다. 딸은 이미 충분하다는 뜻이었다.

하지만 '운명'의 의의는 누구도 장담할 수 없는 불확실성과 인간의 모든 다짐이 부질없음을 증명하는 데 있다. 일 년 뒤 어머니는 형을 낳았다. 입이 하나 늘어나니 살림은 점점 더 막다른 길로 몰렸다. 여섯째로 아들이 태어나자 부부의 운명에서 딸아이 하나는 불필요한 '덤'이 되었다.

그날 아침 아버지는 다섯째 누나를 안고 조용히 타이베이 역으로 향했다. 첫 기차를 타고 아직 아이가 없는 시골 먼 친척에게 데려다줄 요량이었다. 전날 밤 묽은 미음으로 겨우 허기만 달랜 다섯째 누나는 대바구니 안에서 곤히 자고 있었다. 초여름의 태양은 이미 떠오르고, 도시에는 분주한 소음이 일기 시작한 참이었다. 아침 일찍 형을 업고 장을 보러 간 어머니는 지갑 속 몇 푼 안 되는 돈 때문에 다리가 시큰거리게 돌아다니고도 찬거리를 얼마 사지 못했다. 어머니가 힘없이 집에 돌아왔을 때 큰누나는 넷째 누나를 업고 물을 끓이고 있고, 둘째 누나는 쌀을 씻고 셋째 누나는 부엌 창을 닦고 있었다. 형은 어머니 등에 업혀 오는 내내 떼를 쓰며 울어대는 바람에 훗날 그의 인생처럼 주위 사람을 괴롭게 했다.

어머니는 어미의 직감으로 다섯째 딸의 부재를 대번에 알아차렸다. 큰누나에게 묻자 아버지가 데리고 나갔다고 했다. 여러 날 밤 나누었던 대화가 뇌리를 스치자마자 어머니는 "큰일 났네!" 하고 외치며 밖으로 뛰어나갔다. 형을 업고 달려서는 첫 기차 시간에 맞게 도착할 수 없었다. 어머니는 다시 집으로 들어가 큰누나에게 형을 맡기고 서랍에서 열쇠를 꺼내, 아버지가 매일 기름칠하는 자전거 자물쇠를 열었다. 그날 아버지가 어째서 다섯째 누나를 자전거에 태우지 않고, 품에 안고 걸어서 기차역에 갔는지 아무도 모른다. 망설이는 심정이 은연중에 표출된 것이었을까?

어머니는 그때 태어나 처음이자 마지막으로 자전거를 탔다고 했다(하지만 어머니의 기억은 틀렸다, 진짜 첫 번째는 일부러 숨긴 게 아닐까 싶다). 불가사의하게도 어머니는 단 몇 초 만에 자전거가 달리는 이치를 터득했다. 비 오는 날 모내기를 할 때 밀짚모자를 바람 반대 방향으로 기울이는 법과 아기에게 젖을 물리는 법, 이를 악물고 고통을 참는 법을 저절로 깨쳤던 것처럼 말이다. 자전거를 탄 어머니는 중화상창*의 애愛, 인仁, 효孝, 충忠 동을 가로질러 북문을 지나 우체국을 끼고 오른쪽으로 돈 다음 중샤오둥로를 따라 '기관차'가 있는 곳까지 쉬지 않고 달렸다. 당신이 그때 중샤오둥로의 버스정류장을 지나고 있었다면 젖은 등에 잔꽃무늬 블라우스가 달라붙은, 흰색 치마를 꽃잎처럼 바람에 나부끼며 달리는 어머니를 보았을 것이다(그 블라우스도 아버지가 만들어준 것이었다). 글을 읽지 못하는 어머니는 곧장 매표소로 달려가, 피난민처럼 몰려들어 표를 사려는 인파를 헤치고 들어가서는 매표원에게 Y 진으로 가는 기차가 몇 번 플랫폼에서 몇

---

* 1961년 대만 타이베이에 지어진 상가 건물로 '충, 효, 인, 애, 신信, 의義, 화和, 평平'이라고 이름 붙여진 여덟 개 동이 육교를 통해 하나로 연결되었다. 거의 모든 점포가 상업과 주거의 기능을 동시에 수행해 대형 상가이면서 주거지이기도 했다. 1992년 개발에 따라 철거돼 지금은 볼 수 없다.

시에 출발하느냐고 물었다.

아버지가 어머니를 보았을 때, 처음에는 놀랐고 뒤이어 눈동자에 후회가 차올랐으며 그다음은 성난 한숨을 게워낸 뒤, 자기 운명이 고비를 넘겼음을 문득 직감하고 으앙 울음을 터뜨린 다섯째 누나를 어머니에게 내어주었다고 한다. 그 후 아버지는 여느 때처럼 말 한마디 없이 뒷짐을 지고 역을 빠져나갔고 어머니는 조용히 종종걸음으로 아버지 뒤를 따랐다. 그러다 아버지는 화가 나서 성큼성큼 걸었고 어머니는 아버지를 놓칠세라 거의 뛰듯이 걸었다. 어머니는 자신이 자전거를 타고 왔다는 사실도 까맣게 잊었고, 그 바람에 작은 양복점의 몇 달 수입과 맞먹는 자전거를 잃어버리고 말았다.

아버지가 그 일에 대해 어떻게 생각했는지는 아무도 모른다. 아버지는 평생 자기 생각을 입 밖에 낸 적이 없다. 신문을 보아도 세상 돌아가는 일에 대해 논하지 않았고, 옛이야기도 하지 않았으며 어머니가 옛일을 얘기할 때 거든 적도 없다. 마치 인생을 누군가에게 팔아버려 과거의 모든 것과 무관한 사람 같았다.

나는 지금도 시간의 구체성과 추상성에 대해 사색할 때마다 그 사건을 떠올린다. 시간을 선형적 흐름으로 본다면 기차는 일분 연착되었고 어머니는 뛰어가는 대신 자전거를 탄 덕분에 이십 분의 시간을 단축했다. 그리고 그 이십일 분이 다섯째 누나를 이 집에 머물게 했다. 이것은 우리 가족사의 구체적인 사실이다. 하지만 시간을 추상적 개념으로 본다면 이 이십일 분은 아직 사라지지 않았다. 그 일은 지난 수십 년간 어머니가 다섯째 누나를

24

야단칠 때마다 등장한 소재이자, 온 가족에게 당신의 신산한 삶을 넋두리하는 와중에도 위안으로 삼는 화제 중 하나였다. 이십일 분의 시간과 아버지의 낮게 숙인 시선은 우리 가족이 당시에 얼마나 곤궁하고 처량했는지 보여주는 증거이자 사랑의 증거이다.

다섯째 누나를 밀어내고 대나무 요람에 누워 무슨 일이 일어났는지 전혀 모른 채 잠들어 있던 우리 집 첫째 아들(나의 형이다)은 아버지의 두 번째 자전거를 잃어버리는 데 원인을 제공했다. 그건 십육 년이 지난 뒤의 일이었다.

아버지의 잃어버린 세 번째 자전거는 나와 관련이 있다.

나는 형 누나들과 터울이 많이 지는 집안 막내로 태어났다. 나는 어머니가 더는 아이를 낳지 않기로 결심한 십사 년 뒤 뜻밖에 태어난 늦둥이였다. 그래서 내가 하는 모든 얘기는 직접 겪은 것이 아니라 들은 것이다. 대부분은 어머니에게서 들었고, 누나들이 일부 보충해주었다.

나는 그들의 시대에서 너무 뒤처져 있었다. 내가 태어났을 때 부모님의 시대(두 분 모두 마흔이 넘어서 날 낳았다)는 이미 멀리 있었고, 형 누나들과 비교해도 한 세대나 뒤처져 있었으므로 자리에 선 채 나를 밀어내는 세월을 그저 바라볼 수밖에 없었다. 그들은 툭하면 내게 "옛날 우리 때는 말이야"라는 말로 시작해 중화상창이 이랬고 저랬고 얘기하다가 마지막에는 "넌 몰라" "넌 참 좋은 팔자다"라는 결론으로 끝맺곤 했다. 그럴 때마다 나는 부아가 났다. 나는 왜 부모님의 시대를 경험하지 못한 걸까? 나는 왜 찢어지게 가난한 그 시절, 형 누나들과 함께 중화상창 옥상에서 고무줄놀이를 하지 못한 걸까? 내가 왜 '좋은 팔자'라는 오명을 짊어져야 한단 말인가?

머리가 굵은 뒤 한 가지 방법을 찾아냈다. 그들이 들려주는 얘기를 귀 기울여 듣고 문자를 통해 그 '옛날'을 복원함으로써 그들과 함께 자라고(문자 속에서 나는 어머니와 함께 자라고, 형 누나들과 함께 자란다) 함께 고통을 겪고 함께 즐거워하는 것이다. 아쉬운 점이 있다면 아버지와는 함께 자랄 수 없다는 사실이다. 아버지는 자기 얘기를 거의 하지 않았다. 아버지의 결혼 전 인생은 신비한 소흑인* 마을의 역사처럼 아무것도 없는 공백이다.

그런데 뜻밖에도 그 덕분에 내가 각종 잡지에 글을 기고하고, 가끔 작가로 불리기도 하는 사람이 되었다. 물론 어머니는 처음엔 이 직업을 멸시했고(어머니는 내가 변호사가 되길 바라셨다) 지금은 이 직업을 의심한다(어머니의 관념에서 실체가 있는 무언가를 만들어내지 않고 돈을 받는 사람은 수상한 사람이다).

나는 종종 이런 생각을 한다. 작가는 어떤 직업일까? 인류 스스로 만들어낸 부호체계를 이용해 이야기를 꾸며내고 또 그것으로 이익을 취하는 사람을 사회가 어떻게 용납하는 걸까? 이 직업을 가진 사람은 또 어떻게 단어의 의미를 비틀고 만들고 주조하기에 사람들이 그걸 읽는 순간 감정에 격랑이 일고, 심연으

* 　대만 원주민 신화에 나오는 검고 키가 작은 부족.

로 가라앉고, 형벌을 받듯 괴로워하게 되는 걸까?

솔직히 말해 글 쓰는 사람으로서 내가 가진 가장 기본적인 언어 감수성은 대부분 어머니에게서 왔다. 어머니를 통해 처음으로 언어의 힘을 알았고, 추상적인 어휘의 진정한 의미를 배웠다. 예컨대 '사랑'이라는 단어의 경우, 사전에 실려 있지 않은 용법을 어머니에게 배웠다. 어머니는 아버지의 가난했던 젊은 시절 얘기를 할 때마다 "너희는 몰라, 내가 얼마나 희생을 했는지"라는 말을 주석처럼 달곤 했다. 어머니는 내가 아는 사람 가운데 자기 평가를 가장 많이 하는 사람이다. 자기 인생에 대한 어머니의 평가 중 가장 주된 것은 어머니가 이 가족을 위해 이루 말할 수 없는 '희생'을 했다는 것이다. 그 말에는 그러니까 너희도 그와 동등한 분량의 사랑과 관심을 내게 줘야 한다는 명령이 담겨 있었다.

세월이 한참 흐른 뒤에야 어머니가 말하는 '희생'과 '사랑' 사이엔 등호가 그려져 있다는 걸 어렴풋이 깨달았다. 그건 어머니가 일생 동안 내게 가르쳐준 가장 심오하고 엄숙하며 또 가장 난해한 등식이었다. 어른이 된 후 나는 내가 '사랑'이라는 단어를 입 밖에 내거나 듣는 걸 두려워한다는 사실을 알았다. '사랑'이 등장하면 그와 대칭인 '희생'도 따라서 등장했기 때문이다. 누가 당신을 위해 희생할 때 당신이 기쁨을 느끼지 않듯이, 당신이 타인을 위해 희생한다면 그것 역시 기쁨을 얻기 위함이 아니다. 희생은 사랑의 증명이고, 사랑은 희생의 결과다. 반대로 해도 마찬가지다. 이것이 내가 좀체 "사랑합니다"라는 말을 하지 못하는 이유가 아닐까 한다.

  여덟 살 때의 나로 돌아가보겠다.

  어머니는 내가 여덟 살이 되기 전까지는 키우기 힘든 아이였
다고 했다. 툭하면 젖을 토하고 편식을 하고, 수두와 대상포진을
앓고, 걸핏하면 넘어졌다. 하지만 여덟 살이 지나면서부터 큰잎
용나무(농촌의 들판에 흔히 자라는 용수나무의 한 품종)처럼 튼튼해
졌다.

  여덟 살 때 내가 생리적, 체질적, 심리적으로 완전히 다른 아
이로 바뀌는 계기가 된 두 가지 중요한 사건이 있다. 하나는 죽
음에 관한 일이고, 다른 하나는 생존에 관한 일이다. 아니, 그건
분리할 수 없는 하나의 사건이라고 하는 편이 더 정확하다.

  일곱 살 무렵 초등학교에 입학하면서 혼자 변소에 가는 연습
을 해야 했다. 중화상창에 있는 점포에는 변소가 따로 없어서 모
든 사람이 각 층 양쪽에 있는 공중변소를 이용했다. 남자 변소는
이쪽 끝에, 여자 변소는 저쪽 끝에 있었다.

  처음 남자 변소를 설계한 사람은 누굴까? 문 높이가 140센티
미터밖에 되지 않는 데다가 각목을 얼기설기 못으로 박아 문을
만든 탓에 안에 앉아 있으면 나무 틈새로 비스듬히 밖을 내다볼
수 있었고, 바깥에서도 비스듬한 각도로 내부가 들여다보였다.
변소에 숨어서 몰래 본드 마시는 걸 막기 위한 설계라는 사실을
나중에야 알았다.

  여덟 살 생일날 어머니가 특별히 나를 위해 닭다리 한 개, 집

근처 서양식 제과점에서 파는 12분의 1짜리 조각 케이크, 요구르트 한 병을 사 왔다. 초는 없었지만 형 누나들이 불러주는 생일 축하 노래를 들은 뒤 기분 좋게 다 먹어치웠다. 그런데 얼마 되지 않아 심한 복통이 시작됐다.

물론 나 혼자 남자 변소에 가야 했다. 초등학교에 막 입학했을 때 어머니는 이렇게 큰 녀석이 여자 변소에 가면 '고추 떨어진 놈'이라고 놀림받을 거라고 했다.

그런데 '고추 떨어진 놈'이 되는 것도 창피하지만 내겐 그보다 더 두려운 일이 있었다. 나는 혼자 변소에 가길 싫어하는 중요한 이유를 부모님에게 말하고 싶지 않았다. 그러니까, 내가 처음 변소에 혼자 갔던 날 목격한, 그때의 나로서는 도무지 이해할 수 없던 그 일. 그 일이 있고 내겐 용변을 참는 습관이 생겼다. 대변을 꼬박 이레 동안 참은 것이 최장 기록이다.

처음 변소 가는 '연습'을 할 때는 누나가 문밖을 지키고 있었다. 하지만 누나도 차츰 어머니가 시키는 대로 나를 혼자 변소에 보냈다. 용기를 내서 화장지를 꼭 쥐고 공중변소에 간 어느 날, 나는 늘 그랬듯 제일 덜 지저분한 칸을 골랐다. 하필이면 제일 안쪽에 있었다. 쪼그리고 앉은 지 얼마 되지 않아 낯선 그림자 하나가 변소로 들어왔다. 무늬 있는 셔츠를 입은 중년 남자였다. 그가 나와 정면으로 마주 보는 소변기 앞에 섰다. 그의 엉덩이가 보였고 그가 지퍼 내리는 걸 보았다. 얼마 안 돼서 녹색 재킷을 입은 사람이 들어왔다. 그가 먼저 들어온 남자와 흘긋 눈을 마주치는 듯하더니(그들의 얼굴은 각목에 가려 보이지 않았다) 쪼그려

앉아 열린 지퍼 틈으로 발기되어 솟아오른, 어린아이는 상상도 할 수 없는 검은 음모가 덥수룩하게 자란 페니스를 빨기 시작했다.

일곱 살인가 일곱 살 반이었던 나는 그걸 볼 수밖에 없었고 어떻게 하면 좋을지 아무 생각도 나지 않았다. 일어나서 물을 내리고 밖으로 나갈 용기도 없었고, 내가 눈을 감을 수 있다는 사실도 잊어버렸다. 그날 집에 오자마자 아프기 시작했다. 이틀 동안 원인 모를 고열에 시달렸고 일주일 동안 변을 누지 못했다.

처음엔 그게 우연히 마주친 사건이라고 생각했다. 매번 그런 일이 있을 수는 없다고 말이다. 하지만 똑같은 '우연'을 연달아 몇 번 더 마주쳤다. 나중에 생각해보니 그들이 일부러 내가 변소에 들어가길 기다렸다가 뒤따라 들어와 내게 그걸 '보여준' 것 같다. 그렇다. 그들은 일곱 살에서 일곱 살 반밖에 안 된 내게 일부러 그걸 보여줬다. 각목에 가려진 얼굴이 내 쪽을 몇 번 흘긋거리는 걸 느낄 수 있었고, 내 상상 속 두 남자는 입가에 음흉한 웃음을 걸고 있었다.

그 뒤로 남자 변소에 가는 것은 내게 혹형과도 같은 일이 되었다. 어머니가 변소에 다녀오라고 재촉할 때마다 화장지를 쥐고 육교로 달려가서는 대변을 다 볼 정도의 시간이 되면 화장지를 육교 쓰레기통에 버리고 집으로 돌아왔다.

내가 닭다리 한 개, 12분의 1짜리 초콜릿 조각 케이크, 요구르트 한 병을 먹고 배탈이 났던 생일날, 변소에 들어온 남자는 그전에 한 번도 본 적 없는 사람이었다. 그는 회색 나팔바지(당시 유행했던 아래로 갈수록 통이 넓어지는 바지)와 마찬가지로 당시 유행이던 하와이 셔츠를 입고 있었다. 그가 소변을 다 보고도 나가지 않자 불길한 기분이 들었다. 그런데 예상과 달리 다른 사람은 들어오지 않았다.

하와이 셔츠를 입은 남자가 몸을 돌려 내 쪽 칸을 보았다.

문에 가려 여전히 그의 얼굴이 잘 보이지 않았지만, 각목에 이등분된 그의 페니스가 나를 향해 다가오는 것이 보였다.

하와이 셔츠의 남자가 쭈그려 앉더니 눈두덩이 두툼하고 약간 기이할 정도로 가늘고 긴 두 눈으로 나를 보며 말했다. "넌 마흔다섯 살까지밖에 못 살 거야." 그의 말투는 마치 내 머리를 쓰다듬으며 "꼬마야, 안녕?" 하고 말하는 듯 평온했다.

그날 이후 나는 또 며칠 동안 고열에 시달렸다. 그때의 내게 마흔다섯 살이란 나이는 화성만큼이나 멀었지만, 그 남자의 눈과 웃음 앞에서 느낀 감정은 태어나 한 번도 느낀 적 없는 것이었다. 마치 살갗 밑 어딘가에서 차디찬 바늘이 핏줄을 타고 돌아다니다가 심장에 꽂히는 느낌이랄까. 나는 사흘 동안 열이 펄펄 끓고 정신이 혼미한 상태로 계속 헛소리를 했다. 오랜 세월이 흐른 뒤에도 어머니는 종종 그 일을 떠올리며 내 인생에 생명의 은인이 둘 있는데 개장성왕*과 의사 린 선생님이라고 입버릇처럼 말했다.

---

*   장저우 사람들의 수호신으로 당나라 때 중국 푸젠 일대를 개발하는 공을 세운 관리 진광화를 가리킨다. 푸젠 사람들이 대만으로 이주하면서 대만에도 사당이 세워졌다.

고열이 시작되고 이틀 동안 부모님은 나를 병원에 데리고 가지 않았다. 비싼 병원비 때문이었다. 아버지는 중화상창 신 동에 있는 약국에서 약을 사다가 초장에 병을 잡아보려 했고, 어머니는 성왕공*사당에서 부적을 받아다가 부적 태운 물**을 내게 먹였다.

겨우 한 사람이 지나다닐 수 있을 만큼의 좁은 통로에, 슈퍼처럼 약이 빼곡히 쌓여 있던 약국을 나는 아직도 기억하고 있다. 증상을 얘기하면 두꺼운 돋보기안경을 쓴, 두상의 가장자리에만 머리카락이 성글게 남아 있는 주인아저씨가 약을 지어주었다. 하지만 중화상창 주민들은 한 번도 그에게 약사 자격증을 보여달라고 한 적이 없었다. 자신만만하고 차분한 표정으로 약병을 집어 들고 알약을 자르르 쏟은 뒤 능숙하게 약을 짓는 모습은 그에게 검증도 필요 없는 의술이 있다고 믿기에 충분했다.

그때 정식으로 의사의 진료를 받으려면 사대문*** 밖으로 나가야 했다. 아버지는 자전거를 타고 인, 효, 충 동(여기쯤 오면 아버지가 고개를 돌려 "여기가 번딩****이다"라고 말했다), 북문(어머니가 다섯째 누나를 찾아 달려가던 길과 여기서 나누어진다)을 가로지르고 회전식 교차로를 지나 융러딩, 타이베이딩으로 접어든 뒤

---

* 　개장성왕의 다른 이름.
** 　도교 신앙 중 질병을 치료하는 의식의 일종으로 부적을 태워 재로 만든 뒤 물을 붓거나, 부적과 물을 같이 끓이는 방식이 있다.
*** 　청나라 때 타이베이에 1.4제곱킬로미터 면적을 둘러 성곽을 짓고 동서남북에 각각 경복문, 보성문, 여정문, 숭은문을 두었다.
**** 일치시기의 행정구역 명칭. 지금의 타이베이 시 중정 구.

타이베이대교까지 달렸다. 이때쯤이면 아버지의 러닝셔츠는 이미 절반쯤 몸에 달라붙고, 등나무로 된 앞 안장에 앉아 있는 나도 아버지에게서 나는 후끈한 열기를 느낄 수 있었다.

시먼딩에 작은 병원이 없기 때문이 아니라 아버지가 유일하게 믿는 소아과 의사 선생님이 따로 있었기 때문이다. 그 의사 선생님은 큰누나부터 나까지 우리 집 일곱 아이를 모두 진료해 주었다. 심지어 누나들이 낳은 아이들도 대부분 태어나 다 자랄 때까지 그 병원에 다녔다. 우리 집 주치의라고 해도 과언이 아니다. 지금까지도 커펑셰*가 듣지 않으면 어머니는 꼭 그 소아과 의원을 찾아간다.

소아과 의원의 인테리어는 예나 지금이나 바뀐 게 없다. 모자이크 무늬의 유리문을 열고 들어가면 진료 대기실의 긴 복도가 보이고 벽을 따라 긴 의자가 놓여 있다. 접수를 하고 약을 받는 창구는 반원형의 구멍이 뚫린 불투명 유리로 되어 있다. 제일 처음에 있던 간호사는 체구가 왜소하고 우울한 분위기를 풍기는 중년 남자였다. 나는 그가 물약을 탈 때마다 호기심 어린 눈으로 구경했다. 그는 가루약을 작은 플라스틱 병에 넣고 온수를 담은 뒤, 음악을 듣는 것처럼 병을 귓가로 가져가 빠르게 흔들어 물약이 연분홍색이 될 때까지 섞었다.

그런 다음 오블라투에 내 이름을 썼는데 글씨가 교각처럼 근사했다(미안하지만 그때 내가 생각해낼 수 있는 비유가 이것뿐이었다,

---

*   오랜 전통을 가진 대만의 종합 감기약.

병원이 커다란 다리 옆길에 있었기 때문이다). 그는 '1일 3회, 식후 한 눈금'이라고 쓴 다음, 잘 보이지도 않을 만큼 빠른 동작으로 풀 묻힌 펜대를 이용해 얇디얇은 오블라투를 플라스틱 병에 붙였다. 오블라투에는 단정한 해서체로 '타이베이대교소아과'라고 적혀 있었다.

어머니는 내가 유일하게 그 병원에서만 울거나 떼쓰지 않고 린 선생님이 항문에 해열제를 넣도록 허락해주었다고 했다. 변소에서의 그 일이 있고 사흘째 되던 날 밤, 아버지가 내 입에서 빼낸 수은체온계가 41도를 가리켰다. 무척 위험한 상태였다. 아버지는 병원비도 개의치 않고 자전거를 꺼내 등나무 앞 안장을 놓은 뒤 나를 안고 자전거에 올라탔다. 어머니는 개장성왕 부적을 따뜻한 물에 우려 억지로 내게 먹인 뒤 자전거 뒷자리에 앉았다. 도합 130킬로그램을 실은 자전거가 타이베이대교소아과를 향해 달리기 시작했다. 물론 병원 문은 굳게 닫혀 있었고 아버지는 다급히 병원 위층에 있는 린 선생님 댁 초인종을 눌렀다. 조금 뒤 우울한 눈빛의 남자 간호사가 문을 열고 나왔고, 밤잠을 방해받고도 미소 짓는 얼굴로 내려온 린 선생님이 말없이 청진기를 목에 걸고 나를 번쩍 안아 올려 침대에 잘 앉혔다.

"주사 맞으면 곧 나을 거예요." 린 선생님이 아버지와는 다른 억양의 민남어로 말했다.

선생님이 알코올 적신 솜으로 내 등과 가슴을 쓱쓱 닦았다. 어머니는 그때 내 피부가 익은 새우처럼 빨갰다고 했다.

"대변은 눴어요?"

"그 전에는 잘 모르겠지만 사흘 동안은 안 눴어요."

린 선생님이 관장을 해주었다. 시원한 공기가 뜨거운 항문을 통해 배 속으로 들어오는 걸 느낀 지 얼마 되지 않아 나는 울음을 터뜨리며 어머니에게 매달려 화장실로 가, 더럽고 악취 나고 생선 내장 같은 것이 뒤섞인 오물을 한꺼번에 비워냈다. 린 선생님은 우선 나를 병원에서 재우며 차도가 있는지 지켜보는 게 좋겠다고 했다. 그래서 어머니는 작은 침대 옆 둥근 의자에 쪼그리고 앉아 밤새도록 나를 보살폈고, 아버지는 병원 복도의 긴 의자에서 잠을 잤다. 날이 밝은 뒤 열이 내렸다. 아침에 일어난 린 선생님은 다시 작은 손전등으로 내 눈과 목구멍을 들여다보고는 집에 돌아가 시간 맞춰 약을 먹이며 잘 지켜보라고 했다.

"이거 뿌려주실 수 있어요?"

나는 린 선생님에게 목구멍에 뿌리는 달콤한 물약을 뿌려달라고 했다. 원래 기침할 때만 뿌리는 약이었지만 선생님은 부드러운 미소와 함께 내 목구멍에 뿌려주었고 나는 기분이 좋아져 병이 나길 잘했다고 생각했다.

병원 문을 나와 보니 날이 환하게 밝아 있었고 자전거는 보이지 않았다.

아버지가 자기 뺨을 철썩 후려쳤다. 그 소리에 놀란 린 선생님이 밖으로 나올 정도였다. 그때 아버지가 마치 자기 다리 한쪽을 잃어버린 사람처럼 길을 열두 번도 더 오가며 자전거를 찾아다닌 기억이 난다.

어머니는 줄곧 그때 내 병을 낫게 한 절반은 린 선생님의 치료이고, 나머지 절반은 개장성왕의 부적이라고 믿었다. "사람도 필요하지만 신도 필요한 법이다." 그날 오후 어머니는 나를 쌍렌시장 근처에 있는 개장성왕 신단으로 데려가 신에게 감사의 절을 올리고는 어딜 가면 자전거를 찾을 수 있는지 개장성왕에게 물었다. 성왕예*는 내 목숨을 구한 대가로 자전거를 잃어버린 거라면서 찾지 못해도 운명으로 받아들이라고 했지만, 그러면서도 부적 두 장을 그려주며 하나는 아버지가 마시고 다른 하나는 온 가족이 나눠 마시라고 알려주었다.

성왕예가 가난한 우리 집을 딱하게 여겼는지 이 주 뒤, 신기하게도 자전거가 집으로 돌아왔다. 그 자전거가 바로 형이 연합고사를 볼 때 아버지가 잃어버린 뒤 큰맘 먹고 새로 산 중고 자전거이자, 나의 다른 소설에서 중화상창이 철거된 뒤 중산탕**에 세워두었다가 영영 잃어버린 행복표 자전거다.

---

*   사당에서 점괘를 뽑고 점괘를 해석해주는 영매가 왕예이다.
**   탕뿔은 사람들이 여럿 모일 수 있는 홀의 개념으로 쓰인다.

2. 아부의 동굴

이십 년 세월이 흘러 그 자전거가 내 앞에 나타났다.

자전거 소식을 알려준 사람은 아부였다. 아부는 내가 고물 자전거 부품을 사러 다니다가 만난 고물 장수인데 자주 만나다 보니 친해졌다. 나이는 나보다 조금 적은데 얼마나 적은지는 잘 모른다. 그저 피부 탄력으로 판단한 것이다. 대화를 나눌 때 말하는 내용을 통해서도 나이를 가늠하기가 어렵다. 과거에 대한 그의 기억이 쓰레기더미와 죽은 사람의 집, 고물상, 거리에서 주운 각기 다른 시절의 수많은 잡동사니와 뒤죽박죽 섞여 있기 때문이다.

그는 늘 헝클어진 머리로 청바지 주머니에 손을 꽂고 오늘도 별로 할 일이 없다는 듯한 표정을 짓고 있지만, 고물에 관한 지식은 나이에 비해 훨씬 풍부해 외모와는 더 큰 부조화를 이룬다.

언제부터 고물을 수집했느냐고 묻자 그는 잠시 생각하다가 이렇게 말했다.

"고등학교를 졸업하고 더 공부하기 싫어서 군대에 갔어요. 제대 후에 상가 경비원으로 취직했죠. 주로 야간 당직을 섰는데 어느 날 아침 집에 들어가다가 골목 어귀에서 고물을 줍고 있는 노파를 봤어요. 종이 박스, 폐지, 잡다한 고물이 실린 삼륜차에 턴테이블이 하나 있더라고요. 그날도 역시 지치고 피곤해서 별 생각 없이 지나쳐 집으로 들어갔는데 이상하게 싱숭생숭해서 잠이 오질 않았어요."

뚜껑은 부서졌지만 점잖은 나무 무늬를 간직한 채 딱정벌레처럼 삼륜차에 엎드려 있는 턴테이블이 자꾸 그의 머릿속을 맴돌았다. 그래서 그는 벌떡 일어나 밖으로 나가 턴테이블이 돌아가는지 묻지도 않고 그걸 자기에게 팔 수 있느냐고 물었다. 아부가 제시한 가격이 고물상에 파는 것보다 훨씬 비쌌으므로 노파도 팔지 않을 이유가 없었다.

"턴테이블은 돌아갔어요?"

"물론이죠. 돌아가지 않았다면 그 후의 일도 없었을 거예요. 턴테이블 아래 달린 서랍에 레코드판이 여러 장 들어 있었어요. 그때 만들어진 턴테이블이 대부분 그런 형태였죠. 레코드 바늘을 사서 끼우고, 가지고 있던 품질이 어떤지도 모르는 목제 스피커를 연결해서 레코드판을 틀어봤어요."

아부는 원래 노래를 자주 듣는 편은 아니었다고 했다. 젊었을 때도 집에 있는 라디오에서 나오는 황잉잉, 천수화, 덩리쥔의 노래만 들었다고. 과일 장사를 하는 어머니가 라디오를 한 귀퉁이에 놓아두고 계속 틀어놓았기 때문이다.

레코드판은 총 네 장이었는데 한 장은 덩리쥔의 것이고 다른 세 장은 영어로 된 팝송이었다. 그는 자신이 그 세 장의 레코드판을 좋아하게 될 줄은 꿈에도 몰랐다. 그의 영어 실력이 중2 교과서 1단원에 머물러 있었기 때문이다. 하지만 미세한 홈을 따라 작동하는 바늘에서 흘러나온 소리가 별 기대도 없던 스피커로 전달됐을 때 아부는 자기도 모르게 온몸에 소름이 돋았다. 그후 그에게는 매일 아침 더우장*과 유탸오**로 끼니를 대충 때우고 잠자리에 들기 전까지 이 'REALISTIC LAB-59' 턴테이블로 몇 장 안 되는 레코드판을 틀어놓는 습관이 생겼다. 아부는 자신이 읽을 줄 아는 영어 단어는 그 레코드판 몇 장에 쓰여 있는 이름과 노래 제목이 전부일 거라고 했다. 프랭크 시나트라와 낸시 시나트라의 '바보같은 것Something Stupid'과 패티 페이지의 '눈을 크게 뜨고 꿈을 꾸는With My Eyes Open I'm Dreaming', 그리고 체르니 100 피아노 연습곡이었다.

아부는 영어 단어 몇 개를 말하다가 자신의 발음이 괴상하다 생각했는지 혼자 웃음을 터뜨렸다. 난처한 듯한 웃음이었지만 나는 그가 순수한 사람이라고 느꼈고 일순 거리감이 사라졌다.

그가 말했다. "레코드판에 뭐라고 쓰여 있는지 궁금해서 동창 놈한테 가르쳐달라 한 적도 있어요."

"레코드판은 아직 있어요?"

---

*   두유와 비슷한 콩국.

**   발효된 밀가루 반죽을 길쭉하게 튀겨낸 것.

"물론이죠. 죽을 때까지 안 팔 거예요. 과장된 표현일 수도 있지만 열쇠 같달까요. 그 판들 말이에요. 뭔가 열 수 있을 것 같달까……. 벌써 십오 년 전 얘기네요. 그땐 그렇게 오래되지 않았는데."

그때부터 아부는 항상 고물 레이더를 켜고 다녔다. 어딜 갈 때도 그냥 걷는 것이 아니라 주위에 재미있는 물건이 있는지 살피며 걸었다. 그러다 흥미로운 사실을 발견했다. 필요 없는 쓰레기라며 물건을 버리려 하던 사람도 사겠다는 사람만 나타나면 갑자기 깐깐한 판매자로 돌변한다는 점이다. 그들은 마치 그제야 자기 물건의 가치를 깨달은 사람처럼 돌연 놓기 아까워했다. 하지만 그것도 순간의 환기일 뿐, 상대가 제시한 가격이 자신의 허영심을 조금이라도 충족시키면 대부분은 미련 없이 넘겨줬다. 물건이 얼마나 값진 것이든 간에.

아부는 그저 순수하게 자기 마음에 드는 물건을 사기 시작했지만, 이 일이 오래 지속될 수는 없다는 걸 머지않아 깨달았다. 가진 돈이 거의 바닥나기도 했지만, 그보다도 온 집 안이 쓰레기장이 됐기 때문이다. 육칠 년쯤 뒤 그는 장사를 하고 싶다는 생각에 경비 일과 아르바이트로 모은 돈을 털어 융허 구에 점포를 하나 얻었다. 하지만 야시장에서 가까워 월세가 싸지 않은 데다가 고물이 으레 그렇듯 구경하는 사람은 많아도 사는 사람은 별로 없어 계약기간이 끝나자마자 손해만 보고 장사를 접었다. 그다음엔 당시에 막 생겨난 온라인경매로 사업을 전환했다. 몇 년이 지난 지금 아부는 뜨내기 고물 장수가 아닌, 고객 평가 수천

건을 자랑하는 온라인 판매자가 되었고 그 덕분에 나도 '아부 고물가게'의 고객이 되었다.

처음 그를 만난 건 온라인에서 그에게 유니버설표 다이너모 전조등(림에 부착해 마찰 에너지로 마그네틱 발전기를 돌려 자가발전 하는 자전거 램프)을 구입해, 직접 만나 받기로 했을 때였다. 그가 내게 알려준 주소는 타이베이의 오래된 공업단지인 싼충에 있었다. 약속 장소에 가서 전화를 걸자 잠시 후 아부가 묵직하고 우아한 배기음을 뱉어내는 낡은 야마하 오토바이를 타고 나타났다. 그는 헬멧 대신 LA다저스 마크가 수놓인 파란색 야구 모자를 쓰고, 색바랜 청바지에 초록색 무지 티셔츠를 입고 있었다. 바닥에 떨어진 동전을 찾는 사람처럼 고개를 숙이고 더듬거리며 말하는 모습이 내가 예상했던 판매자의 이미지에서 크게 벗어나지 않았다.

처음 대화는 판매자와 구매자가 으레 나누는 단순한 대화였다. 그런데 예상치 않게 오래된 자전거에 대한 나의 흥미가 그의 열정을 자극했다. 그는 고물 자전거 수리에 관해 이것저것 묻는 내게 귀찮은 기색 없이 대답해주었다. 나 역시 잡학 지식이 풍부한 판매자에게 호기심이 생겨 그의 수집품 보관 장소에 가봐도 되겠느냐고 물었다. 아부는 잠시 망설이다 허락해주었다.

아부는 자신의 낡은 야마하 오토바이에 나를 태워 막다른 골목으로 들어갔다. 가장 깊숙한 곳에 있는 아파트였다. 아파트 철문 앞, 빈 공간이 거의 보이지 않을 정도로 좁은 통로와 절반쯤 열린 쪽문만 남겨두고 종이 박스가 잔뜩 쌓여 있었다. 치러우*에도 자물쇠를 채우지 않은 비호표 자전거와 오순표 자전거가 세워져 있고, 옆에 해체된 자전거와 부품이 그득 쌓여 있었다. 그는 어릴 적 가정집마다 있던, 구구단과 알파벳이 쓰여 있는 접이식 테이블과 의자를 내게 내어주고는 낡은 야마하에 기대어 담뱃불을 붙였다. 막다른 골목 끝에서 우리는 그 자전거들의 훌륭한 설계에 관해 많은 얘기를 나누었다. 문학을 좋아하는 사람들이 밀란 쿤데라와 칼비노를 얘기하듯, 팝 아트 마니아들이 재스퍼 존스와 앤디 워홀을 얘기하듯.

얼마나 시간이 흘렀을까, 그가 세븐일레븐에서 카페라테 두 잔을 사 왔다. 그는 커피를 다 마신 뒤에야 셔터 문을 드르륵 열고 자신의 '작업실'을 내게 보여주었다.

나는 동굴에 들어가는 기분으로 머리를 내밀어 안으로 들어갔다.

나는 아직도 아부의 작업실 크기를 정확히 알지 못한다. 언제나 온갖 물건이 가득 쌓여 있기 때문이다. 천장엔 다양한 생김새의 오래된 유리 샹들리에가 몇 개나 달려 있고, 각종 고물 목제 의자와 탁자가 아주 특수한 방식으로 천장까지 차곡차곡 쌓여 있다. 탁자와 의자 중 유독 특이하게 생긴 것이 있었는데 자세히 보니 얼룩말 무늬가 그려진 오래된 아동용 목마였다. 오래전 어

* 보행로와 접한 건물 1층에 벽을 두르는 대신 기둥만 세워 보행로로서의 기능만 수행하는 곳.

떤 남자아이는 그것을 얼룩말 색깔로 칠한 목마가 아닌, 정말로 아프리카 초원을 달리는 아름다운 동물로 생각했을 것이다.

오른쪽에 있는 찬장에는 다양한 시대의 각종 그릇과 식기가 가득 놓여 있었다. 놀랍게도 시먼딩의 '셰셰유위경'* 그릇과 숟가락도 있었다. 왼쪽으로 옷장 몇 개가 있고, 맨 아래 마치 세상이 종말하는 날까지도 돌아갈 수 있을 것 같은 다통표 선풍기가 한 줄로 나란히 놓여 있었다. 선풍기 위로 고깃배에서 쓰는 등이 몇 개 걸려 있고, '대만성교육청'이라고 찍힌 깡통에는 버블 글라스 사탕 병 몇 개가 들어 있었다. 예전에 중화상창 2층의 할아버지 슈퍼에서 낱개로 파는 과자를 자주 사 먹었는데 그때 그 과자도 이런 유리병에 담겨 있었다.

화장실을 쓸 수 있느냐고 묻자 그가 손으로 화장실을 가리켰다. 그의 화장실은 동굴 속 동굴이었다. 옛 추억을 떠올리게 하는 양철 갓 전등이 빨간색과 흰색 전선을 꼬아 만든 전깃줄에 매달려 있고, 전구 아래에 달걀 스위치라고 불리는 동그란 스위치가 매달려 있는데 스위치를 왼쪽으로 밀어 흰색이 보이게 하면 켜지고, 오른쪽으로 밀어 빨간색이 보이게 하면 꺼졌다. 변기 뚜껑을 간신히 들어 올렸다. 변기 뚜껑에도 상자가 쏟아질 듯 쌓여 있었기 때문이다. 상자를 열어 보니 대부분 내가 5, 6학년 때 가지고 놀던 장난감이었다. 울트라맨 프라모델, 동그란 딱지, 합금으로 만든 미니카 등. 욕조 사방을 빙 둘러 장난감 뽑기용 뽑기

* 유위경은 오징어, 채소를 넣고 걸쭉하게 끓인 수프를 말한다. 셰셰유위경은 가게 이름.

43

종이가 빈틈없이 걸려 있고, 가운데에는 초기 형태의 가샤폰* 한 대가 놓여 있었다. 그걸 보기 전까지 내가 생각하는 가샤폰은 대형마트 입구에 늘어선 LED램프가 번쩍이는 형태로 이미 바뀌어 있었다. 그걸 보고서야 오래전 가샤폰이 우주선 같은 타원형 몸체에 쇠로 된 다리를 가진 형태였다는 것이 기억났다. 이 무쇠 다리 괴물이 어린 내게서 돈을 많이도 빼앗아 갔더랬다.

세면대에 있는 장난감 총을 들어 거울 속 나를 조준했다. 아쉽게도 화약이 들어 있지 않았다. 화약이 있다면 한번 쏘아보고 싶었다. 총구를 코 가까이 대자 옅은 화약 냄새가 났다. 그 냄새가 정말 아직 남아 있을 수 있을까? 아니면 내 환각이었을까? 내가 아부의 동굴에 있기 때문일까? 그 안에선 평온히 숨을 쉴 수 없을 것 같았다. 그곳의 시간 감각과 분위기는 바깥세상과 너무도 달랐다.

우리는 다시 밖으로 나가서 앉았다.

내가 아부에게 물었다. "이것들을 다 어떻게 구했어요?"

"여러 가지 루트가 있어요. 일단 오토바이를 타고 골목골목 돌아다니죠. 가끔은 중부와 남부에도 가요. 마음에 드는 물건을 발견하면 나한테 팔겠느냐고 묻죠. 가끔 길가에 오래된 자전거가 세워져 있거나 버리려고 내놓은 오래된 찬장이 있으면 초인종을 눌러요. 또 한 가지 방법은 오래된 가게가 폐업한다는 소식

---

*   돈을 넣고 레버를 돌려 캡슐 장난감을 뽑는 기계.

을 듣고 일부러 찾아가는 거예요. 어디 권촌*이 재개발된다 하면 한 달을 꼬박 거기서 지내면서 집집마다 버리려고 내놓은 물건을 수집하기도 해요."

"오래된 가게가 폐업한다는 건 어떻게 알아요? 누군가 알려줘야 할 텐데."

"물론 먼저 인맥을 쌓아둬야죠. 오래된 가게 주인들은 보통 파는 물건에 정이 깊어요. 그래서 물건을 파는 기분이 들지 않게 하는 게 좋아요. 자기 물건을 누군가 대신 간직해서 세상에 남겨둔다는 기분이 들게 해야죠……. 처음에는 선뜻 팔지 못하고 고민하다가 스스로도 이유를 알 수 없는 어떤 시점에 전화를 거는 사람도 있어요. 아무튼 그들이 물건을 내게 판다면 청소부에게 주거나 다른 장사꾼에게 넘겨버리는 것과는 다르다고 느끼게 만들어야 해요." 아부가 의미심장하게 말했다. "물건은 사려면 감성에 호소해야 해요."

아부는 말을 할 때 딱 꼬집어 설명할 수 없는 어떤 매력이 풍겼다. 담배를 물고 얘기하는 그의 모습이 어딘가 모르게 내가 젊은 시절 말보로 담배 포스터에서 보았던 카우보이와 비슷해 보이기도 했다. 수입은 충분한지 물었더니 아르바이트를 해야 하긴 하지만 최근 몇 년 동안 고물을 팔아서 번 돈으로 자기 생활비는 부족하지 않게 충당한다고 했다.

"혼자 사니까 돈이 얼마 안 들어요. 정말로."

---

*   1949년부터 중국 대륙에서 대만으로 내려온 국민당 군인과 그 가족이 살던 집단 거주지.

"무슨 아르바이트를 해요?"

"수도 전기 수리요. 미장 일도 조금 할 줄 알고." 그는 민낯어로 말하며 청 재킷 안에서 가죽 지갑을 꺼내 명함을 한 장 건넸다. "잘 부탁해요."

명함을 보니 '민간 고물 수집 특파원'이라는 직함 아래 두 줄 띄고 '수도 전기 수리 전문'이라 적혀 있었다.

바로 그때 이구아나 같은 동물이 노송나무 찬장 뒤에서 기어나오더니 인더스트리얼 스타일의 플로어스탠드 관절 위로 올라갔다. 내가 잘못 본 줄 알았는데 아부가 아무렇지도 않게 낡은 알루미늄 대야에 있던 푸성귀를 집어 이구아나 앞으로 내밀었다. 진짜 살아 있는 이구아나였다.

아부가 고개를 돌려 내게 말했다. "또 한 가지 루트는 죽은 사람이에요. 죽은 사람이 남긴 여러 가지 유품이죠. 혼자 살다 죽은 사람이라면 이런 녀석도 데려와서 보살펴줘야 하고요."

대학 때부터 군대를 전역할 때까지는 나도 고물 사는 재미에 빠져 있었다. 어머니는 그런 나를 넝마주이라고 불렀다. 어머니 생각에는 천하에 쓸모없는 일이었으니까. 그래서 나는 아부가 텔레비전, 선풍기, 낡은 가위, 옛날 레코드판, 각종 깡통과 그릇 모으는 일에 대해 남들보다 훨씬 잘 알고 있는 것이 약간 부럽기도 했다. 길에서 줍거나 직접 구매한 고물에 더는 매력을 느끼지 못한 게 언제부턴지 잘 기억나지 않는다. 나는 이 세상 사람들처럼 컴퓨터, 휴대폰, 가전제품 같은 것의 포로가 되어 금방 고장 나면서도 내 손으로 직접 수리할 수 없는 물건을 사는 데 익숙해졌다. 다만 젊었을 때 수집한 물건을 팔지는 않았다. 중허의 본가에 있는 창고에 쌓아둔 채 꺼내보지 않을 뿐.

나는 점차 아부가 감상가, 수집가, 상인의 경계에 있는 사람이라는 걸 깨달았다. 좋아하는 소장품에 대해 얘기할 때 그의 눈동자에 불이 타올랐다. 하지만 그것은 단순한 열정에 그치지 않았다. 아부는 물건의 현실적인 시장가치까지 평가할 수 있었다. 예를 들면 아부의 동굴에 오래된 철창이 잔뜩 쌓여 있는데, 주철 막대를 구부리고 비틀어 무늬를 넣고 전체를 리벳으로 이어 붙인 철창이었다. 그는 내게 옛날 철창은 기술자의 기술을 보여주는 상징이었다며 철창의 독특한 무늬를 주의 깊게 살펴보라고 했다. 자세히 보니 벚꽃 문양과 후지 산도 있었으며 심지어 '린'이라는 성씨를 몰래 감춰놓은 것도 있었다. 아부는 미술관의 전시 안내원처럼 말했다.

"다다오청* 부근에서 만들어진 거 같아요. 거기 있는 기술자들은 대부분 류 선생의 제자인데 쇠막대가 이어지는 부분을 이렇게 둥글리는 버릇이 있어서 그게 점점 특징으로 굳어졌어요. 이렇게 섬세한 물건은 기술자가 기술을 갈고닦기 위해 많은 노력을 기울였다는 걸 뜻하고, 이 철창을 집에 달았을 때 어떤 모습일지 신경 썼다는 걸 뜻해요. 또 이 철창을 만든 사람이 자기

---

* 타이베이의 오래된 대형 시장이 있는 거리.

라는 걸 사람들이 알아주길 바란 거기도 하고요." 그가 웃으며 말했다. "물론 흔치 않은 물건이라 다른 것보다 비싸게 팔아요."

"얼마예요?" 아부의 눈빛이 바뀌었다.

"한 쌍에 2만 8천 위안이요. 우린 친구니까 사겠다면 20퍼센트 가격에 줄게요."

나는 "계산 느린 장사꾼은 밑천도 못 찾아"라던 어머니의 말을 떠올렸다. 원가와 이익에 대한 개념이 없는 사람은 장사를 할 수 없다.

하지만 아무리 생각해도 저런 건 누가 살까 싶은 것도 있었다. 옛날에 돼지에게 백신주사를 놓을 때 쓴 주삿바늘 통이 그랬다. '돼지 주삿바늘'은 사서 뭣에 쓴단 말인가?

아부가 심드렁한 투로 말했다. "언젠가는 사겠다는 사람이 나타날 거예요. 급할 거 없어요. 헐값에 팔 생각도 없고. 빵을 만드는 것보다 천 배의 인내심이 있어야 가능한 일이죠."

그는 고물 수집에 대한 자기만의 철학도 가지고 있었다. 그에 따르면 고물 수집은 수집과 동시에 끊임없이 배워야만 할 수 있는 일이었다. 어떤 물건이든 수집해봐야 세상에 무엇이 있었는지 알 수 있고, 또 그래야 사겠다는 손님이 나타났을 때 어떤 사람에게 어떤 물건이 필요한지 생각난다는 것이다. 그는 옆에 있던 삼나무 책장에서 옛날 레코드판 한 장을 집어 들었다. 유명한 만화가인 뉴거의 그림이 표지에 그려진, 〈보정사〉라는 제목의 민남어 코미디 만담극이었다. 표지에 내가 모르는 성우들의 이름이 적혀 있는 그 레코드판은 타이중에 위치한 크라운음반이라는 음반 회사에서 만든 것이었다.

"옛날에는 코미디 만담극도 음반으로 만들었다는 걸 생각도 못 했어요. 그런데 이걸 수집하고 나서 호기심이 생겼죠. 이게 어느 시대에 유행했던 걸까? 이 성우들은 얼마나 인기가 있었을까? 이런 것들 말이에요. 그다음엔 이런 물건이 다시 나오길 기다리는 사람이 있다는 걸 알았죠. 그런 사람들이 내게 와서 물건의 진정한 가치를 알려줘요."

"예를 들면요?"

"예를 들면 대만 방언을 연구하는 사람이나, 역사를 연구하는 사람, 아니면 복고풍 식당을 개업하려는 사람, 돈이 아주 많은 사람……." 아부가 웃음을 터뜨렸다. "그런 사람의 돈을 아껴줄 필요는 없어요."

내가 말했다. "이 일을 아주 즐거워하는 것 같아요."

"맞아요. 경비 일보다 훨씬 좋아요. 날마다 물건을 정리하다 보면 한밤중이 되기도 해요. 하지만 우리 식구들은 내가 뭘 하는지 몰라요. 그래서 집에서 나와 혼자 살아요. 여기 이웃들도 나를 괴짜라고 생각해요."

사실 내 가족들도 내가 뭘 하는지 모른다. 그런데 내 가족이 뭘 하는지 나는 알고 있던가?

그 후에도 나는 종종 아부를 찾아가 작은 물건을 샀다. 런런백화점* 창립 기념일에 사은품으로 준 유리잔이라든가, 일치시기

---

* 1970년대 타이베이에 있었던 대형 상가.

후지표 자전거용 사각 자물쇠, 독일 피터사의 태엽식 알람시계 등. 나는 매번 직접 만나서 물건을 받는 방식을 택했다. 그렇게 하면 접이식 테이블에 앉아 그와 얘기를 나눌 수 있었기 때문이다. 그렇게 해서 우리 사이에 차츰 말로 설명할 수 없는 우정이 생겨났다.

한번은 그에게 고물을 수집하러 다닐 때 재미있는 일이 없었는지 물었더니 손에 있던 옥토끼표 볼펜(볼펜 뚜껑이 이미 너덜너덜해지도록 물어뜯겨 있었다)을 깨물며 생각하던 아부가 답했다.

"너무 많아서 뭐부터 얘기해야 할지 모르겠어요."

그러고는 어떤 집에서 행복표 자전거 부품을 살 때의 이야기를 들려주었다.

여러 회사의 자전거 중 고물 자전거 마니아를 사로잡는 특별한 매력이 있는 자전거들이 있다. 가령 처음 수입된 일제 후지 자전거라든가 영국제 자전거 라레이, 대만에서 생산한 행복표 자전거 같은 것이다. 행복표 자전거의 비둘기 배지와 '행복표 자전거를 타고 행복의 길을 달려요'라는 슬로건이 고물 자전거 마니아에게는 한 시대를 의미한다.

오토바이 시대가 시작되면서 한 시대를 풍미한 행복표 자전거 대리점도 대부분 문을 닫았다. 하여 원래의 행복표 간판을 그대로 걸고 있는 노포는 행복표 부품을 원하는 많은 수집가의 관심을 받을 수밖에 없었는데 특히 그 자전거포가 그랬다.

그곳은 행복표와 일제 자전거의 기술 합작이 이루어지는 창구 중 하나였고, 당시 일본 기술자들과 자주 왕래했기 때문에 특수한 부품을 제법 많이 보관하고 있었다. 다만 주인의 아들이 장성해 가족을 부양할 수 있었으므로, 노포의 나이 든 주인장은 문을 자주 열지 않았다.

그 자전거포는 나란히 줄지어 있는 단층 건물 사이에 있었다. 주변 건물은 모두 재건축을 해서 새로 건물을 올렸지만 그곳만 건설사의 제안을 거절하고 있었다. 칸막이를 기준으로 노포 안 왼쪽은 자전거포이고 오른쪽은 선대의 위패를 모셔둔 살림집이었다. 안에 있는 쌀통으로 보건대 주인장의 바로 윗대가 쌀집과 슈퍼로 일을 시작했으며 자전거를 팔기 시작한 건 나중의 일이라는 걸 알 수 있었다. 노포에 선대의 위패를 모셔둔 것도 초심을 잃지 않겠다는 주인장의 신념 때문이었다.

아부는 그곳 안주인이 매일 아침 살림집 문을 열어놓고 토지신과 조상의 위패에 향을 피우는 것을 보았다. 가끔 운 좋게 자전거포가 문을 연 날이면 아부는 자전거를 끌고 들어가 타이어 때우기나 자잘한 수리를 핑계로 주인장과 이런저런 대화를 나누었다. 노년의 주인장은 이미 적적함이 목구멍까지 차오른 나이였기 때문에 누가 옆에 앉으면 저절로 자기 인생을 몇 단계로 나누어 순서대로 반복해서 들려주곤 했다.

아부는 똑같은 얘기를 수없이 듣는데도 귀찮은 내색 하나 하지 않았고, 다른 손님처럼 부품을 얼마에 팔겠느냐고 급하게 물어보지도 않았다. 그는 그저 조용히 얘기를 듣다 가끔 적당한 타이밍에 맞장구를 쳤다. 한번은 안주인도 대화에 끼어들어 아부에게 뭘 하는 사람이냐고 물었다. 아부는 그제야 '민간 고물 수집 특파원'이라는 직함이 새겨진 명함을 건네며 자기소개를 했다. 그러면서 만약 그들이 점포를 정리한다면 그곳에 있는 오래된 자전거 부품 일체를 좋은 가격에 살 의향이 있다고 말했다. 그러자 주인장 부부는 아무 대꾸도 하지 않고 가게 문 닫을 준비를 하며 친절하게 아부를 밖으로 내보냈다.

주인장은 노포의 오래된 부품을 사고 싶다는 말을 제일 싫어했다. 그는 노포에 있는 모든 물건이 각각 제게 맞는 손님을 기다리는 중이라고 생각했다. 또 "언젠가 이 가게를 정리하신다면"이라는 말에 질색했다. 경솔한 손님이 그의 허락도 없이 진열대에 있는 부품을 뒤적이기라도 하면 벌떡 일어나 손님을 내쫓고는 문을 닫고 자물쇠를 채웠다.

그 후에도 아부는 계속 노포를 찾아갔지만 부품 매입에 대한 얘기는 꺼내지 않았다. 그저 주인장과 자전거에 대한 얘기를 나누고 주인장을 부르는 호칭도 '선생님'으로 바꿨다. 주인장이 자전거 장수가 아니라 자전거 기술자로 불리길 바라는 것 같았기 때문이다. 아부는 여든 살이 넘은 노년의 기술자가 더는 먹고살 걱정이 없는데도 계속 노포를 유지하는 건 그가 자전거 수리를 정말 좋아하기 때문이라는 걸 알고 있었다.

이듬해 여름 아부는 근 한 달간 자전거포가 열려 있는 걸 보지 못했다. 안주인이 향 피우는 시간을 기다렸다 물어보니 주인장이 입원을 했다고 했다. 아부는 며칠에 한 번씩 과일을 사들고 찾아가 안주인과 이런저런 얘기를 나누었다. 주로 주인장의 젊은 시절 얘기였고, 역시 부품 매입에 관해서는 일절 한마디도 꺼내지 않았다.

어느 날 안주인이 긴 한숨을 쉬며 말했다. "가게를 곧 정리해야 할 것 같아. 여기 있는 걸 다 사고 싶다고 했지? 전부 다 팔게. 전부 다. 이것저것 고르지 말고."

뜻밖의 행운이었지만 아부는 생각만큼 기쁘지 않았다. 주인장의 병이 위중하다는 의미였기 때문이다. 그게 아니면 모든 걸 다 팔겠다고 할 리 없었다.

주인장과 얘기를 나누던 중 다른 손님이 수리할 자전거를 끌고 들어올 때가 종종 있었는데 대부분은 튜브 펑크 같은 작은 건이었다. 튜브를 때우는 가격은 60위안밖에 되지 않았지만 주인장은 림 안쪽까지 깨끗이 닦아주고(내부에 작은 돌이라도 끼면 튜브가 금세 또 터질 수 있기 때문이다) 닦는 김에 앞뒤 바퀴의 허브까지 솔질하고 윤활유를 뿌려주었다. 60위안짜리 수리지만 주인장은 아부가 지금껏 살면서 봤던 그 누구보다도 세심하고 정성스러웠다. 주인장은 자전거를 수리하는 게 자전거를 파는 것보다 열 배는 더 의미 있는 일이라고 말했다.

"과장 하나 안 보태고 자전거 한 대를 오십 년은 너끈히 탈 수 있어. 아니, 더 오래도 탈 수 있지. 우리 때는 제일 귀한 재산이 자전거였어. 평생에 한 대."

주인장은 그런 사람들의 자전거를 수리해주었다.

그날 아부는 미리 대여해둔 작은 용달차를 몰고 노포로 갔지만 서둘러 값을 매기고 물건을 싣지 않았다. 먼저 2층 맨 끝 방에 가서 얼마 전 퇴원한 선생님을 만났다. 불과 몇 주 사이에 선생님의 몸에서 무언가 쑥 빠져나간 것처럼 볼품없이 야위어 있었다. '점포에 남은 부품 일체를 파는 일'에 대해 안주인과 이미 상의를 마쳤을 테지만 눈빛에는 여전히 내키지 않는 아쉬움이 남아 있었다. 아부가 들어가자 탁자에 있던 공구 세트를 가리키며 그가 말했다.

"이건 안 팔아. 다른 건 가격을 매기게. 적당한 가격이면 돼."

그가 도제 시절부터 써온 자전거 수리 공구였다. 료쿠치스파나(양구스패너), 스포쿠렌치(스포크렌치), 토루쿠스렌치(오프셋렌치), 페다루스파나(페달스패너), 체인키리(체인리무버) 등. 선생님과 수십 년을 함께한 공구들이었다. 흠집투성이지만 독특한 광택이 흘렀다. 선생님 손에 제일 익은 것들이라고 했다. 나중에 새 공구를 선물 받았지만 습관이 되지 않아서 지금까지 이걸 써왔다고. 아부는 손잡이에 일련번호가 찍힌 주철렌치를 집어 들었다. 젊은 시절 선생님이 막 이 렌치를 얻었을 땐 이것이 얼마나 매끈하고 반짝였을지, 어떤 나사도 다 돌릴 수 있다는 듯 말끔하고 자신만만한 자태였을지 상상할 수 있었다.

아부는 선생님이 입원해 있는 동안에도 아침 식사를 마치면 늘 손에 공구를 꼭 쥐고 있었다는 걸 안주인에게 들어 알고 있었다. 침대에서 내려올 수조차 없는 몸 상태였지만 어쩔 도리가 없었다. 선생님의 손바닥과 굳은살은 이미 그 공구들과 잠시도 떨어질 수 없는 사이였다. 숱한 세월 동안 쥐고 일하며 손가락과 손바닥 뼈가 스패너의 굴곡에 거의 맞춰져 있었다. 그의 손을 믿고, 또 그의 손이 믿는 공구였다. 나무에서 자라난 가지처럼, 상처 난 나무에 생긴 옹이처럼.

아부는 감정 표현에 익숙한 사람이 아니었다. 그는 그저 "이건 사지 않을게요, 선생님이 간직하세요"라고만 말했다. 모르는 사람이 목소리만 들었다면 그가 화가 났다고 생각했을 것이다.

아부는 다음 날에야 노포에 '손을 댔다'. 노포에 쌓여 있던 재고를 한 차 한 차 실어 나르며 왠지 무언가 가슴을 짓누르는 것 같았다. 하늘도 잔뜩 흐렸다. 그 노포는 지금도 있다. 간판도 그대로 달려 있다. 아부는 애초부터 간판을 떼어올 생각이 없었다. 그는 그것을 노포의 문틀 위에 그대로 남겨두었다.

"그러니까 너한테 산 행복표 포크보호대도 거기 거란 말이지?"

"맞아."

"흙받기도?"

"응."

"공구 통도?"

"응."

하지만 그 행복표 자전거는 노포에서 산 것도, 거리에서 수집한 것도 아니었다.

아부는 또 다른 행복표 자전거 수집가인 샤오샤*에게서 이 자

---

* 자신과 동년배이거나 어린 사람의 성씨 앞에 '샤오小'를 붙여 애칭으로 부른다.

전거 사진을 보았다고 했다. 샤오샤가 이 '비매품'을 골동품 커뮤니티 사이트에 올렸기 때문이다. 아부는 사진을 보자마자 내게 알려줘야겠다고 생각했다. 내가 바로 그 모델의 행복표 자전거를 찾고 있었기 때문이다. 나는 아부에게 자전거를 직접 보러 가도 되는지 샤오샤에게 연락해 물어봐달라고 부탁했다.

얼마 후 샤오샤가 동의했으니 함께 그의 작업실에 가자는 아부의 연락을 받았다.

나는 잠시도 기다릴 수 없어 지금 당장 가도 되느냐고 물었다. 잠시 후 휴대폰 문자 알림음이 울렸다.

'버스 정류장에서 기다릴게.'

약속 장소로 가는 지하철 안, 피로에 찌든 얼굴을 휴대폰과 태블릿에 파묻고 있는 사람들을 보며 이게 꿈인지 현실인지 분간하기 힘든 기분이 들었다. 이십 년이나 찾아다닌 자전거가 정말 내 눈앞에 다시 나타날 것인가?

이십 년 전 아버지가 실종된 후, 가족 앨범을 뒤적이다가 시선을 끄는 사진 한 장을 발견했다. 어른 셋과 아이 하나가 아주 작은 신발 가게 앞에 서서 찍은 사진이었다. 신발 가게의 진열창도 낯설고 피사체 중 아는 얼굴이 하나도 없었다. 사진을 꺼내 백내장이 심한 어머니에게 누구인지 물었다. 이유는 알 수 없지만 어머니도 누군지 모른다고 했다. 하지만 신발 가게는 기억하고 있었다. 오래전 우리 집 옆의 옆집이었던 아미네 가게라고 했다.

사진 속, 긴 흰색 목도리와 양복 외투를 두르고 통 넓은 양복

바지를 입은 남자가 자전거에 걸터앉아 옆에 있는 줄무늬 양복 차림의 남자 어깨에 오른쪽 팔꿈치를 얹고 있었다. 줄무늬 양복 차림의 남자는 렌즈를 보지 않고 멀리에 뭐가 있는 듯 왼쪽을 보고 있었다. 그리고 그의 옆에 카키색인 듯한 윗도리에 같은 색 바지를 입은 통통한 남자아이가 약간 주눅 든 것 같은 표정으로 서 있었다. 아이 뒤에 또 다른 남자가 서 있는데 그늘에 얼굴이 가려 생김새를 알아볼 수 없었다. 내 눈길을 끈 것은 앞에 있는 두 남자가 신은 근사한 구두와 남자아이의 발에 신겨진 멋들어진 워커였다. 겨울 옷차림인 걸로 보아 음력 설이거나 집에 경사가 있어서 누추한 가게와 사뭇 어울리지 않는 옷을 차려입은 게 아닐까 생각했다.

두 남자가 입은 양복은 아버지의 솜씨인 것처럼 보이기도 했다. 사진으로 인해 나는 다시금 아버지의 자전거를 떠올렸다. 당시 우리는 아버지의 자전거를 수소문하면 아버지를 찾을 수 있을지도 모른다고 생각했지만, 그 생각이 들고 난 뒤에야 자전거도 아버지와 함께 사라졌다는 걸 깨달았다.

아버지의 자전거가 어떻게 생겼는지 어머니에게 물어보았지만 잊어버렸다고 했다. 나는 어머니의 기억을 일깨울 방법을 고안했고 1950년부터 1980년 사이 대만에서 생산된 모든 자전거 상표를 찾아냈다. 특히 타이베이 부근에서 생산된 자전거 상표는 모두 적어다가 어머니에게 읽어주며 물어보았다.

"승륜표였어요?"

"아냐."

"천구표?"

"아냐."

"토끼표?"

"그것도 아냐."

"삼각표?"

"아냐."

"행복표?"

"아, 행복표 같아."

아버지의 마지막 자전거는 행복표였다. 내가 유일하게 기억하는 그 자전거는 톱튜브를 비스듬하게 내릴 수 있는 남녀 공용 자전거였다. 그때 이후로 어디서든 행복표 남녀 공용 자전거 초기 모델만 보면 유심히 살펴보는 습관이 생겼다. 이것도 내가 자전거에 관한 정보와 역사에 흥미를 갖게 된 계기 중 하나였다. 자전거에 대한 내 열정은 실종된 아버지에서 시작된 셈이다.

1993년 우리 아홉 식구의 생계가 달려 있던 중화상창은 철저한 쇄신을 목표로 한 도시 발전 과정에서 철거의 운명을 피하지 못했다. 하지만 우리에게 가장 큰 충격을 준 건 철거 작업이 진행된 다음 날 아버지가 사라진 사건이었다. 경찰에 신고하고, 점을 치고, 동원할 수 있는 모든 방법을 다해 찾아보았지만 어떤 힘이 일부러 이 세상에서 아버지의 흔적을 지워버린 양 아버지는 완전히 종적을 감췄다. 작은 단서조차 남기지 않은 채.

"죽었더라도 시체는 있을 게 아니냐?" 어머니는 딱 한 번 이렇게 말했다. 어머니는 말이란 칼 같은 것이라 한번 내뱉으면 무엇을 찌르고 벨지 모른다며 무서워했다. 그리고 어머니는 정말로 온몸 관절이 칼자루에 맞기라도 한듯 한꺼번에 와르르 무너져 내려 며칠 동안 똑바로 일어나 앉지도 못했다. 그때 심하게 앓고 난 뒤 어머니는 예전의 건강을 회복하지 못했다.

아버지가 사라진 뒤 우리 가족은 어떻게 해야 할지 막막했다. 비록 가까워지기 힘든 사람이긴 했지만 그래도 우리 집안의 기둥이었다. 긴 시간 동안 나는 그 상황을 어떻게 받아들여야 할지 몰랐고, 마음이 평정을 잃어 쉽게 동요하고 혼란스러웠다. 그 어떤 일도 내 이성적인 판단력을 돌려주지 못했다.

오랜 세월이 흐른 뒤 나는 《수면의 항로睡眠的航線》라는 소설을 썼다. 한 대만 소년이 자원해서 일본 전투기 생산 공장으로 건너가, 8천여 명 소년공의 일원이 된 이야기였다. 이 주인공은 종전 후 대만에 돌아와 결혼을 하고 자식을 낳지만 평생토록 아들에게 자신의 과거를 얘기하지 않는다. 훗날 그가 평생 심혈을 쏟아부었던 시먼딩 상가의 전파사가 재개발에 밀려 철거된 후 그도 함께 사라진다. 가족에게 이 변고가 닥친 이후 그의 아들은 수면 시간이 흐트러지는 병에 걸려, 알 수 없는 시간에 갑자기 잠이 들고 기이한 꿈속으로 빠져든다. 아버지의 일생을 이해하기 위해 그는 아버지가 남긴 사진, 책, 일기를 따라 일본으로 건너가 아버지의 소년 시절 흔적을 찾는 여정을 시작한다. 이 소설은 출판사의 예상대로 서점가에서도 평론계에서도 별 반응을 얻지 못했다. 잊혀야만 하는 소설처럼 조용히 출간됐다가 어떤 이의 책꽂이에 조용히 꽂혔다. 아주 간혹이지만 그 소설에 대해 얘기하는 독자를 만나기도 했다.

얼마쯤 시간이 흐른 뒤 낯선 독자의 편지가 메일함에 도착했다. 그때만 해도 독자에게 메일을 받는 건 내게 흔히 있는 일이 아니었다. 그런데 그 메일을 보낸 'Meme'라는 발신인은 내가 한 번도 생각해보지 못한 질문을 던졌다.

"소설 결말에서 주인공의 아버지 싼랑이 자전거를 타고 중산탕에 갔다가 사라졌잖아요. 다시는 중화상창에 나타나지 않고 집에도 오지 않고 완전히 자취를 감췄죠. 이 설정에 개연성이 부족해요. 어찌어찌해서 그럴 수 있다 쳐도 더한 의문이 남고요. 자전거는 어디로 갔죠? 저는 이 소설에서 자전거가 하나의 상징으로 쓰였다고 생각해요. 아니, 상징이어야만 해요. 자전거는 어디로 갔나요?"

작가, 특히 소설가는 독자의 이런 편지에 대해 "편지 감사히 잘 받았습니다, 하지만 이건 허구의 이야기라 작가의 개인적인 의견을 말하는 건 적절치 않은 것 같군요"라는, 간곡한 답장으로 눙칠 수 있다는 걸 잘 알고 있다. 하지만 나는 태평하게 그런 답장을 보낼 수 없었다. 트집 잡길 좋아하는 독자의 성가신 편지라고 치부해버릴 수도 없었다.

"그 자전거는 어디로 갔나요?" 이 한마디가 그물처럼 나를 친친 휘감았다.

소설을 쓰는 과정에서 허구의 일과 실제 인생이 서로 뒤섞일 수밖에 없고, 그렇기에 모든 언어 문서에는 의문점이 있을 수 있다는 걸 진즉에 알고 있었다. 소설 속 모든 일을 현실로 받아들이는 건 위험한 일이다. 가령 그 소설에서 나는 서술자 '나'의 신분을 전파사 주인의 아들로 설정했지만, 실제로 우리 집은 원래 양복점을 하다 나중에는 청바지를 함께 팔았다. 소설의 진실이 사실을 기반으로 성립되지 않는다는 건 소설가라면 누구나 알고 있는 점이다. 하지만 소설에 이따금 '진실의 기둥'이 나타나곤 한다. 예를 들어 독자 Meme가 편지에서 언급한 '잃어버린 자전거'가 바로 내가 그 소설에 세워놓은 '진실의 기둥'이었다.

소설가 움베르토 에코는 이렇게 말했다. "독자는 소설을 읽을 때 의심을 거두고 소설가가 지은 구조물을 믿으며, 그것이 소설을 읽는 독자가 암묵적으로 맺은 계약이라는 사실을 받아들여야 한다. 이것은 소설 읽기의 기본 원칙이다. 독자는 소설 속 서사가 상상의 이야기지만 소설가가 거짓말을 하는 것은 아님을 알아야 하며, 그 내용이 실제로 일어났던 것처럼 가장해야 한다."

그 독자는 이 원칙에 충실히 따랐다. 그(또는 그녀)는 아마 책을 덮은 뒤에도 이 원칙에 깊이 빠져 있었을 것이다. 하지만 동시에 그(또는 그녀)는 내가 만든 허구의 세계 속 그 자전거가 분명 내 현실 속 마음에도 꽂혀 있는 바늘이자, 내 인생에 있어 잘 덮어두었지만 아주 깊은 함정 같은 존재라는 사실을 직감했을 것이다.

나는 종종 소설가가 진실의 기둥 세 개를 가지고 독자로 하여금 허구의 기둥 일곱 개를 믿게 하고, 그들을 언어로 건축한, 웅장하기도 하고 초라하기도 하고 기이하기도 하고 비현실적이기도 한 성으로 인도한다고 생각해왔다. 소설에 나오는 중화상창은 실제로 있던 것이고, 일치시기 때 전투기 공장에 소년공이 징용된 것도 진실이며, 내 아버지의 자전거가 아버지의 실종과 함께 사라진 것도 진실이다. 하지만 소설 속 많은 부분은 내가 지어낸 허구라는 사실을 인정해야만 한다. 예를 들면 현실에서의 '나'는 꿈에서 전쟁을 경험한 적도 없고 기면증에 걸린 적도 없으며, 앨리스라는 여자친구도 없었다. 그때 내 여자친구는 테레사였고, 나는 아버지가 마지막에 자전거를 중산탕에 세워두었는지 아닌지도 알지 못한다.

하지만 그 독자는 자신도 모르는 사이에 내 인생을 향해 질문을 던졌다. 아버지와 함께 사라진 그 자전거는 어디로 갔나요? 아버지와 함께 있나요? 아니면 누가 훔쳐 갔나요? 자전거의 행방이 궁금하지 않아요? 알아보고 싶은 충동이 들지 않아요?

아버지의 실종 후 오랜 시간 동안 나는 중화상창이 철거된 중화로에 가지 못했다. Meme의 편지를 받은 뒤에야 용기를 내어 중산탕(내가 허구로 설정한 자전거 유실 장소)에 가보았다. 하지만 그곳의 치러우는 그때 이미 철거되고 없었다. 내가 만들어낸 거짓말이 사실과 부합하는지 확인하러 간 셈이니 이 얼마나 황당한 일인가.

고개를 들어 얼음빛 하늘을 올려다보며 내게 더는 아버지가 없다는 사실을 받아들이자고 몇 번을 다짐했다. 아버지는 이제 없다고, 다시는 돌아올 수 없다고. 우리에겐 아직 살아야 할 많은 날이 남아 있으니 아버지와 아버지의 자전거를 잊어버리자고. 그날 돌아와 Meme에게 답장을 썼다.

Meme 선생님, 안녕하세요?
편지 감사합니다. 제 소설을 진지하고 자세히 읽어주셔서 고맙습니다. 솔직히 말씀드리면 이 책은 소설이므로 저도 그 자전거가 어디로 갔는지 모릅니다. 하지만 제가 앞으로도 계속 소설을 쓴다면 살아 있는 동안 다른 소설로 선생님의 질문에 답해드리겠습니다. 평안하시길 기원합니다.

나는 소설가의 원칙을 위반하지 않고 Meme에게 그가 그 소설에 있는 '진실의 기둥'을 발견했음을 알려주었다. 나는 독자가 내 인생에 침범하는 것을 원치 않았다. 아니, 내 기억의 서랍 안으로 들어오는 것조차 원치 않았다. 소설 창작의 독립성을 지키고 싶었고, 최소한 내 인생에서 스스로 운신할 수 있는 공간을 갖고 나 자신이나 또 다른 이들에게 "모든 건 그저 소설일 뿐입니다, 거짓이고 허구이며 진실이 아닌 상징이자 은유입니다"라고 말할 수 있길 바랐다.

하지만 낯선 네 남자와 자전거가 함께 찍힌 한 장의 사진과 Meme의 편지가, 아마도 내가 그 행복표 자전거를 찾고 싶다고 생각한 계기라는 것을 인정할 수밖에 없다.

처음에는 아버지의 자전거와 동일한 모델의 자전거에 집착했지만, 점점 고물 자전거를 사다가 타고 다닐 수 있는 상태로 수리하는 것이 취미가 되었다. 지난 몇 년간 사들인 행복표 자전거만 스물세 대이고, 그중에는 아주 구하기 힘든 양밍산관리소 전용 자전거도 있고, 특별하게 도색한 '요구르트 아주머니 자전거'와 녹색의 우편배달용 자전거도 있다. 구하기 쉬운 모델은 잘 수리한 뒤 고물 자전거 수집가에게 팔았다. 말하자면 나는 구매자이자 판매자였다. 그렇게 하면 행복표 자전거를 가진 각양각색의 사람을 만날 수 있기 때문이다. 덕분에 나는 오일 파동, 태풍, 산사태, 정치적 혼란, 주가 등락 등 바람 잘 날 없는 21세기의 이 작은 섬에, 마치 레지스탕스 단체처럼 행복표 자전거에 대한 열정과 신념만으로 모인 사람들이 있다는 사실을 알게 되었다.

내게 온 자전거들은 대부분 말로 표현할 수 없이 낡고 부서져 다시 길 위를 달릴 용기와 능력을 상실한 것이었다. 브레이크 장치가 부서진 것, 스포크가 녹슬어 무게를 지탱할 수 없는 것, 허브의 쇠구슬이 부드럽게 돌아가지 않는 것 등. 그래서 나는 자전거 수리 공구 세트를 사다 놓고 직접 고물 자전거를 수리해보기로 했다. 자전거를 구할 때마다 나는 흥분했고 며칠 밤을 꼬박 새워가며 자전거를 닦고 해체하고, 시커멓고 짐승처럼 무거운 몸체에 새로 기름을 발랐다.

자전거가 다시 달릴 수 있게 하기 위해 수리용으로 각종 자전거 부품을 인터넷에서 구매하거나 동호회 친구들과 교환했다. 얼마 안 가서 거실 하나에 방 두 개짜리 사글세 아파트 전체가 자전거 수술실로 변했다. 그때 나는 이미 광고 회사를 그만둔 뒤

한 영화사에서 프리랜서 촬영기사로 일하며 자유 기고가를 겸하고 있었다. 가끔 광고나 뮤직비디오 촬영에 소장하고 있는 자전거를 소품으로 사용하기도 했다. 일하러 나갈 때 외에는 엔니오 모리코네의 영화음악을 들으며 자전거를 분해하고 조립했다. 그러고 있으면 마치 마사지를 받은 것처럼 일상의 피로가 사라졌다. 내 손으로 수리한 자전거를 보고 있으면 그것이 실제로 누군가를 싣고 달리던 때보다 더 새것이 된 듯했고, 그러면 내 수고로움으로 그것들이 시간을 거스르게 되었다는 생각이 들었다.

예전 여자친구 테레사는 나의 이 취미를 몹시 싫어했다. 그는 기름 냄새와 고물 자전거의 곰팡이 냄새가 진동하는 방에서 섹스를 하고 있으면 우리 관계가 절망이라는 끝을 향해 달리는 기분이 든다고 했다.

"그렇다고 집을 놔두고 모텔에 가면 돈이 아깝잖아. 안 그래?"

"당신은 항상 내 말을 비뚤게 받아들여."

테레사는 신경질이 난 듯한 길고 가는 손가락으로 내 볼을 쓸더니 심드렁하게 말했다.

얼마 지나지 않아 테레사는 나와 집과 자전거만 남겨둔 채 조용히 떠났다.

솔직히 말해서 몇 년 전부터는 자전거를 다시 찾고 싶다는 생각을 하지 않았다. 마음도 점차 평온해졌다. 자전거는 아버지가 타고 간 것이 아니라 어떤 좀도둑이 훔쳐 간 것이며 또 어딘가로 팔려가 이십 년이 흐른 지금은 이미 고철이 되어 다시 녹여진 후 어느 집 난간이나 철창, 허리띠 버클, 교통표지판 같은 알 수 없는 물건으로 변했을 거라 생각하기로 했다. 그런데 아부의 연락을 받고 그가 보낸 자전거 사진을 본 순간 다시 가슴이 쿵쿵 뛰기 시작했다.

아부와 기차를 타고 남부로 내려갔다. 샤오샤가 기차역에서 우리를 기다리고 있었다. 아무렇게나 입은 아부와 달리 크고 마른 체격의 샤 선생은 평범한 원단으로 만든 값싼 양복 외투를 걸치고 다갈색 뿔테 안경을 쓰고 있었다. 길에서 만났다면 아마 보험설계사일 거라 생각했을 것이다. 하지만 그 역시 아부처럼 자전거 얘기가 나오자마자 눈동자 속 필라멘트에 불이 켜졌다.

"자전거 상태는 좋아요. 아버님의 자전거라면 좋겠네요."

샤오샤의 자전거 보관 장소는 훨씬 더 예상 밖이었다. 그는 지하주차장의 주차 칸을 임대해 그곳에 수집한 자전거 10여 대를 빽빽이 세워놓았다. 절도 방지를 위해 자물쇠를 채운 것도 모자라 자전거를 분해해 부품 절반은 집에다 보관하고 있었고, 내가 부탁한 자전거만 특별히 끌고 나온 것이었다. 주차장도 건물 만큼 낡아 전등이 말썽이었고 주차 칸도 듬성듬성 비어 있어 우울한 분위기를 풍겼다. 샤오샤가 임대한 주차 칸은 제일 안쪽에 있었다. 희고 굵은 쇠사슬로 자전거를 전부 두르고, 자물쇠를 단단히 채워놓은 상태였다. 옛날 중화상창의 치러우에서 자전거 보관 일을 하던 리 씨 아저씨가 하던 방식처럼.

"이 자전거는 다른 사람 건데 임시로 맡아둔 거예요. 조심스러워서 평소에는 집에다 보관해요."

"난 모든 자전거를 집 안에 둬요." 내가 웃으며 말했다.

자전거로 다가가 싯포스트를 만져보았다. 처음 여자 손을 잡을 때만큼 긴장됐다. 행복표 자전거의 모델 넘버가 거기에 찍혀 있기 때문이다.

솔직히 말하면 나는 운명을 믿지 않았다. 인생은 난수와 임의성의 선택, 즉 운만 있을 뿐 명은 없다고 생각했다. 그래서 어머니는 나를 '고집불통'이라고 불렀다. 하지만 일련번호에 손끝이 닿은 순간, 어떤 힘이 일부러 그것을 내게 되돌아오게 한 게 틀림없다는 생각이 설핏 스쳤다. 언덕과 골짜기처럼 오톨도톨한 요철. 아버지의 행복표 자전거에 새겨져 있던 번호 '04886'이었다. 수십 년이 흘렀지만 색이 조금 바랬을 뿐인 에나멜 배지가 부드러우면서도 강인한 질감을 발산하고 있었다. 그저 색이 조금 흐릿해졌을 뿐 사라지지도, 떨어지지도 않았다.

나는 긴장감을 누르며 샤오샤에게 한번 타봐도 되느냐고 물었다. 그가 고개를 끄덕였다. 나는 그 옛날 아버지가 그랬듯 두 손으로 핸들바를 잡고(핸들바가 부드럽게 돌아갈 수 있도록 느슨하게 잡아야 한다) 몸을 한쪽으로 돌려 왼발로 먼저 페달을 두 번 밟은 뒤, 어느 정도 속도가 나자 오른발을 자전거 뒤쪽으로 돌려 높이뛰기 선수가 크로스바를 뛰어넘듯 안장에 올라탔다. 엉덩이가 안장에 닿는 순간 손잡이를 꽉 쥘 수도 없을 만큼 감격이 차올랐다.

자전거 페달을 밟으며 이 자전거가 지난 이십 년간 내 성격을 어떻게 바꿔놓았는지 느꼈다. 잠깐 탔을 뿐이지만 림, 타이어, 짐받이, 일부 브레이크 부품, 페달, 안장, 핸들바가 전부 바뀌었다는 걸 알 수 있었다. 내가 발견하지 못한 곳도 있겠지만, 어쨌든 아버지의 자전거를 개조하고 변형하고, 다시 조립한 행복표 자전거가 틀림없었다. 지난 이십 년간 어디에 있던 걸까? 어떤 곳을 지나온 것일까? 이 부품들은 누가 교체했을까? 왜 교체했을까?

잠시 던져놓았던 기억의 닻을 들어 올렸지만 어디에 고정해야 할지 몰라 철컹대는 소리만 내고 있을 때 갑자기 강바닥에서 진흙 더미가 딸려 올라왔다. 이유는 알 수 없지만 질퍽하고 견디기 힘든 우울감이 나를 휘감았다. 시험 삼아 자전거를 타보고 있다는 사실도 잊은 채 멍한 상태로 지하주차장을 한 바퀴, 한 바퀴 계속 돌았다.

Everything about him
was old except his eyes
and they were the same color as the sea
and were cheerful and undefeated.

そして自転車は自転車だけではありません

日本自転車設計師

清原慎二

그리고, 자전거는 단지 자전거가 아니었다.

일본 자전거 디자이너 기요하라 신지

메이지 5년(1872), 서양의학에 관심이 많고 일본해군병원의 약제국장으로 있던 청년 아리노부 후쿠하라가 긴자에 첫 양약국을 열었다. 흥미롭게도 이 약국의 이름인 '시세이도(자생당)'는 중국의 〈주역〉 중 곤괘의 단전*에 나오는 "지재곤원, 만물자생"이라는 글귀에서 따온 말이다. 곤은 〈주역〉에서 '땅'을 상징한다. 땅이 만물을 품고 생명을 낳고 기른다는 뜻이므로 약국 명칭으로 잘 어울릴 뿐 아니라 심오한 의미가 내포된 말이라고 할 수 있다.

《긴자와 시세이도: 일본을 '모던'화한 회사銀座と資生堂: 日本を"モダーン"にした会社》라는 책에서 나는 당초 시세이도의 경영이 '시세이도는 화장품'이라는 내 오랜 인식과 전혀 달랐다는 사실을 처음 알았다. 시세이도가 화장품 사업에 진출한 것은 1897년, 즉 청일전쟁에 패배한 대가로 청이 대만을 일본에 할양하고 이 년 뒤였다. 당시 시세이도가 내놓은 오이데루민이라는 화장수가 여성들에게 큰 인기를 끌었다.

1902년 아리노부가 유럽에서 소다수 기계를 들여다가 개업한 서양식 레스토랑과 카페도 성업했다. 일본인들은 일상에 새로 들어온 작은 사물을 기꺼이 받아들이고 변화된 생활에 적응했다. 약품, 화장품에 이어 음식으로 사업 영역을 넓히면서 시세이도는 단순한 약국을 넘어 완전히 새로운 서민 문화를 선사했다.

시세이도가 약품에서 시작해 화장품 수입 및 연구로 영역을

* 64괘의 괘명과 괘사卦辭를 해석한 것.

확장한 것은 당시 서양의약, 과학기술, 더 나아가 서구 생활방식
에 대한 일본인들의 동경에서 비롯되었다고 생각한다.

1915년 아리노부의 예술가 아들이 일본에 귀국했다. 서양식
교육을 받고 세계의 흐름을 직접 목도한 그는 아버지의 주력 사
업 분야를 약품에서 화장품으로 바꾸기로 결심했다. 이듬해, 훗
날 일본 사진예술사에 중요한 족적을 남기게 되는 그는 아르누
보의 시각적 개념을 활용, 선이 강렬하고 장식성이 짙은 동백꽃
도안을 디자인해 시세이도 로고로 사용하기 시작했으며, 제품
의 현대적인 분위기를 더욱 강조했다. 시세이도는 '화장품 브랜
드'라는 인식이 대중적으로 자리 잡힌 것이 바로 이때부터다.

시세이도라는 이름을 들을 때마다 뚜껑을 열면 스펀지가 들
어 있고 덮개를 펼치면 작은 거울이 나타나며 진한 '분내'를 풍
기던, 구석까지 남은 가루 하나 없던 어머니의 납작한 분첩이 생
각난다. 어머니는 그것이 평생 아버지에게 받은 가장 귀중한 선
물이며, 아버지가 자전거를 타고 런아이로에 있는 시세이도에
가서 사다 준 것이라고 했다.

1949년 영리한 대만 상인 리진즈가 일본 시세이도와 독점 계
약을 맺고 대만에 시세이도를 들여왔다. 처음에는 사업이 그리
순조롭지 못했다. 전후, 대만과 일본 사이의 수출입 무역에 법률
적으로 해결해야 할 문제가 많았기 때문이다. 오랫동안 사업이
진척되지 않자 리진즈는 초조해졌다. 어느 날 그가 거리를 지나
는 사람들을 구경하는데 군인들이 자전거를 타고 가는 사람을

불러 세우더니 아무 이유도 없이 자전거를 타고 가버리는 것이었다. 게다가 이웃 부잣집의 후지패왕호 자전거는 마당에 세워두었다가 도둑을 맞기도 했다(그전에도 자전거를 한 번 도둑맞은 적이 있었다). 그걸 보고 그는 생각했다. '빼앗기거나 도둑맞는다는 건 그 물건이 가치 있기 때문이야. 언젠가 대만도 모든 사람이 자전거를 가질 수 있는 나라가 될 거야.' 그래서 그는 형 리아화이, 동생 리아칭과 함께 청중무역회사와 청중자전거회사를 설립했다. 청중무역회사를 통해 시세이도 수입 사업을 처리하는 한편 오동나무, 죽간,* 시트로넬라기름, 강황 등 생활용품을 일본에 수출해 돈을 벌고, 그 돈으로 청중자전거회사를 통해 일본의 자전거와 생산기술을 들여왔다. 1954년 이후 대만 정부가 자전거 산업을 육성하기 위해 자전거 부품 수입을 전면 제한함에 따라 대만의 자전거 부품 판매 업체와 제조 업체들이 차츰 성장하기 시작했고, 청중자전거회사도 자체 상표의 자전거를 조립 생산하기 시작했다.

쏸충푸에 있던 이 자전거 공장은 제1대 조립 자전거를 거쳐 자전거를 자체 생산하기 시작했는데 그 자전거가 바로 '청중행복표자전거'다.

당시 리 씨 형제들은 수년 뒤 행복표가 대만에서 도난율이 가장 높은 자전거 상표가 될 줄은 예상하지 못했다. 대만인들은 창업을 하든, 결혼을 하든, 돈을 벌든, 다 "행복표 자전거를 타고

---

* 죽순을 삶아 발효시킨 음식.

행복의 길을 달리세요"라는 광고 문구를 가진 이 자전거와 함께 시작했고, 내 아버지 역시 마찬가지였다.

메이지부터 쇼와 시대까지 가장 유명한 일제 자전거는 훗날 대만 자전거 제조산업에 한 세대에 걸쳐 영향을 미친 후지패왕호였다. 후지패왕호 제조 업체는 '니치베이상점주식회사'로 시세이도와 마찬가지로 생활용품을 수출입하는 무역 회사이기도 했다. 후지패왕호는 원래 '라지패왕호'였는데 여기서 '라지'는 'Rudge'를 일본어 발음대로 읽은 것으로 영국 러지사를 의미한다.

쇼와 3년(1928), '라지패왕호'가 후지패왕호로 이름을 바꾸었고, 그것은 일본 자전거 산업의 현지화를 알리는 이정표가 되었다. 검고 튼튼한 프레임과 큼직한 짐받이, 호기롭고 믿음직스러워 보이는 소가죽 안장, 작은 부분까지 정교하게 설계된 만듦새까지 후지패왕호는 진정한 '철마'의 기세가 흘렀다. 일본 황실에서도 선호하는 자전거였고, 당연히 당시 대만에서도 극소수의 권력자나 전문가들만 살 수 있었다.

다이쇼 4년(1915) 당시 공식적인 통계 자료를 보면 타이베이청*의 자전거 총 보유 대수가 253대밖에 되지 않았으며 물론 이 가운데 후지패왕호는 훨씬 더 적었다. 명품이라는 인식 때문에 전후 대만 자전거 산업이 빠르게 성장하던 시기, 자전거 조립

---

* 일치시기 당시 타이베이의 행정구 명칭.

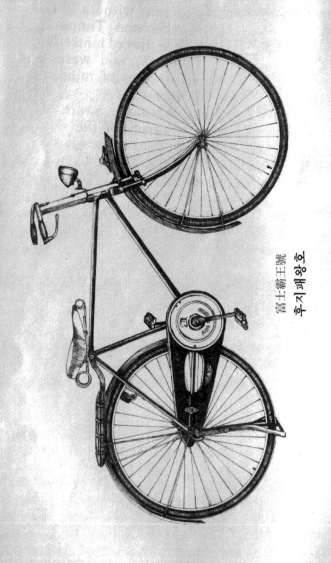

富士霸王號
후지 패왕호

업체마다 자사의 자전거에 '패왕호'라는 명칭을 붙이는 것이 유행했다.

약품에서 시작해 화장품으로 영역이 확장된 데에 서구식 생활에 대한 동경이 깔려 있던 것과 마찬가지로 일본 자전거 산업의 발전 과정도 서구화의 의미가 짙다. 메이지 시기부터 많은 무역 회사들이 유럽에서 러지사, BSA, 라레이 등의 자전거를 수입하기 시작해 모방에서 자체 생산 단계로 점차 발전했다. 일치시기에 일본을 통해 자전거를 들여온 대만은 일본 업체의 제작 과정을 모방하는 한편, 유럽의 자전거 제작 기술을 배웠다. 그 덕분에 전쟁이 끝난 뒤, 수입한 부품을 조립하는 단계에서 모방을 거쳐 최종적으로 현지화한 모델을 생산하기에 이르렀다.

행복표 자전거의 전신은 일본 부품을 수입해서 조립 생산한 케넷베스트호다. 커다란 소가죽 스프링 안장이 달려 있고 오른쪽에만 앞브레이크레버가 있으며 코스터브레이크 설계가 후지패왕호와 매우 비슷하다.

청중무역회사가 일본 업체와 긴밀하게 교류하면서 기술을 전수받아 생산한 자전거였기 때문이다. 그런 이유로 행복표 자전거의 품질이 대중에게 인정받기도 했다.

1950~60년대까지도 자전거는 일반 가정에서 구입하기 부담스러운 매우 비싼 물건이었다. 그러므로 유명한 자전거 상표는 공예품처럼 예술적인 장식성을 갖추고 있었다. 예를 들면 당시 행복표 자전거의 스템에는 불에 구워 만든 구리 에나멜 상표가

붙어 있고 후사경 테두리가 구리로 감싸져 있으며, 당시로서는 상당히 세련된 재질인 셀룰로이드로 제작한 체인커버가 장착되어 있었다. 프레임에 금색 칠을 하고 그 위에 꽃과 나무를 손으로 그려 넣었으며 흙받기에 붙은 제조사 엠블럼은 훨씬 더 고전적인 바로크풍 디자인을 띠었다. 고급 모델은 모든 부품에 독특한 상표가 새겨져 있었는데 심지어 나사에도 '행幸'자와 '복福'자가 세밀하게 새겨져 있었다.

1960년대는 대만 자전거 산업의 첫 전성기였다. 생산라인이 형성되면서 제조 업체와 조립 업체가 잇따라 자체 상표를 출시했다. 대만에서 자체 생산한 자전거가 20만 대를 넘어서고 사용 중인 자전거는 130만 대가 넘었다. 행복표의 시장점유율이 얼마였는지는 확실하지 않지만, 리진즈의 노력으로 당시 행복표가 자전거 업계의 최고 상표로 성장한 것은 분명한 사실이다.

가끔 행복표의 성공이 상표의 이름 덕분이 아닐까 생각한다. 이제 막 전쟁에서 벗어난 이 작은 섬은 '행복'이라는 슬로건을 그토록 갈망했던 것이다.

한번은 샤오샤와 함께 있다가 "이걸 타면 정말 행복해질까?"라고 중얼거렸는데 샤오샤가 대책 없는 감상주의자를 보는 눈빛으로 나를 보았다.

리진즈는 장사 수완이 뛰어난 사람이었다. 그는 대만 전국의 버스정류장에 간판 광고를 걸고, 라디오 광고를 내보냈으며 로고 송도 제작했다. 심지어 매주 자전거를 타고 교외에서 하이킹

城中幸福牌
청중행복표

合日合作堅耐度號
대 · 일합작 케넷베스트호

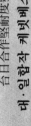

日本KENNET號
일본 케넷호

을 하는 '행복회'를 만들어 사람들을 데리고 하이킹을 했다. 당시로서는 매우 앞선 홍보 방법으로, 나중에 이런 방식으로 직접 자사 제품을 홍보한 대만 자이언트자전거 사장보다도 육십 년이나 앞서 있었다.

행복회에 참가한 하이커들은 행복표에서 과일과 도시락을 제공받고 상표가 새겨진 모자, 티셔츠 등도 선물받았다. 자전거를 여가생활의 수단으로 자리 잡게 하는 마케팅 전략이었다. 이 전략이 성공하며 행복표는 시장을 선도했고 매출이 증가하면서 대만에서 가장 도난율이 높은 자전거 브랜드가 되었다.

아버지의 마지막 자전거이자 지금 내게 돌아온 이 자전거가 바로 행복표에서 남녀 공용으로 출시한 중후기 모델이다('문무거文武車'*라고도 불렀다). 아버지가 대만 북부, 유동 인구가 가장 많고 열대우림 같은 장물 시장인 멍자장물시장에서 산 것이다.

즉, 먼 미래에 아버지와 함께 사라지게 되는 이 행복표 자전거가 원래 어떤 도둑이 훔친 다음 분해해 부품을 재조립한 후, 아버지에게 판 것일 가능성이 크다는 말이다.

---

* '무거武車'는 무거운 짐 자전거로 주로 남성용이고, '문거文車'는 평소에 이동용으로 타고 다니는 자전거로 주로 여성용이다. '문무거'는 문거와 무거의 특징이 절충된 남녀 공용 자전거.

3. 교코의 집

어쩌면 강물은 다시 빗물로 돌아갈 수 없고, 부서진 돌무더기도 다시 집이 될 수 없을지 모른다. 그렇지만 자전거를 본 후 그것을 산 사람이 있다면 판 사람도 있을 것이고, 다음 주인이 있다면 전 주인도 있을 거라는 생각을 멈출 수 없었다. 작은 불씨같은 생각이 바람에 이리저리 흔들리긴 했지만 꺼지지는 않았다.

그날 자전거를 타본 뒤 샤오샤에게 주인이 자전거를 얼마에 내놓았는지 물었다.

"팔 생각이 없대요."

"팔지 않겠다고요?"

"네. 상황이 좀 복잡해요. 이 자전거는 원래 카페에 인테리어용으로 놓여 있던 거예요. 마음에 들어서 매일 카페 주인을 찾아가 저한테 팔아달라고 졸랐죠. 그런데 자기 것이 아니라고 하더군요. 여자친구의 친구가 인테리어용으로 빌려준 거라면서."

"그들을 설득해줄 수 없나요?" 아부가 물었다.

"카페 주인을 만나고 싶어요." 내가 자전거 핸들바를 잡은 채 말했다. 에나멜 배지의 질감이 손가락에 만져졌다. "이걸 빌려준 진짜 자전거 주인도 만나고 싶고요."

샤오샤와 연락하는 사람은 카페 주인의 여자친구 애니였다. 원래는 자전거를 주인에게 돌려주려고 했지만 주인이 다른 지방으로 이사를 갔고, 애니의 좁은 집은 보관할 곳이 마땅치 않아 샤오샤에게 맡겨둔 것이라고.

"카페에 매일 드나든 지 일 년 가까이 돼서야 애니의 신뢰를 얻었어요." 샤오샤가 내게 애니의 전화번호와 이메일 주소를 알려주었다. "직접 연락해보시는 게 낫겠어요."

하지만 아무리 전화를 해도 받지 않았고 보낸 이메일에도 답이 오지 않았다. 다시 전화를 걸었을 때는 없는 번호라는 음성메시지가 흘러나오기까지 했다. 메일 내용이 너무 간략한 탓에 의도가 잘 전달되지 않은 걸까? 어쩌면 할 일 없는 변태가 보낸 스팸 메일이라 생각할 수도 있었다.

상대의 답장을 이끌어낼 만큼의 진솔함을 보여주지 못했다는 생각에 계속 괴로웠다. 며칠 뒤 두 번째 메일을 보내기로 했다. 두 번째 메일에서는 내가 그 자전거를 찾아다닌 이유를 털어놓았다. 단, 그 자전거가 아버지의 것이라는 얘기는 바로 하지 않고 같은 모델이라고만 했다.

행여 자전거 도둑을 추적하는 사설탐정 같은 사람으로 오해받을까 걱정됐기 때문이다.

그리고 마침내 답장이 왔다.

뜻밖에도 답장을 보낸 사람은 애니가 아닌 압바스라는 사람이었다. 샤오샤가 얘기한, 애니의 남자친구이자 카페 주인. 그는 무덤덤한 말투로 애니에게 내 메일을 전달받았다고 했다.

청 선생님, 안녕하세요?

선생님도 알고 계시다시피 그 자전거는 제 것이 아닙니다. 제 여자친구 애니의 것도 아니고요. 이 자전거가 한동안 제 카페에 있었고 우리의 특별한 시간에 함께한 건 맞습니다. 메일을 보니 선생님께서는 자전거에 관한 얘기를 듣고 싶으신가 본데 저는 도와드릴 수 없습니다. 애니가 친구에게 빌려다가 카페에 진열했던 것이라 자전거의 출처를 알지 못할뿐더러 애니와도 이미 헤어졌기 때문이죠. 애니는 선생님의 메일을 제게 전해주면서도 한마디 인사조차 덧붙이지 않았습니다. 제가 어떤 방식으로든 자길 성가시게 하는 걸 원치 않는 것 같더군요. 아무튼 하루빨리 아버지의 자전거를 찾으시길 바라겠습니다. 그럼 이만.

압바스

답장을 받고 나는 포기하기는커녕 오히려 희망이 생겼다. 압바스의 말대로라면 그는 애니와 헤어지고 의기소침한 상태였다 (글에서 그가 아직 이별의 여파에서 벗어나지 못했음을 알 수 있었다). 그는 상대의 솔직함에 쉽게 마음이 움직이는 사람인 듯했고 애니보다는 압바스를 찾는 게 더 쉬울 것 같았다. 여성의 경우 나를 불순한 의도로 접근하는 사람으로 오해할 수도 있고, 또 애니라는 별칭을 쓰는 사람보다는 압바스라는 별칭을 쓰는 사람이 훨씬 적을 것이므로 그의 정보를 수소문해볼 수 있을 것 같았다.

그의 별칭을 구글에서 검색해본 결과(물론 검색 결과의 대부분은 이란 감독 압바스 키아로스타미에 관한 것이었다) 그중에서 카페를 운영한 적 있는 이 압바스와 관계된 모든 정보를 추려냈다. 예상대로 내가 찾아낸 정보 대부분이 다다오청공원 부근의 작은 골목에 있던 '교코의 집'이라는 카페를 가리키고 있었다.

압바스는 사진작가이기도 했다. 한 네티즌이 올린 사진을 통해 당시 카페에 그의 작품이 많이 진열되었고, 각기 다른 디자인의 오래된 나무 테이블과 의자가 배치되었다는 것을 알아냈다. 몇 안 되는 조명이 모두 사진을 비추고 있어 전체적으로 다소 어두웠다. 문학청년인 네티즌은 자신의 블로그에 이렇게 써놓았다. "교코의 집 라오스 커피에선 매혹적인 열대우림의 향기가 나지만, 벽에 걸려 있는 사진이 커피 맛을 떨어뜨린다."

사진전이라도 열린다면 관람객 신분으로 찾아가 자연스럽게 접근해볼 수 있겠지만, 아쉽게도 그런 기회는 없었다. 카페는 다른 사람이 인수한 뒤 이름을 바꾸어 계속 영업하고 있었다. 그때 어떤 예감 같은 것이 내게 속삭였다. 압바스 같은 사람은 추억이 깃든 장소를 자주 찾아가지 않을까? 혹시나 그를 마주치지 않을까 하는 기대감에 지금은 '린고'라 불리는 그 카페로 향했다. 일주일에 두 번씩 카페에 들른 지 얼마 되지 않아 린고의 주인 아다와 친해졌다. 아다가 내부 인테리어를 새로 해 카페가 훨씬 밝아 보였다. 그는 일본에서 유학하던 시절 사과나무를 키운 적 있는, 후리후리한 몸매에 쾌활한 성격을 가진 사람이었다. 원래는 중부 산지에 땅을 조금 사서 사과를 재배하고 싶었는데 어쩌다 보니 린고를 열게 되었다고 했다. 카페 이름과 잘 어울리는 사과 퓌레가 이 카페의 주력 메뉴였다.

그리고 날씨가 더워지기 시작하는 6월 첫 주, 드디어 압바스와 마주쳤다.

어느 날 린고의 문을 열고 들어가자 압바스가 이미 거기에 있었다. 카키색 밀리터리풍 윈드브레이커 차림의 그는 라이트박스를 놓고 고개를 숙인 채 돋보기로 슬라이드 필름을 검토하고 있었다. 헤어 젤을 발랐는지 타고난 건지 모르겠지만 머리카락이 딱딱해 보였다. PAD로 디지털 파일을 검사하는 요즘 시대에 라이트박스로 슬라이드 필름을 들여다보는 사람은 흔치 않았다. 팔목에 있는 고도계 겸용 방수 시계 역시 눈에 띄었다. 특별히 필요한 사람이 아니면 그런 시계를 차지 않는다. 아다가 내게 다가오며 그가 바로 압바스라고 눈짓으로 알려주었다. 그의 테이블로 다가가 내 소개를 했다.

고개를 들어 나를 올려다보는 압바스는 마지막 남은 친구를 방금 막 잃은 것 같은 표정이었다. 내 출현에 약간 불안한 듯 경계하는 것 같기도 했다. 에두르는 걸 싫어하는 솔직한 사람일 거라는 판단하에 소개를 마친 뒤 이 만남이 단순한 우연이 아니며 내가 기다린 것임을 솔직히 말하기로 했다. "미안합니다. 하지만 일부러 뒷조사를 한 건 아니에요. 운에 맡겨보기로 했죠. 그래서 이 카페에 종종 다니며 아다와도 친해졌어요. 혹시 당신을 만나 얘기할 기회가 있지 않을까 작은 기대를 했을 뿐이에요. 꼭 당신에게 그 자전거에 대한 얘기를 듣고 싶었어요. 물론 원치 않는다면 바로 자리로 돌아가 다시는 귀찮게 하지 않을게요."

압바스가 잠시 망설이다가 나를 한 번 보았다. 녹슨 못 같은 눈빛이 찰나에 스쳤지만 이내 날카로움이 사라졌다. 그는 곧 내게 앉아도 좋다는 손짓을 했다.

"그건 애니가 가져온 자전거예요. 하지만 지금은 헤어졌어요. 그래서……."

"알아요. 메일에도 쓰셨잖아요. 죄송해요. 하지만 사생활을 들추려던 건 아니에요. 저는 그저 자전거를 어떻게 가져오게 됐는지, 두 분이 자전거와 어떤 관련이 있는지 알고 싶을 뿐이에요. 예를 들면, 자전거를 인테리어 소품으로 쓰게 된 이유라든가."

"자전거 타는 걸 좋아해요."

"그러셨군요."

거절인가 싶을 만큼 짧은 대답에 낭패라는 생각이 뇌리를 스쳤다. 한 걸음 더 들어가 자전거를 얼마나 좋아하는지 물어보고 싶었지만, 먼저 나를 온전히 열어 보여야 상대의 말문이 열린다는 걸 그간의 글쓰기와 인터뷰 경험으로 알고 있었다. 그래서 질문하는 대신 내가 자전거를 찾는 이유를 말하기로 했다.

"솔직히 말하면, 그 자전거는 제 아버지의 자전거예요."

"그걸 어떻게 아시죠?"

"자전거에 각인된 번호 때문이에요. 어릴 적 제 키가 자전거와 비슷했을 때 번호가 각인된 곳을 만지는 걸 좋아했거든요. 그래서 번호가 또렷이 기억나요. 도둑을 잡으려는 건 아니에요. 그저 운이 허락한다면 자전거가 거친 여러 주인을 찾아다니며 자전거가 지난 이십 년간 어디에 있었는지 알아보고 싶어요. 이 일이 제게 무슨 의미가 있는지도 모르겠고, 답을 찾을 수 있을지 없을지도 알 수 없지만 그냥 그러고 싶어요."

거짓말이었다. 나는 아직도 가족 이외의 누군가에게 아버지가 영문도 모르게 행방불명됐다고 솔직히 말할 수 없었다.

압바스가 굳은 표정으로 내 얘기를 들었다. 그의 사과 퓌레가 두꺼운 빨대를 타고 천천히 힘겹게 올라갔다. 잠시 망설이는 듯하던 압바스가 입을 열었다.

"무슨 말씀인지는 알겠어요. 그런데 이십 년의 시간을 거슬러 올라가는 게 불가능할 거라는 생각은 안 해보셨나요? 중간에서 연결고리가 끊어질 가능성이 커요. 가령, 어떤 주인은 정말로 도둑이었다거나……."

"알아요. 그래서 운이 허락한다면, 이라고 한 거예요."

태블릿에 저장되어 있는 중화상창의 옛날 사진을 보여주자 압바스의 눈빛에 경계심이 사라지고 호기심이 떠올랐다.

"어릴 때 거기에 교복 맞추러 간 적이 있어요. 참, 제 이름은 간사오치예요. 친구들은 압바스라고 부르고요."

압바스가 갑자기 자기소개를 하며 손을 내밀었고 나는 안도의 한숨을 쉬었다.

그 후 우리는 몇 번 더 만났다.

압바스는 1992년 대학을 졸업하고 군에 입대해 강산공군사
관학교에 있는 방공포 부대에 배치받았다. 부대 근처에는 얼가
오촌이라고 불리는 권촌이 있었다. 왜 얼가오촌이라는 명칭이
붙었느냐 하면 그곳이 원래 일본 제2*가오슝해군항공대의 주
둔지였기 때문이다. 종전 후 개조된 이 권촌에는 얼가오, 런아이
仁愛, 쯔리自力 등 몇 개 마을이 있었지만 보통 얼가오촌이라고 통
칭했다.

압바스는 대학에서 신문방송학을 전공했지만 사진에 매료되
어 훌륭한 사진작가가 되고 싶다는 꿈을 가지고 있었고, 그래서
휴일마다 카메라를 들고 마을을 돌아다녔다. 그때도 권촌은 이
미 사람들이 하나둘 떠나 대부분 노인과 아이만 사는 조용한 마
을이었다.

얼가오촌의 도로 양쪽으로 길게 이어진 집들은 산뜻하고 쾌
적해 보였지만, 길에서 멀리 떨어진 일부 가옥은 어둡고 습해 사
람 사는 곳이라기보다는 창고에 더 가까워 보였다. 중대장에게
들으니, 얼가오촌 중 일부는 정말로 과거 일본군 창고로 사용되
었고, 일부만 군인 관사로 새로 지은 것이었다. 일치시기의 잔재

*   대만에서 숫자 2 는 '얼'이라고 발음한다.

인 대형 창고들을 부수고 다시 짓지 않고, 쭉 뻗은 길을 사이에 두고 양쪽으로 문과 문이 마주 보는 형태의 관사로 개조하면서 얼가오촌의 독특한 가옥 형태가 만들어졌다. 이미 사람이 떠나고 비어 있는 집이 많았기 때문에 압바스는 그곳에서 찍은 연작 작품에 '부서진 창과 유물'이라는 제목을 붙였다.

제2가오슝해군항공대가 주둔했던 강산공항이 바로 압바스가 복무중인 방공포 부대가 지키는 공군사관학교공항이었다. 전쟁 시기에 유명했던, 나중엔 공군항공기술학교가 된 61해군항공창도 그리 멀지 않은 곳에 있었다. 전쟁 막바지였을 때 이 두 곳은 필리핀과 중국에서 출격한 미군 폭격기의 주요 폭격 지점이었다. 특히 항공창은 미국이 일본 본토 외에 가장 주시하는 군사 목표였다. 당시 항공창이 집중 폭격을 당해 근방에 있던 목조건물까지 모두 타버려 시멘트 건물만 남아 있었다. 벽에 파편 자국이 선명하게 남은 집도 있었다. 얼가오촌에 젠차오초등학교얼가오분교라고 불리는 초등학교가 있었다. 그 학교에서는 아침 게양식 때 교가 대신 공군 군가를 불렀다. 어린아이들의 노랫소리가 바람에 실려 압바스가 있는 방공포 부대까지 들렸다.

"바람 몰고 지나는 구름 보국의 뜻 펼치네. 곤륜 상공 유유히 날며 태평양 굽어보라. 오악五嶽과 세 개의 강 험준한 요새, 아름다운 금수강산 무적의 항공 편대 찬란히 비추네……." 이런 가사가 아이들의 목소리를 통해 들린다는 것이 압바스에게 일종의 위화감을 일으켰다.

얼가오촌의 출입구는 아치 철문이었다. 문으로 들어서면 6미터쯤 되는 도로가 뻗어 있고 길 끝에 방공포 부대가 있었으며, 오른쪽으로 꺾어 들어가면 초소가 있었는데 초소 안쪽부터 공군사관학교의 영지였다.

포에 포탄을 넣는 훈련과 매일 아침저녁으로 하는 3킬로미터 구보가 방공포 부대의 주된 훈련이었다. 압바스는 새벽 구보 시간을 좋아했다. 특히 소대장이 부대원을 데리고 얼가오촌을 벗어나 미튀 향* 시내로 나가면 소도시 풍경을 구경할 수 있고, 운이 좋으면 여학생들이 등교하는 아름다운 장면을 만날 수도 있었다. 얼가오촌에도 국숫집, 아침 식사를 파는 식당, 구멍가게가 있었다. 이따금 소대장의 기분이 좋은 날이면 구보를 하고 돌아가는 길, 소대장이 대원들에게 음료수를 사주고 다 마실 때까지 있다가 부대에 들어가곤 했다. 삼수를 해서 대학에 간 압바스는 다른 사병들보다 나이가 많아 소대원들은 그를 조금 어려워했지만, 자주 마을을 돌며 사진을 찍었기 때문에 마을 주민과는 친한 편이었다. 우육면 가게 장 씨 할머니, 더우장 가게 톈 씨 할아버지 등 희고 깨끗한 얼굴에 점잖아 보이는 압바스는 마을 사람에게 인기가 많았다. 압바스는 얼가오촌을 떠난 뒤 톈 씨 할아버지의 가게만큼 참깨사오빙**과 더우장이 맛있는 집을 보지 못했다. 그 진한 더우장을 한번 맛보면 다른 더우장은 콩을 갈아 만든 게 아니라고 느껴질 정도였다.

얼가오촌에서 압바스와 제일 친한 사람은 쩌우 선생이었다.

---

* 대만의 행정구역 중 하나.
** 밀가루 반죽을 둥글납작한 모양으로 만들어 화덕 안에 붙여서 구운 빵이다.

자식도 없고, 오래전 결혼한 여자는 그가 우체국에 한 푼 두 푼 모아둔 돈을 전부 찾아 도망쳤다고 했다. 압바스가 그를 만났을 때 그는 군대를 전역할 때 받은 퇴직금으로 생계를 유지하고 있었다. 마을 사람들은 그를 라오쩌우*라고 불렀다. 라오쩌우는 한때 공군의 지상 근무병으로 일하며 P-47과 F-86 정비를 담당했다.

압바스가 그를 알게 된 건 자전거 때문이었다.

라오쩌우는 전쟁 때 자주포 용수철에 부딪혀 오른쪽 다리가 부러지는 바람에 조종사가 되겠다던 꿈이 좌절됐다. 당시에는 접골 기술이 발달하지 못한 탓에 한쪽 다리가 짧아져 다리를 절게 됐기 때문이다. 라오쩌우의 집은 창고에서도 가장 어둡고 습한 구석에 있었다. 숱이 적고 번들거리는 머리칼은 늘 가르마를 중심으로 양쪽에 가지런히 붙어 있고 햇빛을 받지 못한 얼굴은 늘 핏기 없이 초췌했는데, 신기하게도 어깨에 알락할미새 한 마리가 항상 앉아 있었다. 압바스는 그전까지 알락할미새가 사람 어깨에 앉아 있는 것을 한 번도 본 적 없었다.

중대의 정전사**였던 압바스는 문구용품을 사러 미퇴에 가거나 공무를 처리하러 평산에 갈 일이 많았다. 하지만 몇몇 장교만 차가 있는 데다 일반 병사를 위해 군용차를 운행하는 경우는 거의 없었기 때문에 중대에서 외부로 나가는 군용차를 운 좋게 얻

---

* 나이가 많거나 자기보다 연배가 위인 사람을 성씨 앞에 '라오老'를 붙여 애칭으로 부르는 습관이 있다.
** 정치작전사의 줄임말로 중대장을 보좌해 잡다한 업무를 처리하는 병사.

어 타지 않는 한 목적지까지 걸어가거나 자전거를 타고 가야 했다. 물론 그런 이유로 자전거를 사지는 않았다. 얼가오촌에 가면 자전거를 '빌릴' 수 있다는 선임의 조언을 들었기 때문이다.

당시 얼가오촌 노인들은 활동 반경이 거의 마을을 벗어나지 않았으므로 젊은 시절 타던 자전거를 탈 일이 없었다. 그래서 대부분의 자전거가 녹슨 채 자물쇠도 없이 대문 앞이나 마당에 방치되어 있었다. 선임은 군인들이 한 번씩 타주면서 바퀴에 바람도 넣고 기름칠도 해주는 것이 자전거가 망가지지 않게 돕는 길이라고 웃으며 얘기했다.

마을 노인들도 군인들이 자전거를 '빌려' 타는 것을 자연스럽게 여겼고, 보통은 몇 시간 뒤에 원래 자리에 가져다 놓았으므로 크게 개의치 않았다. 압바스는 라오쩌우의 자전거를 제일 자주 '빌려' 탔다. 검은 철로 된 프레임에 소가죽을 씌운 스프링 안장을 얹은 자전거였는데 별로 좋은 자전거는 아니었지만 타고 달리면 탄탄한 안정감이 느껴졌다. 식별할 수 있는 상표도 붙어 있지 않았지만, 암녹색으로 도색된 것이 특징이었다. 비록 칠이 심하게 벗겨졌지만 원래의 견고한 만듦새를 여전히 느낄 수 있었다. 압바스는 이 자전거를 타고 미퇴를 한 바퀴 돌고 가끔은 바닷가까지 나가기도 했다. 바다는 잿빛이었고, 해변으로 밀려온 쓰레기가 밀물 닿는 곳까지 흩어져 있었다.

얼가오촌 노인들도 군인들이 자전거를 '빌려' 탄다는 걸 다 알고 있었고, 압바스는 가끔씩 자전거를 '돌려주러' 갔다가 라오

쩌우와 마주치기도 했다. 라오쩌우와 점점 친해진 뒤로는 돌아
오는 길에 자전거를 빌려 쓴 값으로 술, 국수, 갯농어, 푸성귀 등
을 사다 주곤 했다. 라오쩌우가 집에 없을 때는 자전거에 걸어두
고 왔다.

압바스의 고향은 주메이라는 대만 중부의 작은 마을이었다.
그 무렵 압바스의 어머니가 텃밭에 농사를 지었기 때문에 휴가
를 나갔다 부대로 복귀할 때 집에서 직접 수확한 옥수수와 포도
를 라오쩌우에게 가져다주었다. 라오쩌우도 가끔 갯농어죽을
끓이면 한 그릇 남겨두었다가 압바스에게 주었고, 마당에 있는
구아버나무의 구아버가 잘 익으면 한 자루 주기도 했다.

유난히 덥던 그해 여름, 전역이 얼마 남지 않은 압바스가 라오
쩌우의 자전거를 타고 미퇴에 갔다. 친한 동기들과 러차오*에
모여 그가 부대의 홍군(징병 군인 중 부대 내에서 전역이 가장 가까
운 군인)이 된 것을 자축하는 술자리를 가진 뒤 저녁 늦게 얼가
오촌으로 돌아왔다. 평소처럼 자전거를 돌려주러 갔는데 라오
쩌우가 작은 등불 하나만 켜진 집 안에서 소리쳐 물었다.

"젊은이, 제대가 얼마 남지 않은 거야?"

압바스가 대답했다. "네. 그동안 잘해주셔서 고맙습니다. 자전
거도요!"

압바스가 집 안으로 들어가 라오쩌우에게 조개탕 한 봉지를
건넸다.

---

* 간단한 볶음 요리와 함께 술을 파는 대만 서민 술집.

라오쩌우가 압바스에게 앉으라는 손짓을 하더니 부엌에 가서 만터우*를 가지고 왔다. 라오쩌우의 만터우는 그리 크지 않았지만 마치 어떤 신념을 품기라도 한 양 실해 보였다. 압바스는 그것을 입에 넣고 씹고 싶은 욕망이 일었고, 씹기 시작하자 눈앞에 밀밭이 펼쳐지는 것 같았다. 라오쩌우의 만터우 만드는 솜씨는 오래전 부대 취사병에게서 온 것이라 했다. 그는 그때 취사병의 고향집에 대대로 내려오는 발효종을 조금 얻어 이때까지 잘 기르고 있었다.

라오쩌우가 물었다. "맛있누?"

압바스가 말했다. "정말 맛있어요. 말로 표현할 수 없을 만큼."

라오쩌우가 말했다. "그래. 반죽에도 기술이 필요한 법이지."

그런데 왠지 라오쩌우가 하고 싶은 말을 못 꺼내고 망설이는 것 같았다. 압바스가 일부러 가벼운 농담을 던졌다.

"라오쩌우, 제가 말은 버릇없이 해도 라오쩌우를 할아버지처럼 생각한다는 거 아시죠? 제대해도 시간 나면 찾아올게요."

라오쩌우가 기분 좋은 듯 웃었다. 어깨에 앉은 알락할미새가 그들의 대화를 엿듣고 있는 양 그의 귓바퀴를 쪼았다.

압바스가 말했다. "부대 복귀할 시간이에요."

라오쩌우가 말했다. "아직 좀 남았잖아. 아홉 시 다 돼서 조금 늦게 점호해도 될 텐데 그 정도 짬밥에 뭐가 걱정이야?"

그가 침대 밑에서 '주구이' 한 병을 꺼냈다. 압바스가 대대장

---

* 밀가루 반죽을 발효시켜 소를 넣지 않고 찐 빵.

실 당번병에게 부탁해 대대장이 보관하던 것을 몰래 훔쳐다가 라오쩌우에게 준 것이었다.

두 사람이 작은 등잔불 밑에서 주구이를 함께 마셨다. 라오쩌우의 집은 몹시 궁색했다. 제 모양을 갖춘 것이라고는 자전거와 16인치 텔레비전, 오래된 탁자 하나뿐이었다. 하지만 거실 찬장에 군대에서 받은 기념 배지와 우승컵(대부분 탁구 대회에서 받은 것이었다)이 가득 진열되어 있었고, 그 사이로 부서진 비행안경 하나가 놓여 있었다.

압바스가 물었다. "이건 누구 거예요?"

"일본병. 일본병들이 그렇게 생긴 걸 썼지." 라오쩌우가 압바스의 잔에 술을 따르며 물었다. "네 부대 자리가 원래 일본 항공대 기지였다는 거 알아?"

압바스가 말했다. "알아요. 장교에게 들었어요."

"그럼 지금 항공기술학교 자리에 일본 특공대가 주둔했었다는 것도 알아?"

압바스가 말했다. "그건 몰랐어요."

라오쩌우의 눈빛이 진지해졌다.

"네게 들려줄 얘기가 있어. 무서워하지 말고 들어봐."

"네."

"이 집에 말이야. 일본 공군 학도병이 나랑 같이 살고 있어. 어느 핸가 텃밭에 수세미외를 심다가 땅속에서 저 부서진 안경을 발견했지. 사람들에게 보여주면서 물어봤더니 일본 비행사들이 쓰던 비행안경이라고 하더군. 학도병은 임무를 수행하다가 죽은 게 아니라 주둔지가 폭격당해서 죽었어. 그런데 안경이 왜 우리 집 마당에 떨어졌는지 모르겠어. 우습게도 그때 심은 수세미외는 자라지 못했는데 내가 버린 구아버 씨앗이 싹을 틔워서 마당에 구아버나무가 자라게 됐지."

압바스는 어리둥절했다. 무섭지는 않았지만 조금 슬펐다. 라오쩌우가 실성했나? 아니면 치매라도 걸렸나? 이런 음습한 집에서 가족도 없이 삼사십 년 동안 혼자 살면 자기라도 실성할 수 있겠다 싶었지만 이야기를 하는 라오쩌우의 형형한 눈동자를 보면 실성한 사람 같진 않았다. 혹시 환각을 본 걸까? 압바스는 올리버 색스의 책에서 사람의 뇌에 병변이 발생하면 아무리 황당한 일이라도 뇌가 지시하는 대로 믿게 된다는 걸 읽은 적 있었다. 가령 뇌가 당신에게 당신 아내의 머리가 모자라고 말하면 당신은 아내의 머리가 모자라고 굳게 믿게 된다는 것이다.

"그 학도병이 지금도 나랑 같이 살고 있어."

라오쩌우가 자기 어깨에 앉은 알락할미새를 가리키자 새가 갑자기 오른쪽 날개를 펼치더니 한쪽 발을 들어 깃털을 쓸었다.

압바스는 그저 황당할 따름이었다.

"이 새가 그 학도병이라고요?"

라오쩌우가 진지한 표정으로 고개를 끄덕였다.

"일본인은 전부 양심도 없고 야만하고 금수 같은 놈이라 생각했지. 난 일본 궤이*들을 증오했어. 이 녀석도 쫓아내려고 별의

---

*　鬼, 대만에서 다른 나라 사람을 혐오하여 부르는 말.

별 방법을 다 써봤어. 도사에게 쫓아달라고도 해보고 십자가도 갖다 놨는데 소용이 없더라고. 그래서 그냥 내버려두기로 했어. 어차피 이 녀석이 내 침대를 차지하는 것도 아니고 시끄럽게 떠드는 것도 아니니까. 어깨에 올라앉아 있거나 안경 옆에 웅크리고 있는 게 전부였지. 처음엔 저 안경을 버리려고 했어. 그러면 이 녀석이 떠날지도 모르니까. 그런데 왠지 버릴 수가 없더라고."

압바스가 고개를 돌려 찬장을 보았다. 비행안경, 김이 든 통, 깨끗이 닦지 않은 듯한 아주 오래된 그릇들, 라오쩌우가 직접 캔 약초 따위가 함께 놓여 있었다. 다시 고개를 돌리자 알락할미새가 자신을 응시하고 있었다. 압바스는 그제야 알락할미새의 눈에 달이라도 박힌 듯 눈빛이 영롱하게 반짝인다고 느꼈다.

"싹을 틔우고 나서야 구아버인 줄 알았지만 잘라내지 않았어. 하지만 자라고 자라서 지붕보다 키가 더 커질 줄은 꿈에도 몰랐지. 어느 해에 알락할미새 한 쌍이 저 나무에 둥지를 짓기 시작했어. 놈들이 어떻게 둥지를 짓는지 날마다 유심히 관찰했지. 얼마 되지 않아 알이 부화해 새끼가 나오더니 몇 주가 지나니까 날기 시작하더라고. 그런데 어느 날 아침 밖에 나가 보니 절반이 뚝 잘린 새 사체와 둥지가 바닥에 떨어져 있지 뭐야. 마을에 다니는 들고양이한테 당한 게지. 처음엔 대수롭지 않게 생각했어. 그런데 집 안으로 들어와 보니 잘 날지도 못하는 아기 새가 찬장에 날아 들어가서 저 안경 구석에 머리를 처박고 숨어 있더라고. 그때 생각했지. 아, 둥지에서 혼자 살아남은 놈이로구나. 마음이 짠해서 그때부터 기르기 시작했어."

"길렀다고요?"

"응. 시장에서 아기 새가 먹는 사료를 사다가 물에 불려서 빨대로 이 녀석 입에다 넣어줬어. 그렇게 키운 녀석이 이렇게 자란 거야. 매일 저녁 이 시간에 이 녀석을 데리고 산책을 하러 나가는데 오늘은 널 기다리느라 안 나갔어."

"이 새가 일본어를 해요?" 압바스가 물었다.

"응?"

"이 새가 일본인인 줄 어떻게 알아요?"

라오쩌우가 말했다. "이 녀석은 말을 한 적이 없어."

그럼 이 새가 일본 학도병이라는 걸 어떻게 아세요, 하고 물었어야 했지만 압바스는 묻지 않았다. 그 대신 어떻게 하면 이 화제에서 빠져나갈 수 있을까 생각하며 연신 손목시계를 들여다보았다.

"이 녀석이 얼가오촌 곳곳으로 나를 데리고 갔어. 내가 모르는 곳도 있었지. 그런데 그중 한 곳은 직접 내려가서 봐주길 바라는 것 같은데 영 들어갈 엄두가 안 나."

"그게 어딘데요?"

"나중에 알려줄게." 라오쩌우가 말했다. "제대하기 전에 휴가 있나?"

"있어요. 이틀."

"그럼, 하루만 나랑 같이 어디 좀 갈 수 있겠어?"

"그럴게요. 어디 가시게요?"

"거길 가야지. 그런데 준비가 필요해."

"무슨 준비요?"

"잠수용 산소통하고, 잠수할 때 필요한 것들 말이야. 빌려올 수 있겠지?"

"그건…… 가서 물어볼게요. 다 어디 쓰시게요?"

"됐어. 그때 오면 직접 가서 보여줄게. 안 오면 말해줘도 소용없지."

그때 알락할미새가 의미심장한 눈빛으로 나를 보더니 갑자기 라오쩌우의 어깨를 차고 날아올라 찬장 속 비행안경 위로 자리를 옮겼어요. 부서진 안경의 오목한 곳, 언제부턴지 모르게 새가 풀을 물어다 지어둔 둥지가 눈에 들어왔죠.

나는 압바스를 보며 그의 이야기를 곰곰이 생각했다. 압바스가 얘기를 들려주며 직접 인화한 얼가오촌의 사진을 한 장 한 장 보여주었기 때문에 직접 본 듯 머릿속에 선명한 장면이 떠올랐다. 그의 작업실에는 오래된 중약방*에 있을 법한 나무 서랍장이 있었고, 작은 서랍마다 특별한 비밀문서가 들어 있는 것처럼 천간天干과 지지地支가 하나씩 새겨져 있었다. 그가 '경庚'이 새겨진 서랍에서 흑백사진 한 뭉치를 꺼냈다.

그가 얼가오촌의 장터 얘기를 하며 고양이가 빨래 받침대 같은 곳에 앉아 있는 사진을 보여주었다. 부서진 지붕 사이로 비스

---

*   중약을 파는 약방.

듬히 쏟아진 햇빛에 고양이 눈동자가 반짝였다. 수많은 사람이 떠나거나 죽은 뒤 폐허가 된 얼가오촌에 대해 얘기할 때는 한쪽 벽이 거의 다 무너진 집의 사진을 보여주었다. 사진에 누렁이도 한 마리 있었지만 노출 시간이 부족해 사진이 전체적으로 흐릿했다. 창고를 개조해서 만든 주택 단지에 대해 얘기할 때는 나무에 올라가 내려다보며 찍은 듯한, 권촌의 후미진 귀퉁이 사진을 보여주었다.

자전거를 찍은 사진은 모두 세 장이었다. 그중 한 장은 자전거가 마치 수줍음 많은 개처럼 대문 옆 그늘에 기대어 있는 사진이었는데 어스름하게 깊숙한 곳, 백발노인의 옆모습이 보이는 듯했다. 라오쩌우인가?

"맞아요. 바로 라오쩌우예요." 압바스가 대답했다.

압바스와의 여섯 번째 만남이었다. 앞선 다섯 번은 모두 원래 교코의 집이었던 린고에서 만났고, 그날은 사진 작업실이기도 한 그의 아파트에서 만났다. 대략 예닐곱 평쯤 되는 방에 그가 몇 년간 찍은 작품이 걸려 있거나 붙어 있고, 화장실을 개조한 암실이 있었다.

압바스는 차츰 나를 친구로 받아들였다. 내가 예전에 출간한 소설을 그에게 선물한 것이 한 가지 이유였을 거라고 생각한다. 소설을 읽은 뒤로 그는 나를 창작자의 한 사람으로 동등하게 대하기 시작했다. 내게 자신의 작업실을 보여준 것도 그 때문이었다. 그는 내게 자기 작품 중 마음에 드는 걸 하나 골라서 가져가도 좋다고 했다. 애니를 제외하면 내가 그의 작업실에 들어간 유일한 사람이라고 했다. 압바스에게는 사람을 판단하는 또 하나의 기준이 있었는데 바로 신발이었다.

"난 신발 앞코가 깨끗한 사람을 믿지 않아요. 신발 뒷꿈치가 닳지 않은 사람도 믿지 않고요."

내가 물었다. "그래서, 정말 잠수 장비를 빌렸어요?"

"빌렸죠. 두 벌이나."

그가 대답하며 낡은 알람 시계의 태엽을 돌려 탁자에 내려놓았다. 시곗바늘이 째깍째깍 움직이기 시작했다.

압바스는 라오쩌우가 잠수 장비를 가지고 뭘 하려는지 전혀 몰랐기 때문에 대여점 주인이 용도를 물으며 자격증이 있느냐고 물었을 때도 아무 대답을 할 수 없었다. 주인은 잠수 경험이 없는 사람에게 장비를 빌려주는 건 살인이나 다름없다며, 원칙을 내세워 대여를 거절했다.

그는 관련 자격증이 있는 후임 아쭈에게 연락한 다음에야 수경, 호흡기, 잠수복, 오리발, 조끼, 산소통, 손전등, 부력 조절기 등 장비를 빌릴 수 있었다.

압바스는 부중대장에게 반일짜리 포상 휴가를 받아 아쭈, 라오쩌우와 함께 미퉈 해변으로 갔다. 그들은 삼판선을 타고 근해로 나갔고 세 시간 동안 속성으로 잠수를 배웠다. 원체 운동신경이 좋은 압바스는 금세 능숙해졌다지만, 의외로 라오쩌우가 노인답지 않게 몸놀림이 민첩했다. 물속에서는 절룩거리는 다리도 아무런 문제가 되지 않는 듯했다.

며칠 뒤 휴가일이 되자 압바스가 아침 일찍 라오쩌우의 집 대문을 두드렸다. 하지만 막 일어난 듯 부스스한 라오쩌우를 보니 후회가 됐다. 압바스는 흑곰 같은 체격의 잠수 장비 대여점 주인이 고압적으로 한 말을 떠올렸다. 라오쩌우가 왕년에 수영을 아주 잘했다고 큰소리를 치기는 했지만 지금은 노인이었다. 아무리 잠수 장비를 갖췄다 해도 이런 노인을 데리고 뭘 한다는 건 살인이나 마찬가지였다.

압바스는 라오쩌우의 만터우를 먹은 뒤 말없이 모든 장비를 방수 배낭에 담았다. 알락할미새가 창밖에서 푸드덕거리며 날아와 라오쩌우의 어깨에 앉더니 여느 때처럼 라오쩌우의 귓바퀴를 깨물었다. 뭐라 속삭이는 것 같기도 하고, 다정하게 입맞춤을 하는 것 같기도 하고, 어떻게 보면 라오쩌우의 머릿속을 비집고 들어가려는 것처럼 보이기도 했다.

"우릴 따라가려는 거예요?" 압바스가 물었다.

"아니. 자긴 갈 수 없대."

라오쩌우가 새의 배 앞으로 검지를 내밀자 알락할미새가 폴짝 뛰어 올라갔다. 라오쩌우가 새를 탁자에 내려놓고, 압바스와 함께 자전거를 끌고 출발했다.

압바스는 라오쩌우가 시키는 대로 쯔리촌 근처까지 자전거를 몰고 간 다음 방향을 틀어 끝없이 펼쳐진 듯한 논으로 들어섰다. 벼에 이삭이 막 나는 시절의 독특한 향기가 피어올랐다. 매미는 사람의 귀를 멀게 만들려 작정한 듯 기를 쓰고 울어대고 참새는 농부가 묶어둔 방울이 무섭지 않은 듯 스스럼없이 논을 들락날락했다. 멀리 논 가운데 2층짜리 건물과 앞에 흩어진 백로 떼가 보였다. 라오쩌우가 건물을 가리키며 옛날에 초등학교 교실로 쓰던 곳인데 나중에 폐결핵 요양원으로 바뀌었다가 지금은 텅 빈 채 방치되어 있다고 했다.

"저기 갈 거야." 라오쩌우가 말했다.

"저기서 잠수를 해요?"

압바스는 오늘 이 노인이 자신과 무슨 놀이를 하려나 보다 생각했다.

건물은 외벽 두 면에 시커먼 아스팔트 방수제를 칠한 것 외에 그리 특별해 보이지 않았다. 라오쩌우가 압바스를 데리고 들어갔다. 내부는 텅 비어 있고 유리가 없는 창을 통해 햇빛이 들어오는데도 왠지 모르게 축축하고 선득했다. 라오쩌우가 한쪽 귀퉁이로 가더니 압바스를 시켜 나무 판을 들어 올리게 했다. 나무 판을 들어 올리자 각목이 네모 형태로 촘촘하게 박혀 있었다. 라오쩌우가 가방에서 망치와 쇠 지렛대를 꺼내더니 압바스에게 각목을 떼어내라고 했다. 각목을 하나 떼어내고 나서야 압바스는 그곳이 건물의 지하실로 통하는 입구라는 걸 알았다. 각목을 다섯 개쯤 떼어냈을 때부터 물이 보였다. 수초가 잔뜩 떠 있는 탁한 물이 입구까지 차올라 있었다.

라오쩌우가 물속을 들여다보며 말했다. "오늘은 물이 차올랐군."

압바스가 물었다. "여기 이런 게 있다는 걸 알고 계셨어요?"

"아무렴. 안 그랬으면 널 데리고 왔겠어?"

"여기로 내려가요?"

라오쩌우가 잠수복을 입기 시작했다.

"응. 이 물이 어디로 통하는지 보려고."

"당연히 지하실이겠죠."

"아닐 거야. 그냥 지하실이었다면 일본병이 내려가보라고 했을 리 없지."

'그건 그냥 새예요, 라오쩌우.' 압바스가 속으로 구시렁구시렁 중얼거렸다.

"그래요. 평범한 지하실이 아닐 수도 있죠. 그렇다 해도 이 물이 어디로 통하는지 왜 알려고 하세요? 너무 위험하다고요, 라오쩌우. 내려가본 적 있으세요?"

"아니. 그래서 너랑 같이 내려가려고."

"라오쩌우, 저를 제대도 못 하게 할 작정이세요?"

라오쩌우가 뒤를 가리키며 산소통 메는 걸 도와달라는 손짓을 했다.

"무슨 소리야? 위험하지 않으니 데려온 거야."

압바스가 고개를 저었다.

"위험하지 않다고요? 누가 그래요?"

"일본병이 그랬어."

"그 새는 말을 하지 못한다면서요? 게다가 그건 새라고요, 라오쩌우!"

"말은 못 하지만 난 그가 하고 싶은 말을 알아들을 수 있어."

수경을 통해 보이는 라오쩌우의 눈빛은 60~70대 노인의 것이 아니었다.

"애니와 함께 연 카페 이름을 왜 '교코의 집'으로 지었는 줄 알아요?"

"미시마 유키오의 소설에서 따온 거죠?"

"맞아요. 애니가 미시마를 좋아했어요. 미시마의《교코의 집鏡子の家》은 특별한 작품이라고 했죠. 평론가에게 인정받지 못한 작품이기도 하고요. 비록 실패작으로 평가받지만 난 그 소설이 좋아요. 한 인간의 심리를 섬세하고 아름답게 묘사했다고 생각해요.

교코*는 여자 이름이면서 또 매개체 같은 느낌이 있잖아요. 그래서 카페 이름을 교코의 집이라고 지었어요. 보통 미시마의 소설을 떠올리지 못할 거라는 걸 알아요. 하지만 그래서 더 좋았어요. 난 손님들이 그냥 교코의 집 그 네 글자를 봐주길 바랐으니까요.

카페는 내 작품으로 꾸몄어요. 그중에 시각적으로 불쾌한 사진도 있어서 가끔 싫어하는 손님도 있었지만요."

압바스의 작업실에 걸린 유리 액자 속 사진은 흑백사진이었기 때문에 빛의 각도에 따라 검은색 부분에 사진을 보고 있는

---

* '鏡子'를 일본어로 읽은 것으로, 대만에서는 '거울'이라는 뜻으로 사용된다.

사람의 모습이 어렴풋이 비쳤다. 마치 거울처럼.

    압바스와 라오쩌우는 잠수 장비를 모두 착용한 뒤 계단 입구에 쪼그리고 앉았다. 녹색 물에 그들의 녹색 그림자가 비쳤다. 라오쩌우의 몸도 압바스와 거의 비슷했다. 몸을 펴고 있을 때야 완만하게 굽은 등과 노쇠한 몸이 티가 났지만, 잠수복을 입고 계단 입구에 쪼그려 앉은 두 사람의 녹색 물그림자로는 나이 차가 거의 보이지 않았다.

    압바스가 위험이 닥치면 곧바로 돌아올 거라고 하자 라오쩌우가 고개를 끄덕이며 목숨 건 모험을 하러 온 게 아니라 자기 자신과 압바스의 전역을 기념하기 위해 온 것이라고 했다. 압바스가 그의 말에 코웃음을 치며 자신은 이런 기념식을 원치 않는다 말하고는 잠수 시계를 보며 물에 들어가는 시간을 확인했다. 아침 8시 6분이었다.

    두 사람이 계단을 따라 내려갔다. 압바스가 속으로 숫자를 셌다. 계단은 총 스물일곱 개, 한 계단에 15센티미터씩 계산하면 지하실 깊이가 4미터 남짓이었다. 암녹색의 탁한 물을 손으로 젓자 바닷물과 달리 촉감이 묵직하고 뜨뜻했다. 헤드 랜턴과 손전등 빛이 얼마 내뻗지 못하고 녹색 물에 삼켜졌다. 고개를 돌려 뒤를 보니 계단 입구를 통해 네모난 달 같은 빛이 들어오는 것을 아직 볼 수 있었다. 압바스는 한 손으로 벽을 더듬어나가며 라오쩌우를 살폈다.

압바스는 원래 지하실을 대충 둘러보고 끝낼 생각이었다. 그런데 세 번째 벽에 닿았을 때 책장 같은 물체가 손에 잡히고 그 뒤로 칼날처럼 비집고 들어오는 미세한 빛이 보였다. 라오쩌우가 그의 어깨를 치며 책장을 옆으로 밀어보라는 손짓을 했다. 압바스가 책장을 손으로 힘껏 밀자 나무 책장이 물속에서 느린 동작으로 와르르 무너지며 눈앞이 갑자기 환해졌다. 책장 뒤로 돌벽이 있었고 위쪽에 있는 돌문이 반쯤 열려 있었다. 손을 뻗어 만져보니 두께가 두 뼘이나 되는 무겁고 튼튼한 문이었다. 틈이 벌어지지 않았다면 두 사람의 힘으로 여는 건 불가능했을 것 같았다.

돌문의 벌어진 틈으로 어떤 힘이 밀고 들어오는 걸 느꼈다. 어디서 흘러왔는지 알 수 없는 조류인 듯했다. 두 사람이 몸을 옆으로 틀어 돌문 안으로 들어갔다. 갑자기 쏟아져 들어온 물에 더러운 물이 희석되어 그리 또렷하지는 않아도 3미터 이내의 사물은 분간할 수 있었다. 또 다른 방이었다. 압바스가 앞으로 헤엄쳐 나아가며 공간의 크기를 확인하다가 사방에 같은 크기의 철제 받침대가 일렬로 서 있는 것을 발견했다. 받침대에 나무 상자가 잔뜩 올려져 있는데 물속에서 보니 그 안에 꼭 시커먼 진흙이 가득 차 있는 것 같았다. 손을 뻗어 닿은 뒤에야 썩은 군복과 군모라는 걸 간신히 알아볼 수 있었다. 그리고 맨 마지막 벽에는 또 다른 방으로 통하는 듯한 문이 열려 있었다.

커다란 지하 창고인 것 같았다.

압바스는 들어가고 싶지 않았다. 계속 다른 방으로 들어가다가는 처음 들어온 방으로 돌아가지 못할까 두려웠다. 압바스는 천장에서 방을 내려다보듯 수중에 떠 있었다. 기묘한 감정이 차올랐다. 두 사람의 손전등과 헤드랜턴에서 나온 빛이 살아 있는 생명처럼 물속을 이리저리 떠다녔다. 사방을 둘러보는데 저만치에서 희미한 노란 빛이 가늘고 길게 뻗어 나오고 있었다. 작은 촛불처럼 약하지만 사람을 끌어당기는 알 수 없는 힘이 있었다.

압바스가 앞장서서 그 빛을 향해 헤엄쳤다. 손을 뻗어 만져보니 벽에 가느다란 틈이 벌어져 있고 그 틈을 통해 물이 들어오고 있었다. 그가 라오쩌우를 보며 엄지손가락으로 뒤를 가리켰다. 이제 돌아갈 때가 되지 않았느냐는 뜻이었다. 그런데 라오쩌우가 신호를 잘못 봤는지 오히려 그 틈으로 더 다가갔다.

압바스가 얼른 그를 잡아끌려고 했지만 손이 닿지 않았다. 그는 하는 수 없이 라오쩌우의 다리를 잡아당기려고 했다. 그런데 조류에 일단 몸이 실리자 미는 힘이 당기는 힘으로 바뀌었다. 살면서 한 번도 경험하지 못한 힘이었다. 마치 거인의 엄지와 검지 사이에 잡혀 어떤 방향으로 끌려가는 것 같았다.

강한 물살에 떠밀리는 와중 간신히 라오쩌우의 손을 잡았지만 곧바로 어떤 힘이 와락 덮쳐 몸이 앞으로 밀쳐지는 바람에 라오쩌우의 손을 놓치고 말았다. 시간이 얼마쯤 흘렀을까, 차츰 조류에 몸을 맡기는 법을 터득했다. 그럼에도 묵직하고 맹렬한 물살이 몸을 휘감으면 걷잡을 수 없는 무력감과 공포가 차올랐다. 그런데 그 순간, 시간의 축이 뭔가에 비틀어진 듯 흰 안개 속으로 빨려 들어가고 거센 조류도 자취를 감추었다.

정신이 들었을 때 그는 흰 안개가 사실 무수히 많은 미세한 기포일 수도 있다는 걸 알았다. 기포와 조류가 자글자글 소리를 내며 귓바퀴를 스쳐 지나갔다. 잠음이 끓는 거대한 라디오를 귓가에 대고 있는 기분이었다. 그런데 기이하게도 잠시 후 그는 모든 기포를 하나하나 다 볼 수가 있었다. 누군가 정교하게 갈아 광을 낸 듯 알알이 눈부시게 반짝여 기포에 비친 자기 얼굴을 볼 수 있을 정도였다.

무의식적으로 수경 앞면을 문질렀지만 더 짙은 안개에 파묻히는 것 같았다. 시간이 얼마나 흘렀을까, 눈앞을 가리고 있던 아득한 안개가 점점 흩어졌다. 압바스는 본능적으로 시계의 숫자부터 확인했다. 8시 28분. 가능한 시간이었다. 자신의 의식이 또렷하다는 뜻이었다. 사방을 둘러보며 라오쩌우를 찾았다. 하지만 뒤이어 눈앞에 들이닥친 장면은 또다시 환각에 사로잡힌 듯한 착각을 불러왔다. 믿을 수 없을 만큼 많은 물고기가 떼 지어 나타나 시야를 가득 채웠기 때문이다.

게다가 몸집이 사람만 한 물고기였다. 그것들의 지느러미와 꼬리가 쉬지 않고 움직여 무수한 기포를 만들어냈다(애초 기포는 물고기가 만들어낸 것이었구나, 압바스는 생각했다). 하지만 다시 정신을 차리고 보니 물고기가 아니라 사람이었다.

압바스가 연거푸 심호흡을 하며 산소통 속 공기를 들이마셨다. 미친 듯이 뛰는 가슴을 진정시키고 싶었다. 눈앞의 광경을 다시 한번 확인하고 시계를 들여다보았다. 역시 8시 28분. 압바스는 그 물고기…… 아니 사람들에게 눈길을 주지 않으려고 일부러 시곗바늘만 뚫어져라 들여다보았다. 그런데 빌어먹을 시곗바늘이 얼어붙은 듯 꼼짝도 하지 않고 8시 28분 29초에 계속 멈춰 있었다. 고장이 난 것이다.

용기 내 고개를 들고 다시 눈앞의 광경으로 시선을 옮겼다. 정말 사람일까? '사람'들이 물고기처럼 몸을 유연하게 흔들며 헤엄치고 있었다. 그들은 거의 벌거벗고 있었고 간혹 한두 사람만 아주 작은 천을 걸치고 있었다. 반라 또는 전라의 '어인魚人'(그래, 인어라고 부를 수는 없고 어인이라고 하는 게 낫겠어, 라고 압바스는 생각했다)들은 손에 각종 무기를 들고 있었다.

모두 무기가 분명했다. 압바스는 대학 시절 무술 동아리에서 활동했기 때문에 그들 손에 들린 무기 중에서 청룡언월도, 삼지창, 갈고리, 달도鐽刀, 패도牌刀, 쌍도, 제미곤齊眉棍, 계곤戒棍, 도끼, 채찍 등을 알아볼 수 있었다. 하지만 절대다수는 한 번도 본 적 없는 기이한 형태의 무기였다. 더욱 기이한 것은 그중 일부가 괭이, 낫, 삽, 갈퀴 같은 농기구라는 사실이었다. 몇몇 어인은 거의 한 뼘 거리로 압바스 곁을 스쳐 지나가기도 했다. 그들의 살갗이 뭔가에 베인 듯 너덜너덜하게 찢겨 있었지만 선홍색 속살만 드러나 있을 뿐 피는 흐르지 않았다. 어떤 상처는 회백색 근육과 뼈가 드러나 보일 만큼 컸다.

고개를 들자 제일 위에 있는 어인들의 그림자가 보였다. 그들은 '무척 가벼워' 보였다. 온전한 어인은 없었다. 팔이 없어 다리로만 자맥질을 하기도 하고, 다리가 없어 팔로만 물을 젓기도 하고, 또 어떤 어인은 반쪽만 남은 몸으로 빙빙 돌기만 했다. 조류를 뚫고 내려온 햇빛이 그들 몸에 부딪혀 갈라지며 빛기둥이 되어 깊은 물속으로 파고들었다. 압바스는 빛줄기를 눈으로 더듬어 밑바닥을 보았다. 어둠 속에 무언가 모여 있는데 자세히 보니 비목어 같은 것이 바닥에 납작하게 가라앉아 있었다.

이유는 알 수 없지만 그 순간 압바스는 평온해지는 것을 느꼈으며 조금 전의 공포 역시 차츰 사그라들었다. 그는 조류에 몸을 맡긴 채 물속을 떠다녔다. 어디로 흘러갈지 스스로 결정할 수 없다는 걸 알았기 때문이다. 그의 몸은 물에 빠진 한 가닥 깃털 같았다.

이성을 되찾으려 심호흡을 몇 번 했다. 반쯤 혼미한 상태에서 환각을 본 게 아닌가 싶어 산소통의 게이지를 확인했지만, 게이지는 정상이었고 그런 생각을 하는 그의 의식도 아주 또렷했다. 어릴 적 미로를 펼쳐놓고 빨간 색연필로 입구에서 출구까지 선을 그릴 때만큼이나 또렷했다. 라오쩌우가 생각나 사방을 둘러보며 그를 찾았다.

그때 물속에서 굉음이 들리고 소리가 멀어졌다 가까워지기를 반복했다. 누가 두 손으로 고막을 세게 두들기는 것 같아 압바스는 자기도 모르게 귀를 틀어막고 고막이 찢어질 것 같은 통증에 눈도 질끈 감았다. 의식이 흐르는 동안 몸도 떠밀려 움직였다. 얼마나 시간이 흘렀을까, 다시 눈을 뜨자 물이 훨씬 맑아져 있었다. 바닥의 돌 위를 기어 다니는 민물새우와 게, 그 곁을 헤엄쳐 다니는 물고기까지 또렷하게 볼 수 있었다. 어인들은 보이지 않았다. 바로 그때 압바스는 뭔가에 부딪혔고 본능적으로 팔을 위로 뻗어 뭍으로 기어오르려는 듯 허우적거렸다.

그곳은 이미 뭍이었다.

수면으로 떠오른 순간 압바스는 울음이 터졌다. 아니, 물속에서 이미 울고 있던 것 같았다. 고개를 돌리자 5미터쯤 떨어진 둔덕에 한 사람이 누워 있었다. 압바스는 술 취한 사람처럼 비틀비틀 걸어 그쪽으로 갔다. 라오쩌우가 수경을 벗고 눈을 둥그렇게 뜬 채 누워 있었다. 그의 심장에 손을 대자 힘차게 벌떡이는 박동이 느껴졌다.

물에 푹 젖은 압바스와 라오쩌우에게서 비릿한 수초 냄새가 진동했다. 몸 안의 어떤 부위에서 냄새가 피어오르는 것처럼 고약한 냄새가 안에서 밖으로 퍼져 나왔다. 또 얼마의 시간이 흐른 뒤 압바스가 말없이 잠수복을 벗고는 방수 배낭에 있던 옷을 꺼내 입은 뒤 라오쩌우도 옷을 갈아입도록 도와주었다. 그는 라오쩌우의 눈을 보았다. 노인의 눈이 꿈을 꾸고 있는 것 같았다.

걷다 보니 날이 점점 어두워졌다. 압바스는 그제야 생각나 시계를 보았다. 언제부터 다시 움직이기 시작했는지 몰라도 시곗바늘이 오후 5시 30분 20초를 가리키고 있었다.

압바스와 라오쩌우의 산소통은 기본형 스테인리스 100형 산소통으로 사용시간이 한 시간을 넘을 수 없었다. 이건 있을 수 없는 일이라고 생각했다. 압바스는 두 사람이 잠시 의식을 잃었던 거라고 속으로 계속 되뇌었다. 그저 의식을 잃은 채 뭍으로 떠밀려 온 것이며 물속에서 본 장면은 모두 대뇌가 만들어낸 환각일 거라고 애써 자신을 설득했다.

며칠 뒤 압바스는 지도를 펼쳐놓고 그들이 누워 있던 뭍이 아공덴 강 왼쪽 기슭이며 얼가오촌에서 직선거리로 대략 2킬로미터 떨어져 있다는 걸 확인했다. 물속에서 2킬로미터나 표류하면서 경험한 환각이었을까? 이 의문은 그 후로도 몇 년 동안 압바스의 뇌리를 떠나지 않았다.

돌아오는 길에 압바스와 라오쩌우는 한마디도 하지 않았다. 라오쩌우가 방수 배낭에서 만터우를 꺼내 압바스에게 하나 건넸다. 만터우는 한 방울도 물에 젖지 않고 멀쩡했다. 전신을 짓누르는 무거운 피로감에 한 걸음 떼기도 힘들어 공중전화로 택시를 불렀다. 삼십 분쯤 기다린 뒤에야 제방도로 저 끝에 택시가 나타났다. 라오쩌우의 집에 돌아와 문을 열자마자 알락할미새가 파닥거리며 조용히 날아오더니 라오쩌우의 이마에 맺힌 땀을 한 방울 한 방울 빨아 먹었다.

압바스가 여기까지 말한 뒤, 수면 위로 떠오른 고래처럼 숨을 깊이 들이마셨다. 그의 주위에 있던 공기가 전부 그의 콧속으로 빨려 들어가는 듯했다. 나는 아무 말도 하지 않았고 아무것도 묻지 않았다. 심지어 유리잔을 문지르는 손의 위치조차 옮기지 않았다.

그가 일어나 주방으로 가더니 따뜻한 물 한 잔을 들이켰다.

전역 무렵, 라오쩌우가 제게 그 자전거를 주었어요. "이걸 나한테 주면 뭘 타시려고요?" 물으니 자기는 다리가 점점 시원찮아져서 언젠가는 이걸 탈 수 없을 것이고, 또 얼가오촌에는 널린게 자전거라고 했어요.

전역하던 날 그 자전거를 타고 집으로 돌아가기로 했어요. 꼬박 사흘이 걸렸죠. 그 사흘 동안 갖가지 일이 머릿속에 떠올랐어요. 바쑤야는 쩌우족*이에요. 아, 바쑤야는 내 아버지예요…….
어머니는 대만인이고요. 두 분이 결혼하고 한동안은 도시의 공장에서 일하며 생계를 유지했지만, 내가 대여섯 살 때 두 분 사이에 나는 모르는 문제가 생겼어요. 내가 아는 건 그 후 어머니가 날 데리고 고향의 낡은 집으로 돌아와 농사를 지으며 살았다는 거예요. 어머니는 가끔 텃밭에서 키운 채소를 근방의 작은 진에 가져다 팔았고, 바쑤야는 타이중에 남아 택시 운전사를 했어요. 두 분이 왜 그렇게 됐는지는 몰라요. 마지막 한 모금까지 다 피워버린 담배나, 최후의 일 분까지 다 끝난 비극 같은 거겠죠.

처음에는 어머니의 농사일을 도왔어요. 그러다가 타이중으로 올라가 일 년 동안 웨딩 사진 촬영 일을 했는데 얼마 안 가 손님이 많아지더군요. 사진작가가 되고 싶어서 시간이 있을 때마다 혼자 돌아다니며 사진을 찍었어요. 나만의 작품을 남기고 싶었죠. 얼가오촌에서의 추억이 그리웠어요. 차라리 그곳에 내려가 살면 어땠을까 상상도 했죠. 권촌의 십 년, 이십 년을 사진에 담는다면 얼마나 좋을까. 그 무렵 실제로 몇 번 내려간 적도 있어

---

* 대만 중남부 고산 지대에 거주하는 원주민.

요. 간 김에 라오쩌우도 만나고요. 라오쩌우는 괴저가 생겨서 짧은 쪽 다리를 잘라야 한다는 의사의 판정을 받았지만 죽어도 그럴 수 없다고 버텼어요. 한번은 내게 이런 말도 했어요. 그때 내가 자기와 함께 물속에 내려가줘서 다행이라고. 그러지 않았으면 다리가 망가져서 영영 내려가볼 수 없었을 거라고. 하지만 난 그때 물에 들어간 것 때문에 그의 다리에 괴저가 생긴 건 아닐까 생각했죠. 그는 나중에 내가 기억한다면, 자기가 죽은 뒤에 자기 집 아래 묻어달라고 했어요. 또 자기가 죽었을 때 알락할미새가 아직 살아 있다면 새를 돌봐달라고도 했고요.

내가 스물일곱 살 되던 해에 바쑤야가 죽었어요. 장례를 치르고 라오쩌우를 보러 얼가오촌에 갔는데 그의 집 대문이 굳게 잠겨 있었어요. 군 병원으로 옮겨져 세상을 떠난 뒤였어요. 가족이 없어서 바로 화장을 했대요. 바쑤야보다 일주일 먼저 세상을 떠났더군요. 이웃의 장 씨 할머니에게 들으니 라오쩌우가 죽기 전에 내게 연락하려고 했대요. 빌어먹을 내 호출기가 고장이 나서 번호를 바꾸는 바람에 연락이 닿지 않았던 거죠. 그가 내 호출기로 연락할 줄은 꿈에도 몰랐어요. 오토바이를 빌려 타고 아공덴 강으로 달렸어요. 그날 우리가 떠밀려 온 강기슭에 가보니 시멘트 방파제가 새로 만들어져 있었어요. 라오쩌우도 떠나고, 바쑤야도 떠나고, 강기슭조차 남아 있지 않았던 거죠. 비행안경도 사라지고 구아버나무는 베이고 알락할미새도 어디로 갔는지 보이지 않았어요.

압바스가 내 유리잔을 들고 가더니 커피를 더 따라서 가져다 주었다. 라오스에서 수입한 원두라는데 밀림의 밑바닥처럼 산패한 냄새가 약간 풍겼다. 라오스에서 커피가 생산되는 것은 라오스를 식민 통치했던 프랑스인들이 들여왔기 때문이다. 매년 생산되는 양은 많지 않지만 독특한 향이 있었다.

나도 자리에서 일어나 굽었던 허리를 펴고 움직였다. 솔직히 말하면 압바스와 눈을 마주치고 싶지 않아서 창가로 다가갔다. 아파트 밑에 재래시장이 있었지만 전선과 천막이 시야의 반을 가려 북적이며 오가는 사람들의 정수리와 어깨만 천막 틈새로 보였다.

이런 이른 아침에 사람들은 뭐가 저리도 바쁠까?

몸을 돌려 한쪽 벽 앞에 섰다. 작업실에 있는 것 중 제일 큰, 20인치쯤 되는 작품이었다. 산 정상에서 내리막길을 내려다보며 찍은 것으로 크고 작은 흰색 원기둥이 가까운 곳에서 시작해 먼 곳으로 나란히 줄지어 서 있는 사진이었다. 멀리서 보았을 때는 기하학적인 미감만 느껴졌는데 가까이에서 보니 반듯하게 베인 나무둥치였다. 압바스의 카메라 렌즈는 무척 예리했다. 어떤 나무들은 나이테까지 또렷이 보였다. 사진의 오른쪽 상단 모서리에서 짙푸른 강이 천천히 흐르고 있었다.

사진을 한참 응시하고 있으려니 현기증이 밀려왔다.

압바스가 말했다. "사진을 볼 수만 있다면 행운이죠."

"왜요?"

"보기 싫으면 안 볼 수 있으니까요." 그가 말했다. "하지만 사진을 찍는 사람은 안 볼 수 없어요."

"아." 나는 압바스의 말을 곱씹었다.

"바쑤야가 세상을 떠나고 나서 라오쩌우를 찾아간 이유가 있었어요."

나는 눈썹을 추어올리며 그가 계속 말하길 기다렸다.

"그때 바쑤야는 서너 달에 한 번씩 고향에 내려왔어요. 밥 한 끼 먹고 가는 정도였죠. 가끔은 한 식구처럼 식탁에 앉아 밥을 먹기도 했고요. 그런데 어느 날 바쑤야가 밖에 세워져 있는 라오쩌우의 자전거에 대해 물었어요. 그 자전거를 아는 사람처럼 꼬치꼬치 자세히 물었죠."

"라오쩌우의 자전거는 어디 있어요?"

나는 요즘 압바스가 타는 자전거가 일본 마루어시의 오래된 모델이기는 하지만 라오쩌우의 자전거는 아니라는 걸 직감으로 알고 있었다.

"도둑맞았어요. 말레이시아에서."

"말레이시아요?"

압바스가 손가락을 구부려 탁자를 두드렸다. 나도 잘 아는 노래의 박자인 것 같았지만 어떤 노래인지는 생각나지 않았다. 그가 물었다.

"은륜銀輪부대 알아요?"

自車的工藝品質, 取決於它能承受的所有壓力
都是輕在技師打造時組先合決定
義大利 Masi 自車創始人. Faliero Masi

자전거의 예술성은 그것이 견딜 수 있는 압력에 달려 있는데
이는 기술자가 그것을 만드는 단계에서 결정된다.

이탈리아 마지바이크 창업자 팔리에로 마지

幸福牌雙横武車

행복표 이중 롱 튜브 무거

중화상창의 점포들이 문을 닫을 때 제일 마지막에 점포 안으로 들여놓는 물건이 자전거였다. 아버지가 자전거 킥스탠드에 있는 스프링을 탕, 하고 발로 찬 뒤 다시 자전거 프레임을 위로 살짝 차올리면 무거운 철마를 밀어 움직일 수 있었다. 아버지는 내게 문 앞에 걸어둔 옷을 안으로 들여놓게 했지만 자전거를 끌고 들어오는 일은 못 하게 했다. 자전거가 너무 무거웠기 때문이다.

아버지 자전거는 물건을 배달하고 짐을 싣는 용도로 썼다. 특히 나중에 옆집을 빌려 청바지를 팔기 시작한 뒤로 아버지는 자전거를 타고 공장에 청바지를 떼러 갔다. 아버지는 청바지가 든 자루 수십 개를 고무 밧줄로 묶어 짐받이에 산처럼 싣고, 핸들바에도 비닐봉지를 잔뜩 매달았다.

나를 데리고 병원에 갈 때는 특별히 제작한 등나무 의자를 톱튜브에 끼웠는데 그게 내 전용 좌석이었다. 내 손가락이 핸들바와 브레이크레버 사이 틈새에 딱 맞아 단단히 쥘 수 있었고 시야도 넓었다.

조금 더 자라 등나무 의자가 작아지자 뒷자리에 타야 했는데 자전거 짐받이가 너무 크고 앉기 불편해서 가끔 여자들처럼 다리를 모으고 옆으로 앉았다. 아버지가 그전에 타던 자전거는 톱튜브가 이중으로 달린 더 크고 무거운 무거였다는 형의 얘기에 그 무거를 타고 병원에 갔더라면 얼마나 위풍당당했을까 하는 생각을 했다.

일치시기의 후지표, 마쓰다호, 노리쓰표는 주로 짐을 운반하

121

는 용도로 사용하는 무거였는데 생김새만으로도 강인한 힘과 기세가 느껴졌다. 28인치 무거를 타는 사람은 대부분 남성이었고, 일본에서 이런 자전거를 군사적으로 이용하기도 했다. 사진을 보면 군용 자전거에는 대부분 탄약을 싣기 위한 철제 걸이가 따로 있었다.

무거 자체 무게만 해도 30킬로그램을 넘는 경우가 종종 있었고, 쌀자루처럼 무거운 짐은 180킬로그램을 넘을 때도 있었기 때문에 여기에 탑승자의 체중을 합치면 전체 무게가 300킬로그램까지 나가기도 했다. 그러므로 브레이크의 품질은 탑승자의 안전과 직결된 것이었다. 당시 브레이크는 대부분 쇠막대를 연결해 브레이크패드를 림 가까이 붙여 제동하는 테 제동* 방식이었다. 앞바퀴의 캔틸레버브레이크, 뒷바퀴의 드럼브레이크 외에 코스터브레이크라는 것도 있었는데 달리다가 페달을 뒤로 돌리면 허브 안에 있는 어떤 구조가 돌아가며 브레이크패드를 움직이는 방식이었다. 무거를 복원할 때 제일 골치 아픈 것이 브레이크 문제였다. 환갑도 넘은 자전거의 브레이크가 처음 상태대로 온전히 보존되는 건 애초에 불가능한 일이지만, 수리해서 복원하려 해도 서스펜션 장치와 코스터브레이크, 큰 사이즈의 드럼브레이크를 시중에서 거의 구할 수가 없다.

전쟁이 끝난 뒤 자전거는 보편적인 생계 수단이 되었다. 상인들은 창의성을 발휘해 핸들바, 톱튜브, 짐받이에 온갖 물건을 가

---

* 림브레이크라고도 부른다.

득 실었고, 짐받이 위에 다양한 형태의 짐칸을 짜 맞춰 무거 한 대를 이동식 잡화점으로 변신시켰다. 진열장을 실은 잡화점 자전거가 오면 동네 아낙들이 아이 손을 잡고 나와 쇼윈도를 구경하듯 물건을 고르며 수다를 떨기도 했다.

중화상창에 '차 장수'가 있었는데 녹차가 아니라 면차*를 팔았다. 그는 자전거 양쪽 손잡이에 뜨거운 물이 담긴 물통을 매달고, 짐받이에는 팥, 연밥가루, 동과를 넣은 여러 가지 빵과 유탸오, 사오빙, 셴빙,** 량가오***가 담긴 나무 진열장을 싣고 다녔다. 자정이 가까워오면 "차 왔어요. 차 왔어요" 하는 차 장수의 외침이 멀리서 들렸는데 '차'라는 음을 연에 매달린 연줄처럼 길게 늘이는 게 특징이었고 물 주전자를 끓이면 기차 기적 소리가 났다.

젊은 시절, '다자둥도'****를 팔러 다니는 노인이 노끈과 대나무 막대 하나로 커다란 도기 항아리 여덟 개를 엮어 무거 한 대에 한꺼번에 실은 것을 본 적도 있다. 자전거의 하중과 균형을 동시에 고려해야 하고, 항아리를 내릴 때도 자전거가 쓰러지지 않도록 차례로 내려야 했으므로 기예에 가까운 재주였다.

문거와 무거는 일정하게 정해진 형태는 없었지만 간단히 말

---

* 밀가루에 참깨, 쇼트닝, 설탕 등을 넣고 볶은 뒤 더운물에 타서 죽처럼 만든 것.
** 짠맛이 나는 비스킷.
*** 찹쌀가루로 만든 떡.
**** 다자둥은 대만 타이중 와이푸 구의 옛 명칭이며 일치시기 때 이곳에 도기 가마를 설치하고 주민들에게 도기 제작 기술을 전수했다. 이곳에서 생산된 도기를 '다자둥도'라고 부르는데 주로 항아리 같은 생활용품이었다.

하면 문거는 단거리용 교통수단, 무거는 생계 수단이었으며 이런 기능성이 자전거 외관에도 영향을 미쳤다. 무거는 프레임이 크고 타이어가 넓고 무겁고 두꺼워 스포크도 굵었다. 그에 비하면 문거는 프레임의 굵기가 얇고 안장, 짐받이가 상대적으로 작으며 치마 입은 여자들이 타기 쉽게 톱튜브를 사선으로 설계하기도 했다. 톱튜브를 자체적으로 조정할 수 있는 남녀 공용 자전거도 있었다.

무거는 주로 장사를 하는 상인이나 곡식을 실어 나르는 농부, 각종 연장을 가지고 다니는 일꾼이 탔고, 문거는 대부분 출퇴근하는 중산층, 의사, 교사, 공무원, 순찰 도는 경찰 등이 탔다.

문거와 무거의 설계는 시장 수요에 맞춰 조금씩 변화됐다. 복록표, 자유표, 국응표, 청수표 등 중부 이남의 자전거는 대부분 농촌의 생활 방식에 맞춰 적재 능력을 높이기 위해 톱튜브를 두 개 달았고 농민들 사이에서 '대만 소'라는 별명으로 불렸다. 북부를 중심으로 여가용 자전거 시장에 주력한 행복표도 톱튜브가 두 개 달린 무거를 생산하기는 했지만 판매량이 현저히 적었다. 반면 행복표의 중후기 문거 모델 중에 필립사의 자전거를 모방해 라이저바를 장착한 로드바이크가 있었는데 당시로서 매우 세련되고 유행을 앞서가는 디자인이었다.

유명한 의사 겸 문학가인 라이허의 〈옥중일기獄中日記〉를 보면 어느 날 밤 경찰에 체포되어 신문당한 일화가 등장하는데, 경찰서에 도착해 자신이 유치장에 구류되어야 한다는 사실을 알고 난 뒤 그가 제일 먼저 경찰에게 부탁한 것은 자기 집에 전화를 걸어 경찰서 앞에 있는 자전거를 집에 가져가라고 해달라는 것이었다. 라이허가 자기 운명이 어떻게 될지 모른 채 경찰서에 타고 간 자전거는 아마도 문거였을 것이다.

아버지와 자전거를 타고 타이베이대교소아과에 갈 때마다 나는 타이베이 바람을 맞으며 시먼딩에서 타이베이딩까지 자전거를 타고 달리는 우리를 유체이탈한 채 내려다보는 기분이 들었다. 나는 매번 기침을 하거나 열이 끓는 채로 등나무 의자에 앉아 있거나 뒷자리에 앉아 있었다.

아버지는 페달을 장딴지 높이까지 올린 뒤 발로 두 번 차 자전거를 출발시켰다. 짐받이에 탈 때면 항상 차갑고 축축한 손가락으로 아버지의 허리띠를 잡았다. 아버지 등에 몸을 기대는 건 너무 친밀한 행동이라서 할 수 없었다. 아버지의 흰색 메리야스가 항상 땀에 젖어 등에 달라붙어 있었고 등에는 땀자국까지 보였다. 조금 더 자란 뒤에는 아버지 허리띠조차 잡기가 쑥스러워 몸의 중심을 뒤로 밀어 짐받이 돌출 부분에 기대 몸을 지탱해야 했다. 나이를 먹으면서 아버지와의 거리가 더 멀어진 것 같았다.

내 몸이 자랄수록 아버지가 페달을 힘들게 밟으며 가쁘게 숨을 몰아쉬는 것을 뒷자리에서도 또렷하게 들을 수 있었다. 바람을 안고 달리기 때문일 때도 있고 부쩍 많아진 나이 때문일 때도 있었다. 아버지가 마지막으로 나를 태우고 달렸을 때를 지금도 또렷하게 기억하고 있다. 중학교 때 모의고사를 본 뒤 또다시 습관성 경련이 일어났던 날 아버지가 학교로 와 나를 타이베이

대교소아과로 데려갔다. 가는 동안 우리는 서로 아무 말도 하지 않았다.

나는 어릴 적부터 긴장하면 경련이 일어나는 고질병을 갖고 있었다. 손이 떨리고 심한 경우 종아리에 쥐가 났으며 바닥에 쾅 쓰러진 적도 있었다. 초등학교 때 한번은 시험에서 만점을 받지 못했는데 채점한 시험지를 받은 뒤 손이 떨려서 시험지를 펼칠 수 없었고, 자리로 돌아간 뒤에도 의자를 꺼내 앉을 수 없었다. 선생님이 교사 휴게실로 나를 데려가 아버지를 기다렸다. 나는 아버지가 들어오는 것을 보고 울음을 멈췄다. 아버지는 교문을 나온 뒤 나를 안아 올려 자전거에 태우고는 출발하면서 뒤에 있는 내게 "괜찮다" 하고 말했다. 그것이 내가 기억하는 아버지에게 들은 유일한 위로였다.

나에 대한 아버지의 교육 원칙은 성적이 오르거나 그대로일 수는 있어도 떨어지면 안 되고, 무슨 일이든 시간을 지켜야 하며 일 초라도 늦는 것을 용납하지 않는 것이었다. 아버지는 매일 내게 주산을 시키고 초시계로 내가 답을 내는 속도를 쟀다. 일 초라도 빠르면 통과였다. 아버지는 단 일 초라도 빠르면 된다고 했다.

그날 페달을 밟는 아버지는 무척 힘들어 보였다. 이미 당신만큼 키가 커버린 나를 태우고 간신히 달리며 당신 스스로도 민망할 만큼의 거친 숨소리를 바투 토해냈다. 아버지는 손수건을 꺼내 땀을 닦으면서도 쉬어 가려고 하지 않았다. 바지 주머니에 넣었다 페달을 밟는 사이 삐져나온 손수건 모서리에서 노쇠한 남자의 땀내가 풍겼다. 중간에 아버지가 츠성궁으로 방향을 틀어 돼지족발탕을 사러 갔다. 나는 그것이 잠시 쉬기 위한 아버지의 핑계임을 알고 있었다. 자전거 옆에 서 아버지를 기다리며 츠성궁 앞에 있는 엄청나게 큰 용수나무를 올려다보았다. 무성한 수관이 여름을 통째로 밀어내고 있었다.

나중에 아버지와 함께 사라진 그 자전거는 나무에 기대어 쉬는 늙은 말처럼, 나무 그늘 밑 둥치 곁에 세워져 있었다.

4. 프시케

아윈이 고개를 숙이고, 집게와 표본 침으로 접시에 나란히 놓인 뮬키베르점박이왕나비 날개를 한 장씩 캔버스에 붙였다. 조금 뒤로 물러나서 보면 그가 나비 날개로 밤하늘을 모자이크하고 있다는 걸 추측할 수 있을 것이다. 이 작업에는 사랑이 필요치 않으며 오로지 집중만 필요하다. 뮬키베르점박이왕나비 날개로 모자이크한 밤하늘은 실제 밤하늘보다 더 심오하고, 검고, 끝이 없다.

40~50평쯤 되는 집 안에 3미터쯤 되는 길이의 철제 탁자가 나란히 놓여 있고, 탁자에 나비 사체가 쌓인 쇠 접시가 가득 놓여 있는데 각각의 접시마다 각기 다른 색조의 나비 사체가 담겨 있었다. 검은색 접시, 붉은색 접시, 노란색 접시, 흰색 접시, 알록달록한 접시……. 꼭 팔레트 같았다. 다른 곳에는 가구가 놓여 있었다. 잡동사니가 놓여 있는 목제 진열장, 공구가 들어 있는 서랍장. 그리고 벽에 정미소에서 받은 일력이 걸려 있었다.

긴 철제 탁자 앞에 아윈처럼 머릿수건을 쓴 스무 명 남짓의 여공이 차례로 앉아 있었다. 나이는 10대부터 40대까지 다양했다. 고도로 집중한 탓에 그들의 표정은 숙연했다. 방 안 공기마저 차분히 가라앉고 커튼 틈으로 들어오는 햇빛 사이로 먼지가 둥둥 떠다녔다.

아윈은 여공들 사이에서 별로 눈에 띄지 않았지만 그렇다고 더 평범하지도 않았다. 그저 흔한 나비 같았다. 하지만 아윈은 그들 중에서 제일 어릴 것이다.

그는 '나비의 콜라주'라는 수공예품을 만들고 있었다. 각양각색의 나비 날개를 붙여 만드는 그림이었다. 아윈이 만들고 있는 그림은 땅거미가 내려앉은 작은 마을이었다. 하늘 부분에만 5백 마리 넘는 나비의 앞날개가 필요했다. 그건 작은 마을의 전체 인구와 맞먹는 수였다.

가끔 아윈은 이 일이 좋다고 생각했다. 밭에 가서 농사일을 하는 것에 비하면 햇볕에 그을리지도 않고 땀도 나지 않기 때문이다. 가끔 아윈은 이 일이 나쁘다고 생각했다. 사람들이 보고 "와, 예쁘다"라고 말하는 물건을 만들어내려면 이렇게나 많은 나비를 죽여야 하기 때문이다. 게다가 사람들이 여자를 보고 예쁘다고 말하는 건 이해할 수 있지만, 죽은 나비 날개로 만든 그림을 보고 예쁘다고 하는 건 그의 상상을 조금 벗어났다.

가끔 아윈은 이런 생각을 했지만, 대부분은 아무 생각도 하지 않았다. 오른손 옆에 있는 원화를 보고 밑그림과 대조한 뒤 잘라낸 나비 날개를 종이 위에 붙이는 데 모든 신경을 집중했다.

(이런 일은 시간이 정말 빨리 가기도 하지만 또 느리게 가기도 한다.)

모든 여공 옆에 바구니가 하나씩 놓여 있었다. 날개를 떼어낸 나비 사체를 담는 용도였다. 날개를 떼인 나비는 전혀 나비처럼 보이지 않았다. 빛이 다 바래 생기도 가치도 없는 참담한 물건이 되었다. 그것들은 이 바구니에 담긴 뒤 퇴근할 때 한곳에 버려졌다.

퇴근 종이 울렸을 때 아원은 아무에게도 들리지 않는 작은 소리로 긴 한숨을 쉬며 셀 수 없이 많은 나비 날개 더미에서 고개를 들어 올렸다. 빈혈 때문에 약한 현기증을 느꼈다. 아원은 여공들과 함께 지친 몸으로 공장을 빠져나와 세면대에서 손가락, 손바닥, 팔꿈치, 팔뚝에 붙은 비늘 가루를 씻어냈다. 비늘 가루가 수도꼭지에서 쏟아지는 물을 따라 수조로 떨어지며 가늘고 반짝이는 소용돌이를 만들었다. 그 순간 세면대는 세면대라고 불러도 될지 의문이 들 만큼 몹시 아름다웠다.

아원은 자전거를 타고 집에 갔다. 집으로 가는 길에선 늘 살아서 날아다니는 나비를 만나곤 했다. 대부분은 나비 그림에서 흰색 물감 대용으로 쓰는 흔한 배추흰나비였다. 제일 값싼 나비였다. 이때 갑자기 보기 드문 남작나비가 날아갔고 아원은 그것의 냄새를 맡았다.

아원에겐 눈에 보이지 않는 능력이 있었다. 그는 침으로 나비 날개를 들춰 보지 않아도 나비의 성별을 알 수 있었다. 하지만 그건 비밀이었다. 아원은 자신의 그런 능력을 누구에게도 말한 적 없었다. 수컷 나비 냄새를 맡을 수 있다는 사실을. 그는 다만 그 냄새가 훅 끼치면 누가 몸을 홱 낚아챈 것처럼 움찔해 자전거 브레이크를 잡았다.

아윈은 아파의 가게 앞 공중전화 옆에 자전거를 세우고 주머니에서 동전을 꺼내 투입구에 넣었다. 망설이는 손가락으로 마지막 버튼을 누른 뒤 벨이 울리기 전에 수화기를 전화기에 도로 걸었다. 동전 반환구에 손가락을 넣어 동전을 꺼낸 뒤 돈을 가지고 가게로 들어가 알사탕 두 알을 사서 하나를 혀 밑으로 밀어 넣었다.

이렇게 하면 그를 생각하지 않고 자전거를 타고 집으로 돌아갈 수 있을 것 같았다. 알사탕 두 개가 녹을 만큼의 시간 동안. 가게의 전축에서 노래가 흘러나오고 있었다. 이유는 모르겠지만 숨을 들이마실 때마다 노랫소리가 자전거 안장에 앉은 그의 몸으로 빨려 들어왔다. 눈에서 눈물이 굴러떨어졌다. 땅을 깊숙이 파 내려가면 언젠가는 지열이 솟구쳐 나오듯, 강바닥에서 물고기가 헤엄치면 수면에 작은 소용돌이가 생기듯, 그의 눈물은 대부분의 사람에게 아무런 의미가 없었다. 심지어 아윈 자신에게조차 의미가 없었다. 그는 그때 눈물이 흐른 이유를 평생 알 수 없을 것이다.

압바스를 알게 되고 그와 차츰 깊은 대화를 나누게 되었을 때, 전혀 생각지도 못하게 애니에게 답신이 왔다. 엄밀히 말하면 그건 편지라기보다는 어떤 글에 가까웠다……. 진짜인지 가짜인지, 소설인지 사실인지 알 수 없는 글.

메일을 세 번 반복해서 읽은 뒤 글에 내게 전하는 은밀한 정보 같은 건 없다는 결론을 내렸다. 그래서 어떻게 답장을 써야 할지 고민하기 시작했다. 마음속으로 몇 가지 가설을 세웠다. 첫째, 다른 사람에게 보낼 메일을 잘못 보낸 것이다. 둘째, 내게 보내는 메일도 아니고 애니가 보낸 것도 아니며 시스템 오류나 기타 다른 이유로 내게 전달된 것이다. 두 가지 가능성 중 어느 쪽이든 나는 아무런 반응을 할 필요가 없다. 하지만 세 번째 가능성이라면 조금 골치가 아파진다. 나한테 보낸 메일이 맞는 경우 말이다. 그렇다면 내 답장의 유무에 따라 이 연락이 이어질지 끊어질지 결정된다. 또 그건 내가 애니로부터 자전거에 대한 정보를 얻을 수 있느냐와 직결되는 문제이기도 했다.

압바스에게 물어볼까 하던 생각은 접었다. 그와 몇 번 대화한 경험을 통해 그들이 헤어졌지만 아직 마음의 어느 한 구석은 서로 연결되어 있다는 걸 알고 있었다. 그 상태가 지속되는 시간은 사람마다 다르다. 나와 압바스의 친분은 그의 깊은 진심을 물어볼 정도로 깊지 않았다. 아마도 그들은 헤어지기로 '합의한' 것 같았다. 그러므로 내가 애니에 관해 어떤 얘기를 하든 압바스의 마음에 변화를 일으킬 것이고, 그것이 내게 가장 고민스러운 지점이었다.

두 사람이 오랜 연인이었다면 압바스가 자전거에 관해 전혀 모를 수는 없을 것이므로, 다만 그가 지금은 애니에 관한 어떤 일도 거론하고 싶지 않은 거라고 추측했다. 나를 친구로 받아들이기는 했지만 아직은 애니에 관한 어떤 얘기도 나눌 생각이 없는 상태랄까. 아마 그럴 것이다.

나는 압바스가 들려준 얼가오촌과 라오쩌우의 자전거 이야기도 계속 듣고 싶었지만, 자전거를 애니에게 빌려준 주인이 누군지가 더 궁금했다. 어쨌든 그 궁금증을 풀어줄 해답은 애니에게 있었다. 동시에 두 사람과 접촉하는 것이 둘 중 누구에게도 실례가 되진 않겠지? 이런 생각이 들자 나는 애니의 메일에 어떤 답신을 보낼지 진지하게 고민하기 시작했다.

메일에서 본 '나비 그림 공장'이 생각나 무심코 인터넷에서 관련 자료를 검색하다가 뜻밖에도 흥미로운 역사를 찾아냈다. 내가 전혀 모르고 있던 사실이었다. 쉬는 날 도서관에 가서 찾은 자료를 짜깁기해 글 한 편을 완성했다.

메이지 37년(1904) 푸리로 건너와 벌목공들을 안마해주며 돈을 벌던 아사쿠라 기요마쓰라는 사람이 어떤 이의 의뢰를 받아 나비 표본을 수집하는 일을 시작했다. 그는 대만인을 고용해 나비를 잡아다가 표본을 만들었는데 그중 위무성이라는 대만 소년이 있었다. 위무성은 위가 약해서 산에 갈 때마다 비상약으로 약술을 한 병씩 가지고 갔다. 한번은 위무성이 실수로 약술을 쏟았는데 나비들이 냄새를 맡고 날아와 술을 핥아 먹었다. 특히 아사쿠라가 잡아 오라고 한 가랑잎나비들이 마치 모조리 떨어져버린 굴참나무 이파리처럼 많이 모여들었다. 이후 약술은 위무성이 나비를 모으는 특별한 비법이 되었다. 산길 옆에 약술을 조금 쏟아놓고 숲에 숨어 기다리면 얼마 되지 않아 각종 나비가 날아왔고 나비가 어느 정도 모이면 그물로 덮어 한꺼번에 잡았다. 가끔 아주 희귀한 나비가 잡히기도 했다.

1917년 당시 철도 침목을 놓는 인부의 하루 일당이 0.6위안이었는데 위무성은 나비 채집만으로 하루에 1위안 넘게 벌었다.

나비를 찾아 숲길을 걸을 때면 아이들 몇 십 명을 시켜 나비를 채집하는 아사쿠라는 돈을 엄청 많이 벌겠다는 생각을 했다.

숲에 웅크리고 앉아 자신이 놓은 함정을 향해 나풀나풀 날아오는 나비를 보며 위무성은 속으로 자신에게 물었다. 한평생 남의 밑에서 나비나 잡아주고 살 거야? 이듬해 아사쿠라는 채집한 나비를 가공하기 위해 푸리에 대만 최초의 나비 수공예 가공 공장을 세우고 '푸리사*특산주식회사'라고 이름 지었다. 이 공장은 대만인을 시켜 잡아 온 나비를 일본 나와곤충연구소와 곤충학자에게 판매하고, 조류와 뱀을 잡아 박제하는 일도 했다. 아사쿠라는 표본 박제 기술이 훌륭한 사람이었다.

하지만 그는 정직한 상인은 아니었다. 그는 저명한 곤충학자인 마쓰무라 쇼넨에게 표본을 개조해서 판 적도 있었다. 새로운 종을 발표하고 싶어하는 생태학자에게 불완전한 표본을 얻는 것과 완전한 표본을 얻는 것 사이에는 커다란 차이가 있고, 표본 가격에도 상당한 차이가 있을 수밖에 없다. 당시 아사쿠라가 얻은 표본은 한쪽 미상돌기가 잘린 것이었다. 그는 다른 쪽 미상돌기를 잘라낸 뒤 완전한 표본이라고 속여서 마쓰무라에게 비싼 가격에 팔았다. 표본을 받은 마쓰무라 쇼넨은 에우로우스제비나비가 미상돌기가 없는 종이라고 잘못 알고 논문을 발표했다. 물론 그건 실패한 논문이었다.

또 아사쿠라가 판매한 일본애호랑나비와 신선나비는 채집 지

---

*   사社. 대만에서 원주민 마을을 부르던 명칭.

점이 대만으로 표기되어 있지만 그 후로 대만의 어떤 지역에서도 발견된 적이 없다. 새로운 종을 발표하고 싶어 조바심이 난 학자에게 다른 곳에서 얻은 나비종을 대만에서 채집한 나비라고 속여서 팔았을 가능성이 다분하다.

1919년 아사쿠라에게 고용되었던 위무성이 암암리에 일본 판로를 구축한 뒤 그동안 모은 돈을 밑천으로 '무성곤충채집소'를 열고 직접 나비 채집 사업을 시작했다. 푸리가 다양한 나비의 서식지로 일본까지 명성이 퍼져 있었기 때문에 여름방학만 되면 수많은 중학생이 나비를 잡으러 푸리로 모여들었다. 그러자 하라다 겐키치라는 일본인이 운영하는 '일월관'이 유명한 숙박지가 되었다.

위무성의 차남 위칭진이 아버지 사업을 물려받았다. 1942년 미국 광고 회사가 위칭진에게 1천만 달러어치 나비를 주문했다. 그들은 나비를 해괴한 용도로 쓸 계획이었다. 사람들이 광고 전단지 봉투를 뜯어보도록 유도하기 위해 셀로판지에 넣은 나비를 전단지 봉투에 담아 함께 발송하려는 것이었다. 당시 위칭진이 데리고 있던 인력으로는 주문량을 한꺼번에 채울 수 없었기 때문에 우선 50만 마리만 납품했다. 그런데 나비를 넣은 광고 전단지가 예상을 훨씬 뛰어넘는 효과를 거두었고 위칭진은 매년 늘어나는 주문량을 맞추기 위해 대만 전역에 걸쳐 채집망을 구축했다. 전성기에는 나비 채집 인부가 2천 명, 공장 여공이 수백 명에 달했다. 날개가 온전하고 아름다운 나비는 보통 표본이나 다른 공예품에 사용하고 날개가 찢어진 나비는 나비 그림의 재료가 되었다.

나비 날개 콜라주의 첫 단계는 초안 제작이었다. 풍경 엽서나 명화를 모방하기도 하고 화가나 미술 교사에게 부탁해 밑그림을 그리기도 했다. 초안이 완성되면 그에 맞는 색깔의 나비 날개를 일일이 골라 잘라낸 다음, 고무풀이나 난바오* 접착제를 이용해 밑그림 위에 붙였다. 당시 제일 비싼 수공예품은 미국과 유럽 사람들이 좋아하는 거실 장식품이었다.

위칭진은 공장에서 고개를 파묻고 일하는 여공들을 볼 때마다 이 산과 강이 섬 깊숙이 숨어 있는 산촌을 지켜주고 있다는 생각을 했다.

나는 애니에게 보내는 답장에 콜라주에 관한 얘기를 썼지만 그에 대한 내 생각을 얘기하지도, 다른 어떤 것을 물어보지도 않았다. 메일 발송 버튼을 누른 뒤 머릿속에서 최대한 빨리 지우려고 노력했다. 이건 내 습관이다. 확실히 알지 못하는 일은 의도적으로 생각하지 않는다. 때로는 생각하지 않는 게 오히려 더 나은 결과를 가져올 수도 있으니.

아부와 친구처럼 가까운 사이가 되었기 때문에 '아부의 동굴'(작업실보다는 이 명칭이 더 적당하다고 생각한다)에 더 자주 들러 새로 들어온 고물을 구경하고, 온라인 판매 홍보 문구에 대한 아이디어를 주곤 했다. 한번은 골목 어귀로 들어서자 멀리서 미

---

* 대만의 유명한 접착제 생산 회사.

키마우스에 올라탄 아부가 손을 흔들었다. 어릴 적 많이 탄 전동목마였다. 5위안짜리 동전을 넣으면 음악과 함께 움직여 삼 분 동안 탈 수 있는데 보통 만화 캐릭터나 동물 모양으로 되어 있었다. 아부가 사 온 목마는 슈퍼맨 옷을 입은 미키마우스였다.

"이게 언제 건 줄 알아?" 아부가 내게 물었다.

"1980년?" 내 어린 시절을 기준으로 어림잡아 대답했다.

"맞아. 1980년대일 거야. 눈썰미가 있네."

"어떻게 알아?"

"모터가 교체돼서 확실한 출고 일자는 모르지만 모터와 디자인으로 볼 때 대만에서 만든 건 분명해. 슈퍼맨 영화가 1978년에 미국에서 개봉했고 대만에서 상영된 건 1980년이니까 이 디자인은 그 후에 나왔겠지. 하지만 1990년대에는 슈퍼맨의 인기가 떨어졌으니 슈퍼맨 미키마우스는 생산하지 않았을 거야. 또 1990년대에 생산된 목마는 작동방식이 더 복잡하고 음악도 달랐어. 동전 투입구도 10위안짜리가 들어가는 크기로 바뀌었고."

"그렇군." 자신이 수집한 고물에 대해 조목조목 알고 있는 아부에게 감탄했다.

아부가 내게 동굴에 들어가 구경해보라고 했다. 마침 '후지'라는 이름의 이구아나가 낡은 의자에 올라가 볕을 쬐고 있었다.

그 녀석의 이름이 왜 후지인지 아부에게 물은 적이 있다. 아부는 후지의 원래 주인은 어떤 할아버지였는데 교통사고를 당했다고 했다. 어느 날 어떤 사람이(아마도 그 할아버지의 아들일 것이다) 집에 있는 모든 물건을 팔겠다고 연락해 고물을 인수하러 가서 보니 값나가는 물건은 이미 전부 어디론가 옮겨지고 집도 다른 사람에게 팔린 뒤였다. 죽은 노인의 아들은 전날 저녁 미국으로 돌아가는 비행기에 몸을 실었다고 했다. 버려진 옛 물건 가운데 아부에게 가장 가치 있는 것은 오래된 녹나무 상자와 그 안에 보관된 물건이었다. 노인은 일치시기 때의 각종 서류(쇼와시대 초등학교 성적표, 자전차 세금 영수증, 농회* 출자증권, 국민저축금 통지서……)를 상자에 고스란히 보관해두고 있었다. 그런데 제일 골치 아픈 것이 바로 이 이구아나였다.

아부는 애초 이구아나에게 별 호감이 없었다. 아니, 생물을 기른다는 것 자체에 특별한 열정이 없었다. 판매자에게 메일을 보내 도마뱀을 빠뜨리고 간 게 아니냐고 물었더니 판매자는 노인의 서류와 도마뱀 모두 원치 않는다며 버려도 된다고 했다. 손자가 기르다 싫증이 나 할아버지에게 떠맡긴 게 아닐까 추측했다. 노인이 죽자 이구아나 역시 존재 이유가 사라진 것이다.

처음에는 인터넷을 통해 이구아나를 판매하려고 했지만 법에 저촉될 수 있다는 걸 알았다. 그런데 어느 날 집에 들어오다가 다퉁** 텔레비전 위에 엎드린 이구아나의 눈동자에 비친 창밖 나무 그림자를 보고 기르기로 마음을 바꿨다. 그는 고물을 매입할 때 물건에 대해 자세히 조사하고 연구하듯 이구아나의 식성, 습성 등을 연구했다. 처음 이구아나를 봤을 때 그것은 철창에 갇혀 있었는데, 철창에 일본 후지의 번호식 자물쇠가 걸려 있었다.

---

*   일본이 식민지 농민을 착취하기 위해 만든 농업 단체.
**   대만의 유명한 가전 회사.

무척 드문 물건이었기 때문에 쇠창살을 잘라내 자물쇠를 온전하게 남기고, 이구아나에게도 후지라는 이름을 붙였다.

아부는 후지에게 줄 샐러드를 뒤섞었다.

"샐러드에 뭐가 들었어?"

"완두콩, 무청, 양배추, 오크라. 오늘은 이 정도."

"날마다 달라?"

"당연하지. 이구아나가 채식 동물이긴 하지만 한두 가지 채소만 계속 먹을 순 없잖아. 넌 매일 똑같은 걸 먹어?" 아부가 내 질문에 코웃음으로 대꾸했다.

아부는 샐러드를 후지 앞에 놓고 그 옆에 상추잎 몇 장과 껍질 벗긴 포도도 놓아주었다.

"중남미에서 영문도 모른 채 대만으로 옮겨진 녀석이야." 아부가 말했다.

그가 깡통에서 5위안짜리 옛날 동전을 꺼내 미키마우스 슈퍼맨에 집어넣었다. 미키마우스 슈퍼맨이 "이랴!" 외치고는 동요를 부르며 제자리에서 한 뼘도 나가지 못하는 비행을 시작했다.

"타볼래?" 아부의 물음에 내가 손사래를 쳤다.

"버려진 물건에는 모두 주인이 있어. 나도 너처럼 어떤 사람이었는지 궁금한 사람이 있어."

"누구?"

"〈리얼리스틱〉* 음반을 버린 사람."

---

*   일본 유명가수 이나가키 준이치가 1986년 발매한 레코드 음반.

문득 아부가 방금 한 얘기가 생각나 물었다. "그 자물쇠는 열었어?"

"후지 자물쇠?"

"응."

"안 열려. 노인이 비밀번호까지 가지고 떠났나 봐."

바로 그날 밤 애니의 두 번째 편지를 받았다.

아원은 자기 키보다 훨씬 큰 잠자리채를 들고 아버지와 개울로 나갔다. 여름도 이 계곡 안으로는 들어오지 못한 듯했다. 아원과 아버지의 잠자리채는 모두 직접 만든 것이었다. 그들은 산에서 꺾어 온 등나무 줄기를 엮어 둥근 뼈대를 만든 뒤 얇은 망사를 끼웠다. 보잘것없어 보여도 잘 만들기가 쉽지 않다. 등나무 뼈대가 너무 헐거우면 중요한 순간에 나비가 도망칠 수 있고, 너무 빡빡하면 자유롭게 돌릴 수 없다. 아원이 만든 잠자리채가 바람에 날려 아기 새처럼 나풀거리면 아버지는 딸의 손재주를 칭찬하곤 했다.

이 시내는 메이시 유역에 속한 곳이었다. 아원은 '메이시'라는 이름을 좋아했다. 골짜기를 가로지르는 시냇물이 산의 눈썹 같다는 은유가 내포되어 있는 것 같았기 때문이다.* 아버지는 항상 자전차에 그를 태워 계곡까지 간 다음 임도 옆 풀숲에 자전차를 세워놓고 딸과 함께 난산 강 상류 쪽 임도로 들어갔다. 아버지는 이 길이 자신과 몇몇 사냥꾼만 아는 사냥터라고 했다. 그 길은 아버지가 독

---

* 대만에서 메이眉는 눈썹을 뜻한다.

점한 나비 길이기도 했다.

길을 따라 '이치몬지'(보통 줄나비를 지칭한다), '초접자'(세줄나비), '백화자'(붉은어깨흰나비)가 날아다녔다. 하지만 아버지는 날아다니는 나비를 잡지 말라고 했다.

"그런 나비는 잡아봐야 힘만 들고 돈이 안 돼." 아버지가 말했다. 아버지는 아원이 어릴 적부터 나비 잡는 비법을 알려주곤 했다. "무턱대고 잡으려고 덤비면 안 돼. 어떤 나비가 어떤 풀을 좋아하는지 알아야지. 경험이 필요하단다." 그래서 아원이 처음 배운 건 나비를 구분하는 법이 아니라 나무를 구분하는 법이었다. 나비가 먹는 풀을 찾아내면 근처에 막 번데기를 비집고 나와 성충이 된, 온전하고 아름다운 나비를 찾을 수 있었다.

일치시기부터 나비를 잡아온 아버지는 노련한 나비잡이를 따라다니며 베이산컹에 있는 흰네발나비의 서식처를 자연스럽게 알게 되었다. 가끔은 다른 나비잡이들이 아버지를 따라다니기도 했다. 그들도 아버지가 녹색부전나비를 잡는 '나비 밭'이 어딘지 알고 싶었기 때문이다.

나비잡이끼리 경쟁이 붙어 숲에서 그들은 최대한 서로를 따돌린 뒤 아무도 모르게 자기만의 채집 장소로 향했다. 나비 채집 경쟁은 체력 싸움이자 두뇌 싸움이었다. 나비잡이들 사이에 한 가지 불문율이 있었다. 먼저 도착한 사람이 그날 나비 밭의 주인이 된다는 것. 하지만 이제는 거의 모든 나비 서식지가 알려지고 나비 가격도 떨어져 나비잡이들이 매일 일정량의 나비를 잡아야만 생계를 유지할 수 있었다. 그래서 나비잡이들은 더 많은 나비를 모을 수 있는 방법에 골몰했다.

"나비가 적으면 흉년이 들어." 아버지가 농부처럼 말하며 예전에 메이시에 나비가 얼마나 많았는지 들려주었다. 젊었을 적 아버지는 계곡 옆에서 낮잠을 자다가 자전거를 타고 먹구름 속으로 들어가는 꿈을 꾸었다. 그런데 잠에서 깨고 보니 아버지의 몸 위에, 바로 옆에, 공중에, 나비 수만 마리, 아니 수십만 마리가 모여들어 있었다. 시야를 가득 채운 나비들의 파닥거리는 날갯짓 소리가 섬뜩할 정도였다.

아윈은 자신도 그런 광경을 한 번 보고 싶다는 생각을 했다. 더도 말고 딱 한 번만 보면 좋을 것 같았다.

매일 새벽 아윈의 아버지는 계곡을 따라 '함정'을 놓았다. 잠자리채와 지름이 비슷한 구덩이를 파고 그 안에 오줌이나 설탕물을 뿌렸다. 가끔은 썩은 파인애플이나 바나나 또는 직접 만든 과실주를 넣기도 했다. 나비마다 좋아하는 냄새가 다르다는 걸 나비잡이들은 모두 알고 있었다. 이따금 아버지는 희귀한 나비를 잡기 위해 먼저 암컷 나비를 잡아다가 실을 묶어 나뭇가지에 매달아놓기도 했다. 그러면 암컷 나비가 날개를 파닥이며 풍기는 냄새가 수컷 나비를 불러왔다. 사랑의 함정이었다.

아윈은 수컷 나비 냄새를 맡을 수 있었다. 처음에는 아윈 자신도 그 사실을 알지 못했다. 그저 나비가 스쳐 날아가거나 나비를 손가락에 끼워 잡을 때마다 말로 표현하기 힘든 냄새가 난다고 느꼈을 뿐이다. 성냥불이 다 타서 꺼지기 직전의 연기 냄새랄까. 남들도 모두 그 냄새를 맡을 거라 생각해 크게 신경 쓰지 않았지만 시간이 흐르면서 오직 자신만이 그 냄새를 맡을 수 있다는 걸 알았다. 어쩌면 아윈이 그런 냄새에 특별히 예민한 것일 수도 있었다. 이상한 점은 아윈이 암컷 나비의 냄새는 맡을 수 없다는 것이었다.

처음에는 아윈도 대수롭지 않게 여겼지만 언젠가부터 그 냄새를 맡으면 겨드랑이에서 땀이 나고 손바닥이 축축이 젖었다. 때로는 살갗을 덮은 솜털에도 눈에 보이지 않는 미세한 변화가 일어났고, 그럴 때마다 온몸이 긴장됐다. 그래서 그는 이 사실을 아무에게도 말하지 않았다.

'함정'을 놓고 기다리다가 나비가 왕성하게 활동하는 시간이 되면 아윈과 아버지가 따로 다니며 나비를 잡았다. 망사로 함정을 조심스럽게 덮었는데 어떤 날은 단번에 수백 마리가 잡히기도 했다. 한 마리에 몇 그램밖에 되지 않지만 수백 마리가 담기면 잠자리채에 돌멩이를 넣은 것처럼 묵직했다. 게다가 나비의 왕성한 활동력 때문에 밖으로 빠져나가려 발버둥 치는 나비의 움직임이 망사를 뚫고 손으로 전해졌다. 순식간에 이렇게 많은 생명이 손안에 들어왔다는 사실이 믿기지 않을 때도 있었다.

그러면 아버지는 잠자리채에서 재빨리 나비를 꺼내, 날개의 비늘가루가 떨어지지 않도록 허리춤에 있는 대통에 넣었다.

나비가 활동하지 않는 저녁에는 낮에 잡아 온 나비를 낡은 영수증, 장부 등을 접어 만든 삼각형 모양의 종이 사이에 끼워 분류해두었다. 그러면 나비 장수가 와서 값을 치르고 가져갔다. 가끔은 며칠 동안 집에 들어가지 않고 산에서 야영을 하며 나비를 잡기도 했다. "찢어진 나비는 가치가 없어." 나비 사체를 정리할 때면 아버지는 입버릇처럼 이렇게 말했다.

아원은 '가치'가 무슨 뜻일까 생각했다. 아버지 머릿속에서 흰네발나비 한 마리는 1엔이고, 당시 공무원 월급은 대만 돈으로 16~17위안이었다. 이것이 아버지가 생각하는 흰네발나비의 가치였다. 하지만 다른 가치도 있지 않을까? 자전차 뒷자리에서 아버지 허리를 끌어안고 땀 냄새를 맡으며, 노곤한 몸을 스쳐가는 바람을 느끼는 그런 가치 말이다. 엄마를 다시 만날 수 있다면 아원은 가진 돈을 전부 내놓을 수 있었다. 아니, 앞으로 벌 돈까지 다 내줘도 상관없었다.

하지만 그런 일은 불가능했다.

관찰력으로 보든 체력으로 보든 아원은 훌륭한 나비잡이였지만 어쨌든 여자이므로 오랫동안 산속을 다니며 야영하기가 여의치 않았다. 깊은 산속 곳곳에 다른 나비잡이들이 있었기 때문이다. 그의 두 남동생이 나비 채집을 할 수 있을 만큼 자라자 아버지는 딸을 위해 나비 가공 공장에 자리를 마련해주었다. 아버지는 나비 그림이나 나비 공예품을 만드는 일이 나비 채집보다 훨씬 수월할 뿐 아니라 여자가 하기에 더 좋다고 생각했다.

아원은 처음에 나비 날개 자르는 일을 했다. 작은 칼로 나비의 머리, 몸, 날개를 잘라내 분리하는 일이었다. 가끔 숨이 완전히 끊어지지 않은 나비가 날개가 잘리는 순간, 대롱처럼 생긴 입을 앞으로 뻗으며 다리 여섯 개를 확 오므렸다. 아원은 왠지 모르게 이 일에 매료되었다. 아름다운 날개와 못생긴 몸통을 분리하는 순간 자신의 마음을 닮은 무언가를 맞닥뜨린 것 같은 기분이 들었다.

어느 정도 지나자 선배 여공이 '나비 비늘 가루 날염' 기술을 가르쳐주기 시작했다. 나비의 아름다운 날개를 종이나 실크, 면 위에 날염하는 특수한 방법이었다. 먼저 '플라스틱시멘트'라고 부르는 약물을 나비 날개에 꼼꼼히 바른 뒤 약간 마르면 날염하려는 천이나 종이 위에 놓고 프레스로 강하게 눌렀다. 그러면 나비 날개는 원래 달려 있다가 잘려 버려진 몸 대신 썩지 않는 비닐 몸에 부착됐다.

몇 달 뒤 아원은 야무진 손재주 덕분에 나비 그림을 제작하는 과정에 배치되었다. 나이 어린 여공들이 철제 탁자 앞에 앉아 색깔별로 분류된 나비 날개를 집게로 집어 섬세하면서도 잰 손놀림으로 밑그림 위에 붙였다. 눈이 아프고 금세 피로해지는 일이었다. 나비 그림의 가치는 그림이 얼마나 복잡한지, 얼마나 많은 수의 나비와 다양한 종의 나비를 사용했는지에 따라 정해졌다. 많은 생명을 사용할수록 곱고 섬세한 그림이 완성됐다.

나비 그림 한 점을 만들고 받는 돈이 아버지와 일주일 동안 산에서 풍찬노숙하며 버는 돈보다 많았다. 하지만 아원은 고개를 들 때마다 계곡 옆 숲과 습지를 누비며 아버지와 나비를 잡으러 다니던 때가 그리웠다. 물기를 머금은 바람이 계곡 하류에서 불어왔는데 그걸 '계곡 바람'이라고 불렀다. 그 바람을 맞으며 보따리를 열어, 새벽에 만든 주먹밥을 아버지에게 건네곤 했다. 아버지의 땀 냄새,

수컷 나비 냄새, 숲의 썩은 낙엽과 막 기지개를 켜고 나온 새 잎사귀가 한데 어우러진 생생한 기억이 아윈을 감쌌다. 나비들은 살아 있었다. 적어도 그 순간까지는.

이 메일을 받은 뒤 편지의 수신인이 나라고 확신했다. 두 번이나 잘못 보낼 리는 없기 때문이다. 편지 내용 역시 일전에 내가 보낸 자료와 관련이 있었다. 그때부터 애니라는 사람에게 호기심이 생겼다. 어떤 사람일까? 어째서 이런 방식으로 내게 편지를 보내는 걸까?

메일 두 통에 등장하는 자전거가 동일한 자전거일까? 이건 또 뭘 암시하는 걸까? 자신이 내 아버지의 자전거를 어떻게 얻게 되었는지 이런 방식으로 알려주려는 걸까?

애니가 이야기 속 아윈일 가능성은 없었다. 나이가 맞지 않았다. 내가 수집한 자료에 따르면, 대만의 나비 포획 산업은 1980년대부터 점차 내리막길을 걸었다.

그렇지만 다른 한편으로 그의 글은 나의 기억을 소환했다. 어릴 적 중화상창의 특산품 가게(관광객을 상대로 주로 대만 수공예품을 팔던 곳이었다)에서도 나비 표본과 나비 그림을 팔았는데 관광객에게 인기가 아주 많았다. 왠지 모르겠지만 그때 나는 나비의 몸이 무서워서 표본을 만질 수 없었다. 중화로 쪽에서 마치 한 세기를 기다려도 오지 않을 것 같은 버스를 기다릴 때마다 특산품 가게 진열창으로 무료한 시선을 던지곤 했다. 진열창에는 들소 뿔로 만든 장식품, 상아를 깎아 만든 배, 거대한 아틀라스나방의 표본, 모나리자의 미소를 재현한 나비 모자이크화 같은 것이 있었다.

편지에도 쓰여 있듯 나비 그림은 사용된 나비의 수와 종류, 붙인 사람의 기술에 따라 가격이 매겨졌다. 하지만 볼 때마다 수많은 시체가 대지에 누워 있는 장면을 연상시키는 그것을 어떻게 '그림'이라고 할 수 있을까? 반항적이고 도발적인 행동으로 유명한 영국 예술가 데미언 허스트의 작품을 소개하는 동영상을 본 적이 있다. 런던에서 '사랑의 안과 밖'이라는 주제로 허스트의 개인전이 열렸는데, 당시 그는 나비 수백 마리를 전시실에 풀어놓고 마음껏 날아다니다가 산란을 하고 일생을 마치도록 내버려둔 다음, 그것들의 사체를 가지고 교회의 스테인드글라스 창 같은 모자이크화 두 점을 만들었다. 그렇게 완성된 작품이 바로 '해체: 생명의 왕관Disintegration: The Crown of Life'과 '관찰: 정의의 왕관Observation: The Crown of Justice'이다. 이 작품은 내게 심미적 경험을 선사하지 못했지만, 인류의 광적인 편집증이 죽인 생명의 총합이 결코 전염병으로 인한 결과에 뒤지지 않을 거라는 생각을 하게 했다. 해체와 관찰, 생명과 정의.

허스트의 작품에는 아무런 감흥을 느낄 수 없었지만 그의 작품 이름은 마음에 들었다. 허스트의 가장 유명한 작품은 방부제를 채운 유리장에 550센티미터 길이의 상어를 넣어 보존한 것이다. 이 작품으로 허스트는 현존 작가 중 최고가 작품을 보유한 예술가 반열에 올랐다. 그는 이 작품에 〈살아 있는 자의 마음속에 있는 죽음의 육체적 불가능성〉이라는 제목을 붙였다.

전쟁이 막바지로 치달았을 때 푸리의 나비 포획 산업이 한동안 중단되기도 했다. 수출길이 막히는 바람에 나비잡이들이 잡은 나비 수백만 마리가 계곡에 버려졌다. 죽은 나비가 계곡에 수북이 쌓이자 그것이 물을 빨아 먹고 있는 동족인 줄 안 살아 있는 나비들이 봄철의 낙엽처럼 줄지어 계곡으로 내려앉아 아름답지만 기이한, 생과 사가 교차하는 장면이 연출되었다.

전쟁이 끝난 뒤 위 씨 일가가 나비 포획 산업을 다시 세웠다. 특히 대만대학 공학원의 링샤오 교수와 함께 '포모선 버터플라이스 서플라이 하우스'를 설립하고 미국 저널 〈더 내추럴리스트 디렉토리〉에 광고를 게재했는데 이 전략이 큰 성공을 거둬 나비 수출 시장이 일본에서 서방국가로 바뀌었다. 하지만 링샤오 교수가 캐나다로 이주하면서 그와의 협력 관계도 끝이 났다.

일본의 계속된 연구로 표본과 나비 그림 외에도 비늘 가루 날염, 나비 코팅 등 나비 공예품이 점점 다양해졌다. 비늘 가루 날염 기술은 메이지 42년(1909) '나와곤충연구소'에서 발명됐다. 아교를 바르고 다림질하는 과정을 통해 천이나 종이에 나비와 나방의 날개 비늘을 전사날염하는 기술이었다. 심지어 당시에는 기모노 허리끈, 우산, 머리 장식, 부채, 그릇, 엽서 등 일용품에도 이 방법으로 무늬를 넣는 것이 유행했다. 나비 공예품이 큰 인기를 끌자 나비 수요도 급증하고, 공예품 제작 기술을 가진 여공의 수요도 크게 늘었다.

1960년대부터 1975년까지 해마다 대만 나비 수천만 마리가 수출되어 나비는 매우 중요한 외화 수입원이 되었지만, 그와 동시에 푸리의 나비 서식지는 심각하게 파혜쳐져 나비 개체 수가 점점 감소했다. 나비 판매업자는 남부와 동부에서 나비를 사들인 뒤 수출에 용이하도록 북부의 가공 공장으로 옮겨 가공했다. 그렇게 십 년이 흐른 뒤 대만의 나비 공예는 들판을 가득 채웠던 나비와 함께 점차 시대의 뒤안길로 사라졌다.

내가 이 메일을 발송한 지 세 시간도 되지 않아, 그사이 커피를 한잔하고 샌안토니오 스퍼스와 골든스테이트 워리어스의 경기를 본 뒤 샤워를 하고 나갈 준비를 하고 있을 때, 답장이 왔다.

아원이 그를 알게 된 건 맹장염 때문이었다. 이 작은 마을에서 맹장 수술을 할 수 있는 사람이 그뿐이었으므로. 그가 아원을 위해 수술을 해주었다. 그는 아원의 몸에서 썩어버린 작은 덩어리를 떼어낸 뒤 배를 실로 꿰매주었지만 대신 그가 아원의 마음 깊숙이 자리 잡았다. 그의 손은 남들보다 크고 부드러웠다. 두꺼운 굳은살이 하나도 없었다. 마을을 통틀어 유일하게 부드러운 손이었을 것이다. 그가 그런 손을 아원의 배 속에 넣은 것이다.

그때부터 아원은 공장 일을 마치고 집으로 돌아갈 때마다 기대감에 가슴이 설렜다. 자전차가 진료소 앞을 지날 때 가끔 진료소 안에서 신문을 보거나 커튼을 열고 책을 읽는 그를 볼 수 있었기 때문이다. 그럴 때마다 아윈은 절로 나오는 웃음을 참느라 오히려 울먹이는 사람처럼 보였다.

얼마 후 의사가 어느 길목에서 아윈을 기다리기 시작했다. 아무 일 없는 척, 아윈이 그 길을 지나가길 기다렸고 아윈 아버지의 자전차에 올라타 아윈을 톱튜브에 앉힌 뒤 사람 없는 길을 달렸다. 아윈의 손을 잡을 때마다 그의 손바닥에서 땀이 송골송골 스며 나와 손안에 시냇물이 흐르는 것처럼 금세 축축해졌다. 그저 단순한 동작 하나일 뿐인데 아윈은 가슴이 오그라드는 것 같아 숨쉬기가 벅찼다. 세월이 흐른 뒤 그때를 회상할 때마다 아윈은 자신의 약한 몸이 마음을 약하게 만들었던 건지, 아니면 아버지의 죽음이 자신의 몸과 마음을 모두 약하게 만들었던 건지 알 수 없었다. 어쨌든 그의 출현은 아윈 앞에 나타난 동아줄이었다.

아윈의 아버지는 아윈의 두 동생에게 나비 잡는 기술을 가르쳐준 뒤, 녹색부전나비를 잡으러 혼자 계곡에 들어갔다가 돌아오지 못했다. 이튿날 다른 나비잡이들에게 발견됐을 때 아버지는 머리 상처에서 흘러나온 피가 시냇물에 모두 씻겨 내려가 핏기 한 점 없이 깨끗해 보였다. 나비잡이들은 모두 그가 나비로 변한 마신자*의 꾐에 빠져 깊은 산속으로 들어갔다가, 날이 저물어 길을 헤매다 실족했을 것이라고 했다. 나비잡이들은 마신자의 존재를 믿었고 마신자가 나비잡이들에게 각각 잡을 수 있는 나비 포획량을 정해준

---

* 대만과 중국 남부의 민간 전설에 등장하는 악귀로 원숭이 등의 모습으로 나타나 사람들을 산속으로 유인한다.

다고 생각했다. 아허짜이(아원 아버지 이름)가 평생 잡을 수 있는 나비를 모두 잡고도 계속 잡았기 때문에 마신자에게 걸리고 말았다는 것이다.

계모는 몸을 가누지 못하도록 통곡했고 동생들은 아직 죽음의 의미를 몰랐으므로, 경찰은 아원에게 계곡 입구에 세워진 아버지의 자전차를 가져가라고 했다. 자전차를 타고 집에 돌아오던 아원은 집 앞을 지나쳐 마을 끝까지 가서야 정신이 들었다.

그로부터 며칠 뒤 아원은 심한 복통을 느껴 그의 진료소를 찾아갔다가 맹장염 진단을 받았다. 당시에 맹장염은 무척 큰 병이었다. 그리고 아원이 열여덟 살 하고 두 달이 됐을 때, 맹장이 이미 떼어진 그의 배 속에 아기가 생겼다.

의사는 이미 아내가 있는 사람이었으므로 계모는 집안 망신이라고 생각할 것이었다. 게다가 아버지가 죽은 지 얼마 안 됐을 때였다. 초원처럼 사방이 트인 작은 마을에선 그 어떤 일도 숨길 수 없다. 아원은 그를 난처하게 하고 싶지 않았고, 또 돌아가신 아버지와 계모를 수치스럽게 하고 싶지도 않았다. 그렇다면 유일한 방법은 마을을 떠나는 것이었다.

아원은 자전차를 타고 마을을 떠나기 전날 가게에 가서 물건들과 하나하나 작별 인사를 했다. 머리핀, 병따개, 휴지, 풀, 아주 아저씨가 기른 생강, 유리병에 담긴 코카콜라, 대장장이 칭수이짜이가 만든 쇠솥, 쇠갈퀴, 호미, 와리쓰가 따온 어린 죽순과 죽대, 다른 마을에서 도매로 떼다가 가지고 온 싸구려 옷, 오래된 담배, 아시 아주머니가 담근 장아찌, 그리고 이 마을 가게에만 있을 것 같은, 일치시기부터 지금까지 팔리지 않은 '나비 액자'까지. 액자 안에 있는 나비는 모두 여공들이 작은 칼로 몸통과 날개를 잘라낸 뒤 사라진 몸통을 수공으로 그려낸, 진정한 수공예품이었다.

아원은 모든 물건을 집었다가 제자리에 내려놓았다. 다 보려면 십팔 년이 걸릴 것처럼 느릿느릿 구경했다. 이 물건들이 곧 마을 전체였다. 아원은 이 가게가 곧 마을이고, 방금 자전거를 타고 온 길이 자신의 십팔 년이라고 생각했다. 그는 진료소 앞을 지나쳐 오지 않았다. 진료소 앞을 지나선 안 된다는 걸, 그의 얼굴을 한 번이라도 다시 봐선 안 된다는 걸 알고 있었다. 그러면 이 마을을 떠날 수 없을 테니까.

아원은 직접 만든 나비 그림 몇 점을 자전차 뒷자리에 싣고, 간단한 일용품을 넣은 자루 두 개를 자전차 양쪽에 매달았다. 아원은 몇 년 전부터 몰래 챙겨온 나비 날개로 나비 그림을 만들어 팔아 돈을 모으고 있었다. 돈은 모두 붉은 봉투에 넣어 계모의 베개 밑에 두었다. 그동안 돌봐준 것에 대한 보답이자 아버지의 자전차 값이었다. 아원은 아버지의 자전차가 있어서 다행이라고 생각했다. 자전차를 타고 달리면 소가죽 안장에 밴 아버지의 땀 냄새가 코끝에 실려 와 마음이 편안해졌다.

자전차를 타고 달리면 그 사람 생각도 났다. 아원은 체질적으로 겨울에 무릎과 발꿈치, 발바닥이 얼음장처럼 차가운데 그가 만져주면 창밖에서 햇볕이 비추는 것처럼 금세 혈색이 돌았다.

나중에 아원은 그의 사진이 없어서 그의 키가 얼마나 컸는지도 잊어버리고 그의 목소리도 잊어버렸지만, 그의 손에서 느껴지던 촉감은 또렷하게 기억이 났다. 그의 손이 나뭇가지처럼 아윈의 등 뒤에서부터 어깨, 축축한 겨드랑이, 막 싹트기 시작한 젖가슴을 지나 핸들바에 있는 손등을 가볍게 감싸면 그의 체온이 등에서부터 쭉 전해졌다.

이런 기억이 자전거의 소가죽 안장과 손잡이에 기이하고도 질기게 붙어 있었다.

나는 모니터 앞에 앉아 메일을 두 번 읽었다. 이름 모를 벌레가 그 위에 쉼표처럼 앉았다.

철마지 鐵馬誌

III

當人們騎上自行車越過山脈那一刻，就好像
一個蒙古人騎上了原野難馴的野馬。
那個身體以實感覺到的⋯⋯此律就.
原先不存在於人的感官經驗之外的價值
難以衡量。

　　　德囯單車設計師. Karl Nicolai

한 사람이 자전거를 타고 산맥을 넘는 것은 몽골인이 마부의 손에 길들여지지 않은 야생마에 처음 올라타는 것과 같다. 몸을 타고 올라오는 대지의 리듬과 본래 인간에게 존재하지 않는 감각적 경험 밖의 가치는 헤아릴 수 없을 만큼 크다.

독일 자전거 디자이너 카를 니콜라이

골동품 철마를 소장하고 있는 달인들을 많이 알고 있다. 개중에는 골동품 판매상도 있고, 자전거 연구가도 있고, 아니면 샤오샤처럼 우연히 탄 골동품 자전거에 사로잡혀 다시 내려오지 못하고 이른바 '미치광이'가 된 사람도 있다.

과학단지에서 엔지니어로 근무하고 있는 샤오샤는 이란 시에서 태어났고 지금은 신주 시에 살고 있다. 그는 수집한 자전거를 보관하기 위해 주차장의 주차 칸과 작업실까지 얻었다. 처음에는 종류에 관계 없이 수집했지만 지금은 행복표만 수집하고 있다. 그가 바라는 건 자신이 수집한 자전거가 모두 자기 시대로 '되돌아가는' 것이다. 그는 자전거를 손수 분해하고 닦아서 새로 조립하는 전 과정을 캠코더로 촬영한다. 내 습관도 그를 따라 한 것이라 볼 수 있다. 그는 내게 인간에게는 원래 무언가를 수리하고 싶은 욕망이 있으며, 직접 수리하는 행위는 사물에 대한 존경의 표시이자 온전히 기능하는 스스로의 몸에 대한 경의의 표시라고 했다.

그는 중리, 타오위안, 신주 등지로 나를 데리고 다니며 아직 현업에서 활동하는 장인들을 방문해 각 시기별 행복표 모델을 알아보는 법을 가르쳐주었다. 예를 들면 행복표 초기 모델의 배지와 윈드커터는 모두 구리에 에나멜을 입힌 재질이었는데 이후 알루미늄판에 인쇄하는 방식으로 바뀌었다가 나중에는 편의를 위해 스티커를 부착하는 형태로 바뀌었다. 샤오샤는 "자전거의 예술성이 퇴보한 역사라고 할 수 있어요"라고 말했다. 물론 그건 자전거가 '가진 자'의 신분과 지위를 상징하는 물건에서 보편적인 교통수단으로 변화했음을 의미하는 것이기도 했다.

샤오샤는 행복표 자전거 모델 종류가 총 몇이나 되는지 확실히 아는 사람이 없으며, 자신이 현재 17종을 보유하고 있다고 했다. 샤오샤는 자신에게 없는 '꿈의 모델'을 영원히 찾아다닐 것처럼 보였다.

17종 가운데 그가 가장 특별하게 여기는 것은 '산파거'다. 노년의 장인에게 산 것으로 장인은 그것을 타이둥 기차역 근처 파출소 옆에서 발견했다고 했다. '대만량'이라고 불리는, 아래로 둥글게 휘어진 톱튜브가 특징인데 당시의 기술력으로는 쉽게 구현할 수 없는 디자인이었다. 더 중요한 것은 여성 전용으로 설계된 이 초기 모델이 소량만 생산되어 무척 희귀하다는 사실이었다.

장인이 수소문 끝에 주인을 찾아내 자전거를 사겠다 했지만 아무리 설득해도 주인은 요지부동이었다. 한 달 동안 신주와 타이둥을 네 차례나 왕복한 끝에야 마침내 베스파 스쿠터 두 대를 내주고 산파거를 가져올 수 있었다. 하지만 샤오샤와 장인의 줄다리기는 장장 오 년에 걸쳐 지속됐다. 샤오샤는 주말마다 장인의 집을 찾아가 차를 마시며 말동무가 되어주었고 두 사람이 스승과 도제의 관계를 거쳐 가족 같은 사이가 된 뒤에야 거래가 성사될 수 있었다.

샤오샤에게 이런 질문을 한 적이 있다. 자전거 연구가도 아닌 우리가 이미 아주 많은 자전거를 손에 쥔 채, 심지어 대부분은 탈 수도 없는 상태이고 제대로 놓아둘 공간도 없으면서, 한 대 더 갖겠다고 그토록 노력을 기울이다니 대체 이게 무슨 의미가 있느냐고.

샤오샤는 오래된 자전거의 주인들은 이미 본인 자전거에 별로 관심이 없기 때문에 그대로 뒀다면 어쩌면 마지막 남은 행복표 산파거일 수 있는 자전거가 머잖아 고철이 됐을지도 모른다고 했다. 하지만 샤오샤는 장인과 친구 같은 사이가 되고 난 뒤에도 자전거를 사고 싶다는 말을 꺼내지 않았다. 그는 그 오 년 동안 장인에게 들은 자전거 수리 지식과 자전거를 수집하러 다닌 이야기만으로 이미 충분했다고 말했다.

그 산파거는 두 미치광이 사이의 증표가 되었으므로 누가 갖고 있는지는 더는 중요하지 않았다. 요즘은 이런 오래된 철마의 가치를 아는 사람이 거의 없지만, 이것들이 곧 거리의 야사이며, 지금 내가 거두지 않으면 이내 다 사라져버릴 것이고 그것은 곧 그 시대를 증명할 수 있는 것이 사라진다는 뜻이라고 샤오샤는 말했다.

1950년 대만대학의 공문을 보면, 학교가 너무 넓어 이동 시간이 오래 걸리자 당시 농학원에서 350위안짜리 자전거 한 대를 사서 공무용으로 사용하는 방안을 건의했지만 학교 측에서 예산 부족을 이유로 동의해주지 않았다. 1955년경 대만에서 자체 생산한 오런, 국웅 등의 기본 모델이 900위안 남짓이었고, 일제 자전거는 1700위안이 넘었다. 당시 이발 요금은 7위안밖에

幸福牌座婆車
행복표 산파거

되지 않았다. 현재 이발 요금 200위안을 기준으로 계산해보면 당시 자전거 한 대가 지금 물가로 수만 위안이나 됐던 셈이다. 그렇게 비싼 자전거를 구매하려는 것은 단순히 실용성 때문만이 아니라 '모던'에 대한 동경이었을 것이라 생각한다. 어머니의 말을 빌리자면 자전거가 '뽐내기'를 위한 물건이었다는 것이다.

1956년 대만 정부가 '자전거 배급 판매제'를 발표하면서 군인, 공무원, 공립학교 교사 들이 할부로 자전거를 살 수 있게 되었다. 교사가 대만성물자국에 분할납부를 신청하면 교장이 보증인이 되었다. 당시 오순표 교사 전용 자전거 가격이 1200위안이었는데 10회 할부로 구입할 수 있었다. 자전거를 사면 면허세도 납부해야 했다. 당시 자전거 번호판은 알루미늄으로 된 2단식 번호판이었는데 자전거 핸들바에 묶고 다니다가 법규 위반으로 걸려 경찰에게 상단 번호판을 압수당하면 그 자전거는 운행이 금지되었다.

내가 태어나던 해, 타이베이 시의 자전거 일 년 면허세가 18위안이고 중화상창에 있던 식당 '진짜 원조 양춘면'에서 팔던 양춘면 한 그릇이 5위안이었다. 이 년 뒤 자전거 번호판 규정이 폐지되었고 이는 자전거가 '모던'을 상징하던 시대가 지나갔음을 의미했다.

시간이 흐른 지금, 보존 상태가 양호한 희귀 모델의 행복표 자전거는 온라인에서 10만 위안을 호가한다. 후지표 짐 자전거를 20만 위안에 올려놓은 사람도 있다. 한때 생활 수단이었던 자전거가 또다시 누군가에게 '뽐내기' 수단이 된 것이다. 하지만 내

기준에서 그들은 미치광이가 아니라 돈 많은 사람일 뿐이다.

가십 잡지 기자였던 시절 '자유로운' 수면 상태에 빠진 적이 있다. 수면에 드는 시간이 매일 규칙적으로 두 시간씩 앞당겨지더니 특정 시간만 되면 어디서든 갑자기 잠에 들었다. 나는 잡지사를 그만두었고 남들과 다른 생활 리듬을 그냥 내버려두었다. 이후 나는 아버지가 제2차 세계대전 때 전투기를 만들며 일했던 일본의 코자해군공장*에 가기로 결심했고 그 일을 소설로 쓰기로 결정했다.

얼마 후, 그 이상한 수면 증상이 돌연 사라졌다. 아무 예고 없이 찾아왔을 때처럼 아무 조짐도 예고도 없이 사라졌다. 하지만 책이 출간되고 시간이 흐르면서 깊은 밤에도 호수처럼 맑은 정신으로 깨어 있을 때가 있다. 호수에는 낚시하는 사람도 없고 벌레 우는 소리도 들리지 않았으며 달빛도 비추지 않고 해도 떠오르지 않았다. 오직 나 혼자만 거기 앉아 있었다.

그 시간을 보내기 위해 리코사의 카메라를 들고 밤 깊은 완화의 거리로 나갔다. 밤산책을 한 다음 날에는 마음이 차분해졌다. 완화를 선택한 이유는 내 가족이 중화상창으로 이사하기 전 완화의 낡은 아파트 지하실에 살았기 때문이다.

우선 먀오커우공원을 끼고 몇 바퀴 돌았다. 그곳은 원래 작은

---

* 제2차 세계대전 당시 일본 가나가와 현 코자 군에 있었던 해군 공장. 일본이 1942년부터 대만 청소년들을 반강제로 징용해다가 전투기 생산라인에 투입해 노동하게 했으며 소년공들은 전쟁이 끝나고 1946년에 대만으로 송환되었다.

점포들이 모여 있는 시장이었다. 어릴 적 그곳에서는 작은 공예품, 스카프, 옷, 신발 등 생활용품과 갯농어, 츠러우겅,* 뭇국, 고기죽, 바바오빙,** 완가오*** 등 주전부리를 팔았다. 어머니는 음력설이 되면 '구두 병원'이라는 절묘한 이름의 가게에 나를 데려가 신발을 사주었다.

이후 오래된 나무는 베이고 점포들도 이전해 지금은 영문을 알 수 없는 음악 분수와 찾는 사람 없는 지하상가가 자리를 대신했다. 주위로 흩어져 새 가게를 차린 노포도 있지만 예전 그 맛이 나지 않는다. 어디서 먹느냐도 음식 맛을 결정하는 중요한 요인이다.

이곳과 이어진 사원 앞 공원은 관광객의 발길조차 드문 곳으로 갈 곳 없는 노숙자들의 집합소가 되었다. 깊은 밤 노숙자들이 웅크려 앉아 있거나 잠자고 있는 공원을 걸을 때면 묘지에 온 것 같은 기분이 든다. 사람들은 노숙자들이 온종일 멍하니 시간을 보낼 거라고 생각하지만, 그들과 함께 호흡하고 함께 생활해보지 않은 사람은 그들에게도 그들만의 오락이 있다는 걸 알지 못한다. 그들은 아침부터 점심 무렵까지는 주로 바둑이나 장기를 두고, 낮잠을 자고 일어나서는 발길 닿는 대로 느릿느릿 돌아다닌다. 그러다 해가 넘어갈 때쯤 되면 삼삼오오 모여서 동전 던지기 같은 놀이를 한다. 벽에 가장 가깝게 던지는 사람이 이기는

---

* 튀긴 고기에 채소를 넣고 걸쭉하게 끓인 수프.
** 여러 가지 재료를 올린 빙수.
*** 쌀 반죽을 작은 그릇에 넣고 찐 떡.

놀이인데 몇몇 노인은 매번 동전을 화단 앞 1센티미터 지점에 정확히 떨어뜨리는 상당한 실력을 보유하고 있다. 어둠이 내려앉고 거리의 가수들이 나타나 나가시*를 하면 노숙자들이 빙 둘러서서 노래를 듣고 가끔 흥이 나면 옆에 있는 여자 노숙자의 손을 잡고 춤을 추기도 한다. 거리의 가수들은 보통 실력이 그리 좋은 편이 아니다. 톱 모양의 악기를 연주하는 한 여자는 어떤 곡을 연주하든 우우우 하는 리듬만 반복할 뿐 음이 정확하지 않고 멜로디도 없다. 그래도 노숙자들은 그날 주운 몇 푼 안 되는 동전을 기꺼이 그들에게 던져준다.

이곳 노숙자들의 구성은 보통 사람들이 예상하는 것보다 훨씬 복잡하다. 매스컴은 한때 잘나가는 회사를 운영하다가 노숙자로 전락한 사람들의 이야기를 좋아하지만 사실 그런 사람들은 가장 시시하고 재미없는 유형이다. 이야기라고 해봤자 사업 실패, 금전 사기, 주색잡기 등 몇 가지 경우를 벗어나지 않기 때문이다.

노숙자 중에는 진정한 악인도 있고, 사회부적응자도 있고, 떠돌이 예술가도 있고, 예리한 안목과 풍부하고 기이한 잡학 지식을 가진 사람도 있다. 밤이 되면 그런 사람들이 노점을 펼쳐놓고 '노인시장'에 뒤섞여 있다. 내가 그곳에 자주 가는 것은 동정심 때문이 아니다. 그들과 얘기를 나누다 보면 대학에서 배운 것보

---

* 일본어 '나가시流L'에서 나온 말로 기타, 아코디언 등을 가지고 술집 등을 돌아다니며 손님이 부르는 노래에 반주를 해주거나, 손님의 요청을 받고 노래를 부르는 행위 또는 그런 행위를 하는 사람을 칭한다. 대만 베이터우 온천 지역을 중심으로 성행했다.

다 더 많은 걸 배울 수 있고 또 내 무지함을 감출 필요도 없기 때문이다.

하루는 밤에 내가 늘 앉는 귀퉁이에 앉아 담배를 피우며 메모를 하고 있는데 그리 멀지 않은 곳에서 지저분한 옷더미 같은 물체가 미세하게 꿈틀거렸다. 자세히 보니 스누피 그림이 그려진 이불 밑에서 두 사람이 음란 행위를 하고 있었다. 가만히 들어보니 거친 숨소리도 들렸다.

그들 옆에 꾀죄죄한 비닐봉지가 잔뜩 걸려 거의 파묻힐 듯 위태롭게 세워진 자전거 한 대가 보였다. 호기심이 동해 살금살금 다가가 핸들에 걸린 비닐봉지를 살짝 치우자 싯튜브에 붙어 있는 배지가 보였다. 각각 백합을 등진 채 마주 보고 있는 비둘기 두 마리 밑에 영어로 '럭키'와 '슈퍼 사이클'이라 적혀 있는 행복표 배지였다. 행복표 초기 모델 중 검은 철 흙받기가 달린 톱튜브 하나짜리의 무거였다.

가로등이 그들 주위의 어두운 곳을 둥글고 환하게 비췄다. 그들의 그림자 때문에 빛이 줄어들었다 원래대로 돌아오기를 반복했다. 격정이 지나간 뒤 동작이 천천히 잦아들자 그들은 다시 정체를 알기 힘든 오물 더미로 돌아왔다. 잠시 후 그들의 머리가 밖으로 나왔다. 구레나룻이 희끗희끗한 남자가 손을 뻗어 기름이 잔뜩 끼고 엉켜 뻣뻣해 보이는 여자의 머리를 쓰다듬었다. 그의 손이 원래 여자의 머리에 멈춰 있었다는 착각이 들 만큼 아주 느린 동작이었다.

자전거 주인은 자신의 자전거가 골동품 자전거 마니아를 매료하는 물건이라는 걸 알고 있을까? 아니면 그가 바로 골동품 자전거에 미친 사람일까? 기회를 엿보아 자전거 주인의 고요한 내핵을 두드려 깨보려 한다. 어쩌면 그의 행복표 자전거를 타고 한 바퀴 돌아볼 기회를 얻을 수 있을지도 모르겠다.

자격 미달의 '미치광이'인 내게는 자전거 자체보다 자전거가 품고 있는 이야기가 더 중요하다. 그런 점에서 샤오샤는 나와 성향이 비슷하다. 어느 날 오후 샤오샤는 자신이 공들여 수리한 산파거를 내게 타보라고 하더니, 공원에서 기다리고 있다가 나를 보자마자 물었다.

"아기를 받으러 가는 산파의 심정이 느껴졌나요?"

나는 고개를 젓다가 다시 끄덕였다. 온전한 갓난아기를 품에 안은 듯 심장이 세차게 박동하고 있었다.

5. 은륜의 달

이번 가을은 비가 계속 내렸다. 아침에 눈을 뜨자마자 제일 먼저 빗소리가 귓속을 비집고 들어왔다. 굵은 빗줄기가 도로, 옥상, 양철 지붕, 온 나무의 나뭇잎을 두들기는 소리에 괜한 불안감이 들었다.

그날 압바스의 작업실에 다녀온 뒤 나는 가끔 라오쩌우 자전차의 다음 이야기를 떠보듯이 묻곤 했다. 압바스는 그 이야기의 몇 부분은 말로 전하기보다 다른 방법으로 알려주는 게 나을 것 같다며 자신의 고향 집에 같이 가자고 했다.

압바스의 고향은 난터우에 있는 쩌우족 부락으로 쩌우족 거주 지역 중 비교적 북쪽에 있었다. 나는 압바스와 난터우에서 만나 노점에서 루러우판*을 한 그릇씩 먹은 뒤 그의 낡은 울프**

---

* 간장에 조린 돼지고기를 밥에 얹어 먹는 음식.
** 대만 싼양모터스가 1974년 첫 출시한 오토바이 모델.

오토바이를 타고 산으로 올라갔다. 줘수이 강가를 거의 덮을 듯이 이어진 덤프트럭 전용 고가도로를 지나 천유란 강으로 접어들자 눈앞에 펼쳐진 거대한 산이 누런 모래로 뒤덮여 있고, 폭 수백 미터의 수로에는 열 걸음 남짓 너비의 강물 몇 가닥만 흐르고 있었다. 가느다란 물줄기가 땋은 머리처럼 서로 교차하며 바다를 향해 기어가고 있었다.

"둑이 생기고 나서 줘수이 강에 물이 말랐어요." 압바스가 말했다.

산으로 접어든 뒤 압바스는 '창고 강'이라 불리는 강 옆을 따라 좁게 이어진 산업도로로 꺾어져 들어갔다. 창고 강은 폭이 3~5미터밖에 안 되는 작은 강인데 강가에 매화나무가 길게 서 있고, 한 뼘의 땅도 놀릴 수 없다는 농사꾼의 신념을 증명하듯 매화나무 사이사이 빈 땅에서 옥수수가 자라고 있었다. 때마침 붉은 이삭이 나기 시작한 옥수수는 근위병처럼 몸을 꼿꼿이 세운 채 도열해 있었다. 더 위로 올라가자 포도밭이 나왔다. 나무 지지대를 감고 올라간 포도덩굴에 길 양쪽이 도로보다 더 높은 것 같은 착각이 들었다.

도로를 따라 끝까지 올라가자 마을이 나타났다.

압바스가 그곳이 처음인 나를 위해 오토바이로 마을을 천천히 한 바퀴 돌았다. 민가가 수십 호밖에 되지 않는 작은 마을이었다. 2층으로 새로 지은 몇 가구만 도드라질 뿐 대부분은 기와 지붕을 얹은 단층집이었다. 집집마다 담장에 진흙 소조가 있었는데 대부분 제사, 수렵, 농사, 이주에 관한 것이었고 성경 이야기도 있었다. 쩌우족 사람들이 활을 쏘며 박쥐, 물사슴, 아기사슴, 멧돼지, 다람쥐 등 짐승을 쫓아가는 모습도 있고, 좁쌀 종자를 뿌리고, 수확하고, 찧고, 보관하는 모습도 있었다. 쩌우족은 작고 오뚝한 코와 긴 속눈썹을 갖고 있고, 눈빛에는 미래에 대한 막연한 걱정으로 비구름이 떠다니는 듯했지만, 소조 속 그들은 세상과 동떨어진 듯 평온하고 꿋꿋하게 생활하고 있었다.

압바스가 마을의 흔한 단층 돌집 앞에 멈춰 섰다. 담장 주위에 벽돌로 땅을 둥글게 막고 가지, 고추 같은 흔히 먹는 채소를 기르고, 공터에서는 아이위*를 말리고 있었다. 아이위 껍질과 씨를 따로 분리해 불규칙적이지만 규칙이 있는 듯한 배열로 깔아 놓은 모습에서 기하학적인 미감이 느껴졌다. 압바스의 어머니가 밖으로 나와 우리를 맞이했다. 그는 압바스의 손등을 토닥이며 내게 미소 지었다. 예순 살 남짓 되어 보이는 노부인은 조용하고 내성적인 듯했고, 어깨까지 내려오는 머리에 미간은 찡그리고 있지만 입가는 미소를 짓는 것처럼 보였다.

집 내부는 살림이라고는 커다란 탁자 하나가 전부인 듯 단출하지만 깨끗하게 정돈되어 있었다. 그 외로 벽에는 압바스의 작품이 걸려 있었는데 모두 산맥과 숲을 찍은 흑백사진이었고, 한쪽 구석에 항아리 몇 개가 놓여 있었다. 압바스가 나를 데리고 폭 세 걸음, 길이 다섯 걸음쯤 되는 작은 방으로 들어갔다. 안에 있는 싱글 침대는 직접 나무를 깎아 만든 듯 다리가 둥근 원목

* 대만에서 나는 무화과 열매.

이었고, 옷걸이도 굴곡마다 구부러진 나뭇결이 근사했다. 열린 창문 너머 보이는 파파야나무는 열매를 배고 있었다.

"내 방이에요." 압바스가 말했다.

고향에 내려가기 전, 압바스가 자기 것이 고장 났다면서 카세트 플레이어를 가져오라고 부탁하기에 아부의 작업실에 가서 소니 CFS-3000S를 구해서 가지고 갔다. 아부는 그 기계가 1980년대에 생산된 것인데 테이프 재생과 FM라디오 청취 기능 외에 단파 수신 기능도 있어서 가끔 국제방송 신호도 잡힌다고 했다.

"믿을 만한 물건이야. 생김새도 꼭 일본풍 공예품처럼 생겼고." 아부가 자랑스러운 표정으로 말했다.

압바스의 어머니는 포도밭에 가봐야 한다고 했다. 그는 해마다 이맘때가 되면 포도를 수확해 상자에 담아 타이베이로 실어 보내는 일을 하고 삯을 받았다. 어머니가 포도밭에 간 뒤 압바스가 방으로 들어와 앉더니 크라프트 상자를 꺼냈다. 상자에 들어 있는 물건 모두 기름종이에 싸여 있었는데 사진 몇 장과 공테이프 두 개였다. 테이프에 붙어 있는 작은 스티커에 볼펜을 눌러 쓴 듯한 일본어 글씨로 '은륜부대'와 '북미얀마의 숲'이라고 쓰여 있었다.

"이게 바로 은륜부대예요." 그가 사진을 가리켰다.

사진 속에 자전거를 메고 흙탕물이 흐르는 강을 건너는 병사들이 있었다. 사진을 뒤집어 보니 누렇게 얼룩진 바닥에 딥펜으로 비뚤배뚤하게 쓴 '쥐수이 강'이라는 글씨가 있었다.

압바스가 스무 살쯤 되어 보이는 젊은 청년이 일본 군복 차림으로 사진관 배경 천 앞에 서서 찍은 사진을 내밀었다.

"이 사람이 바쑤야예요. 바쑤야의 한자 이름은 가오톈진이고 일본 이름은 모리 가쓰오였어요. 이웃들은 가끔 '모리'라고 불렀죠."

압바스는 자기 아버지에 대해 말할 때 '아버지'라는 단어를 쓰지 않았다. 마치 사진 속 청년이 자신과 무관한 낯선 사람인 것처럼 얘기했다. 그가 사진 보호용인 듯한 두꺼운 종이판을 꺼내자 거기에 일본어가 쓰여 있었다. 일본어를 아는 사람에게 물어보니 '내가 일본군이었기 때문에 중국군에게 보복당할까 두려워 사진을 다 태우고 몇 장만 남겨두었다'라는 뜻이라 했다고 압바스가 말했다.

나는 사진을 찬찬히 들여다보았다. 대부분 울창한 숲을 찍은 것이었는데 숲이 어쩐지 낯설었다. 나머지 몇 장은 앞의 사진보다는 덜 오래된 사진이었는데 한 장은 바쑤야와 압바스 어머니의 결혼사진이고, 또 다른 한 장은 바쑤야와 한 아이가 함께 찍은 것이었다. 그 아이가 압바스라는 걸 한눈에 알아볼 수 있다. 사진을 찍은 사람은 아마도 그의 어머니일 것이다. 아버지와 아들이 동물원 우리 앞에 서 있고, 그 뒤로 코끼리가 긴 코를 들어 올리고 입을 길게 벌려 웃는 것 같은 표정으로 서 있었다. 또 한 장은 바쑤야와 압바스 어머니가 함께 서 있는데, 그들 뒤에 코끼리가 있는 건 똑같지만 훨씬 아래쪽에서 비스듬히 올라간 각도로 찍은 것이었다.

"이건 내가 찍은 거예요. 내 첫 작품이죠." 압바스가 말했다.

압바스 아버지의 크라프트 상자에는 사진 외에도 일본어가 인쇄된 종이 몇 장과 지도 한 장이 더 들어 있었다. 지도에는 나무, 집, 강이 기호로 표시되어 있는데 그 모습이 마치 숲으로 둘러싸인 작은 마을 같았고, 마을 서쪽에 빨간 점 하나가 선명하게 찍혀 있었다.

일본어가 인쇄된 종이를 보며 무슨 내용인지 아느냐고 물으니 압바스가 안다고 했다. 일본어를 아는 친구에게 번역을 부탁했었다면서. 일본 군대의 한 중좌가 병사들에게 써준 '이것만 읽으면 전쟁에 이길 수 있다'라는 수첩에 있던 내용 중 일부라고 했는데, 그때 번역본을 보관해두지 않아서 자세한 내용은 기억하지 못한다고 했다. 지도에 대해서는 테이프를 들어보면 저절로 알게 될 거라고 했다. 나는 그의 동의를 얻어 휴대폰으로 일본어가 적힌 종이를 사진 찍은 뒤 일본어를 잘 아는 편집자 샤오닝에게 보내며 무슨 뜻인지 알려달라고 부탁했다.

또 다른 종이에는 〈나는 풀이다〉라는 일본 시가 붓글씨로 쓰여 있었다. 무척 수려한 필체였으며 '다카미 준'이라는 서명이 적혀 있었다.

"그 자전거에 대한 후반부 이야기, 아니, 전반부 이야기라고 해야겠군요. 그 얘기는 내가 하는 것보다 바쑤야가 직접 들려주는게 낫다고 생각했어요. 하지만 테이프 속 바쑤야의 얘기를 알아듣기 어려울 거예요. 일본어와 쩌우족 말이 섞여 있는 데다 전쟁때 일이어서요. 쩌우족 말은 마을 노인에게 부탁해서 뜻을 알려

171

달라 할 수 있지만 일본어 부분은 일본어를 아는 사람에게 번역해달라고 해야 해요. 더구나 음질도 썩 좋지 않아서……."

"알았어요. 일단 들어봐도 될까요?"

"물론이죠."

나는 먼저 '은륜부대'라고 적혀 있는 테이프를 소니 CFS-3000S의 카트리지에 넣었다. 잠시 후 삽 부딪치는 소리 같은 잡음 사이로 묵직한 남자 음성이 새어 나왔다. 열매를 밴 파파야 나무 뒤로 완만한 오르막이 있고 수많은 포도나무에 포도를 감싼 하얀 과수 봉지가 매달려 있었다. 은은한 과일 향을 실은 향기가 창밖에서 불어 들어왔다. 바쑤야의 목소리에 귀를 기울이자 눈앞에 숲이 펼쳐지고, 누군가 그 숲으로 뛰어가 희미한 오솔길로 접어드는 착각이 들었다.

그날 저녁 나는 테이프 속 음성을 휴대폰으로 녹음한 파일을 샤오닝에게 보내 번역해달라고 부탁했다. 보답으로 나중에 그가 집에 틀어박혀 있는 날 먹을 것이 필요할 때 맛있는 걸 보내주기로 했다.

이튿날 압바스가 마을에서 몇 안 되는, 쩌우족 말을 잘 알고 중국어도 할 줄 아는 노인에게 나를 데려갔다. 예전에 압바스가 쩌우족 언어 부분을 직접 번역해보려고 한 적이 있어 나는 그가 번역한 초고를 출력해 의자에 놓고, 문밖 처마 밑에서 노인의 해석을 들었다. 아흔을 바라보는 노인은 보통 크기의 사람을 축소한 것처럼 키가 무척 작았지만 정신은 아주 또렷했다. 노인은 담배를 들고 시선은 먼 산자락에 둔 채, 테이프를 들으며 한 문장씩 통역해주었다. 그의 입에서 나오는 모든 말이 안개 자욱한 호수의 풍경처럼 어슴푸레했다.

매일 저녁 나는 비교적 신호가 잘 잡히는 곳을 찾아 샤오닝이 전송한 번역본을 받은 뒤, 압바스의 집으로 돌아왔다. 테이프를 반복 재생해 쩌우족 노인의 번역과 대조해가며 쩌우족 언어 부분과 일본어 부분을 순서대로 이어 붙였다. 폐허가 된 고산주재소*를 다시 짓는 기분이었다.

그렇게 반복해서 듣다 보니 바쑤야가 사건을 서술할 때는 일본어로 말하고, 감정을 표현하거나 풍경을 묘사할 때는 쩌우족 언어로 말했다는 걸 알 수 있었다. 처음에는 이 두 가지 언어로 된 단락을 구분해서 표시하려고 했지만 그럴 필요가 없을 것 같았다. 두 가지 언어가 구술자에게서 이미 온전히 하나로 합쳐져 있었기 때문이다. 쩌우족 말의 어조와 일본어 어조가 산봉우리와 바람, 나무, 그리고 줄기에 몸을 감고 사는 기생식물처럼 한 덩어리를 이루어 떼어놓을 수 없었다.

번역본을 다듬고 정리하기는 했지만 마음대로 삭제한 부분은 없다. 읽는 이의 다양한 신분을 고려해 몇몇 단어 뒤에 괄호와 함께 부연 설명을 덧붙인 것이 전부다.

---

*   일치시기, 고산 지대나 섬 등 특수한 지역에 치안 목적으로 설립된 경찰 기관.

스무 살이 되던 해 겨울이 다가올 무렵, 나는 고향을 떠나 일본군 수송선을 타고 하이난다오로 향했다. 보름 뒤 하이난다오의 싼야에서 병사 수송선에 오를 때까지도 내 운명의 새가 어디로 날아갈지 알지 못했다. 바다도 벙어리가 된 밤이었다. 함선의 엔진 소리도 파묻힐 만큼 고요한 그런 밤. 그날 밤 갑판에 있던 사람들은 붉은 달무리에 에워싸인, 믿기 어려울 만큼 커다란 달을 보았다. 부대의 출동 준비는 창백해진 달이 서쪽으로 가라앉고 태양이 동쪽에서 떠올라 해와 달이 동시에 수면에 반사되는 새벽까지 계속됐다.

(긴 침묵)

우리 쩌우족은 단풍잎의 후예이자 니타카 산*의 자손이다. 아키(할아버지)가 말하기를, 아주 오랜 옛날 하모(천신)가 단풍나무를 흔들자 팔랑팔랑 떨어진 단풍잎이 쩌우족이 되었다. 나중에 대홍수가 나자 사람과 동물이 홍수를 피해 파툰쿠오누(위 산)로 올라갔다. 얼마 후 물이 빠지자 쩌우족 사람들이 새로운 터전을 찾기 시작했다. 우리 조상은 니타카 산을 내려가 북쪽으로 이동했다. 웅장한 하부하부(루쿠 산)를 넘어 서쪽 평원에 도착한 사람들은 열심히 농사짓고 후대를 번성시켜 레노히우(작은 사회)에서 점차 하사(큰 사회)로 발전했다.

하사에는 쿠바(남자들이 모이는 장소)와 요야스바(제사를 지내는 광장)가 따로 있고, 그 주위에 요노(성스러운 나무)와 피테우(성스러운

---

* 대만에서 가장 높은 산인 위 산의 옛 이름. 일치시기 때 일본인들이 '니타카 산'이라고 명명했다가 제2차 세계대전 이후 '위 산'이라는 한자 이름으로 바뀌었다.

꽃)를 심었으며, 파모무투(수호신의 땅)와 아케마메오이(토지신)의 오이시아수투(제사를 지내는 장소)가 있었다. 우리 부족에도 여러 직위를 맡은 장로와 수장이 있는데 그들은 쩌우족의 제사 의식에 정통할 뿐 아니라 모두가 훌륭한 이야기꾼이었다. 우리 쩌우족은 평지에 사는 사람들처럼 일본인을 증오하거나 두려워하지 않았다. 처음 홍수가 나서 위 산에 갇혔을 때 참새와 염소가 불 피우는 것을 도와주고, 게가 배수를 도와주었다. 쩌우족이 부눙족(스부쿠누), 마야족과 함께 위 산을 떠날 때 형제 부족이 되기로 맹세하고 증표로 활을 부러뜨려 한 조각씩 나눠 가졌는데, 한 어르신이 말하기를 일본인이 어쩌면 오래전 헤어진 마야족일 수도 있다고 했다.

내가 태어난 부락은 호사 노 루흐투(루푸두허의 큰 사회, 허사라고도 부름)다. 아모(아버지)는 옛날에는 허사가 아주 큰 부락이었다고 했다. 그런데 어느 해에 역병이 홍수처럼 덮치는 바람에 마을의 거의 모든 아이들이 죽어 그해 새로 자라난 나무 밑에 묻혔고, 쇼와 5년(1930)에 일본인이 그들을 강제로 마마하바나에 편입시켰다. 그곳은 일본인이 나마카반이라고 부르는 곳(지금의 주메이 부락)이었다. 우리 부락 사람들은 아이, 개, 씨앗, 돼지, 닭을 모두 데리고 새로운 곳으로 이주했지만 자손이 고향 돌아가는 길을 잊을까 담장에다가 그 이야기를 그려놓았다. 마마하바나에는 부눙족도 있고 평지 사람도 있었다. 우리는 그들과 가족처럼 어우러져 살며 때로는 싸우기도 하고 때로는 결혼하기도 했다. 내가 기억하는 시절에는 우리 부락에 '국어를 아는 사람(일본어를 할 줄 아는 사람)'이 많았다. 모든 사람이 일본어와 부족어를 함께 썼다. 학교 선생님은 내가 일

175

본어를 잘한다고 했지만, 아모는 내게 쩌우족 말을 잊으면 안 된다면서 그런 사람은 속이 빈 나무와 같다고 했다.

열여덟 살이 되던 해에 청년단에 가입했다. 청년단 선생님들은 우리에게 '아라히토가미(현인신*)'를 위해 목숨 바치는 것은 영광스러운 일이라고 가르쳤다. 그때 선생님들도 군대에 많이 징병되었는데 그들은 입대하기 전 상기된 표정으로 이렇게 외쳤다. "오랫동안 기다리던 입대 통지서를 드디어 받았습니다. 이루 말할 수 없이 감격스럽습니다. 전장에서 미국 궤이, 영국 궤이를 죽이고 벚꽃처럼 화려하게 시들 권리를 얻게 됐습니다!" 하지만 한 선생님은 자신은 무도武道가 아니라 문도文道를 따르기 때문에 자기 같은 사람을 전쟁터로 데려가봤자 아무 쓸모가 없으며 죽으러 끌려가는 거라고 사적인 자리에서 은밀하게 말했다. 그는 "순백의 유골함에 담겨 야스쿠니신사 앞에서 다시 만나자" 같은 출정 인사를 입 밖에 내지 못했고, 그때 나는 그 선생님을 깔보고 경멸했다.

쇼와 16년(1941), 나는 고가마 지로라는 선생님의 추천으로 특수한 연구부대에 들어갔다. 고가마 선생님은 황군이 남쪽 공격을 준비하고 있는데 그곳 기후가 대만보다 덥고, 바다처럼 넓은 밀림이 펼쳐져 있어서 추운 지역 전투에 익숙한 황군에게는 새로운 시험이 될 것이라고 했다. 그는 어느 똑똑한 중좌가 밀림 전투 때 어떤 제복을 입어야 하고, 습한 기후에서 통신과 보급을 어떻게 유지해야 하며, 위생과 청결 문제는 어떻게 해결해야 하는지 연구하라는 명

---

* 　現人神, 사람의 모습으로 나타난 신.

령을 내려 '연구조'를 세웠는데, 숲에서 조심해야 할 것을 잘 알고 있는 대만 원주민을 구하고 있다고 했다.

고가마 선생님은 내가 체력이 좋고, 부락 최고의 사냥꾼이라는 걸 아모에게 들었다며 내가 밀림에 대해 잘 알 것 같았다고 나를 선택한 이유를 설명했다. 그는 내게 이것이 천황에게 보답할 수 있는 좋은 기회이며, 훈련이 끝나면 우리 집으로 쌀 몇 포대를 보내주겠다고 약속했다.

나는 아모에게 비밀로 하고 연구조에 들어갔다. 처음에는 일본군 장교를 가까운 사냥터에 데려가 우리 부락 사냥꾼이 물과 식량을 찾는 방법을 알려주었다. 나무껍질에서 소금을 얻는 방법, 등나무 줄기를 잘라 갈증을 해결하는 방법, 독사를 피하는 방법 같은 것 말이다. 해가 지면 작은 칼로 나무토막을 깎아 못을 만들고 방수포를 펼쳐 밧줄로 다른 나무에 묶고, 철사와 나무를 이용해 석쇠를 만들고 물을 끓이고 사냥한 짐승을 요리했다. 또 별자리와 바람 소리로 방향을 확인하는 법, 어둠 속을 걷는 법 등도 가르쳐주었다. 모두 아모에게 배운 것이었다. 아모는 항상 발끝이 중요하다고 했다. 어둠 속에서는 발끝이 우리의 촉수가 되기 때문이다. 장교들은 내가 알려주는 것을 모두 받아 적었다.

어느 날 저녁 잠이 오지 않아 뒤척이다가 평소에 나를 잘 챙겨주는 후지이 소위도 잠이 오지 않는다고 해서 숲 가장자리에 있는 절벽에 앉아 얘기를 나누었다. 그 달은 우리 부족이 말하는 초프코야치페오후였다. 페오후는 달이라는 뜻이었다. 쩌우족의 시간 계산법에서 한 달은 '달 하나'라고 부르고, 일 년 중 마지막 달 하나는 다른 달보다 곱절로 길었다. 그 달은 되돌아오는 달이기 때문이다. 초프코야치페오후를 그대로 해석하면 '깨끗한 달'이라는 뜻인데, 이 달에는 달이 차고 이지러질 때까지 부락에서 아무도 죽지 않고 어떤 사고도 벌어지지 않는다는 의미다. 그래서 그 달에는 제사를 치를 수 있다.

나는 후지이 소위에게 이 '깨끗한 달'에는 전제*를 치를 수도 있고 집을 지을 수도 있다고 했다. 그런데 왜 그랬는지 모르지만 '게쓰' 를 '쓰키'로 잘못 말했다.** 그러자 후지가 내 말을 받았다. "맞아. 여기서 보는 달은 정말 깨끗하고 아름다워. 내 고향의 달도 아름답지만 그건 다른 아름다움이야. 우리 부대가 은륜***을 타고 달리다가 고개를 들면 또 다른 은륜이 보이는 것처럼."

나는 그에게 어디서 보든 똑같은 달이 아니냐고 물었다.

내 물음에 그는 조금 망설이다가 어디서 보든 다 가구야히메****가 살고 있는 똑같은 달이라고 말했다.

(약 30초간 침묵)

얼마 후 그들은 내게 자전차 타는 법을 가르쳐주었다. 난생처음 타는 것이었지만 몸을 어떻게 써서 조종해야 하는지, 어떤 느낌인지 금세 터득했다. 고가마 선생님은 바다를 건너가 전쟁을 하려고 할

---

* 전쟁 신에게 제사를 지내는 찌우족의 제사 의식.
** 일본어에서 '월月'을 달수를 세는 접미사로 쓸 때는 '게쓰'로 발음하고, 하늘에 뜬 달을 의미할 때는 '쓰키'로 발음한다.
*** 자전거의 은빛 바퀴를 뜻하는 말로 자전거를 의미하기도 한다.
**** 일본 전설 속 달의 공주.

때 대량의 장갑차와 수송차는 운반하기 어렵지만 자전차는 상대적으로 많이 가져갈 수 있고, 가볍고 빠른 데다 물건도 실을 수 있다는 장점이 있다고 했다. 내가 바다를 한 번도 본 적이 없다고 하니 그가 웃으며 어쩌면 나중에는 보지 않기를 바라게 될 수도 있다고 했다.

나는 시간이 한참 흐른 뒤에야 그 말의 의미를 이해했다.

얼마 후 나는 특수 부대에 들어갔다. 부대원 전원에게 아직 실험 단계라는 '밀림복'과 자전차가 지급되었다.

처음에는 기술자가 자전차를 분해하고 수리하는 법을 가르쳐줬다. 그 자전차는 내가 나중에 도시에서 본, 돈 많은 사람들이 타는 자전차와 생김새가 전혀 달랐다. 그 자전차는 앞포크에 소총이나 경기관총을 꽂고, 톱튜브와 뒤에 달린 주머니에 탄약과 장비를 넣을 수 있도록 설계되었으며, 강을 건널 때 자전거 프레임에 있는 고리를 이용해 벨트를 묶어 등에 짊어질 수도 있었다. 뒤이어 군조*에게 전술 참여를 위한 자전차 운행 기술과 부대이동 방법을 교육받았다. 그중 제일 중요한 것이 장거리 행군 훈련과 밀림에서의 이동 훈련이었다. 부대 훈련이 무척 엄격해서 조금만 틀려도 즉시 '제재'를 받아야 했다. 보통 주먹으로 얼굴을 갈겼는데 우리는 꼿꼿이 선 채로 주먹질을 받아내야 했다.

둘째 주 훈련에서 처음으로 자전차를 타고 장거리 행군을 했다. 맨 북쪽의 타이베이 주 지룽항에서 '제국 최남단'의 가오슝 주 등대까

---

* 일본군 하사관 계급의 일종.

지 이동하는 것으로 은륜급행군이라고 불렀다. 대만 섬의 서쪽 도로를 따라 남하하는 노선이었는데 잠깐의 식사 시간과 잠잘 때를 제외하면 물 마실 때조차 자전차에서 내릴 수 없었다. 속도가 제일 빠른 사람은 나흘 만에 등대에 도착했다. 나는 줄곧 선두 무리에 속해 있었는데 가시와자키 이사오라는 이등병과 둘이서 동시에 도착했다. 예쁘장하게 생긴 그 청년은 나중에 바다 전투에서 사망했다고 들었다.

타고 달릴 때는 참을 수 있지만 내리면 다리 전체가 불타는 나무 같았다. 부대원 대부분이 바닥에 쓰러져 꼼짝도 하지 못해 사열도 할 수 없었다. 부대는 가오슝에서 하루 반나절 휴식한 뒤 다시 사흘을 달려 타이중 주로 돌아왔다.

당시 우리 대장은 노구치 노리야라는 땅딸한 몸집의 군조였다. 그는 집합 후 우리를 3인 1조로 나누고 열 개 조를 한 부대로 만들었다. 우리는 산간지대로 들어간 뒤 전술 지시를 기다리며 밀림 전투를 위한 기동성 훈련을 실시했다.

한번은 비밀 훈련 때 자전차를 타고 부락 사람들이 히메우치추무라고 부르는 쥐수이 강을 따라가다가 천유란 강으로 접어든 뒤 강을 건너 왕상 산으로 올라간 다음, 산의 다른 쪽 비탈로 내려가 탁상지에서 집결했다. 내 고향 마을 마마하바나는 멀리 보이는 강 건너 산골짜기에 있었다.

아모는 예전에 평지에서 이곳까지 오려면 탁상지와 산지, 강을 거쳐야 했는데 마을 앞에도 무척 가파른 언덕이 있어 마마하바나라는 이름이 붙었다고 했다. 일단 도착하면 이미 다리가 마무후(저리고 시큰거림)하고 해서 마무화나라고 부르다가 점점 마마하바나로 바뀌었다는 것이다. 다리가 저리고 시큰거릴 만큼 가파른 그곳을 아모와 함께 오르내리며 저절로 다리가 단련된 것 같았다.

우리는 동이 트기 전에 출발했다. 나는 일등병 사와키 기다다. 아마노 요시카즈와 한 조였는데 그 둘은 원래 야전 부대 소속이다가 우리 부대로 옮겨왔다. 사와키는 큰 키에 수줍음 많은 성격이었고, 아마노는 정반대로 체격은 작지만 우렁찬 목소리를 가진, 용감하고 조금은 거친 사람이었다.

우리는 먼저 강폭이 제일 좁은 곳을 찾아 자전차와 장비를 짊어지고 강을 건넜다. 그들은 평지에서는 간신히 내 속도를 따라왔지만 산길에서는 나보다 훨씬 뒤처져 화살에 쫓기는 멧돼지처럼 허둥지둥 걸었다. 아모는 화살은 죽을 만한 멧돼지만 쫓아가니까 살고 싶으면 멧돼지보다 빠르고, 화살을 쏜 사람보다 똑똑해야 한다고 했다. 집결지에 도착하면 명령이 떨어졌다. 대장은 우리에게 다른 조와 밀림 전투 훈련을 실시하라고 했다. 숲속에서 서로 쫓고 쫓기며 전투를 벌이는 것이다. 우선 한 조가 먼저 숲으로 들어간 뒤 시차를 두고 다른 조가 들어가 앞선 조를 추격하고, 한 차례 훈련이 끝나면 공수 역할을 바꾸어 실시했다.

멧돼지 사냥과 다를 게 없었다. 앞뒤 가리지 않고 달려 바싹 따라가면서 자세히 관찰하고 직감을 유지해야 했다. 그 숲은 내게 너무도 익숙한 곳이기 때문에 내가 앞장서서 사와키와 아마노를 데리고 숲을 한 바퀴 돌며 숨을 곳을 찾았다. 그리고 두 사람에게 소리가 나는 곳을 식별할 수 있는 적당한 위치를 찾는 법을 가르쳐주었다. 아모는 숲에서는 소리가 함정을 만든다고 했다. 왼쪽에서 들리는 것 같지만 사실은 뒤에서 나는 소리일 때가 많다. 바람과 나무가 장난을 치기 때문이다.

우리는 다른 조 부대원이 숨어 있는 곳을 금세 찾아내 그들을 숲 밖으로 유인한 다음 절벽 쪽으로 몰았다. 패배한 조는 패배를 인정하고 제재를 받아야 했다. 공수가 전환되어 우리가 숨는 쪽이 되었을 때는 둘에게 숲에서 은신하는 방법을 가르쳐주었다. 사람도 호흡만 잘 통제하면 나무에 버금가는 존재가 될 수 있다. 사람이든 동물이든 나무에는 경계심을 갖지 않는 법이다. 이 원리만 터득하면 사와키처럼 키가 큰 사람도 몸을 잘 숨길 수 있다.

정오가 지난 뒤 강을 건너기 시작했다. 한나절의 훈련으로 부대원들은 이미 기진맥진한 상태였다. 그들이 센 물살을 가르며 강을 건넌 뒤 산골짜기 사이의 탁 트인 개활지로 들어서자, 거대한 산이 눈앞을 가로막았다. 부대원 모두 뙤약볕에 몸이 말라비틀어진 뱀처럼 한 발짝도 움직일 수가 없었다. 마침 날갯짓도 없이 거의 정지한 채 상공을 선회하던 토에오야(관수리)의 그림자가 우리 자전차 앞을 지나갔다.

아모와 사냥하던 때가 생각났다. 그때도 태양이 정수리 위에 떠 있고, 공중비행을 하는 관수리의 그림자가 초원에 내려앉아 바로 우리 눈앞에서 천천히 움직였다. 아모가 오른손을 번쩍 들어 그림자를 쓰다듬는 흉내를 낸 뒤 웃으며 내게 말했다. "이렇게 하면 관수리 깃털을 만질 수 있단다."

나는 사와키와 아마노에게 우리 부락 용사들이 쓰는 가죽 모자에는 관수리, 도에보스(산계*), 푸두푸두(미카도꿩) 깃털이 각각 두 개씩 총 여섯 개가 꽂혀 있다고 말했다. 이 새들의 꼬리 깃털을 모두 얻기는 쉽지 않기 때문에 세 가지 깃털을 모두 가진 사냥꾼은 진정한 용사이고, 그중에서도 특히 관수리를 활로 쏘아 잡는 것이 제일 어렵다. 공중을 날고 있는 관수리를 쏘아 맞히는 것은 거의 불가능하고 그것의 둥지가 있는 곳을 찾아내야 하기 때문이다.

두 사람은 내 얘기를 듣고 한겨울 강물을 뒤집어쓴 듯 정신이 또렷해졌는지, 페달을 힘껏 밟아 관수리 그림자를 향해 달리기 시작했다. 그들은 그림자에 거의 닿는 순간 자전차에서 뛰어내려 관수리를 잡는 것처럼 커다란 그림자를 덮쳤다.

나는 병사들이 '히노마루**호'라고 부르는 자전차가 점점 좋아졌다. 아모가 얘기했던 활과 사냥꾼의 관계처럼 자전차의 어떤 부분이 내 일부가 되는 것을 느꼈다.

그날 저녁 우리는 산허리에서 야영을 했다. 자전차를 임도 옆에 나란히 세워놓고, 모든 병사가 조용히 앉아 공구 통에 있는 방수포로 각자 자전차와 총을 닦았다. 부엉이가 때때로 소리 없이 머리 위로 날아가거나 숲속 깊숙한 곳에서 구루구루 울었다. 왠지 모르겠지만 하늘에 떠 있는 기이할 정도로 둥근 달을 보며 나는 어떤 예감이 들었다. 언젠가 내가 마마하바나를 떠날 것 같다는 예감이.

하지만 어디서 보든 똑같은 달이라고 되뇌며 마음을 다독였다.

---

* 꿩과에 속하는 대만 고유종 조류.
** 태양을 본뜬 붉은 동그라미, 또는 일장기.

그날 밤 꿈을 꿨다. 나 혼자 커다란 숲으로 들어가 수많은 나무를 지나쳐 홀로 서 있는 나무를 향해 걸어갔다. 커다란 나무에는 다른 나무와 달리 새파란 나뭇잎이 달려 있고 수많은 새가 나뭇잎 사이를 돌아다녔다. 새와 나뭇잎 틈으로 눈부신 햇빛이 부서져 내렸다. 새를 잡고 싶었지만 손을 뻗으면 나무를 지키는 뱀이 나타나 나를 물 것 같았다. 운에 맡겨보자고 생각했다. 새를 잡고 싶은 욕망이 뱀에 대한 두려움보다 더 커 결국 손을 뻗었다. 파랑새 한 마리를 향해 다가가려는데 녹색 비늘로 뒤덮인 뱀이 순식간에 내 몸으로 튀어 올라왔다. 죽기 살기로 발버둥 쳤지만 뱀이 내 몸을 감고 점점 세게 조였다. 다리 뼈가 부서지는 소리가 들리고 뱀의 아가리가 나를 다리부터 삼키기 시작했다. 바로 그 순간 이노(엄마)가 나타났다. 이노는 닭이 든 광주리를 등에 메고 손으로 밧줄을 잡고 있었는데 밧줄 끝에 돼지머리가 묶여 있었다. 돼지머리에 구멍을 뚫어 돼지를 끌고 온 것이었다. 이노가 광주리에서 암탉을 꺼내 뱀의 눈알을 쪼게 하고 돼지를 시켜 뱀의 꼬리를 물게 했다. 고통을 참지 못한 뱀이 아가리를 벌려 나를 놓아주었다. 이노가 상처 입은 나를 광주리에 싣고 허겁지겁 달리자 이노에게 귀가 잡혀 끌려오는 돼지가 꽥꽥 울부짖었다.

새벽에 눈을 떠 보니 달은 아직 지기 전이고 해는 이미 떠올라 있었다.

주메이에서 머물던 나흘째 날, 나는 번역본을 여기까지 정리하고 긴 한숨을 내뱉었다. 가슴에서 무언가가 한숨과 함께 밖으로 빠져나오는 것 같았다. 타이베이에 가서 일을 처리하고 돌아온 압바스가 내 초고를 읽어보고는 무척 만족스러운 듯 말했다.

"적임자일 줄 알았어요."

"내가 구술 내용을 글로 정리할 줄 알았어요?"

"네."

"어떻게요?"

"라오쩌우가 준 자전거 얘기를 진심으로 듣고 싶어하는 것 같았거든요."

"그 얘기가 여기 연결돼요?"

"아직은 아니지만, 곧 그렇게 될 거예요."

"내가 맞혀볼까요?"

"맞혀봐요."

"라오쩌우의 자전거가 은륜부대의 히노마루예요?"

"단정할 수는 없지만 나도 그렇게 생각해요."

압바스는 내 추측이 맞은 것에 조금도 놀라워하는 기색이 없었다. 물론 바쑤야가 타던 그 자전거는 아닐 것이다. 그 자전거는 말레이반도에서 고물이 되었을 테니까. 라오쩌우의 자전거는 알 수 없는 어떤 이유로 인해 대만에 남은, 또 다른 은륜부대의 군용 자전차일 것이다.

"바쑤야에게 물어본 적 없어요?"

"안 물어봤어요. 거의 십 년 가까이 바쑤야와 한마디도 나누지 않았거든요. 군에 입대할 때부터요." 압바스가 포도가 담긴 접시를 내게 내밀었다.

왜 그랬느냐고 물어보고 싶었지만 묻지 않았다. 압바스는 왜 냐고 묻기에 적합한 사람이 아니기 때문이다. 내게 말해주고 싶다면, 말해줘도 좋다고 느낄 때 스스로 말해줄 것이다.

"그럼 그게 은륜부대의 자전차라는 걸 어떻게 알아요?"

"라오쩌우의 자전차 헤드튜브의 오른쪽과 안장 밑에 용도를 알 수 없는 고리가 달려 있었어요. 가끔 라오쩌우 주려고 산 생선이나 국수를 그 고리에 걸어두곤 했는데 나중에 생각해보니 소총 끼우는 자리였던 거 같아요. 그리고 예전에도 말했지만, 제대하면서 그 자전차를 타고 고향으로 돌아왔는데 바쑤야가 집에 올 때마다 그 자전차 앞에 한참을 앉아 있더군요. 그 무렵 바쑤야가 먼저 내게 말을 건 것도 바로 그 자전차 때문이었어요."

"뭐라고 하셨어요?"

"어디서 난 거냐고 물었어요."

"그래서 얘기했어요?"

"아뇨." 압바스가 잠시 말을 멈췄다가 말했다. "바쑤야도 은륜부대에 대해 얘기한 적 없어요. 바쑤야가 말했다면 나도 라오쩌우 얘기를 했을지도 모르죠."

부자지간이 꼭 강에 가로막힌 왕샹 산과 루쿠 산처럼 서로 고집스럽게 자기 자리만 지킨 것이라 생각했다.

상대가 부르는 외침을 듣고도 둘 다 못 들은 척한 것이다.

"나중에 바쑤야가 죽고 나서 어머니가 집 뒤에 있는 창고를 증축하자고 했어요. 연장 창고의 벽을 옮기려고 바쑤야가 고정해둔 찬장을 부수었는데 그때 이 상자가 발견됐고요. 안에 그 테

이프와 글이 들어 있었어요. 바쑤야가 뭐라고 녹음했는지 알아
보다가 은륜부대에 대해 알게 됐죠.

은륜부대의 제일 유명한 전투는 말레이반도를 따라 남하한
일본군 대장 야마시타 도모유키의 부대가 싱가포르에서 영국령
인도군과 벌인 전투였어요. 당시 영국은 일본군이 싱가포르에
위협이 된다고 생각했지만 일본과의 전쟁은 해전이 될 거라고
예상하고 있었어요. 일본군이 밀림을 뚫고 말레이반도를 따라
남하하는 건 쉽지 않을 테니까.

야마시타 도모유키가 자신의 참모 쓰지 마사노부와 밀림 전
투를 연구했어요. 말레이시아와 태국의 국경에 상륙해 남하하
는 전략을 결정한 뒤였죠. 은륜부대는 바로 그렇게 탄생했어요.
테이프에 언급된 높은 계급의 일본군 장교는 아마 쓰지 마사노
부일 거예요. '이것만 읽으면 전쟁에 이길 수 있다'라는 글도 그
가 썼어요. 악마 참모라고 불렸던 남자예요. 전후에 전범재판을
피하려고 장제스의 군사참모까지 했고, 나중에는 대동아공영권
수립의 꿈을 버리지 못하고 다시 라오스에 갔어요. 서구 식민제
국의 압제에 고통받는 동남아 국가 국민을 교묘하게 이용해 일
본의 군사 침략을 합리화했죠. 선동에 아주 능한 사람이었어요.

그의 최후에 대해서는 여러 가지 설이 있어요. 전쟁이 끝난 뒤
다시 몰래 라오스로 갔다가 호랑이에게 물려 죽었다는 설도 있
어요.

당시 야마시타 도모유키의 부대는 둘로 나누어 남쪽으로 이
동했어요. 자전거를 타고 이동했으므로 영국군의 예상보다 훨

씬 빨랐고, 갑자기 밀림에서 달려 나와 측면 기동 공격을 벌이기도 했어요. 나는 밀림에서 달려 나온 자전거가 적의 부대를 기습하는 장면의 꿈을 자주 꿨어요. 몽롱하고 신비한 장면이었죠.

어릴 때는 사람들이 놀라워할 만한 작품을 찍고 싶다는 막연한 꿈만 있었지 방향은 설정하지 못했어요. 그래서 그때 그냥 직감에 기대어 라오쩌우의 자전거를 타고 태국과 말레이시아 국경을 따라 남쪽으로 내려가면서 당시 남방작전*의 노선을 렌즈에 담아보기로 했어요."

"바쑤야가 남방작전에 참전했어요?"

"아뇨. 대만인 지원병은 1942년부터 징병하기 시작했는데 그 전투는 1941년에 시작됐어요."

"그렇군요. 작업실에 있는 말레이반도 사진이 모두 그 여행에서 찍은 거로군요?" 막 따온 포도를 입에 넣자 산의 달콤한 맛이 입안에 확 퍼졌다.

"맞아요. 라오쩌우의 자전거는 모종의 이유로 그 전투에 참여하지 못하고 대만에 남아 있던 것 같아요. 그래서 그걸 타고 당시 전투가 벌어진 곳에 가고 싶었어요."

압바스가 밖으로 나가 담배를 피웠다. 쩌우족 노인이 어두컴컴한 길을 지나가다가 압바스와 내게 손을 흔들어 인사했다. 멀리서 부엉이 소리가 들렸다. 웅웅 하는 소리가 무언가를 안타까워하는 것 같기도 하고, 누군가를 부르는 것 같기도 했다.

---

* 1941년 12월부터 1942년 2월까지 일본군이 벌인 동남아시아 점령전.

"예전부터 종군 사진작가한테 궁금한 게 있었어요." 나는 압바스가 대만에 몇 안 되는 종군 사진작가라는 걸 알고 있었다. 그는 아마 또 다른 가명으로 사진을 발표할 것이다.

압바스가 말해보라는 듯 눈썹을 치켜올렸다.

"전쟁이 벌어지고 있는 곳이든 전쟁이 이미 끝난 곳이든 누군가 의도적으로 셔터를 눌러 장면을 기록하는 일이 근본적으로 어떤 의의가 있죠?"

압바스가 내 질문에 뭐라 답하면 좋을지 생각하는 듯 담배 연기를 몇 모금 빨았다가 내뿜은 뒤 입을 열었다.

"아무런 의의가 없다고 해도 틀렸고, 의의가 충만하다고 해도 틀렸어요.

어렸을 때 시를 써볼까 생각한 적이 있어요. 시를 쓰는 것이 사진 찍은 것과 뭐가 다를까, 라는 의문을 오랫동안 품고 있다 답을 찾아냈죠. 시를 쓰는 것과 사진 찍는 것의 가장 큰 차이점은, 사진을 찍는 사람은 찍고 싶은 장소에 꼭 가야 한다는 거예요. 전쟁의 고통을 경험하지 않은 사람도 고통을 경험한 듯한 시를 쓸 수 있어요. 물론 정말 그런 고통을 느끼는 시인도 있을 거라 믿어요. 하지만 그렇게 해서 사람들이 느끼는 감동은 가짜로 만들어낸 거예요. 음성변조를 거친 소리처럼 허망한 연민을 진실한 연민인 양 바꿔놓지만 평범한 사람들은 그걸 알지 못하죠.

하지만 현장에 직접 가서 사진을 찍으면, 정도의 차이는 있겠지만, 그 사람이 그 현장으로 인해 변화돼요. 셔터를 누를 때마다 현장을 직접 보기 때문에 바뀔 수밖에 없어요. 그래서 훌륭한 종전 사진작가는 즐거울 수 없어요. 그들의 사진은 언제나 눈에 거슬리는 물건이 되고 전쟁 기념비보다도 먼저 등장해요. 그래서 나는 돈 맥컬린이라는 종군 사진작가가 참 대단하다고 생각해요. 그는 비아프라전쟁을 촬영하는 동안 동정심과 양심의 채찍이 쉬지 않고 자신을 매질했다고 고백했어요. 그는 말했어요. 젊은 사진작가들은 곧고 바른 마음만 있으면 어디서든 떳떳하게 설 수 있을 거라는 천진난만한 신념을 갖고 있지만, 죽어가는 사람 앞에 서 있을 때는 그보다 훨씬 많은 이유가 필요하다고요. 도와줄 수 없다면 거기 있어서도 안 된다고."

압바스의 눈빛이 흐르지 않기로 결심한 강물처럼 갑자기 암담해졌다.

"하지만 우린 정말 도와줄 수가 없어요. 알아요? 진정한 전쟁 사진에는 영광이나 명예 따윈 없어요. 오직 공포만 있을 뿐. 하지만 제일 불행한 건 셔터를 누르는 사람이, 토인비의 말처럼 때로는 자신이 반대하는 공포에 매료된다는 거예요. 단지 그때 그걸 모를 뿐이죠. 어떤 일들은 정말 그래요. 태양을 오랫동안 똑바로 쳐다보면 눈에 상처가 남죠."

우리는 서로의 눈을 보았다. 아마 일 초쯤 멈춰 있었을 것이다. 하지만 나는 태양이 아니라 그의 눈조차도 똑바로 볼 수가 없었다.

"출사를 마치고 대만으로 돌아와 공항에 내릴 때마다 이상한 기분이 들어요. 내가 아무 상처도 없이, 안전하고 예측 가능하며 총과 전염병이 우주의 시간표를 뒤엎지 않는 세계로 돌아왔다는 사실에 큰 짐을 내려놓은 듯한 안도감이 들죠. 하지만 정말로 짐을 내려놓는 건 아니에요. 가끔 모든 예술은 결국 이기적인 거라는 생각을 해요. 예술이 반드시 타인의 생각을 바꿔놓는 건 아니지만 무엇을 바꿔놓았는지는 자신이 제일 잘 알아요. 체첸에 다녀온 뒤 당분간은 너무 많은 걸 볼 수 없을 것 같아서 교코의 집을 열었어요."

얘기를 나누며 그와 조금 더 가까워진 기분이었다. 바쑤야의 사망 원인에 대해 묻고 싶어졌다. 그의 말 속에 엷은 안개가 떠 있는 것 같았기 때문이다. 바로 그때 내 휴대폰이 울렸다. 샤오닝이 번역한 '이것만 읽으면 전쟁에 이길 수 있다'의 몇 페이지가 PDF 파일로 도착했다. 파일을 다운로드해 압바스의 휴대폰으로도 전송해주었다.

요즘 일본인들은 유럽인이 우리보다 더 우월하다는 관념과 그로 인해 생겨난 중국인과 동남아인에 대한 멸시에 동의하지 않는다. 그런 생각은 우리 눈에 침을 뱉는 것처럼 증오를 불러일으킨다.

일단 적의 영토에 발을 디디면 백인종으로부터 온갖 핍박이 쏟아질 것이다. 산꼭대기에서 내려다보면 산비탈에 자리한 토착민의 비좁은 초가집과 산 밑에 있는 아름다운 건축물이 극명하게 대비될 것이다. 아시아인에게서 짜낸 피, 땀, 돈이 소수 백인종의 사치스러운 생활을 지탱하고 있다.

몇 세기에 걸친 유럽인의 착취와 핍박으로 이 나라들은 해방의 능력을 거의 상실했다. 우리는 그들이 하루빨리 해방될 수 있도록 돕고 싶지만 너무 높은 기대는 금물이다.

무기에도 생명이 있다. 소총도 병사들처럼 뜨거운 더위를 싫어한다. 병사들도 자기 소총을 쉬게 해주어야 한다. 사람은 물을 마시지만 소총에게는 윤활유가 필요하다.

독사를 조심하라. 이 숨어 있는 위험 물체는 무성한 수풀 속에 숨어 있거나 나뭇가지 위에 서식하고 있다. 한곳에 멈춰 있을 때 그것을 조심하지 않으면 상해를 입을 수 있다. 위험한 독사를 발견하면 즉시 죽여야 한다. 또 살아 있는 동물의 고기를 익혀 먹기도 해야 한다. 체력을 키우는 데 그보다 좋은 약은 없다.

두리안과 야자는 해갈에 도움이 된다. 산에서 늘어진 덩굴을 발견하면 끝부분을 빨아 먹어도 건강에 좋다.

상륙 후 적을 마주쳤을 때 나는 복수자이고 내 앞에 있는 것은 아버지를 죽인 원수라고 상상하라. 그러면 피가 끓어오르고 분노의 불길이 타오를 것이다. 그를 반드시 죽여라. 완전히 숨통을 끊어버리지 않으면 내가 무사하지 못할 것이다.

전쟁터에 들어가기 전 마지막으로 전함에서 대기할 때 유언을 남기고 봉투에 머리카락 몇 가닥과 손톱을 함께 넣어라. 그러면 언제 어디서든 희생할 준비가 된 것이다. 병사 스스로 자신의 일을 미리 처리해두어야 한다. 이런 신중함은 기본적인 것이다.

나와 압바스는 각자 조용히 글을 읽었다. 때마침 흩어진 먹구름 사이로 달빛이 내려와 마을의 지붕을 또렷하고 밝게 비추었다. 과수원은 내리막을 따라 펼쳐져 천천히 먼 곳으로 사라졌다.

전쟁에 승리하기 위한 방법을 결연하게 써놓았지만 속에 담긴 건 황당하고 기이한 공포뿐이었다. 이 공포는 글을 쓴 사람의 머릿속에서 스며 나온 것일까, 아니면 더 깊은 어딘가에서 빚어진 것일까?

압바스가 담배를 힘껏 빨자 불꽃에 비친 그의 눈동자가 반짝였다. 나도 모르게 그 담뱃불에 매료됐다.

철마지 鐵馬誌

Ⅳ

我們設計車車是為了帶人去更遠的地方.
那裡應該充滿鮮花. 站水說過的
森林. 以及能讓馬鳴叫的清新空氣.

英國腳踏車設計師. Ray Tomlinson

우리가 자전거를 설계하는 것은 사람들을 더 먼 곳으로 데려
다주기 위함이다. 그곳에는 흐드러지게 핀 꽃과 파도에 씻긴 숲
이 있고, 새들을 노래하게 하는 맑은 공기가 있다.

영국 자전거 디자이너 레이 톰린슨

무장 부대가 자전거를 이용해 전쟁에 참여한 최초의 사례는 아마 1898년 미국·스페인전쟁 이후 미국이 아바나에서 일어난 폭동을 진압한 사건일 것이다. 하지만 그전에도 자전거는 이미 군사용으로 사용되고 있었다. 1875년 이탈리아에서는 전쟁터에 정보를 전달하는 용도로 자전거를 사용했다.《전쟁 중의 자전거Bicycles in War》라는 책을 보면 자전거를 군사용으로 사용할 때의 장점을 이렇게 설명하고 있다. 우선 기병처럼 기동력이 우수하면서도 말처럼 먹고 싸고 잘 필요가 없고, 사람을 물거나 발로 차지도 않는다. 하지만 그보다 더 중요한 장점은 장갑 부대나 오토바이 부대처럼 연료가 필요 없다는 것이다. 또 말이나 자동차를 타는 것보다 훨씬 조용하다.

　　자전거는 실제 전투보다 경장비나 군수품 운반에 더 많이 활용됐고, 훌륭한 정찰 및 순찰 수단이기도 했다. 접이식 자전거도 원래 전쟁용으로 개발된 것이다. 정찰 시 은닉하기 용이하고, 전쟁터에서 병사들이 휴대하기에 편리하도록 고안한 것이다. 심지어 일부 국가에서는 낙하산 부대가 착지한 뒤 빠르게 이동하기 위한 장비로 사용되기도 했다. 1896년 오스트리아 부대의 한 병사가 24파운드짜리 접이식 자전거를 등에 메고 어딘가에 총을 겨누고 있는 그림의 포스터를 본 적도 있다.

　　유명한 보어전쟁 당시 영국군이 남아프리카 전장에서 다인승 자전거처럼 생긴 자전거를 사용한 적이 있다. 기차 레일 위를 달릴 수 있도록 설계된 이 자전거는 병사 여덟 명과 무기를 한꺼번에 실어 나를 수 있었다. 기차 바퀴처럼 가운데가 오목하게 파인 쇠테로 되어 있었으며, 말하자면 인력으로 운행되는 경전철인 셈이었다. 타이어는 없지만 일반 도로에서도 덜컹거리며 달릴 수 있었다.

자전거 부대가 기병을 완전히 대체하지 못한 중요 원인은 자전거가 말에 비해 지형 적응력이 다소 떨어진다는 점이었다. 또 병사의 체력을 써서 움직여야 하기 때문에 힘든 지형을 만나면 병사들의 체력 소모가 너무 크다는 단점도 있었다. 미끄럽고 질퍽한 진흙 지대에서는 발이 묶이기 쉬웠고 자전거를 메고 강을 건널 때면 무게중심이 불안정해 쉽게 물살에 휩쓸렸다.

제1차 세계대전 이전에도 러시아, 독일, 영국, 미국, 스웨덴 등 여러 나라가 이미 자전거를 군사 용도로 사용했다. 흥미롭게도 가장 유명한 자전거 부대는 중립국 스위스에 있다. 산이 많은 스위스 지형 때문에 자전거를 활용할 수 있는 여지가 많았기 때문이다. 스위스 군대는 1905년부터 변속기어를 장착한 여러 가지 모델의 군용 산악자전거를 개발해 자전거 여단을 창설했으며, 이 여단이 백 년 넘게 이어졌다. 'MO-05'와 'MO-93'으로 불린 스위스의 군용 자전거는 반광택 처리가 되어 있고 싯튜브나 안장에 별도의 주머니를 장착할 수 있으며 총알과 박격포탄을 담을 수 있는 금속 걸이를 매달 수도 있었다. 적과 마주쳤을 때 재빨리 내려 몸을 숨길 곳을 찾으면 자전거가 작은 탄약고가 되었다.

역사적으로 자전거가 사용된 가장 유명한 전쟁은 아마 제2차

197

세계대전 중 일본군이 말레이반도를 따라 남하해 싱가포르를 함락한 전쟁일 것이다. 이 전쟁은 일본 남방작전의 일부였으며 진주만공습과 거의 동시에 진행됐다. 미국이 석유 등 군용물자의 일본 운송을 막자 일본 주전파들이 동남아의 풍부한 고무, 석유, 밀림 자원을 손에 넣는 한편, 미국의 군사력을 태평양 저편에 묶어 대동아공영권을 수립하겠다는 야심을 품고 도발한 전쟁이었다. 남방작전은 세 가지 전략을 동시다발적으로 수행했다. 혼마 마사하루가 지휘하는 제14군이 필리핀에서 맥아더와 전쟁을 벌이고, 이마무라 히토시의 제16군이 네덜란드령 동인도제도를 공격하는 한편, 야마시타 도모유키가 제25군을 이끌고 말라야와 싱가포르의 영국령 인도군을 공격했다.

당시 야마시타 도모유키는 약 6만 여 명의 부대와 자전거 1만 여 대를 싣고 태국과 말라야 국경에 상륙한 뒤 부대를 둘로 나눠 전격전을 펼쳤다.

일본의 은륜부대가 이 전쟁에서 중요한 역할을 했다. 자전거를 탄 병사 한 명이 약 75파운드의 식량과 탄약을 휴대할 수 있었는데 35파운드가 최대 한계인 영국령 인도군에 비해 두 배나 많은 것이었다. 게다가 갑자기 밀림에서 튀어나오는 자전거 부대는 적에게 엄청난 정신적 위협을 가했다.

다만 말레이반도의 뜨거운 날씨를 예상하지 못한 탓에 자전거 타이어가 자주 터지고 새 타이어를 보급받기도 힘들어 병사들은 아예 타이어를 벗기고 림만 남은 자전거를 탔다. 림만 있는 자전거로 자갈길을 달리면 성가신 소음이 날 뿐이지만, 수백 수

瑞士軍用脚踏車

스위스 군용 자전거

천 대가 동시에 달리면 귀를 괴롭히는 굉음이 울렸다. 그러면 이미 사기가 떨어질 대로 떨어진 영국령 인도군 부대는 일본군 장갑 부대가 온 줄 알고 맞서볼 생각조차 하지 못하고 허겁지겁 철수했다.

뛰어난 기동력을 가진 이 일본군 부대는 단 두 달 만에 수백 킬로미터에 달하는 전선을 개척했다. 얼마 안 가서 일본군이 조호르 해협을 건넜고 이 주 뒤 영국군이 굴욕적으로 투항했다. 아서 퍼시벌 중장을 비롯한 영국, 인도, 말라야 군인 8만 명이 일본군의 노예가 되었으며 그 가운데 극소수만이 생존해 종전을 맞이했다. 싱가포르도 이때부터 잔혹한 '쇼난토 시대'가 시작되었다.

내 친구 중에 스위스 MO-93과 영국 BSA 군용 자전거를 소장하고 있는 사람은 있지만 일본 은륜부대의 군용 자전거를 가지고 있는 사람은 없다. 일본군의 자전거는 압바스가 얼가오촌의 라오쩌우 집과 말레이반도를 자전거로 여행하며 찍은 사진으로만 볼 수 있었다.

그 사진을 아부와 샤오샤에게 보여주자 두 사람은 누군가 말레이반도의 전쟁에서 사용되고, 민간에서 징발한 것이 아니라 일본 군대에서 직접 제작한 자전거를 소장하고 있다면 지금 시장에서 아주 비싼 가격을 부를 수 있을 거라 말했다. 다만 전장에서 '생환한' 자전거라면 패전 후 모두 말레이반도에 남겨졌을 가능성이 컸다.

내 의문은 그 자전거가 어떻게 대만에 남아 있었는가 하는 것
이었다. 라오쩌우의 히노마루는 어디에서 왔단 말인가?

아부는 당시 대만에서 훈련하던 은륜부대가 고장 난 자전거
를 두고 갔거나, 누군가 훔친 자전거 중 한 대를(어쩌면 한 대만
훔쳤을 수도 있다) 어딘가에 감춰두었는데 그 자전거가 우연히
라오쩌우에게 온 것이 아닐까 추측했다. 두 가지 추측 모두 설득
력이 있었다. 샤오샤는 전자보다 후자일 가능성이 더 높다고 했
다. 전쟁중에는 물자가 부족해 은륜부대의 일부 자전거를 민간
에서 징집할 정도였다. 그러므로 군대에서 직접 제작한 군용 자
전거는 고장이 나더라도 열심히 대체품을 찾아다가 수리해 전
쟁에서 제 기능을 발휘하도록 했을 것이 뻔했다.

누군가 자전거를 훔치거나 아무도 모르는 곳에 감춰둔 것이
틀림없다.

그날 우리는 낡은 야마하를 타고 떠나는 아부를 배웅했다. 부
르릉부르릉 소리와 함께 배기가스를 세차게 내뿜는 배기통을
보며 샤오샤가 갑자기 고개를 돌려 내게 물었다.

"만약 그 시대에 내게 자전거가 있었다면 그걸 타고 깊은 산
에 들어가 숨었을 거예요."

그러다 들키면 죽을 텐데 뭣하러 숨느냐고 물었다.

"물론 들키면 어쩔 수 없지만, 그래도 전쟁에 나가는 것보단
행운이지 않겠어요? 나는 산에서 만난 말레이 아가씨랑 매일 밤
섹스를 하고 자전거를 타고 다니며 물건을 훔치면서 무슨 방법
을 써서라도 살아남을 거예요."

6. 자전거 도둑

깊은 밤 휴대폰이 울렸을 때 지금 있는 곳이 어딘지 몰라 어리어리하게 두리번거렸다. 흰 서리가 얇게 낀 창유리를 통해 희부연 달빛이 들어오고 있었다. 그제야 내가 아직 압바스의 방에 있다는 것이 생각났다. 휴대폰 벨소리가 유난히 길게 울렸다. 전화를 건 사람이 끈질기게 기다리고 있었다. 몸을 돌려 휴대폰을 확인하니 큰누나였다.

전화기 저편에서 누나가 급한 목소리로 말했다. 엄마가 또 한밤중에 화장실에 가다가 넘어졌다고 했다. 다행히 침대 옆 무선호출 벨을 눌러 자고 있던 누나를 깨울 수 있었다고. 정신이 번쩍 들어, 날이 밝길 기다리지 못하고 압바스가 자는 방 문을 두드렸다. 그는 게슴츠레한 눈으로 내 말을 듣더니 차가 있는 이웃에게 부탁해 타이베이까지 데려다주겠다고 했지만, 나는 타이중 근처 고속도로 인터체인지에 내려주면 버스를 타고 가겠다며 사양했다.

깊은 밤 산은 적요하고, 그 어떤 상해도 가하지 못할 것처럼 보였다. 산 가장자리와 강물이 잔잔하게 반짝였다. 눈앞에 어머니 얼굴이 흐릿하게 떠올랐다. 어떤 한 사람 때문에 불과 며칠간 다른 한 사람을 보지 못했을 뿐인데 얼굴이 제대로 떠오르지 않는다는 사실이 놀라웠다.

"아무 일 없을 거예요." 압바스가 나를 위로하며 낡은 울프의 시동을 걸었다.

하지만 어머니 연세쯤 되면 작은 부상도 큰 충격이 될 수 있다는 걸 알고 있었으므로 어머니의 의지가 또 한 번 어머니를 멀리 데려다주길 바랐다.

나이가 들수록 어머니는 어제 일도 왕왕 잊곤 했지만, 삼십 몇 년 전 나를 데리고 다자 역에서 외가로 가는 버스 막차를 놓친 일은 또렷하게 기억했다. 어머니는 그 기차를 타고 가는 내내 정차하는 모든 역의 이름을 또박또박 읽는 나를 보고 그렇게 기쁠 수가 없었다고 삼십 년이 넘도록 골백번도 더 얘기했다. 지금도 가끔 어머니를 모시고 다자의 마조*사당에 갈 때면 어머니 눈에 보이는 것이 금마조상을 만들기 전의 옛날 마조사당이 아닐까 하는 의구심이 든다. 어머니에게는 현실보다 과거의 기억이 더 중요하다.

어머니는 얘기를 하다가 불쑥 지나간 일을 끄집어낼 때가 많

* 어민들이 어부의 안전과 풍어를 기원하는 바다의 여신.

다. 내가 크면서 말대꾸가 늘었다고 푸념하고, 형이 집에 잘 오지 않아서 사당에서 향을 사를 때 자꾸만 '뽀아보뻬'(음교)*가 나왔다고 탓한다. 하지만 어머니의 단골 레퍼토리는 형의 고등학교 연합고사 때, 열이 펄펄 끓는 나를 데리고 타이베이대교소아과에 갔을 때, 다섯째 누나가 남의 집 양녀로 갈 뻔했을 때, 아버지가 자전거를 잃어버린 옛일이다.

"그땐 공명차가 벤츠 같았어."

나는 어머니가 잃어버린 자전거에 대해 얘기할 때마다 아버지에 관한 화제가 시작될까 봐 전전긍긍하며 말을 받는다. '아버지'라는 단어는 자루 없는 칼 같다. 하지만 정원 잔디밭을 깎을 때 행여 눈에 띄지 않는 식물을 잘못 잘라버리지 않게 조심해야 한다고 새기고 또 새겨도, 바로 그런 순간이 오면 계속 피하려고 했던 그 풀을 나도 모르게 싹둑 잘라버리게 된다.

며칠 전 난터우에 오기 전 어머니에게 다녀왔었다. 둘째 누나를 통해 내가 테레사와 헤어진 걸 알고 있던 어머니가 날 위해 바이차이루**를 만들어주었다. 집에서 어릴 적부터 흔히 먹던 음식인데 사실 그때그때 집에 있는 재료를 배추와 함께 푹 조려낸 것이다. 밥을 먹는데 어머니가 대화 주제를 형제자매 사이로 빙빙 돌리다가 내가 아직 결혼 생각이 없는 것을 나무랐다. 어머니는 그 이유 때문에 테레사가 나와 헤어졌다고 생각했다.

---

* 반달 모양으로 된 나무조각인 교배 두 개를 던져서 점을 칠 때 앞과 뒤가 하나씩 나오면 긍정적인 점괘, 둘 다 동그란 면이 나오면 부정적인 점괘인데, 부정적인 점괘를 '음교'라고 한다.
** 배추에 표고버섯, 생강 등을 넣고 조린 음식.

"멀쩡한 아가씰 두고 왜 결혼을 안 해? 저번에 그 아가씨랑도 그렇고. 왜 이 여자 저 여자랑 연애만 하고 만날 흐지부지되는 게야?"

그럴 때 대답을 해봤자 어머니의 화만 부추긴다는 걸 알고 있기 때문에 침묵을 택했다. 과연 내가 아무 말도 하지 않자 어머니는 태어날 때부터 당신의 기대를 한 몸에 받았던 형에게 원망의 화살을 돌렸다.

"머스마도 내 말 안 듣다가 저렇게 허랑방탕한 놈이 됐잖아."

머스마는 형의 어릴 적 애칭이지만 형 나이가 쉰이 넘은 지금도 어머니는 형을 머스마라고 부른다. 마치 형은 언제까지든 우리 집에 사내아이가 태어난 경사를 안겨준 복덩이 아들이라는 듯이.

부모님은 형이 열심히 공부해서 '펜대 굴리는 사람'이 되길 바랐지만 형은 한사코 그 기대를 저버렸다. 형은 억압적인 집안 분위기에서 자기 개성을 억누르지 못하고 엇나갔다. 대입 시험에 낙방한 지 얼마 안 돼 가출해, 베스파를 타고 떠돌아다니며 막노동을 하다가 입영통지서가 날아온 뒤에야 집에 들어왔다. 아버지는 돌아온 형을 보이지 않는 공기처럼 취급했다. 형이 군복무중이던 어느 날 이웃이 달려오더니 "머스마가 텔레비전에 나온다"라고 했다. 텔레비전을 켜보니 뜻밖에도 형이 '오등장'*에 나와 기타 치며 노래를 부르고 있었다. 더 뜻밖이었던

---

* 일반인이 출연하는 노래 경연 프로그램으로 1965년부터 1998년까지 삼십삼 년간 방송된 대만의 최장수 프로그램.

건 방송을 녹화하던 날 형은 휴가를 받아 나온 것이 아니었고, 그 때문에 해당 회차가 방송된 날 정작 본인은 영창에 있었다는 사실이다.

얼마 후 형은 진먼다오*에 있는 부대로 보내졌고, 일 년 반 만에 집에 올 수 있었다. 아버지는 큰누나에게 대필시켜 편지를 보낸 뒤 날마다 우체부가 오는 시간에 맞춰 문밖에 나가 서성였다. 나는 형이 보낸 편지를 읽을 수 없는 나이였지만, 가끔 군복을 입고 작은 섬의 낯선 길에 서 있는 형의 사진이 편지와 함께 들어 있던 것을 기억한다.

형은 제대해서 집에 오자마자 부모님이 한 번도 본 적 없는, 진먼다오의 빙수 가게에서 만난 여자와 결혼하겠다고 했다. 아버지는 여자를 보지도 않고 반대했다. 자식들이 스스로 내린 결정에 덮어놓고 반대부터 하는 분인 걸 우리 모두 알고 있었다. 자식 놈은 나이를 얼마나 먹었든 간에 전부 사려 깊지 못하다는 것이 아버지 생각이었다. 하지만 아버지가 반대할수록 형은 더 완강히 버텼다. 두 사람의 고집이 꼭 영원히 풀 수 없게 묶어놓은 매듭 같았다. 아버지와 반대로 어머니는 자식들을 오로지 사랑만 했기 때문에 늘 판단력이 부족했고, 그래서 자식 일에 대해서는 어머니의 영향력이 점점 줄어들었다.

결국 형은 그 여자와 결혼하지 않았고, 다시는 누구와도 결혼하겠다는 얘기를 하지 않았다. 형이 그 여자와의 관계를 어떻게

---

* 대만 해협에 있는 작은 섬으로 대만의 최전방 부대가 주둔하고 있다.

처리했는지는 아무도 모른다. 형이 그 여자 사진을 내게 보여준 적이 있다. 심미관이 형성되지 않은 어린 나이였지만 그 여자가 야쿠시마루 히로코*를 닮은 것 같다던 형의 말은 기억한다. 그 때 나는 참 이상한 이름이라고 생각했다.

그 후로 형은 거의 집에 오지 않고 떠돌이 가수 생활을 시작했다. 집 근처 '아크'라는 음악 카페에서 노래를 했는데 가끔은 타이베이대교 밑에 가서 막노동자 틈에 끼어 있기도 했다. 매일 아침 인력사무소 차가 와서 "미장 셋!" 하고 외치면 사람들이 세 명 안에 들기 위해 앞다퉈 손을 들었다.

한번은 형이 나를 아크에 데리고 가 난생처음 먹는 스테이크를 사주고, 무대에 올라 큰 입으로 '마이웨이'와 '목화나무 길'을 불렀다. 형은 기타 칠 때 제일 행복해 보인다고 생각했다.

하지만 철이 들어갈수록 자기만의 행복에 사는 사람은 주변 사람에게 고통을 안겨준다는 걸 알았다. 그들은 가족의 입장과 고통이 자신들의 고려 사항이 아닌 것처럼 굴기 때문이다. 모두들 그런 사람을 부러워하는 동시에 질투한다. 가끔 나도 형을 닮았다고 생각할 때가 있다. 다만 내게는 비난을 감수할 용기가 없을 뿐.

어머니는 자식 하나가 당신들의 의견을 일절 무시하고도 잘 살고 있다는 사실을 태연하게 받아들이지 못했다. 어머니는 형이 무슨 일에든 히히대지만 집안 식구한테는 양심이 없다고 했

---

* 1980년대 전성기를 누렸던 일본의 인기 여자 배우.

다. 나는 어머니의 이 말이 힐난보다는 독촉에 가깝다는 걸 알고 있었다.

아버지가 사라지고 일 년 뒤 형도 사라졌다. 하지만 형은 실종된 것이 아니라 일본인 연주가에게 기타를 배우러 일본에 간 것이었다. 누나들도 다 알고 있었지만 어머니만 몰랐다. 형은 매달 어머니에게 돈을 부치고 며칠에 한 번씩 전화를 걸어 어머니가 늘어놓는 일상 얘기를 들으며 마치 대만에 있는 것처럼 굴었다.

장남인 형이 고등학교 첫 입시에 떨어진 건 당연한 일이었다. 기타에 너무 많은 시간을 쏟았기 때문이다. 형에게 처음 기타를 가르쳐준 선생님이 산치양복점의 건들건들한 종업원 '원숭이'라는 사실이 아버지를 더욱 참을 수 없게 했다. 아버지는 원숭이가 깡패 조직의 똘마니일 거라고 생각했다. 연합고사 결과가 나온 날, 아버지의 분노가 형의 기타로 향했다. 기타를 부수고, 밤에 중화상창에 오는 쓰레기차에다 내던져 완전히 바스러뜨렸다. 또 형이 상가 3층에서 기르던 비둘기를 전부 놓아주었다. 아버지의 이 행동은 내게도 마음의 상처를 안겼다. 비둘기에게 밥 주는 일이 내 담당이었기 때문이다. 새장을 버린 뒤에도 비둘기들은 저녁만 되면 습관적으로 돌아왔다. 비둘기들은 장대에 앉아 주민들이 널어놓은 빨래에 똥을 갈기다가 한 마리씩 덫에 걸려, 주민들의 저녁 밥상에 올랐다.

형의 고입 재수 결과가 발표되던 날 아버지는 아침 일찍 일어나 혼자 자전거로 물건을 나른 뒤, 중산당에 가서 합격자 발표가 나길 기다렸다. 그때는 이른 새벽 공공장소에 합격자 명단을 붙였다. 물론 신문에도 실렸지만 반나절을 더 기다려야 하는 데다, 현장에서 직접 명단을 확인하는 것 같은 흥분을 가져다주지 않았다. 어떤 사람은 합격자 명단이 붙는 날부터 떼어내는 날까지 매일 명단을 보러 갔다고 했다.

아버지는 두근거리는 가슴으로 젠궈고등학교* 합격자 명단부터 확인하기 시작했다. 물론 아버지도 형에게 그렇게 높은 기대를 걸지 않았고 보는 김에 보았을 뿐이지만, 역시 형의 이름은 없었다. 사실 아버지는 훨씬 더 뒤쪽에서 형의 이름을 볼 수 있을 것이라 예상했지만, 뜻밖에도 2지망 학교 합격자 명단에 이름이 있었다.

아버지는 모든 감정을 해수면 아래에 두었다가 아주 가끔 잠망경을 내미는 사람이다. 그런데 그날 아버지는 감정을 온전히 드러낸 얼굴로 집에 돌아왔다. 자전거를 합격자 명단이 붙은 중산탕 앞에 세워둔 채.

집에 돌아온 아버지를 보고 어머니가 물었다. "붙었어?"

아버지가 고개를 끄덕이자 어머니는 그길로 곧장 시장에 닭을 사러 갔다. 아버지는 자전거가 없다는 걸 바로 알아차리지 못하고 식탁에 앉아 죽과 장아찌로 아침밥을 먹었다. 다섯째 누나가 가게 앞 치러우에 나가 밖을 둘러보다가 "공명차는요?" 하고 묻는 말에 그제야 정신이 들어 허겁지겁 중산탕으로 달려갔을

---

* 대만 최고 명문 고등학교 중 하나.

때는 이미 자전거가 사라진 뒤였다.

입학식 전에 아버지는 상가 악기상에 가서 형에게 통기타를 사주었고, 그 때문에 아버지는 두 달이 더 지나서야 장물 시장의 중고 자전거 값을 모을 수 있었다.

내가 여덟 살 때 열이 펄펄 끓는 나를 태워 갔다가 타이베이 대교소아과 앞에서 잃어버린 자전거는 정말로 잃어버린 것은 아니었다.

그때 엄마가 개장성왕의 영매에게 자전거의 행방을 묻자 영매가 아주 예스러운 대만 방언으로 이렇게 말했다. "불연차회의 구로, 운개월출자분명."* 영매의 조수가 해석하길, 자전거가 원래 자리로 되돌아올 거라는 뜻이라고 했다.

자전거가 제 발로 돌아온다고? 아버지는 점괘를 믿지 않았다. 아버지는 나를 데리고 룽산사에 가서 향로에 향을 사른 뒤(연못 앞에서도 엎드려 절했는데 연못 안에도 신명이 있다는 건지 나는 이해할 수 없었다) 잃어버린 자전거를 찾으러 장물 시장으로 향했다. 나는 그때 장물 시장에 처음 가보았다. 지저분하고 병색이 짙어 보이는 아저씨와 노인이 각자 천막을 쳐놓고 각종 중고품을 팔고 있었다. 텔레비전, 선풍기, 소파, 허리띠, 군용 헬멧(이런 물건도 중고품이 있다는 사실이 참으로 불가사의하다) 등. 없는 거 없이 다 있었다.

---

* 　不然且回依舊路, 雲開月出自分明, 60가지 점괘 중 열아홉번째 점괘의 일부. "아니면 원래 하던 방향대로 더 나아가라, 먹구름이 걷히고 달이 나올 때 달빛이 사방을 비출 것이다"라는 뜻.

아버지가 내 손을 잡고 자전거 파는 곳으로 갔다. 그 길에는 자전거를 파는 상인만 있었는데 그들은 온전한 자전거와 해체된 부품을 따로 놓고 팔았다. 아버지는 우선 온전한 행복표 자전거부터 살펴보기 시작했다. 자전거를 이리저리 보다가 무심한 손길로 싯포스트를 쓱 만졌다. 그곳에 일련번호가 새겨져 있었기 때문이다. 쪼그리고 앉아서 들여다보면 사복경찰로 오해를 받아 성가신 일을 당할 수도 있었다. 아무 소득이 없자 아버지는 천막 가장자리에 걸려 있는 부품으로 눈을 돌려 신중한 손님처럼 부품을 찬찬히 만져보았다. 특히 프레임과 림을 유심히 살폈다. 자전거 중 제일 비싼 부분이니, 프레임이라도 찾을 수 있으면 좋겠다는 생각이었을 것이다.

천막을 하나씩 넘어갈 때마다 아버지 얼굴이 점점 어두워지더니 이내 절망에 가까워졌다. 그로부터 한참 뒤에 본 비토리오데시카의 영화 〈자전거 도둑〉 속 그 아버지처럼. 아버지는 땀으로 축축해진 이마와 손을 손수건으로 닦으며 내게 목이 마르지 않느냐고 물었다. 나는 고개를 끄덕였고, 아버지는 갖고 있던 물병을 상인에게 건네며 물을 좀 달라고 했다. 내가 물을 마시는 동안 아버지는 쩨쩨한 인상의 노인에게 다가가 말을 걸었고 멀리 있는 내겐 노인의 가로젓는 고개밖에 보이지 않았다.

그날 중화상창으로 돌아오는 길은 내 인생에서 가장 긴 길이었다. 지친 기색이 역력한 아버지가 내 손을 잡고 육교로 올라가, 딸랑딸랑 소리를 내며 역으로 꺾어져 들어오는 기차를 내려다보았다. 어디로 가야 할지 몰라 망설이는 사람 같았다. 손바닥을 통해 한 사람의 절망을 느낄 수 있다는 걸 그날 처음 알았다.

그런데 집에 도착하니 반전이 우릴 기다리고 있었다.

엄마가 알 수 없는 표정으로 아버지에게 다가오더니 가지각색의 비닐봉지를 주렁주렁 매달고 상가 맨 끝에 세워져 있는 자전거 앞으로 데려갔다. 아버지가 반사적으로 싯포스트에 손을 뻗었다. 의심의 여지없이, 아버지의 그 행복표 자전거였다. 일련번호가 똑같았다. 성왕예의 말처럼 자전거가 제 발로 돌아온 것이다.

하지만 분명 누군가 가져다 놓은 사람이 있을 것 아닌가?

당시 상가 사람들은 조석으로 얼굴을 마주치며 살았기 때문에 옆집 가게의 오토바이와 자전거도 자기 것처럼 익숙했다. 아버지가 자전거를 잃어버렸다는 소식에 이웃들도 함께 안타까워했고, 상가에서 비슷한 자전거를 보면 자전거 보관소의 '늙은 토란' 리 씨 아저씨가 자전거를 다른 자물쇠로 묶어놓고는 혹시 아버지 것이 아닌지 와서 보라고 얘기해주곤 했다.

그런데 이번에는 정말로 아버지의 자전거였던 것이다. '주전자'라는 별명을 가진 양복점 주인과 잡화점 주인 '갈비씨'가 아버지와 자전거 앞에 서서 도둑을 잡으면 요절을 내버리겠다고 했다. 왕년에 완화*의 깡패였던 주전자는 담배를 손에서 놓지 않는 골초였고 아주 긴 일본도가 집에 있다고 했다. 그에게는 남들이 부러워할 만큼 훌륭한 아내가 있었고, 지금은 상가 주민이

---

* 타이베이의 한 구. 과거 마피아의 주요 활동 장소였다.

당한 억울한 일에 분노를 방출하고 있었다. 갈비씨는 착하지만 머리가 그리 좋지 않았다. 상가에 무슨 일만 생겼다 하면 두 팔 걷어붙이고 도우려 했지만 그에게는 어떤 일도 처리할 능력이 없다는 걸 누구나 알고 있었다.

세 사람이 모의한 끝에 도둑이 아버지를 보고 상가 왼쪽으로 도망치면 주전자와 리 씨 아저씨가 가로막고, 오른쪽으로 도망치면 아버지와 갈비씨가 막아서기로 했다. 구경 온 다른 상인들도 곧바로 경찰에 신고할 생각은 없었다. 도둑을 꼼짝 못 하게 가두고 나면 우르르 몰려들어 흠씬 두들겨 팬 뒤에 경찰을 부를 요량이었다.

사람들이 가게로 돌아가 일하는 척하며 누군가 자전거를 가지러 오길 기다렸다. 석간신문이 배달되고 얼마 지나지 않았을 때 노란 메리야스와 회색 반바지에 플라스틱 슬리퍼 차림의 아저씨가 자전거로 다가왔다. 자기 몸 하나 지탱하기도 버거워 보일 만큼 깡마른 다리에 얼굴은 온화하면서도 왠지 무례한 듯한 느낌을 주는 인상이었으며, 손에는 붉은 끈에 묶인 트렁크를 들고 있었다.

남자는 상가 어느 층 변소에서 막 목욕을 하고 온 듯했다. 대변 보러 갈 때 변소에서 몸을 씻는 사람을 자주 본 적 있었다.

양쪽 가게 이웃들이 아버지 눈치를 살피며 도둑을 덮치길 기다렸다.

그런데 아버지가 무표정한 얼굴로 천천히 고개를 젓더니 몸을 돌려 가게로 들어가는 것이었다. 가게 앞에 흐르던 긴장감이

의구심으로 변하는 순간, 남자도 들켰다는 걸 직감적으로 알아차린 듯했다. 그는 자전거에 걸려 있던 모든 비닐봉지를 거둬 태연한 척 건널목을 지나, 길을 건너는 인파 사이로 몸을 감췄다.

어머니는 내 손을 잡은 채 이해할 수 없다는 눈빛으로 아버지를 보았고, 주전자와 갈비씨, 리 씨 아저씨도 우리 가게 앞에 서서 서로 눈빛을 주고받더니 아무것도 묻지 않고 일하러 돌아갔다. 얼마 지나지 않아 상인들은 행인을 향해 소리치며 다시 호객을 시작했다.

우리 가족이 잃어버린 자전거들의 이야기를 압바스에게 모두 들려주었다. 가끔은 말소리가 바람에 날아가기도 했지만. 압바스는 내 얘기를 들으며 말없이 울프를 몰았다.

"왜 도둑을 놓아줬는지 듣지 못했어요?"

"네. 어머니도 묻지 못했어요. 어차피 자전거를 찾았으니 됐다고 생각했던 것 같아요."

"가족들이 아버지를 무서워했어요?" 압바스가 물었다.

"네. 아버지는 말을 거의 하지 않는 분이었어요. 심지어 어머니에게도 일본에서의 일을 말하지 않았으니까."

며칠 전 밤, 나는 압바스에게 아버지가 소년공으로 일본에 가서 전투기 만드는 일을 했다는 것과 나중에 자전거와 함께 사라진 얘기를 들려주었다.

"우리 아버지가 조금 낫군요. 적어도 테이프 두 개는 남겼으니." 압바스가 속력을 최대로 높였다. 조금이라도 빨리 타이베이로 돌아가고 싶은 내 심정을 그도 알고 있었다. 말소리가 울프 엔진 소리에 거의 묻혔기 때문에 압바스가 고개를 살짝 틀어 뒤에 앉은 내게 말했다. "사는 동안 어떤 나사가 빠져버린 거예요. 당신들조차 그걸 알지 못했겠죠."

"말을 하게 만드는 스위치가 고장 난 거죠."

"맞아요. 고장 난 거예요."

새벽 3시 55분 인터체인지 근처 버스터미널에 도착했다. 마침 4시 정각에 북부로 가는 버스가 있었다. 압바스가 내 어깨를 두드리려고 팔을 뻗으려다 움츠렸다. 우리 우정에 그런 표현 방식이 어울릴지 망설였을 것이다. 순간 내가 애니와 연락하고 있다는 걸 그에게 말해야 하지 않을까 하는 생각이 들었지만, 버스는 곧 문을 닫고 고속도로를 달리기 시작했다.

심야 버스는 요람 같았다. 승객 대부분이 금세 잠들고 몇몇 젊은이들만 휴대폰을 들여다보았다. 어둑어둑한 버스 안에 네모 난 빛점 몇 개가 빛났다. 하지만 그들은 잠을 포기하고서라도 봐야만 하는 정보를 보는 표정은 아니었다. 창밖으로 시선을 던졌다. 유리 위에 물방울이 하나씩 나타나다가 버스 속력이 올라가자 바람에 쓸려 가닥가닥 물 자국만 남았다. 머릿속으로 어머니에 대한 기억을 뒤적이는 한편 띄엄띄엄 전날 밤 일을 회상했다. 압바스는 말레이반도를 여행했을 때 이야기를 들려주었다.

'은륜부대'와 '북미얀마의 숲'이라는 테이프를 처음 들은 뒤,

압바스는 라오쩌우의 자전거를 타고 말레이반도에 가 장거리 자전거 여행을 하며 연작 사진을 찍기로 했다.

여행을 위해 라이카 M4-P와 구하기 힘든 CONTAX III(그는 이것이 제2차 세계대전 때 카메라라고 했다)을 준비하고, 휴대가 편한 소형 디지털카메라도 챙겼다.

그는 떠나기 전 군인 공립 묘지에 가 라오쩌우에게 향을 올렸다. 함께 잠수한 일을 회상한 뒤 제대하기 전 마지막으로 보러 갔을 때 그가 했던 말을 떠올렸다. "나중에 내가 죽었을 때, 날 여기 묻을 수 있는지 봐다오. 내가 여기 묻히면 나무가 더 아름답게 자랄 거야. 그 녀석과 친구가 됐으니 쭉 같이 지낼 수도 있을 테고 녀석이 나무에 둥지를 지을지도 몰라."

"고향에 안 돌아가시고요?" 압바스가 장난스레 물었다.

"가봤자 아는 사람도 없는걸. 가족이 어디 사는지도 모르는데 뭣하러 가?" 라오쩌우가 잠깐 말을 멈췄다 중얼거렸다. "평화로운, 시민의 도시 교토에서 어머니와 살고 싶어."

"뭐라고요?"

"그 녀석이 그랬어."

"새가 말을 했다고요?"

"응. 모두 눈을 감고 있는데 동료들이 손을 드는, 군복 스치는 소리가 들려서 특공대에 '자원' 입대했대."

알락할미새가 어떤 감정이 건드려진 듯 그의 어깨에서 날아올라 방 안을 한 바퀴, 두 바퀴, 세 바퀴 돌고는 다시 그의 어깨로 돌아왔다.

압바스는 라오쩌우를 그의 집에 묻어주겠다고 약속하지 않았다. 책임을 지고 싶지 않았기 때문이다. 어쨌든 라오쩌우는 군인 공립 묘지에 안장됐다. 묘지가 얼가오촌에서 그리 멀지 않으므로 알락할미새…… 아니 일본병이 찾기 어렵지는 않을 거라고, 압바스는 생각했다.

라오쩌우가 죽고 몇 년 되지 않아 얼가오촌이 철거됐다. 일본병의 비행안경, 더우장 가게, 우육면 가게, 라오쩌우의 만터우, 구아버나무, 고개를 외로 틀어 라오쩌우의 귓바퀴를 쪼던 알락할미새……. 이 모든 게 더는 남아 있지 않다. 마치 한 번도 존재한 적 없던 것처럼.

압바스는 자전거 탁송 수속을 마친 뒤 비행기를 타고 방콕까지 갔다가 다시 기차를 타고 송클라로 향했다. 송클라는 당시 일본군의 중요한 상륙 지점이었다. 언뜻 초라해 보이는 건물만 즐비해 있는 듯해도 사실 중요한 행정도시이고, 멀지 않은 곳에 아름다운 사밀라 비치가 있기 때문에 명성을 듣고 찾아와 해변의 인어 동상 앞에서 사진을 찍는 관광객도 많다. 압바스가 그곳에 도착한 건 일본군이 상륙했을 때와 같은 계절, 일 년의 마지막 달이었다.

당시 일본군은 말레이반도의 우기에 진군하기로 결정했다. 우기에 치르는 전투가 영국군에게 쉽지 않을 거라고 판단했기 때문이다. 또 대만에서 수집한 기상자료를 분석해보니 머지않아 병사 수송선이 상륙하기 힘들 만큼 동북아 계절풍이 강해질 것으로 예상됐다. 참모들은 전투를 치러야 한다면 계절풍이 강해지기 전에 상륙을 끝내야 한다고 건의했다.

압바스는 송클라에서 필요한 물품을 모두 구입했다. 모기장, 병따개, 접칼, 굽이칼, 사탕, 껌, 담배, 소금, 라이터, 성냥, 반짇고리, 물병, 물 정화 약, 소독약, 항생제 등. 그는 처음 장거리 이동에 참여하는 초식동물처럼 흥분했다.

다음 날 압바스는 말레이식 유타오와 뜨거운 커피를 아침으로 먹은 뒤 자전거를 타고 출발했다. 43번 국도를 따라 빠따니로 향했다. 그곳은 당시 일본군의 또 다른 상륙 지점이었다. 압바스는 빠따니와 송클라의 분위기가 어떻게 다른지 내게 열심히 설명해주었다. 태국 남부의 빠따니, 나라티왓, 얄라, 사뚠 이네 도시는 백 년 전 빠따니 왕국에 속해 있다가 시암 왕국에게 정복당한 지역이기 때문에 말레이인의 비율이 높고 무슬림도 많은 편이다. 이곳의 무슬림들은 종교가 다르다는 이유로 오랫동안 차별받아왔으며 경제적으로도 태국의 다른 도시에 비해 훨씬 낙후되어 있다. 태국에서 독립하려는 세력의 폭탄테러도 자주 발생하는 곳이다. 송클라는 말레이인과 외국 관광객으로 북적였지만 빠따니에는 압바스처럼 홀로 자전거 여행을 하는 사람이 극히 드물었다.

전쟁은 야자수 그림자처럼 한 번도 그곳을 떠난 적 없었다. 압바스는 빠따니에서 하루를 묵은 뒤 곧바로 정치적 갈등이 더 심한 얄라로 이동했다. 가는 길 곳곳에 검문소가 있었고, 매번 모든 짐을 일일이 꺼내 확인받아야만 통과할 수 있었다.

'내 짐 가방에 코끼리라도 있는 줄 알겠네.' 압바스는 속으로 이렇게 생각했다.

그는 태국 군인의 의심스러운 눈초리에 조심스럽게 행동했다. 말썽이 일어난다면 독립주의자보다 정부군에 의한 것일 가능성이 더 크다는 걸 알고 있었기 때문이다. 그렇게 가다 서다를 반복하며 사흘 만에 마침내 당시 영국령 인도군 제11사단이 지키던 술탄압둘하림공항에 도착했다.

이 속도가 당시 일본군의 진격 속도와 별 차이가 없다는 사실이 놀라웠다. 그때 일본군은 상륙 직후부터 최대 속도로 쉬지 않고 달린 것이다.

당시 영국도 일본군이 말레이반도의 고무와 주석 광산을 눈독 들이고 있다는 사실을 모르지 않았기 때문에 '투우사' 작전을 준비한 상태였다. 일본군이 군사 도발을 해올 경우 영국령 인도군 제11사단이 일본군 상륙 가능성이 있는 빠따니, 송클라, 코타바루로 진격한다는 계획이었다. 하지만 이 계획은 실패로 돌아갔다. 하나는 일본군의 진격 속도가 그들의 예상을 훨씬 뛰어넘었기 때문이고, 또 하나는 영국 동양 함대 중 전력이 가장 막강한 Z함대가 전투가 시작되자마자 침몰해버렸기 때문이다.

전투가 시작되고 처음 며칠간은 바다에 안개가 자욱하게 끼었다. 하지만 마치 운명인 듯, 프린스오브웨일스호와 리펄스호가 정박해 있는 해역만 하늘이 화창하게 갠 탓에 일본 폭격기에 포착되고 말았다. 전투기의 항공 엄호를 받지 못한 두 대는 결국 해상에서 폭격당해 침수되고 기울어지다 침몰했다. 불과 몇 시간 만의 일이었다. 이 소식을 들은 처칠은 낙담해 밤잠을 이루지 못했고, 광대한 태평양에서 일본군이 이미 무적 군대가 됐는지도 모르겠다고 참모들에게 말했다.

제11사단은 투우사 작전을 포기하고 케다 주 북부 지트라 방어선으로 이동했다. 이 방어선에서 일본군을 몇 달간 막아내기만 하면 남부와 싱가포르에서 전쟁 준비를 마칠 수 있을 것이라는 계산이었다.

그런데 부대가 지트라 방어선에 도착해보니 참호가 모두 호우에 침수되고 철조망이나 지뢰 같은 방어시설도 전무했으며, 전화선도 끊어진 상태였다. 우기가 닥친 뒤 처음 쏟아진 빗줄기가 전투기 폭격처럼 지면을 맹렬히 두들겼다.

압바스는 근처의 옛 전쟁터에서 사진을 찍으며 당시 병사들의 심정을 상상했다. 사진가가 진정한 풍경을 찍으려면 그 풍경에 무슨 일이 있었는지 알아야 한다고 생각했다. 상상력이 발동하면 저절로 아드레날린이 분비되며 온몸에 소름이 돋았다. 압바스는 바로 그 순간 셔터를 누르면 풍경은 단순한 풍경이 아니게 된다고 믿었다.

제11사단은 영국인 병사보다 펀자브인과 구르카인 병사가 더 많았기 때문에 보통 영국령 인도군이라고 불렸다. 해 질 무렵 도착한 일본군 제5사단은 힘든 전투가 될 것이라 예상했다. 지휘관 사이키 시즈오 중좌가 채찍 같은 폭우 속에서 진격 명령을 내렸지만, 적진에서는 총알 한 발 날아오지 않고 빗소리만 귓전을 때렸다. 맞은편에 대포 10문이 나란히 진을 치고 있지만 사수는 보이지 않고, 고무나무 숲에도 자동차 수백 대, 탱크와 장갑차 수십 대가 나란히 세워져 있지만 적의 함정처럼 느껴질 정도로 아무 소리 없이 고요하기만 했다.

알고 보니 엄청난 폭우가 쏟아지자 일본군의 행군 의지를 과소평가한 수비군이 비를 피하러 막사에 들어간 것이었다. 적이 코앞에 들이닥친 것을 발견한 영국령 인도군이 허겁지겁 응전에 나섰지만 순식간에 전멸했다. 불과 몇 시간 만에 영국령 인도군 수천 명이 사망하거나 부상을 입고 포로로 잡혔지만, 일본군의 피해는 수십 명밖에 되지 않았다. 석 달도 버틸 수 있을 것이라던 지트라 방어선은 석 달 치 식량이 가득 찬 창고만 남긴 채 힘없이 뚫렸다. 쇠고기 통조림, 파인애플 통조림, 담배, 위스키, 연료 수백 통이 마치 일본군이 오길 기다리기라도 한 듯 그대로 남겨져 있었다. 일본군은 처칠의 선물이라 농담하며 든든히 배를 채웠다.

영국령 인도군은 떠돌이나 다름없는 처참한 상태로 말레이반도를 남북으로 관통하는 도로를 따라 대거 철수했다. 그들은 철수하는 길목마다 교량을 폭파했다. 말레이반도 서반부의 험한 강줄기를 이용해 무다 강 앞에서 다시 한번 일본군의 발을 묶어 주력 부대가 완전히 철수할 시간을 벌어볼 요량이었다. 하지만 일본군은 이번에도 기회를 주지 않았다.

하이난다오와 대만에서 훈련받은 공병 부대는 매번 놀라운 속도로 도로와 다리를 복구했다. 또한 저격수들은 말레이인으로 변장해 밀림과 마을로 몰래 숨어들어 영국령 인도군을 불안에 떨게 했다. 제일 골치 아픈 것은 은륜부대였다. 그들은 산간 지대에서 강의 상류를 건넌 뒤 밀림에서 수시로 기습 공격을 펼쳤다.

제공권을 상실한 탓에 페낭 섬이 공습에 초토화되었다. 전쟁 준비는 더뎠으며 발전소가 폭격당하고 식수원은 오염됐다. 무다 방어선은 힘없이 무너졌고 제11사단은 다시 48킬로미터 남하해 크리안 강으로 철수했다.

일본군은 총 한 발 쏘지 않고 조지타운에 입성했다. 상점들도 평소처럼 문을 열어 병사들은 아이스크림을 먹으며 만세를 불렀다고 한다.

하루에 약 16킬로미터씩 이동하는 속도로 퇴각한 것이다. 현대식 도로를 달리는 압바스로서도 도무지 이해할 수 없는 속도였다. 혼자 여행하는 압바스에게는 '경장행군'이라지만, 당시 영국령 인도군은 중간중간 멈춰서 지뢰를 매설하며 은륜부대에 대응해야 했으므로 병사들의 심신이 얼마나 피폐했을지 짐작할 수 있었다.

압바스는 여행을 떠나기 전에 전쟁 기사에서 본 영국군 장교의 말을 떠올렸다. "병사들이 먼저 따귀를 때리고 말해야만 아주 간단한 명령도 알아들을 수 있을 만큼 지쳤었다. 잠이 부족한 병사들은 기계처럼 걷다가 일본 전투기가 날아오면 거북이 목을 집어넣듯 반사적으로 몸을 숨겼다."

상황이 이렇게 되자 영국군 지휘관은 패잔 부대를 일단 페락 강 이남으로 후퇴시켜 부대를 재편성하기로 결정했다. 하지만 같은 시간 야마시타 도모유키가 보낸 부대가 쿠알라캉사르 동쪽 밀림을 가로질러 페락 주의 핵심지역이자 풍부한 주석이 매장되어 있는 이포를 먼저 점령해 영국군의 퇴로를 끊을 준비를 하고 있었다.

깊은 밤 압바스와 함께 주메이초등학교 교정에 앉아 촘촘한 별과 희미한 윤곽뿐인 중앙 산맥을 바라보며 말레이반도의 험준한 산맥 가운데 있는 듯한 착각이 들었다.

압바스도 말레이반도를 여행하던 중 고향에 있는 듯한 착각이 들었다고 했다. 그는 페락 주 근처 밀림에 서서 서말레이시아에서 세 번째로 높은 봉우리인 구눙 용 블라르의 위용을 보며 그 산의 영혼이 고향 탑 산*의 것과 거의 같다고 느꼈다. 신성하고 음울한, 숭고하지만 두려움을 자아내는 느낌. 대동아공영권 수립을 위해 자원을 탈취한 침략 부대와, 동방으로 건너온 오랜 식민제국 군대와 피식민자가 섞여 있는 수비군이 밀림에서 목숨을 건 전투를 벌였다. 그 전투에 사람은 없었다. 손에 든 총, 몸에 입은 옷, 발에 신은 군화, 각반,** 손톱, 뇌, 혈액까지 모조리 황군 또는 대영제국의 소유였다.

"자전거를 타고 달리며 생각했어요. 그렇게 빠른 속도로 작전을 벌이는 동안 젊은 일본 병사들은 어떻게 그걸 견뎠을까. 패퇴

---

*　대만 중부에 있는 해발 2,448킬로미터의 높은 산.
**　발목과 종아리를 감싸는 보호 장구.

하는 영국령 인도군은 더더욱 어떻게 견뎠을까."

1941년의 마지막 날, 일본군이 이포 남쪽 캄파르에 도착했다. 밀림이 산비탈을 따라 폭포처럼 내려가며 펼쳐져 있어 저격수가 1킬로미터 밖에 있는 것까지 명중시킬 수 있는 천혜의 요새였다. 또한 수비군이 일본군의 전격전을 저지하기 위해 반드시 지켜내야 하는 말레이반도 중서부 최후의 거점이었다. 압바스는 당시 영국군이 결사적으로 지키던 톰슨 능선을 따라 이동하며 밀림에서 야영을 하려고 했다. 펀자브인 병사가 일본군의 공격을 기다리며 보낸 몇 날 밤을 상상해보고 싶었다.

1천 킬로미터가 넘는 말레이반도 중간에 빽빽한 밀림으로 된 산맥이 있다. 산맥 서쪽은 맹그로브 숲과 늪지대이고 동쪽은 고운 모래가 펼쳐진 모래사장이다. 산맥 서쪽으로 돌아 측면 공격을 할 경우 군홧발이 맹그로브 줄기에 붙잡힐 수 있으므로 일본은 부대를 보내 어민들이 조직한 모터보트 부대를 납치해다가 부대를 싣고 전진하게 했다. 또 다른 부대는 밀림을 가로질러 돌격전을 수행했다.

하지만 밀림에는 북국의 병사를 기다리는 날카로운 이빨이 너무 많았다. 모기, 독사, 거머리, 덩굴옻나무, 가시 달린 식물, 깊숙한 밀림의 진흙탕······. 그래서 그들은 밀림의 '빈틈'을 진격 노선으로 택했다.

당시 말레이반도 원시 밀림 곳곳이 영국인들에게 벌목되고 있었다. 영국인들은 고무 시장에서 브라질이 독식하고 있는 이익을 빼앗기 위해 브라질 품종을 들여다가 말레이반도에서 재배를 시도했고, 과연 얼마 안 가서 말레이반도의 고무 생산량이 세계 전체 생산량의 3분의 1까지 가파르게 증가했다. 하지만 고무 회사와 개인이 주도하는 산업은 영국 정부에게 두려운 존재였다. 그들은 국가 경제를 쥐락펴락하는 귀족 상인의 심기를 거스르지 않으려 조심했고, 군대조차 감히 영주의 고무 농장을 벌목해 방어선을 구축하지 못했다. 이 때문에 밀림 방어선 곳곳에 빈틈이 생기고 말았다.

말레이반도 사람에게 나무는 곧 집이요 재산이자 신령이었다. 말레이인들은 나무둥치, 줄기, 작은 가지를 모두 이용해 집을 짓고 나뭇잎을 곱게 갈아 벽에 발랐다. 과실수 열매를 따 먹고, 나뭇가지를 태워 음식을 익히고, 나무 그늘 밑에서 살인적인 더위를 피하며, 나뭇진을 채집해 도구를 만들고 배의 밑바닥을 메웠다. 또 숲의 나무와 대나무로 요람과 관을 만들고, 사당과 왕궁을 짓고, 화장 땔감을 마련했다. 하지만 대부분의 나무는 농장 개척으로 인해 죽임을 당했고, 곧이어 전쟁으로 인해 불태워졌다. 그래서 어떤 말레이인들은 제2차 세계대전을 '숲을 죽인 전쟁'이라고 불렀다.

압바스는 라오쩌우의 자전거를 끌고 이 밀림 속을 걸었다. 정신이 또렷할 때는 제 발로 죽으러 들어온, 바보 같은 미친 짓을 후회했다. 발 디딜 틈도 없이 덩굴에 점령당한 숲이 앞을 가로막으면 먼저 칼로 길을 낸 뒤 자전거를 타고 지나가야 했으므로 체력이 곱절로, 아니 다섯 배, 열 배로 소모됐다. 제일 무서운 것은 밀림 속에서 만나는 비였다. 비가 내리면 방금 다섯 걸음에 건너온 냇물이 삽시간에 맞은편이 보이지 않는 폭포로 변했다.

비는 순식간에 작은 시내를 급류로 만들었다. 북을 치듯, 폭격을 하듯 숲의 맨 꼭대기를 사정없이 두들겼다. 그럴수록 공기도 점점 무거워졌다. 비가 그치면 장대비가 내릴 때보다 더 고통스러웠다. 길이 파파야셰이크처럼 찐득찐득해져 오도 가도 못하고 발이 묶이기 일쑤여서 한나절을 열심히 걸어도 수백 미터도 이동할 수 없었다.

밀림에 들어간 둘째 날, 구름이 산을 통째로 가둬버린 듯한 곳에 도착하자 비인 것 같기도, 아닌 것 같기도 한 비안개가 자욱하게 끼어 있었다. 그가 지닌 모든 물건이 축축하게 젖어 서로 뒤엉키고 휘감기며 그의 마음에 절망의 똬리를 틀었다.

그날 저녁에는 소변을 보는데 자신의 성기조차 보이지 않았다. 몸이 다 없어져버린 것 같았다. 아니, 모든 게 안개에 닦여 지워진 것 같았다. 자전거를 끌고 걷고 있는데, 무언가가 그의 접근에 소스라치게 놀란 듯 갑자기 푸드덕거리는 날갯짓 소리가 솟구쳐 올랐다(국립오페라극장의 커튼콜 때 사방에서 일시에 터져 나오는 갈채처럼 큰 소리였다). 온몸이 폭풍의 중심으로 빨려 들어가는 것 같았다. 몇 마린지 알 수 없지만 사람 몸집보다 더 큰 날개를 가진 거대한 새들이 바로 옆에서 날아올랐다. 짙은 안개 사이로 붉은 목과 긴 다리, 그의 팔뚝만큼 긴 부리가 보였다. 놀란 그가 늪지 옆에서 넘어지는 바람에 CONTAX III와 안에 있던 필름을 잃어버리고 말았다. 압바스는 대가로 새의 깃털 한 가닥을 얻었다. 대만에 돌아와 친구에게 물어보니 거의 멸종된 큰 두루미라는 커다란 새라고 했다.

밤이 깊으면 산은 더 깊은 적의를 드러냈다. 누군가 자신을 노려보는 듯한 공포가 엄습했다. 압바스는 산에서 자란 아이였다. 최고의 사냥꾼은 산조차 그의 존재에 무심하다고 했던 바쑤야의 말이 생각났다. 바쑤야는 산이 나를 지켜보고 있다고 느낄 때 일이 생기는 법이라고 했다.

그래서 압바스는 공포를 경계했다. 날이 밝은 뒤 예정보다 일찍 산을 내려가기로 했다. 하지만 왼쪽으로 돌고 오른쪽으로 돌아도 밀림을 통과할 수 없었다. 어룽어룽한 초록의 색조 속에서 자전거를 타다가 내려서 걷고, 또 자전거를 타다가 내려서 걷기를 반복했다. 바다 밑에서 흐느적거리는 해초 사이를 지나는 것 같았다. 사방이 고요하다 별안간 새무리의 지저귐이나 짐승의 낮은 으르렁거림이 들리기도 했다. 나무등치를 감고 올라간 덩굴이 나무와 나누는 밀담이 귀에 들리는 것 같았다.

약 3백 미터 높이의 낭떠러지 앞에 도착했다. 아주 먼 산 위에서 산 하나가 '둘구나무서' 있는 것 같았다. 자세히 보니 산 정상에서 상공을 선회하는 수천 마리의 새매 떼였다. 소용돌이 같은 비행 대형이 구름까지 이어져 있었다.

압바스는 홀로 '진정한' 밀림을 마주하고 있다고 느꼈다. 거대한 비단제비나비, 불가사의할 정도로 다채로운 색을 가진 새 떼, 커다란 나무에서 늘어진 덩굴이 "극한의 아름다움은 공포다"라는 어느 탐험 사진가의 말을 떠올리게 했다.

처음에는 사진을 찍을 수 있었지만 얼마 지나지 않아 셔터를 누르지 않게 됐다. 셔터를 누를 힘조차 없기도 했지만 창작 의지를 완전히 상실했기 때문이었다. 그는 오로지 밀림을 벗어나고 싶다는 생각뿐이었다. 이 절망에서 도망치고 싶었다. 자신이 이 밀림에서 죽는다면, 훗날 누군가 이 카메라를 발견해 안의 사진을 인화한다 해도 그게 누구에게 의미가 있겠는가?

절망 속에서 왜 편자브인 부대의 어느 대대장이 쓴 일기가 생각났는지는 압바스 자신도 알 수 없었다. 일기의 주인공은 적의 부대와 마주쳤다는 사실보다도 한나절을 기다려도 작은 기척조차 없는 밀림이 패잔병들을 더 실의에 빠뜨린다고 했다. 밀림의 방음 효과는 대지의 고요함을 증폭했고, 죽음과도 같은 적막은 사람을 무모하게 만들며 눈이 멀어버린 듯한 기분에 사로잡히게 했다. 눈이 멀어버린 것 같은 기분은 그의 일생에서 겪은 진정한 공포였다. 나중에 그는 만약 자전거를 타고 그 밀림에 들어가지 않았더라면 '밀림의 방음 효과가 대지의 고요함을 증폭하는 것'이 무엇인지, '사람을 무모하게 만드는, 눈이 먼 듯한 기분'이 무엇인지 결코 알 수 없었을 것이라 생각했다.

압바스는 눈을 크게 뜨고 거의 보이지 않는 좁은 길을 찾아다녔다. 숲이 풍기는 악의적인 피비린내를 느꼈다(아마 땅에 떨어져 썩은 과일 냄새였을 것이다). 그 냄새가 콧구멍이 아닌 모공을 비집고 들어오는 것처럼 숨을 참아도 계속 냄새가 났다.

그때 앞가슴 깃털이 파랗게 빛나는 작은 새들이 날아와 그의 주위를 세 바퀴 돌며 쨋쨋 지저귀다가 노래 한 곡을 끝내고는 쏜살같이 날아갔는데 그중 한 마리만 떠나지 않고 남았다. 압바스는 말레이인에게 들은 '길잡이 새' 이야기가 생각나 그 새를 따라갔다. 그때 압바스는 그 새가 바쑤야라고 믿었다. 어릴 적 바쑤야의 뒤를 따라 산에 올라가 사냥을 하던 때처럼 길잡이 새를 따라갔다. 바쑤야는 한 번도 그의 손을 끌어주지 않았고, 언제나 그가 따라잡을 수 없지만 볼 수는 있는 거리를 유지하며 올라갔다.

바쑤야가 말했다. "숲의 소리를 듣고 숲의 호흡에 주의를 기울여야 해. 힘들면 억지로 따라오지 말고 큰 바위에 앉아 쉬면서 바위를 잘 살펴보렴. 세상에 똑같이 생긴 돌은 없어."

하지만 어린 압바스는 아버지의 그림자를 따라가고 싶었다. 그림자를 놓치지만 않으면 길을 잃지 않을 거라고 생각했다.

잠시 후 하늘에서 빗줄기가 쏟아지자 새의 지저귐도 정지 버튼을 누른 것처럼 사라졌다. 압바스는 자전거를 멈추고 간이 천막을 쳤다. 비를 피하며 잠시 쉬기로 했다. 이런 상태로 빗속을 계속 걷는 건 무지한 행동이었다. 사방이 정적에 휩싸이고 나뭇잎 틈으로 내려온 빛줄기와 빗줄기가 아슴아슴 떠다니며 흰 아지랑이가 피어올랐다. 이유는 모르겠지만 그는 라오쩌우와 얼가오촌 밖에 있는 건물에 갔을 때가 생각났다. 지하실에서 강바닥의 잠류에 빨려 들어갔을 때의 기분과 비슷했다. 하얀 안개, 하얀 기포.

호흡을 가다듬고 정신을 집중하자 모든 소리가 다시 또렷해졌다. 물방울이 잎사귀 위를 구르다가 다른 물방울과 부딪치고, 종을 알 수 없는 개구리가 울어대고, 딱따구리는 고녀의 긴 부리로 나무를 쪼다가 혓바닥을 나무 몸속에 집어넣었다. 덩굴 씨앗은 햇빛이 비추는 쪽을 향해 땅을 뚫고 나와 빛에 닿는 순간 눈에 보이지 않을 만큼 작은 잎사귀 끝을 내밀고, 달팽이는 소화액을 분비해 덩굴의 섬유질을 분해했다. 한데 섞여 모호해진 소리가 연기처럼 뭉게뭉게 비안개 속으로 스며들었다.

갑자기 숲에서 바스락거리는 소리가 났다. 처음에는 특정한 한곳에 나는 소리였지만 금세 파도가 되어 숲 저편에서 울렁울렁 밀려왔다. 그 소리에 압바스의 심장이 요동치기 시작했다. 정신을 차리고 자세히 들어보니 원숭이 떼가 빠르게 뛰어가는 것 같았다. 소리를 따라가며 나뭇가지 틈에서 원숭이를 찾으려 했지만 빛이 눈을 찔러 앞이 보이지 않았다. 시각이 돌아와 다시 앞을 볼 수 있게 됐을 때 원숭이 떼는 흔적도 없이 사라지고 주위가 다시 적막에 휩싸였다. 아무 소리도 들리지 않았다.

그때 비릿하고 눅눅한 노린내가 후각을 건드리더니 열대우림 속 복잡한 냄새를 막무가내로 헤집고 들어와 그를 휘감았다. 고개를 휙휙 털자 시각이 완전히 되돌아왔다. 그는 전신의 기력을 눈에 집중시키고 쩌우족 사냥꾼 혈통의 직감으로 주위를 훑기 시작했다. 과연 10미터쯤 떨어진 곳에 말레이인들이 '하리마오(말레이 호랑이)'라고 부르는 커다란 호랑이가 나무 위를 지나가고 있었다.

화려한 무늬의 호랑이가 숲의 빛과 그림자와 완전히 동화된 채 나뭇가지를 따라 느릿느릿 걷다 천천히 고개를 돌리더니, 아무런 감정도 호기심도 담지 않은 호박색 눈동자로 압바스가 숨어 있는 천막을 흘긋 보았다. 그 순간 그는 온몸의 솜털이 바늘처럼 가닥가닥 일어나 살갗을 뚫고 들어오는 것 같았다. 선홍색 피를 운반하는 커다란 심장이 갈비뼈 사이에서 메추리처럼 파닥거렸다.

밀림은 이처럼 찬란하고, 죽음도 이처럼 찬란하다.

압바스는 나뭇가지로 다가가 오만한 금빛 털을 만져보고 싶은 충동이 들었다.

하지만 그러지 않았다.

하리마오는 십 초쯤 멈춰 있었다. 아니, 아마 일 초 만에 다시 앞으로 걸어갔을 것이다. 그것은 앞발 뒷발을 차례로 내디뎌 소리 없이 수풀 속으로 사라졌다. 강렬한 냄새만을 남긴 채. 하지만 압바스의 뜨겁고 급한 심장 박동은 시간이 한참 흐른 뒤에야 평온을 되찾았다. 자기도 모르게 왈칵 눈물이 쏟아졌다. 이 숲속에서 그는 들어갈 것인지 떠날 것인지조차 스스로 결정할 수 없었다. 숲은 한 시대와 같았다.

지치고 놀란 압바스의 귀에 바쑤야의 목소리가 들리는 것 같았다. 그 소리가 고개를 들라고 말했다. 커다란 나무였다. 신기하게도 나무 잎사귀가 초록색이 아니었다. 햇빛이 투사된 나뭇잎이 남자줏빛으로 반짝였다. 정신을 차리고 다시 보니 나뭇잎이 아니라 잠자리 날개였다. 그런데 놀랍게도 모든 잠자리 꼬리가 똑같은 방향을 가리키고 있었다.

어쩔 줄 모르고 막막하게 서 있던 압바스가 기운을 추슬러 라오쩌우의 자전거를 끌고 잠자리 꼬리가 가리키는 방향으로 걷기 시작했다. 황혼 무렵부터 빛이 완전히 사라질 때까지 걷고 또 걸었다. 헤드 랜턴과 손전등에 의지해 간단한 야영지를 만든 뒤, 배터리를 아껴 쓰고 감정이 동요되면 안 된다고 자신을 다독이며(하리마오를 다시 만나는 행운은 또 없을 테니) 깨어 있는 듯 꿈을 꾸는 듯 하룻밤을 버텼다.

다음 날 아침 눈을 떴을 때 압바스는 눈앞의 광경에 깜짝 놀랐다. 나무는 쓰러져 있고, 똑바로 잘린 나무 밑동과 개망초뿐인 공터가 보였다. 저 멀리 강이 구불구불 흐르고 옆에는 말레이어와 영어로 된 팻말이 서 있었다. 그곳은 새로 벌목한 산간 농장이었다.

압바스는 M4-P 셔터를 눌렀다. 길이 있는 곳으로 돌아왔음을 확인했다.

우리는 주메이초등학교에 앉아 있었다. 머리 위에는 저절로 눈을 감게 만드는 별이 떠 있고, 멀리 펼쳐진 대지는 커다란 은막 같았다. 왕상 산은 톰슨 능선이고 천유란 강은 페락 강이었다. 나는 압바스가 그런 경험을 했기 때문에 사진을 찍을 수 있는 사람이 된 거라 생각했다.

압바스는 그 일을 겪는 동안 자신이 점점 라오쩌우의 자전거와 한 몸이 되어가는 느낌이었다고 했다. 자전거뿐만 아니라 더 추상적인 무언가가 느껴지기 시작했다고.

"황당하게 들릴 수도 있지만 난 정말 그렇게 느꼈어요. 이렇게 자전거를 타는 건 한 사람의 인생과 진정으로 만나는 것과 같아요."

"바쑤야의 인생을요? 아니면 라오쩌우?"

"둘 다요. 어쩌면 더 많이." 압바스가 말했다. "내가 오래된 자전거에 관심을 갖게 된 것도 바로 그 때문일 거예요. 애니에게 친구의 행복표 자전거를 빌려다가 카페에 두자고 한 것도 그 때문이고요. 내 작업실에 있는 마루이시 기억나죠? 물론 이 얘기와는 전혀 상관 없는 이야기지만."

나는 고개를 끄덕이며 원래 이야기로 돌아가길 기다렸다.

캄파르 전투에서 콴탄공항을 잃은 영국군은 쿠알라룸푸르로 철수하기 전 최후의 방어선인 슬림 강까지 후퇴했다. 콴탄공항을 빼앗긴 것은 영국군에게 큰 타격이었다. 미쓰비시 96식 육상 공격기가 더 자주, 더 쉽게 싱가포르를 공습할 수 있게 됐기 때문이다.

수비군이 하루 16킬로미터 속도로 퇴각하는 동안 밀림으로 도망쳐 들어간 병사도 있었다. 그중에는 전쟁이 다 끝난 뒤에야 밖으로 나온 사람도 있었다. 밀림에서 홀로 긴 세월을 보낸 그들은 허물을 벗고 나온 구렁이처럼 겉으로는 똑같아 보이지만 사실은 완전히 다른 사람이 되어 있었다. 종전 후 다시 도시로 돌아온 이들 중, 언어 능력을 일부 상실한 사람도 있었다.

슬림 강 사수에 실패한 뒤 오피르 산과 무아르 강 방어선도 차례로 함락됐다. 그러는 동안 유일하게 호주군이 게마스 부근에서 일본군에게 타격을 주었을 뿐, 주력 부대는 차례로 궤멸되어 켈루앙에서 아이어 히탐까지 이어지는 최후의 방어선까지 철수했다. 영국군 사령관 아서 퍼시벌은 '반도 최남단 수비'를 희망했지만, 전쟁터의 지휘관은 조호르를 사수하는 것은 무의미하다고 판단했다. 주력 부대가 일본군에게 전멸한다면 싱가포르조차 방어할 군대가 없어 철수할 수밖에 없었다.

새해가 밝은 뒤 1월의 마지막 날, 영국령 인도군은 배낭을 짊어지고 긴 용처럼 줄지어 작은 섬으로 들어갔다. 그리고 섬과 반도를 잇는 둑을 폭파해 지름 20미터의 구멍을 뚫었다. 며칠 뒤 일본군은 머나먼 만주에서 운반해 온 중포, 야포, 산포의 엄호를 받으며 가뿐히 해협을 건너 싱가포르에 상륙했다. 예상했던 완강한 저항도 없었다. 일본군이 바다 쪽에 상륙할 것이라 예상한 수비군이 포대를 모두 태평양을 향해 배치한 바람에 일본군이 해협 쪽으로 기습 상륙을 감행했을 때 빠르게 대포 방향을 돌릴 수 없었기 때문이다.

이 주 뒤 영국군은 역사상 가장 치욕적인 항복이라는 현실을 받아들여야 했다. 영국인, 인도인, 말레이인, 호주인으로 이루어진 연합 부대 8만여 명이 병력과 무기가 모두 열세인 일본군에게 투항해 포로가 되었다. 그들 중 대부분은 태국에서 출발해 미 얀마를 지나는 철로 건설에 동원되었다. 안개 자욱한 열대 밀림 과 고산의 급류를 가로지르는 철로 위에서 생을 마감했고, 현지 화교들은 대부분 학살되거나 사형에 처해져 일본인에 의해 쇼 난도*로 개명된 작은 섬에 묻혔다.

압바스는 길을 잃은 시간을 포함해 꼬박 한 달 동안 자전거를 타고 달려 조호르바루에 도착했다. 수염이 덥수룩한 얼굴과 남 루한 옷차림에, 온갖 식물, 날짐승, 들짐승, 빗물, 시냇물 냄새가 합쳐진, 자신조차 견디기 힘든 체취를 안고 눈앞에 펼쳐진 바다 를 발견한 순간, 압바스는 자기도 모르게 자전거를 세워놓고 백 사장으로 뛰어 내려갔다. 느꺼운 감격을 미뢰의 고통으로 누르 기 위해 일부러 바닷물을 손으로 떠 마시며 경축하기까지 했다.

"그 여행은 나를 송두리째 바꿔놓았어요. 내가 원했던 건 사 진작가가 되기 위한 마음가짐이었던 것 같아요."

"예를 들면요?"

"예를 들면, 사진을 찍는 것이 단순한 셔터 누르기가 아니라 는 걸 마침내 깨달은 거죠." 압바스가 말했다. "수많은 사람들이 평생 카메라를 들고 다녀도 이렇게 간단한 사실조차 진정으로 알지 못해요. 눈과 팔다리는 신체의 일부예요. 뇌와 셔터를 다루

---

* 일본 점령 당시 싱가포르의 이름.

는 훈련은 머리로만 할 수 없어요. 행동도 함께 해야 해요. 이 감
각기관들만이 진정한 사진작가의 동물적인 직감을 일깨울 수
있어요."

"음. 그렇겠군요." 나는 압바스의 말을 곰곰이 생각했다.

그날, 압바스가 바닷물에 몸을 씻은 뒤 노곤한 만족감을 안고
기슭으로 돌아와 보니 라오쩌우의 자전거가 보이지 않았다. 부
랑자의 것 같은 배낭, 비닐봉지, 고약한 냄새가 풍기는 옷가지는
그대로 있는데 자전거만 보이지 않았다. 그는 돌연 피붙이를 잃
은 사람처럼 미친 듯이 고함을 질렀다. 바닷가에 있던 이들이 그
의 비통한 외침을 듣고 다가왔다. 그중에는 아직 모르는 사이였
던 애니도 있었다.

나는 버스에서 잠이 들락말락 하는 상태로 압바스가 전날 밤
들려준 이야기를 생각하다 문득 빗줄기가 굵어졌다는 걸 깨달
았다. 버스가 강물에서 잠영을 하는 듯한 착각이 들 만큼 세찬
비가 내렸다. 밀림에서 길을 잃었을 때, 그 광경이 마치 라오쩌
우와 강바닥에서 잠수한 때와 비슷했다던 압바스의 말이 떠올
랐다.

"그때 본 게 뭐였을까요?" 내가 압바스에게 물었다.

"모르겠어요."

"어떤 느낌이었어요?"

압바스가 한참 생각하다가 말했다. "이 세계와 다른 세계 사

이에 있는 줄 위를 걷는 기분이랄까. 이 경험의 세계에도 속하지 않고, 또 다른 세계에 다다른 것도 아닌, 그렇지만 이쪽도 볼 수 있고 고개를 돌리면 희미하게나마 저쪽도 볼 수 있는 그런 느낌이었어요."

이 세계와 다른 세계 사이에 있는 줄? 나도 그런 광경을 상상했다. 많은 사람들이 두 팔을 벌리고 균형을 잡으며 이편에서 반대편으로 건너가려 하는 광경을.

버스가 인터체인지에서 내려오다가 노면이 파인 곳에 바퀴가 걸려 덜컹거리는 바람에 승객들이 놀라서 깼다. 어릴 적 기억이 떠올랐다. 매일 기차가 우리 집 앞을 수시로 지나가는데도 나는 매년 설 어머니와 기차를 타고 고향에 내려가는 날을 손꼽아 기다렸다. 객실 칸 사이에 완전히 맞붙지 못한 연결통로가 있는데 보통차*는 연결부위의 틈새가 넓어서 심하게 흔들렸다. 나는 특히 그 통로를 좋아했다. 소리도 제일 커서, 철판 두 개가 부딪치는 소리와 기차 바퀴가 철로 위를 구르는 금속성을 제외한 다른 소리는 모두 파묻혔다.

나는 휴대폰 주소록에서 '가족' 그룹을 찾아 엄마가 어떤지 묻는 단체 메시지를 보냈다. 바로 그때 애니의 네 번째 메일이 도착했다. 이제껏 보내는 모든 메일의 제목은 '프시케'였는데 이번 메일의 제목은 '자전거 도둑'이었다.

이 메일은 앞선 세 통의 편지와 달리 소설 형식이 아닌 짧은

---

* 일치시기에 운행하던 3등 열차를 개조한 것으로 지나가는 역마다 모두 정차한 완행열차. 1953년부터 2021년까지 오랜 기간 운행하며 대만 서민의 생활과 가장 가까운 교통수단이었다.

몇 줄만 쓰여 있었다.

저는 애니의 친구 사비나라고 합니다. 밑도 끝도 없이 보낸 몇 통
의 메일은 사실 제가 쓴 소설의 일부였어요. 소설이라고 할 수 있
을지 모르겠지만. 당신이 행복표 자전거의 내력을 알고 싶어하고,
또 그걸 사고 싶어한다고 애니에게 들었지만, 우린 모르는 사이고
그 자전거는 제 개인사와도 관련이 있어서 얘기할지 말지 망설였
어요. 그러다 당신도 소설을 쓰고 또 소설을 출간한 적도 있다는
애니의 얘기를 듣고 당신 작품을 먼저 읽어보았어요.
솔직히 말하자면 당신 작품을 읽고 내 소설의 한 대목을 당신에게
보내야겠다 생각했어요. 그 후 당신이 보낸 메일을 보고 당신을 만
난 적은 없지만 이 자전거에 대한 얘기를 들려줘야겠다는 생각이
들었고요.
그 자전거에 대해 듣고 싶으세요? 그럼 제 소설의 결말을 먼저 읽
으시겠어요, 아니면 바로 저를 만나시겠어요?

사비나

지금까지 내게 메일을 보낸 사람은 애니가 아니었다. 나는 곧
바로 이렇게 답장을 보냈다. "소설의 결말도 궁금하고 어서 빨
리 당신을 만나고 싶기도 합니다. 편하신 시간과 장소를 알려주
세요." 메일 발송 버튼을 누름과 동시에 큰누나에게 메시지가
왔다. 어머니가 이미 일반 병실로 옮겼고 여러 가지 검사를 받을

예정이라고 했다. 또 병실 호수를 알려주며 나머지 누나 넷도 모두 왔다 갔고 병간호 순번과 시간을 정했다고 했다. 마지막에는 "엄마가 자식을 많이 낳아서 유일하게 좋은 점이구나"라는 농담을 덧붙이기까지 했다.

제일 마지막에 도착한 건 일본에 있는 형의 메시지였다. 형은 감정이 드러나지 않는 말투로 어머니를 잘 보살펴드리라며 곧 타이베이로 돌아오겠다고 했다.

몇 년 전 인터뷰를 하러 도쿄에 갔다가 형을 찾아간 적이 있다. 형은 내게 자신을 만날 수 있는 주소를 알려주며 꼭 오라고 했다. 일러준 주소로 찾아가보니 어느 상업지역 빌딩 지하에 있는 재즈 바였다. 입구에 그날 밤 공연 프로그램을 알리는 안내판이 있었는데 전반부는 일본 연주자의 3중주이고, 후반부는 '쿨라와 친구들'의 공연이었다. 쿨라가 바로 형이었다.

나는 테이블에 앉아 진 한 잔을 주문했다. 3중주 중 피아니스트는 머리숱이 좀 많고 중년 시절의 다무라 마사카즈와 비슷했고, 콘트라베이시스트는 고지식해 보이는 흰 셔츠 차림에 피부가 희고 직장인 같은 인상을 주는 남자였다. 드러머는 나이 든 찰리 워츠를 닮았지만 화초 키우는 취미를 가진 이웃집 백발 노신사 같았다.

재즈 마니아는 아니지만 첫 번째 연주곡인 영화 〈도요새〉의 주제곡 '그대 미소 속 그림자'는 알고 있었다. 내가 태어나기도 전에 발표된 영화인데 대만에서는 〈한없이 미운 봄바람〉이라는 제목으로 개봉했고 나는 DVD도 가지고 있었다. 그런데 흰 얼굴의 남자와 다무라 마사카즈의 연주가 파도와 백사장처럼 호흡이 아주 잘 맞았다. 원곡의 슬픈 분위기와 어쩔 수 없는 사랑이 경쾌한 연주에 실려 비교적 받아들이기 쉬운 느낌으로 희석되었다.

형이 무대에 등장했을 때 왠지 형이 아닌 것처럼 무척 낯선 기분이 들었다. 연주가 시작되고 점점 형의 기타 음악에 빠져들면서 낯선 감정의 원인을 알 수 있었다. 형은 이미 오등장에 몰래 참가해 첫 번째 관문에서 탈락한 애송이 청년이 아니었고, 그의 기타도 아버지가 자전거 한 대와 맞바꿔 사다준 입학 선물이 아니었다. 형이 안고 있는 기타는 형의 손에 맞춰 만들어진 듯했고, 소리에 살아 있는 무언가가 단단히 자리 잡고 있었다. 그 순간 형은 나와 혈연 관계가 아닌, 한 명의 기타리스트였다.

몇 곡이 끝난 뒤, 나는 무대에서 흰 피부의 콘트라베이시스트와 합주하는 형의 자세와 동작이 재즈기타의 거장 조 패스와 닮았다고 느꼈다. 저음의 선율선과 중음이 동시에 등장하는 화음을 시도하는 주법, 또렷하고 분명한 연주 기교, 연주 도중 기타가 하는 말을 듣는 듯 허리를 낮게 숙이는 자세 등이 조 패스를 따라한 것 같았다.

냉정함 속에 은근한 슬픔이 깔린 형의 손가락이 내 가슴을 관통하는 현을 튕겼다. 실내는 여전히 시끌벅적했지만 누군가 빗자루를 들고 내 마음에 들어와 잡동사니를 말끔히 쓸어낸 듯한 강렬한 느낌을 받았다.

문득 형이 어떤 부도덕한 짓을 저질렀든 다 용서할 수 있을 것 같은 기분이었다. 그가 인간 세상에 온 임무는 집안의 대를 잇는 것이 아니라 기타 연주인 것 같았다. 그저 저렇게 의자에 앉아 사람들에게 연주를 들려주기만 하면 그의 임무는 완수되는 것이다.

그날 밤 담배 연기 자욱한 이자카야에서 얘기를 나눴다. 형은 내게 어떻게 지냈느냐고 물었고 나는 딱히 내세울 것 없는 자질구레한 일상 얘기를 했다. 대만에 언제 돌아올 거냐고 묻고 싶었지만 '그대 미소 속 그림자'의 멜로디가 머릿속을 맴돌아 대화를 방해했다. 게다가 형에게 정말로 할 말이 있는 것도 아니었다. 연주가 끝난 뒤 자리를 뜨지 않고 형을 만난 것이 몹시 후회스러웠다. 아마도 나는 형에 대한 인상을 무대에 두고 온 듯했다. 형이 무대를 내려오자 어떻게 집안의 짐을 전부 누나들에게 떠맡길 수 있는지 생각하지 않을 수 없었다.

그래서 그 얘기를 꺼냈다. 너무 날을 세우지 않고 그저 시시한 옛날 얘기를 꺼내듯이. "그때 아버지가 형 학교 합격자 발표 보러 갔다가 자전거 잃어버린 거 기억나?"

형이 금시초문이라는 표정으로 되물었다. "그런 일이 있었어? 난 아버지가 기타를 사준 것만 기억나는데."

"그랬어. 그 두 가지 일이 연결된 거지만." 적어도 내게는 그랬다.

형은 명문 고등학교에 진학했지만 결국 대학에 들어가지 못했다. 그때는 낙방하면 대부분 재수를 했고, 4수, 5수를 하는 사람도 많았다. 다만 형은 인생에 배당된 재수 횟수를 고등학교 입학에 써버리고 말았다. 그는 자기 인생에서 똑같은 일을 반복하는 것을 단 한 번밖에 허용하지 않았다. 어느 날 아침 일어나보니 형은 편지 한 장만 남겨둔 채, 자물쇠가 채워져 있던 아버지의 서랍 속 돈뭉치와 함께 사라졌다. 어머니는 속이 타서 안절부절못했지만 아버지는 냉정했고 아들을 찾아 데려오자는 어머니의 말도 거절했다.

"그래 봤자 형편없는 공부밖에 더 하겠어!" 아버지가 말했다.

형이 가출한 뒤 집안에 서먹한 적대감이 흐르고 무슨 말을 하든 조심스러웠다. 형은 입영통지서가 날아왔을 때쯤 집에 나타났다. 아버지는 형을 꾸짖지도 않았고 뭐라고 말하지도 않았다. 당신보다 키가 훌쩍 커버린 아들을 어떤 방법으로도 겁줄 수 없다는 걸 알았을 것이다.

제대 후 형이 아버지 말처럼 '착실하게' 살려고 해보지 않은 건 아니었다. 어머니에게 돈을 빌려 친구와 중국에 가서 의류 수입 사업을 벌인 적도 있었다. 처음에는 퍽 순조로웠지만 상황은 금세 반전됐다. 옷을 대량으로 수입해 통관을 마치고 보니 전부 저질 싸구려 옷이었던 것이다. 중국 쪽 업자는 사막에 파묻힌 듯 흔적조차 남기지 않고 사라진 뒤였다.

실의에 빠진 형은 그때부터 음악 카페에서 노래를 하며 푼돈을 벌었고, 가끔 며칠씩 집에 들어오지 않았다. 나와 단짝인 신발집 아들 아미의 형 똥개와 노상 어울려 다녔다. 나이 터울 때문에 똥개와 형은 우리에게 신적인 존재였다. 그들은 우리가 감히 하지 못하는 일도 서슴없이 했다. 2층 헌책 노점에서 포르노

잡지를 사고, 상가 옥상에 숨어 담배를 피우고, 육교 난간에 걸터앉아 있는 것 등.

나는 그날을 영영 잊지 못할 것이다. 형이 아버지에게 끌려 집에 들어온 날, 공터에 몰아치는 회오리바람 같은 다툼이 벌어졌다. 아버지가 재단용 나무 자를 형에게 휘둘렀지만 덩치 큰 형이 나무 자를 홱 낚아챘다. 형이 그토록 완강하게 아버지에게 반항하는 것을 본 적 없었다. 형은 아버지 얼굴을 똑바로 보며 "나도 아버지처럼 평생 이 구석에 처박혀 살라고요?"(내 기억에 오류가 있을 수 있지만 말의 강도는 대략 이랬다)라고 쏴붙이고는 밖으로 뛰쳐나갔다.

세월이 흘러 그때 형과 똥개가 변소에 숨어 연단*을 하다가 아버지에게 걸렸다는 걸 누나에게 들었다. 아버지가 변소에 갔다가 이상한 냄새를 맡고 변소 칸을 향해 "안에 있는 새끼들 기어 나와!" 하고 외쳤는데 기어 나온 새끼들이 바로 형과 똥개였던 것이다. 강력 본드는 똥개 아버지가 신발 밑창 붙일 때 쓰는 것이었다. 아미 아버지는 본드 깡통 뚜껑에 구멍을 뚫어 칫솔을 꽂아놓았는데, 매일 쓸 때마다 흘러내린 본드가 깡통 가장자리에 단단하게 눌어붙어 촛농이 덕지덕지 붙은 굵직한 양초처럼 보였다. 어릴 적 신발 가게에 쪼그려 앉아 아미 아버지가 일하는 걸 구경할 때면 그 냄새가 코를 찔렀는데 그걸로 '연단'을 할 줄은 생각도 못 했다. 어쩐지 그 무렵 형의 눈빛은 자신의 사업 실

---

* 본드 흡입을 뜻하는 은어.

패가 더없이 만족스러운 사람처럼 늘 꿈을 꾸고 있는 것 같았다.

많은 시간이 흐른 뒤 나는 형이 집을 뛰쳐나간 그날 그 순간부터 숱하게 많은 날 동안 고치지 못한 마침표에 대한 후회를 안고 살았으리라 짐작했다. 하지만 결국 그렇게 되리라는 걸 알았더라도, 그로부터 십 년 뒤 나 역시 형의 전철을 밟았을 것이다. 아무렴 그 후로 나는 아버지와 형의 눈길이 마주치는 걸 보지 못했고, 둘이 대화를 나누는 것도 듣지 못했다. 그들은 서로를 없는 사람 취급했고, 과거를 없던 것으로 묻은 채 서로에게 고통만을 주며 살기로 작정했다. 그리고 아버지가 사라졌다.

아버지가 실종되기 전 우리는 아버지가 빠른 속도로 모든 걸 잊고 있다는 걸 알았다. 아버지는 매일 그날 해야 할 일을 일력에 적어 미리 문 앞에 가져다 놓았다. 그렇게 해야 셔터를 열자마자 일력에 적힌 글씨가 눈에 들어오기 때문이다. 자전거를 타고 나갔다가 온종일 들어오지 않을 때도 있었다. 제일 길었을 때는 사흘 만에 집에 돌아왔다. 집에 돌아온 뒤에도 무슨 일이 있었는지 또렷하게 말하지 못하는 바람에 어머니가 하루가 멀다고 개장성왕을 찾아가 아버지를 위해 수혼*을 했다.

하지만 우리는 아버지가 집에 오는 길을 못 찾는 것인지, 자식들과의 충돌을 피하는 나름의 방식인 건지 알지 못했다. 우리 모두 아버지를 너무 무서워했다. 아버지의 존엄에 대한 두려움이 우리 사이에 가능한 모든 대화를 말끔히 치워버렸다. 어쩌면 아

---

* 심하게 놀라서 어리어리하거나 아기가 놀라 경기를 할 때 혼이 몸에서 빠져나갔다며 혼을 다시 불러오기 위해 치르는 민간 미신 의식.

버지에게도 할 말이 있을지도 모른다는 생각을 그 누구도 해본 적이 없었다.

"옛날에 아버지 자전거를 타고 공장에 청바지를 떼러 다녔는 데, 그 자전거를 잃어버렸다고?"

"응."

"네 표정을 보니 정말 그런 일이 있었던 것 같긴 하네."

원래 똑같은 일도 어떤 사람은 계속 기억하고 어떤 사람은 잊어버리는 법이다.

나는 따뜻한 사케를 한 모금 마신 뒤 물었다. "아버지가 형이 기타 치는 걸 들은 적 있어?"

"젊어서 집에서 아무거나 뚱땅거릴 때 들으셨겠지."

"아니. 오늘 저녁처럼 연주하는 거 말이야."

형이 고개를 저었다. "그럴 리가."

아버지가 오늘 저녁 나처럼 무대 아래에서 형의 연주를 들었더라면 무슨 생각을 하셨을까? "듣고 싶어하지 않으셨겠지." 형은 내가 속으로 생각한 말을 들은 것처럼 중얼거렸다.

사람들은 남들이 자신을 어떻게 생각하든 상관없다고 하지만 사실 대부분은 자기 자신을 속이고 있는 것이다. 상관없다는 말은 그저 허세일 뿐.

형의 옆모습을 보았다. 세월이 한 겹씩 내려앉을수록 형의 얼굴이 내가 태어날 무렵의 사진 속 아버지와 점점 닮아가고 있었다. 말하는 속도도 비슷해졌다. 문득 아버지와 어머니가 우릴 낳고 무진 고생을 다해 공부시켰지만, 결국 우리는 아버지가 도저히 이해할 수 없는 생물이 되어 영영 그들 곁을 떠나버렸다는 생각이 들었다.

버스가 터미널에 거의 도착했을 때쯤 형의 메시지에 답장을 보내려고 '어서 돌아와'라고 썼지만 잠시 생각하다가 발송 버튼을 누르지 않았다.

每一輛脚踏車的價值在於
打造它的人, 以及騎乘它的人
如何看待這輛車.

    德國百年脚踏車大師傅 Klaus Wagner

모든 자전거의 가치는 그것을 만드는 사람과 타는 사람이 그
것을 어떻게 대하는지에 달려 있다.

        독일 백 년 전통의 자전거포 장인 클라우스 바그너

사람이 가진 기교를 아버지는 '캉후'라는 대만어로 통칭했다. 어릴 적에는 그게 '쿵후'와 같은 말인 줄 알았다. 아버지는 '캉후'를 가진 사람이 이를 악물고 연마하는 시기를 거쳐야만 진정한 장인이 될 수 있다고 입버릇처럼 말했다.

어머니가 중매를 통해 아버지를 소개받았을 때 아버지는 탕 선생 밑에서 도제로 있었다. 탕 선생은 중화상창 3층의 양복 재단사였다. 그는 양복점이 따로 없었고 그의 집 또한 항상 문이 굳게 닫혀 있었지만, 상가 사람들은 상상도 할 수 없는 비싼 옷을 입은 사람들이 자주 찾아와 그의 집 문을 두드렸다.

아버지는 탕 선생에게 '캉후'를 배웠다고 했다. 원단 고르는 것도 캉후, 치수 재는 것도 캉후, 양복 깃 바느질하는 것도 캉후, 시침질하는 것도 캉후, 다리미로 선 잡는 것도 캉후, 심지어 옷단에 단추를 다는 것도 기술이 아닌 캉후라고 했다. 캉후가 기술과 다른 점이 뭘까? 아버지는 만들어낸 물건에 '줏대'가 있어야한다고 했다. 아버지는 다림질로 예를 들곤 했다. 손님 몸에 착 붙는 양복을 짓기 위해서는 양복을 만들 때 다리미로 선을 잘 잡아주어야 하는데 그때 다리미의 온도와 습도를 적당하게 조절하는 게 결코 쉬운 일이 아니다. 하지만 그보다 더 어려운 건 다리미로 옷을 누르는 힘을 조절하는 것이다. 다리미를 밀면서 손님의 치수를 잴 때 느꼈던 손의 감촉을 떠올리며 그 느낌을 옷감에 재현해내야 한다. 바로 이 점 때문에 아버지는 탕 선생이야말로 '캉후를 가진 진정한 사부'라고 했다.

골동품 자전거를 수집하기 시작했을 때 승륜표 자전거의 타이어를 직접 교체하려 한 적이 있다. 전기도금된 림에 바깥지름 26인치, 폭 1과 8분의 3인치인 강화 케블라타이어가 끼워져 있었다. 케블라타이어란 타이어 옆면을 얇은 고무와 섬유로 만든 부드러운 타이어다. 케블라타이어는 나중에 보편화된 와이어타이어와 매우 달라서 케블라타이어의 테는 'O' 자형이지만 와이어타이어의 테는 'Ω' 자형이다. 그래서 케블라타이어는 타이어 옆면으로 튜브를 완전히 감싸야 하는데 타이어 가장자리를 테 안으로 완전히 집어넣는 것이 무척 힘들고 경험과 기술이 필요한 일이다.

처음 케블라타이어를 끼울 때는 자신만만했다. 오랫동안 자전거를 타면서 항상 직접 타이어를 교체했으므로 웬만한 기술자 못지않게 가뿐히 교체할 수 있을 거라 생각했다. 하지만 내 예상은 완전히 빗나갔다. 앞바퀴를 교체하는 데만 네 시간이 걸렸고, 타이어레버를 억지로 밀어 넣는 바람에 튜브에 구멍을 두 개나 내고 말았다. 게다가 고무코팅된 장갑을 끼고 있었음에도 중지와 검지 끝이 틈에 끼어 살갗이 까지며 피까지 났다. 의기소침해진 나는 림과 타이어를 들고 골동품 자전거 부품을 파는 노포에 가서 '황 사부'라고 불리는 선생님에게 도움을 청했다.

황 사부는 키가 150센티미터 조금 넘거나 그보다 좀 더 큰 것 같았지만 연로한 데다 등까지 굽어서 훨씬 왜소해 보였다. 그는 자신의 성긴 머리칼이 거의 흑발인 것을 무척 자랑스러워하며 누굴 만나든 "젊어서도 새치가 나는 사람이 많은 거 알지? 그런데 날 봐, 머리가 온통 까맣잖아" 하고 말했다.

황 사부는 내 손에 들려 있는 림을 보더니 고개를 저으며 나는 무슨 수를 써도 타이어를 끼우지 못할 거라고 했다. 그 말에 기분이 조금 상했지만 기술도 경험도 없이 케블라타이어를 직접 끼울 수 있다고 자신했던 것을 자책했다. 노포의 장인들을 많이 만나보면 그들이 '캉후도 없이 연장 탓만 하는' 사람을 제일 싫어한다는 걸 알 수 있을 것이다. 그래서 그들 앞에서는 겸손하게 행동할수록 쉽게 도움을 받을 수 있다.

황 사부는 나이 지긋한 할머니의 오래된 자전거 브레이크를 수리해준 다음 말없이 내 옆에 있는 타이어를 집어 들더니 상대의 힘을 가늠해보려는 듯 타이어를 손으로 잡아당겨보았다.

"새것이라 아주 고약해. 에이. 난 늙어서 못해. 젊은 사부한테 가서 해달라고 해."

내가 재차 사정하자 그가 못 이기는 척 말했다. "좋아. 오늘 내 캉후를 보여주지."

나는 걸상에 앉아 그의 캉후를 구경했다.

그는 우선 내가 처음 보는 타이어 절단 도구를 꺼내 타이어에 U자 모양의 작은 홈을 오렸다. 나중에 공기 주입구를 끼우기 위한 것이었다. 그다음 타이어 한쪽을 바닥에 대고 림을 그 위에 올린 뒤 다른 한쪽 끝은 자기 배로 지탱했다. 깡말랐지만 푸른 핏줄이 불거진 아래팔을 움직여 엄지를 틀자 낮은 기합 소리와 함께 타이어의 절반이 림의 바깥 둘레 안으로 들어갔다.

그다음 공기주입구를 끼운 뒤 부러지지 않도록 조심스럽게

림을 따라 한 바퀴 돌렸다. 조금 전 타이어를 오린 부분에 공기 주입구를 맞추고는 신발을 벗고 발로 림을 밟아 고정한 뒤 아직 끼워지지 않은 쪽 타이어로 튜브를 감싸고 양손 네 손가락의 힘을 이용해 림 안으로 욱여넣었다. 이때 사부의 손가락 마디가 하얗게 되며 끝마디가 타이어와 함께 림 안으로 딸려 들어갔다. 그는 우선 숨을 한 번 들이마신 뒤 오른손을 꺼내고 다시 네 손가락의 힘으로 손바닥 너비만큼의 타이어를 안으로 구부렸다. 그리고 타이어와 림 사이에 끼어 있는 왼손 네 손가락이 아주 비좁은 틈을 따라 옆으로 움직여 손바닥 너비만큼 공간을 낸 뒤 튜브를 조금씩 고르게 타이어 안으로 밀어 넣었다.

내 손바닥에도 식은땀이 배어 나왔다. 그 아픔을 직접 경험해봤기 때문에 보기만 해도 손끝이 저릿거렸다. 손의 힘으로 튜브를 차례로 집어넣기만 하면 되는 줄 알았는데 이제 보니 손으로 타이어와 림 사이에 공간을 확보하는 것이 중요했다. 그래야만 타이어가 튜브를 고르게 감싸는지 손끝으로 확인할 수 있기 때문이다.

황 사부는 맨손으로 이 동작을 반복했다. 손가락을 손바닥 너비만큼 옆으로 옮길 때마다 타이어가 그만큼씩 제 모습을 찾았다. 왼손이 손바닥 너비 두 개만큼 이동할 때마다 부드러운 튜브가 안에서 뭉치지 않도록 오른손으로 이미 잘 감싸진 타이어를 퉁퉁 두드렸다. 마르고 거무튀튀한 그의 두 뺨, 이마, 코끝에 땀이 맺히고 러닝셔츠도 금세 땀이 배어 속이 비쳤다. 그의 몸에서 발산된 더운 열기가 멀찌감치 앉아 있는 내게까지 전해졌다.

십오 분도 안 돼서 타이어의 90퍼센트가 안으로 들어갔지만 이제 제일 힘든 일이 남아 있었다. 튜브가 림보다 1인치 정도 크기 때문이다. 튜브에 바람을 넣은 뒤 타이어 전체가 빵빵하게 채워지게 하기 위함이었다. 하지만 남은 1인치 튜브를 림 안으로 집어넣기 위해서는 다른 부분을 넣을 때보다 몇 배의 힘이 필요했다. 황 사부가 안에서 물 한 대야를 가지고 나와 손을 담갔다. 키가 그렇게나 작은 그의 열 손가락 관절은 나보다 더 두꺼웠다. 손바닥을 뒤집자 불에 덴 것처럼 시뻘게진 손끝이 보였다.

황 사부는 양손으로 마지막 남은 타이어에 물을 바르고 양 손바닥으로 타이어를 감싼 뒤 숨을 한 번 들이마시며 타이어와 림 사이로 손끝을 다시 집어넣더니 "훅" 하는 낮은 소리를 뱉으며 타이어를 안으로 집어넣었다.

그가 이마에 흐른 땀을 닦으며 나를 향해 웃었다. "내가 욕하는 거 들었어?"

나는 고개를 저었다.

그가 말했다. "일할 때 욕을 해야 일이 잘 되는 사부들도 있지만 난 안 그래. 난 캉후로 하지."

캉후가 있는 사부들에게는 줏대가 있다던 아버지의 말이 생각났다. 타이어 끼우기가 완성된 순간 작고 마른 황 사부의 눈동자가 겨울밤 별빛처럼 반짝이는 것을 보았다.

황 사부는 열두 살 때부터 도제 생활을 시작해 오십 년 넘게 자전거를 고쳤다고 했다. 대만에서 자전거가 전성기를 누린 사오십 년 전에는 타이어를 하루에 열 개씩 갈았으며 사부의 집에 얹혀살 때 밤에 이불을 뒤집어쓰고 운 날도 많았다고 했다. 가끔은 달궈진 숯을 움켜쥔 것처럼 손이 너무 아파서 이불도 덮지 못하고 몸도 뒤집지 못했으며 손이 조금만 눌려도 잠이 깼다고 했다.

그렇게 하루 이틀, 일 년 이 년이 지나며 황 사부는 기술이 아닌 캉후를 갖게 되었다.

아버지도 양복 만드는 캉후를 갖고 있었다. 아버지는 초크로 원단에 본을 그린 뒤 커다란 가위를 들고 스케이팅을 하듯 옷감 위를 이리저리 움직여 다녔다. 패턴을 정확하게 그릴수록 낭비하는 원단이 적고 수정하기도 간단했다. 잘라낸 본을 평면에서 입체로 만들고 재봉질로 정확하게 이어 붙였다. 옛날 재봉틀은 모두 수동식이어서 바늘 움직이는 속도에 맞춰 재봉사의 직감으로 옷감을 조금씩 밀어 넣어야 했는데, 재봉선을 따라 이어진 바늘땀이 국경절 총통부 앞에 도열한 군인들처럼 자로 잰 듯 일정했다.

어머니는 나이가 든 뒤 젊었을 적 아버지가 당신에게 너무 엄했다고 푸념했다. 싸구려 대학생 외투를 만들 때조차 재봉질을 마치면 아버지에게 검사를 받아야 했는데 아버지는 늘 보석 감정을 하듯 불빛에 비춰 살펴보았다. 그러다 가끔은 말없이 칼을 집어 재봉질한 것을 다 잘라버리기도 했다.

"다시 해."

그러면 어머니는 했던 일을 다시 할 수밖에 없었다.

"대충해선 안 돼." 탕 사부는 유창하지 않은 대만어로 아직 도제였던 아버지에게 이렇게 말했다.

한번은 어머니가 아버지 자전거를 도둑맞은 얘기를 하다가 불쑥 이런 말을 했다. "캉후가 있는 도둑이었어. 한 번 보고 단박에 훔쳐 갔잖아." 도둑에게도 '캉후가 있다'는 말을 할 수 있을까? 내 의구심에 어머니는 이렇게 말했다. "당연하지. 똑같은 도둑질을 해도 장원감이 따로 있어."

그때 나는 캉후가 도덕성과 무관한 기술과 의지라고 생각했다.

언젠가 샤오샤가 내게 물었다. "좋은 자전거와 나쁜 자전거의 차이가 뭔 줄 알아요?"

내가 부품, 관리 상태, 완전성, 도색 등으로 분류해 장광설을 늘어놓으려는데 그가 손을 들어 내 말을 끊었다.

"그렇게 말할 줄 알았어요. 그런데 내가 자전거 수십 대를 분해하고 보니 좋은 자전거는 분해할 때 느낌이 와요."

"무슨 느낌이요?"

"아, 이게 좋은 자전거구나."

나는 그게 무슨 말도 안 되는 소리냐고 했다.

하지만 샤오샤의 눈동자 속 전구에 딸깍, 불이 켜졌다. "정말이에요. 좋은 자전거는 줏대가 있어요."

"줏대가 있다고요?" 나는 아버지의 말을 떠올렸다.

"네. 훌륭한 장인은 작은 나사를 돌려 세밀한 부분을 조정할 때도 굉장히 집중해요. 나사가 그 부분에 꼭 맞는 정도로 조여져야만 자전거가 잘 돌아가고 소음도 나지 않으니까요. 그렇게 장인의 손을 통해 자전거에 스며든 무언가는 수십 년이 지나도 그안에 있어요. 그래서 자전거를 분해하다 보면 가끔 그걸 느낄 수가 있어요."

또 한번은 샤오샤가 자신의 행복표 초기 모델을 내게 보여주었다. 까맣게 도색한 자전거 프레임에 장인이 금색 페인트로 직접 그린 무늬가 있었다. 어떻게 둥근 대 위에 일정한 두께로 조금도 비뚤어지지 않게 칠할 수 있었을까? 붓을 잡은 손의 힘이 아주 안정적이어야 가능한 일이었다. 샤오샤는 내게 금칠의 볼록한 느낌과 섹시하게 휘어지는 각도를 손끝으로 느껴보라고 했다. 그의 말대로 금칠 부분을 만져보다 갑자기 손끝으로 전해지는 어떤 느낌에 놀라 손을 움츠렸다.

"왜 그래요?"

"전기가 오른 것 같아요."

샤오샤가 나를 보며 의미심장한 미소를 지었다.

7. 북미얀마 밀림

   어머니 병실은 매형 친구의 도움으로 배정받은 밝고 조용한 2인실이었다. 창가에 있는 병상에서 병원 중정이 보였다. 야자수가 한 줄로 나란히 서 있고 녹나무도 무성한 가지를 벌리고 있었다. 비가 세지도 약하지도 않게 흩뿌려 희끄무레한 창유리를 통해 보이는 중정이 꼭 산꼭대기에서 내려다보는 숲 같았다.

   "의사가 그러는데 나이가 들수록 체력이 더디게 회복된대. 밤에 화장실에 가다가 낮은 기온 때문에 경미한 중풍 증상이 온 거라고. 엄마가 욕실에서 넘어질 줄 누가 상상이나 했겠어? 척추전방전위증에 당뇨까지 있으니 전체적으로 정밀검진을 해보는 게 좋겠다고 하더라. 이제 방 두 개를 터서 내가 엄마랑 같이 자야 안심이 될 거 같아. 욕실도 너무 미끄러워. 돈 들여서 수리해야 할 거 같은데, 네 생각은 어때?" 큰누나는 이혼 전부터 다니던 무역 회사를 그만두고, 온라인에서 의류 쇼핑몰을 운영하며 집안을 지탱하고 있었다. 큰누나가 어머니를 돌보지 않았다면 우리도 어떻게 해야 할지 난감했을 것이다.

"그래야겠네." 나는 순순한 대답으로 고마움을 내비쳤다.

나와 형은 어머니 곁에 오래 있을 수 없는 사람이다. 언젠가 가족 모임 때, 하마터면 양녀로 갈 뻔했던 다섯째 누나가 이렇게 직언했다.

"그건 두 사람 다 바람의 별자리*를 타고나서 그래. 책임감이라곤 없어."

아마 맞을 것이다. 나는 옆 침대 환자를 흘긋 보았다. 뼈가 불거져 보일 만큼 깡마른 노부인이 병상에 비스듬히 기대어 앉아 있었다. 외국인 간병인은 옆에서 휴대폰을 들여다보고 있고, 노부인은 눈을 동그랗게 뜬 채 똑바로 앞을 응시하고 있었다.

어머니는 약을 먹고 잠들어 있었다. 나는 이 시들고 쇠잔한 몸에 있는 자궁이 일곱 자식을 낳았다는 생각에 미쳤다. 지금의 병도 오래전 그 몸에서 너무 많은 것을 꺼낸 후유증일 것이다. 나는 집에 가서 쉬라고 큰누나를 돌려보낸 뒤 어머니 병상 옆 칸막이 커튼을 쳐놓고 폭 60센티미터짜리 책상에서 샤오닝이 보내준 번역본과 압바스의 집에서 정리한 두 번째 테이프 '북미얀마의 숲' 필기본을 정리했다.

쇼와 17년(1942), 나는 육군 특별 지원병 시험에 응시했다가 신체검사

---

* 점성술에서 열두 개 별자리를 물, 불, 땅, 바람 속성으로 나누는데 그중 바람의 속성은 쌍둥이자리, 천칭자리, 물병자리에 있다.

와 구술시험을 통과했지만 필기시험을 통과하지 못했다. 하지만 얼마 뒤 군부軍夫*로 징용되어 곧바로 배를 타고 하이난다오로 향했다. 고가마 선생님은 수업 시간에 상기된 어조로 미국군과 영국군 궤멸에 대한 바람을 자주 얘기했고, 가끔은 저녁에 나를 포함한 친한 학생들 몇 명을 마을 근처 초등학교에 데리고 가 술을 마시곤 했다. 그는 은륜부대 훈련에 참여했다가 한쪽 다리가 부러지는 바람에 곧장 징집되지 못한 것 때문에 늘 우울해했다.

"태평양전쟁의 서막이 올랐어. 경외하는 조칙이 내려오자 해군은 미영 함대의 주력군을 궤멸하고, 이십 일 만에 홍콩을 점령하고, 삼십 일 만에 마닐라를 함락하고, 칠십 일도 되지 않아 싱가포르를 공격했어. 미영 제국이 오랜 세월 점령하고 있던 동아시아 거점을 황군이 모조리 점령한 것이지. 위대한 공영권 수립이 성공하려는 징조야." 선생님의 얘기를 들으면서 나도 황군의 일원이 되기를 꿈꿨다. 나는 가끔씩 학교에 세워진 임시 군대 막사 옆을 일부러 지나곤 했는데, 나와 비슷한 또래의 군복 입은 사람을 보면 '1억 불덩이'** 중 하나가 되고 싶다는 생각이 더 간절해졌다. 고사족***이라고 불리는 우리가 차별에서 벗어날 수 있는 유일한 방법은 군인이

---

* 軍夫, 군대에 딸려 잡일을 하는 인부.
** 제2차 세계대전 당시 일본이 1억 국민 전체가 옥이 부서지듯 아름답게 죽어 항전하자는 '1억 총옥쇄'를 내세우며 국민을 선동했으며, 이를 위해 "전진하라, 1억 불덩이" 등의 구호를 도쿄 시내에 내걸었다.
*** 일본이 대만 원주민의 통칭인 고산족高山族을 부르던 명칭. 오래전 인도네시아에서 건너와 대만 전역에 살고 있었지만 15세기 네덜란드, 스페인에 이어 17세기 청나라 세력이 대만에 들어와 점령하면서 점점 청나라에 동화되거나 고산 지대로 밀려났으며 정치적, 사회적으로 차별받고 소외당해왔다.

되는 것이었다.

다만 그때 나는 불덩이의 비애를 알지 못했다.

나는 바로 남부 원정군에 배속되어 말레이반도, 프랑스령 인도차
이나에서 운송 보급 업무를 수행하다가 버마* 쪽 군대의 탄약 보
급대에 편입되어 병사 수송선을 타고 몰먀잉으로 갔다.

버마는 강줄기가 도시 곳곳을 감아 도는 아름다운 나라였다. 부대
가 도시로 들어가자 버마 사람들은 "두바마! 두바마!" 하고 외쳤다.
'버마인의 버마'라는 뜻이었다. 우리도 "두바마! 두바마!" 하고 함
께 외쳤는데 왠지 모르게 감정이 북받쳐 올랐다. 버마 사람들은 우
리가 자신들이 대영제국에서 독립해 대동아공영권 수립에 이바지
할 수 있도록 도와주러 왔다고 믿었다.

밥을 먹고 있는데 버마 아이가 다가와 어떤 물건을 내밀더니 우리
가 가진 소금과 바꾸자고 했다. 버마 내륙 지방은 소금이 부족하기
때문이다. 나는 고향의 산에서 사냥꾼들이 어떤 나무의 껍질로 소
금을 대체한 것을 기억하고 있었다. 나무껍질에서 신맛이 났는데
버마 산에도 그 나무가 있을지도 모른다고 생각했다.

버마에도 영국인에게 저항하는 버마의용군이라는 부대가 있었다.
버마의용군은 물자가 부족해 행군할 때 소달구지를 이용했는데,
많을 때는 달구지 수백 대가 줄지어 흙길을 지나가며 흙먼지를 자
욱하게 일으켜, 멀리서 보면 장갑 부대의 행렬 같았다. 그러다 차

---

*   미얀마의 옛 명칭. 1988년 버마에서 미얀마로 국명을 변경했다.

량이 점점 부족해지고, 버마의 도로 상황도 열악해져 수송 부대도 민간의 달구지를 징발하는 경우가 많아졌다.

얼마 후 부대가 몰먀잉과 오래된 도시 바고에 머물며 편제를 정비했다. 거기에 부처 와상이 있었는데 난민들이 그 아래 천막을 치고 살았다. 대부분 여자, 노인, 아이였는데 모두 우울한 눈빛에다 몹시 야위고 약해 보였다. 그들이 불상 밑에 모여 사는 것은 연합군의 폭격 때 불상 밑으로 숨을 수 있기 때문이었다.

그들은 불상이 자신들을 보호해줄 것이라 믿었다.

도시의 호숫가에 동물원이 하나 있었다. 영국군이 철수하면서 맹수들은 모두 총살하고 초식동물은 잡아먹었는데 우리는 동물의 썩은 사체 치우는 일을 했다. 그때 호랑이와 표범을 처음 보았다. 구더기는 그것들을 눈알부터 파먹은 뒤 살점을 뜯어 먹었다. 일찍 죽은 동물은 총알 구멍이 잔뜩 뚫린 아름다운 모피만 남겨두었다.

쇼와 19년(1944), 무타구치 렌야 중장이 지휘하는 부대가 아라칸 산맥을 넘어 '임팔 전투'를 준비했다. 얼마 후 영국령 인도군과 중국군도 북버마에서 반격을 시작했다. 나는 만달레이에서 하구를 건너는 수송 부대에 배치됐다가 다시 무세의 남쪽에 위치한 야전 식량 보급소를 거쳐 국화부대라고 불린 제18사단 소속 수송대로 배속되었다.

내가 도착했을 때 그곳은 이미 전투의 최전선이었다.

버마는 몇몇 도시를 제외하면 국토의 대부분이 산맥이나 강 또는 망망대해 같은 밀림이었으며 내 고향처럼 야성이 충만한 곳이었다. 아니, 그보다 더 광대하고 끝없이 펼쳐진 아시아 야성의 중심부였다. "아침도 어둡고 낮도 어둡고 밤도 어둡다"라는 버마인의 말은 바로 그 밀림을 형용하는 것이었다.

밀림 다음으로 큰 적은 우기였다. 버마의 비는 아침부터 그칠 줄 모르고 끈질기게 내렸다. 낮에 잠시 그친다 해도 높은 습도와 온도 때문에 마르지 않는 옷이 끈끈하게 몸에 들러붙었고, 밤에 기온이 내려가면 철갑을 걸친 듯한 기분이 들었다.

우기에는 모든 길이 강으로 변했다. 포탄이 임공林空(임공의 의미가 뭔지 모르겠음)을 쟁기질하고 그 위에 비가 내려 늪이 만들어졌다. 늪은 대지의 손아귀 같아서 한번 붙들리면 빠져나갈 수 없었다. 또 큰비는 소리 없이 땅을 헐겁게 하고 산을 흔들어 산사태를 일으켰다. 가끔은 굉음과 함께 산이 통째로 쏟아져 내려 부대 전체가 사라지고 신발조차 못 찾기도 했다.

운송로는 대부분 절벽에 가설되어 있어 부대가 바위를 타고 오르며 지나가야 했는데 어떤 날은 하루에 일이백미터밖에 이동하지 못했다. 내가 가본 그 어떤 사냥터보다도 험난했다. 또 해가 들지 않는 깜깜한 밀림에서는 차량이 거의 쓸모가 없고 연료도 점점 고갈됐기 때문에 말, 노새, 소, 코끼리가 군수품과 무기를 운반하는 중요한 수단이었다. 밀림을 이동할 때 차량보다 훨씬 은밀하고, 그때그때 밀림에서 먹이를 구할 수 있는 데다가 식량이 부족할 때는 우리의 식량이 될 수도 있고, 정말 위급한 상황에서는 버려두고 도망칠 수도 있었다.

처음 코끼리를 봤을 때 나는 입을 다물 수가 없었다. 바위만큼 단단하고 홍수만큼 힘센 이 생물이 코를 자유자재로 돌려 열매를 따고, 커다란 나무를 들이받아 쓰러뜨리기도 했다. 나는 그 거대한 생물에 존경심마저 들었다.

코끼리는 밀림도 비도 번개도 두려워하지 않았다. 그것들과 가늠할 수 없이 오랜 세월을 함께 보냈기 때문이다. 코끼리는 사람이 길을 터주지 않아도 숲속을 잘 걷고, 무거운 등짐을 메고도 강을 건넜다. 가끔 공병들이 코끼리 뒤에 산포를 매달고 끌고 가려고 가시가 달린 관목을 미리 제거해 '코끼리 길'을 낼 때도 있었다. 보통 칼이나 가벼운 도구를 이용해 숲 바닥에 코끼리 한 마리가 겨우 지나갈 수 있을 정도의 길을 냈는데 미군 전투기가 부대의 이동 경로를 발견하지 못하도록 하늘을 가릴 듯 우거진 나뭇가지는 그대로 두었다. 조련사가 코끼리 등에 올라타면 거인에게 멱살을 붙잡혀 공중에서 이리저리 휘둘리는 것처럼 보였다.

코끼리 떼가 유일하게 무서워하는 것은 폭격이었다. 그들은 가끔 낮은 폭발음에도 놀라 흥분했다. 흥분한 코끼리 떼는 벼랑에서 떨어질 수 있고, 사람을 밀림 바닥의 낙엽처럼 깔아뭉갤 수도 있었다. 국화부대의 병참 보급대에서 나는 코끼리 50마리를 돌보며 카렌족* 조련사 마웅 비네이와 친해졌다.

비네이는 건장하고 똑똑한 청년이었다. 오른쪽 눈에 수류탄 파편이 박혀 안구 전체를 들어낸 그는 일본인도 증오하고 버마인도 증

---

*　미얀마 남부에 사는 소수민족.

오했지만 먹고 살기 위해 일본인 밑에서 코끼리 부대를 관리하고 있었다. 일본어를 잘하는 그가 한번은 내게 "일본군이 쿠몬범 산* 에 잡아먹히는 걸 보고 말 거야. 그게 내가 사는 이유야"라고 말했다. 비네이가 말하는 일본군에 나도 포함되는지 모르겠지만, 우린 금세 믿을 수 있는 친구가 되었다. 내가 일본인도 아니고, 한족** 도 아니고 태족***도 아닌 데다가 그가 내게서 나무 영혼의 냄새 가 난다고 했기 때문이다. 나는 한때 전쟁에 참여할 수 있음을 영 광으로 여겼지만 굶주림의 고통과 죽음에 대한 공포로 전쟁에 신 물이 나 있었고, 그 점에 있어서 우리는 같은 심정이었다.

우리 부족과 마찬가지로 카렌족도 세상 만물에 영혼이 있다고 믿 었다. 비네이는 이 숲에 사람의 영혼을 가진 나무가 있지만 나무가 사람보다 훨씬 많기 때문에 그게 어떤 나무인지는 모른다고 했다. 소이탄이 나무를 무차별적으로 태워버리고 있기 때문에 마을 사람 들의 영혼도 불타고 있고, 마을 사람들의 영혼이 불타면 겉으로는 아무렇지 않아 보여도 안에서부터 상처를 입어 차츰 죽어가게 된 다고 했다.

"참전하지 않고 전쟁을 피했다 해도 우리 부락 사람들은 결국 전 쟁 때문에 멸족될 거야. 밀림이 전부 불에 타버리고 나면 그날이 오겠지." 비네이가 말했다.

비네이의 가족은 몇 대에 걸쳐 코끼리 조련사였기 때문에 밀림에

---

*   미얀마 북부에 있는 해발 3,411미터의 높고 험한 산.
**   중국인의 대부분을 차지하는 민족.
*** 미얀마 북부와 국경이 맞닿아 있는 중국 윈난에 사는 소수민족.

함정을 만들어 코끼리를 잡고 코끼리를 길들이는 법을 잘 알고 있었다. 우선 그들은 코끼리가 지나는 길목에 네모난 구덩이를 파고 풀과 나뭇가지로 위를 덮었다. 어두운 밀림에서는 코끼리가 함정을 발견하기가 쉽지 않기 때문이다. 코끼리가 함정에 빠지면 다리의 골격 구조상 혼자 힘으로는 빠져나올 수가 없다. 한 마리가 함정에 빠지면 조련사는 무리의 다른 코끼리들을 쫓아버린 뒤 함정에 빠진 코끼리를 일정 시간 굶겼다.

조련사들은 코끼리가 사람의 말을 알아듣는다고 믿고 있었다. 평소에는 알아듣고도 일부러 모른 척하지만 목숨이 위태로워지면 알아듣는다는 걸 감출 수 없다. 이때 조련사가 다가가 "내 말을 잘 들으면 구덩이에서 꺼내줄게" 하고 말하는데 코끼리가 응답하면 조련사가 코끼리 등에 올라타 목덜미를 쓰다듬며 부들부채처럼 생긴 귀의 움직임을 자세히 관찰했다. 귀는 코끼리의 감정이 제일 먼저 나타나는 곳이기 때문이다.

그런 다음 매일 먹을 것을 조금씩 주고 말을 건네면서 함정을 조금씩 파낸다. 그렇게 한두 달 정도 계속하면 코끼리가 스스로 함정에서 빠져나올 수 있게 되고, 그때부터 평생 그 조련사를 해치지 않는다. 그러면 조련사는 먹이와 몽둥이를 함께 쓰면서 코끼리를 마음대로 부릴 수 있다.

하지만 어쨌든 코끼리는 엄청난 위력을 가진 동물이므로 그의 야성을 무시했다가는 조련사도 거대한 기둥 같은 다리에 밟혀 뼛가루가 될 수도, 고목도 쓰러뜨리는 코끼리 코에 감겨 올라갔다가 바닥에 내리꽂혀 죽을 수도 있다. 심하면 코끼리에게 들이받혀 코끼리 머리와 나무둥치 사이에서 내장이 짓이겨질 수도 있다. 사람을 죽여본 코끼리는 그 피비린내를 기억하고 자기 힘에 자신감이 생기기 때문에 무시무시한 밀림의 악령이 된다.

코끼리는 배고픔을 잘 견디고 추위와 더위도 잘 참으며 총탄에도 잘 버텼다. 수송대 지휘관인 야마자와 소좌는 야생 코끼리가 총 서른 발을 맞고도 거대한 귀를 펄럭이며 숲속으로 도망치는 걸 봤다고 했다.

조련사 비네이는 코끼리를 진심으로 아꼈고 나 역시 마찬가지였다. 나는 코끼리라는 생물에 거의 매료됐다. 비네이에게 코끼리 다루는 기술을 배우기 위해 카렌어를 배울 정도였다. 코끼리는 피부가 두껍고 살집이 두툼해 보이지만 사실 살갗을 덮은 털이 무척 예민해서 비네이가 손가락으로 코끼리 무릎만 튕겨도 금세 명령을 알아차렸다. 비네이는 항상 진심을 담아 코끼리에게 말을 건네야 한다고 했다. 진심이 아니면 코끼리가 눈빛으로 알아채고 귀를 펄럭여 거짓말을 거부하기 때문이다. 코끼리는 거짓말하는 사람을 싫어했다.

코끼리 무리 중에 특히 똑똑한 몇 마리가 있었는데 제일 나이가 많은 암컷 코끼리 아몽과 성년 암컷 코끼리 아페이, 제일 어린 수컷 코끼리 아메이었다. 이 세 마리는 비네이가 명령을 내리기도 전에 그의 마음을 알아챈다고 했다. 나는 그중에서도 아메이를 제일 좋아했다. 아메이도 내가 마음에 드는지 가끔 코로 내 모자를 슬쩍 가져가 나무 위에 감춰놓기도 했다.

나는 비네이에게 코끼리 다루는 구령을 배웠다. 구령에는 두 가지가 있는데 하나는 큰 소리로 외치거나 풀피리를 부는 것이고, 다른 하나는 조련사의 손짓, 눈빛 또는 목구멍과 배로 만들어낸 소리를 이용하는 것인데, 그 소리는 사람의 귀로 들을 수 없었다.

코끼리는 사람이 듣지 못하는 소리를 들을 수 있고, 낼 수도 있다.

비네이는 후자의 방법은 내게 가르쳐줄 수 없다고 했다. 오랜 옛날 우두머리 코끼리가 카렌족 조련사 조상의 꿈에 나타나 "우리가 코끼리의 말을 네게 알려줄 테니 남들에게는 절대로 알려줘선 안 된다"라고 말했기 때문이다. 지금은 인간의 명령에 따르겠지만 카렌족이 숲과 코끼리를 배신한다면 코끼리도 카렌족과 맞설 수밖에 없다는 우두머리 코끼리의 경고 때문에 모든 카렌족 조련사는 비밀을 철저히 지키도록 교육받았다. 대부분의 조련사는 몇 가지 구령만 알고 있을 뿐, 몸의 울림을 통해 사람은 듣지 못하고 코끼리만 들을 수 있는 소리를 내지 못했다. 비네이는 코끼리와 감정을 나누지 못하는 조련사는 도시의 서커스단에나 어울리는 이류 조련사라고 했다.

이른 아침마다 비네이가 코끼리만 들을 수 있는 구령 소리를 내면 그걸 들은 코끼리들이 사람은 들을 수 없는, 낮고 미세하게 울리는 소리로 응답했다. 귀로는 이 소리를 들을 수 없지만 피부를 통해 공기의 떨림을 느낄 수 있었다. 코끼리 떼가 낮은 소리로 울면 밀림의 나뭇잎이 가늘게 떨리며 잎사귀 끝에 매달린 이슬이 소낙비처럼 떨어졌다. 개미들도 머리를 쳐들고 소리가 끝나기를 기다리고 작은 돌멩이도 가볍게 흔들렸으며, 부대 전체가 젖은 수건으로 얼굴을 닦아낸 듯 잠기운을 개운하게 털어냈다.

쇼와 19년 우기가 시작될 무렵, 중국군, 영국령 인도군, 미국 공군
이 연합해 후쾅 계곡에서 진격했다. 그해 폭우로 불어난 강물 때문
에 우리는 바다처럼 드넓은 북버마 밀림에서 어느 때보다 치열한
밀림 전투를 벌였다. 지난번 중국인들이 쿠몬범 산으로 도망쳐 들
어갔다가 전군이 거의 전멸됐던 전투와 달리, 인도에서 온 중국군
은 영국식 군모를 쓰고 미국 소총과 기관총을 든 채 장갑차를 타고
온 막강한 부대였다. 전투는 무척 치열했고, 전선의 병사들이 계속
부상을 입고 후송되었다. 잘리고 찢어진 사람을 그렇게 많이 본 건
처음이었다. 보급품을 싣고 전선에 갈 때마다 내게 담배를 몰래 건
네주던 히로토라는 이름의 병사가 있었다. 머리통 반쪽이 폭격에
사라지고 한쪽 눈알이 없는데도 반대쪽 눈알은 움직일 수 있었다.
도끼머리를 잡듯 내 손을 꼭 쥔 그의 눈에서 눈물이 하염없이 흘러
내렸다.

전선 지휘부로 물자 실어 나르는 일을 하는 동안, 전선 부대에 안
개처럼 자욱하게 깔린 공포와 억울한 감정을 느낄 수 있었다. 내겐
익숙한 분위기였다. 함정에 빠진 맹수가 뱉어내는 숨에서 느껴지
던 그 기운.

후방의 물자는 돌덩이에 가로막힌 냇물처럼 점점 줄어들었다. 전
투식량과 압축식량은 더는 구할 수 없었고, 연료와 탄약도 심각하
게 부족해 모두들 이것이 절망적인 전투임을 직감하고 있었다. 운
반할 보급품조차 거의 없었다. 버마 밀림은 일단 계곡에 갇히면 단

며칠 만에 시체 하나를 백골로 만들어버리는 위력을 갖고 있었다. 우기의 한가운데에서도 연합군의 폭격기는 날마다 하늘에서 포탄을 떨어뜨렸다. 포탄이 떨어지는 곳마다 사람, 나무, 진흙, 돌이 하늘로 날아올랐다 사방에 흩뿌려졌다. 그중에서도 지휘부와 수송대가 가장 맹렬한 폭격 목표였는데 주변 땅이 거의 5, 6층 높이로 튀어 오를 정도로 폭격당했다. 폭격이 지나간 뒤에 내리는 빗물은 모두 검은색이었다.

전황이 불리한 데다 탄약마저 부족해지자 국화부대는 저격수 작전을 쓰기로 했다. 병사들 중에 저격수를 선발해 4백미터 밖에 있는 정지된 물체 또는 1백미터 밖에서 움직이는 참새까지 명중하도록 혹독한 훈련을 시켰다. 저격수는 안정적인 조준을 위해 자기 몸을 큰 나무에 밧줄로 묶고 총을 쏘았다. 하지만 그건 자살이나 다름없었다. 상대에게 발각되면 나무에 묶인 살아 있는 과녁이 되어 죽음을 피할 수 없기 때문이다. 그렇게 해서 몇 주 만에 국화부대 저격수 전원이 옥쇄했다.

국화부대가 동요하고 일본군이 힘겨루기에 패한 곰처럼 슬금슬금 퇴각하기 시작했다. 일본군은 전우의 시체를 버려두고 가길 원치 않았다. 우리에게 시체를 싣고 퇴각하라고 했지만 결국 그렇게 하지 않았다. 시신을 운반하느니 남은 식량과 탄약을 싣고 가는 편이 훨씬 나았기 때문이다. 우리는 죽은 병사들의 손이나 손가락을 잘라 이름을 붙인 뒤 마대에 담아 코끼리와 노새 등에 싣고 빠르게 다음 방어선으로 후퇴했다.

어느 날 밤 소변을 누고 있는데 앞쪽 수풀에서 이상한 기척이 들렸다. 몰래 기어가 살펴보니 밀림에 갇힌 해골들이 얘기를 나누고 있었다. 그들은 자신들의 피에피야(혼백)를 어떤 길로 돌려보내야 고향을 잘 찾아갈지 궁리하고 있었다.

나는 그들을 보고 절망을 느꼈다. 북버마 밀림은 악의로 가득 차 있어서 산 생명이든 죽은 혼백이든 모두 깊고 깊은 동굴 속으로 밀어 넣어졌다. 그 어떤 혼백도 그곳을 무사히 빠져나갈 수 없을 것 같았다. 천막으로 돌아오자 유아페오페오 타 아피하나(왕상 산), 요요후(갈대가 무성한 소택지), 아버지의 사냥터가 눈앞에 나타났다. 하지만 모든 게 다 희미하게 어른거려서 앞에 있는 게 무엇인지 알 수 없었다.

쇼와 20년(1945) 1월, 나와 비네이가 다른 조련사들과 함께 코끼리 수송대를 몰고 물자를 보충하러 남캄에 가던 중 대숲에서 쉬다가 일본군으로 위장한 중국군을 만났다. 처음에 우리는 그들이 중국인이라는 걸 알지 못했다.

그중 한 병사가 우리에게 말했다. "대좌의 명령이다. 강 너머에 운반할 물자가 있으니 코끼리들 데리고 강을 건너."

우리는 그 말을 믿고 코끼리를 데리고 그들을 따라갔다. 그런데 비네이가 나를 툭 치더니 한 병사를 가리켰다. 병사가 들고 있는 총이 '99식 소총'*이 아니었던 것이다. 나는 비네이와 눈짓을 주고받은 뒤 모퉁이를 도는 틈에 재빨리 도망쳤다. 하지만 그 '도주'가 아

---

* 제2차 세계대전 당시 일본군의 제식 소총.

무런 의미가 없다는 걸 우리는 모르고 있었다.

버마의 밀림은 절망적인 죽음의 숲이었다. 수많은 부대가 적에게 쫓겨 밀림으로 뿔뿔이 도망쳤지만 대부분은 다시 빠져나오지 못했다. 우리는 중국군의 포로가 되는 대신 밀림의 포로가 되고 말았다. 비네이는 제 가슴팍을 두드리며 이 밀림을 잘 알고 있으니 문제없다고 자신했다. 카렌족은 오랫동안 태족과 버마족에게 탄압을 받아오면서 산속에서 오래 버틸 수 있는 비법을 갖고 있었다.

그는 말했다. "사람들은 우리 부족을 고원의 유령이라고 불러. 우리 아버지가 밀림에서 걷는 걸 네가 봤다면 아마 땅을 딛지도 않고 걷는다고 했을 거야. 임공을 밭으로 개간해 농사를 지으려고 부리가 넓적한 새를 잡는 부족 사람도 있어. 그 새들은 알곡을 먹으면 바로 삼키지 않고 부리 속 주머니에 담아두거든. 그래서 대나무 칼로 주머니를 가르면 농사지을 씨앗을 얻을 수 있어. 어떤 나무로 불을 피워야 연기가 나지 않는지, 어떤 덩굴을 잘라야 물이 많이 나오는지 우리는 다 알고 있어."

비네이도 내가 알고 있는 산에 대한 또 다른 지식에 감탄했다. 나는 그에게 우리 부족 사람들이 하는 말을 들려주었다. "나노 마니 에이시 파맘짜 노 요스쿠(물속 이끼를 보면 물에 물고기가 얼마나 사는지 알 수 있고). 맘타누에 파맘짜 노요스카아우루(이끼 표면의 흔적을 보면 물고기의 크기를 알 수 있다)." 우리 부족은 이끼를 관찰하는 법을 잘 알고 있었다.

우리는 중국군에게 발각될까 봐 코끼리 길로 가지 못했다. 낮에는 박격포와 기관총 소리가 오래된 밀림을 뒤흔들고, 밤에는 야광탄과 번개가 밤하늘을 대낮처럼 밝혔다. 밀림 속 개미는 메뚜기만큼 컸다. 그들의 아래턱이 피부를 뚫고 들어오면 상처가 불에 덴 듯, 바늘로 찌른 듯 화끈거리고 아팠다. 쥐는 군복, 셔츠, 양말, 혁대, 그리고 내 귀까지 닥치는 대로 갉아 먹었다. 독약이라도 있다면 다 먹어치울 것 같았다. 바퀴벌레는 깊이 잠든 내 입가로 기어 올라와 내 침을 빨아 먹고 군화 속으로 기어 들어가 발톱과 상처, 부스럼 을 씹어 먹었다. 지칠 대로 지친 몸이 개미와 쥐에 포위되어 물리 고 갉아 먹히는 줄도 모른 채, 너무 깊은 꿈에 빠질까 두려워 둘이 번갈아 가며 코끼리처럼 서서 잠을 잤다. 버마의 밝은 달 아래서 우리는 그림자도 없고 꿈도 꾸지 않았다.

나와 비네이는 전쟁터에서 벗어날 길을 찾으려 했다. 우리가 지나 는 모든 강에 시체가 둥둥 떠다니고, 우리가 찾을 수 있는 모든 길 에 불길이 치솟았으며, 검게 그을린 나무가 장대비에 씻겨 사람 해 골 같은 회백색으로 변한 채 하늘을 가리키고 있었다. 강을 건너기 위해 우의, 방수포, 철모, 주전자, 전투식량, 나뭇진으로 뗏목을 만 든 뒤 노을이 점점 어두워지길 기다렸다가 숲의 가장자리에 가 파 초 뿌리를 캐 먹었다. 그곳은 풍요의 밀림이자 기아의 밀림이었다. 한번은 우연히 다친 원숭이를 잡았다. 총알 파편에 상처를 입어 나 무를 기어오르지 못하고 있었다. 비네이가 숲에서 연기가 나지 않 는 나무를 찾아왔다. 우리는 원숭이를 구워 먹었다. 원숭이 머리를 돌로 칠 때 우리는 마치 우리 자신을 죽이기로 결심한 듯 눈을 꾹 감고 돌을 꽉 쥐었다.

원숭이를 죽이기 전 비네이와 나는 각자 자기 부족 말로 원숭이와 원숭이의 영혼을 위해 기도했다. 비네이는 자기 부족 사람들은 사람과 동물에게 서른 개 넘는 영혼이 있다고 믿기 때문에 그 영혼들이 모두 빠져나가야만 완전히 죽은 것이라고 했다. 원숭이가 우리를 위해 죽었으므로 언젠가는 우리도 원숭이를 위해 죽게 될 것이라고 그는 말했다.

바로 그날, 우리는 나뭇가지 틈으로 밀림 상공을 가득 채울 듯 날아다니는 미군 전투기를 보았다. 그 소리가 사람을 사정없이 뒤흔들었다. 하늘에 일본 전투기가 한 대도 없었고, 우리는 국화부대가 이 전투에서 승리할 가능성이 없다는 걸 알았다.

우리가 밀림에 들어간 지 사흘, 닷새, 아니 어쩌면 이레, 아흐레 정도 흘렀을 것이다. 그런 곳에서는 시간 감각도 점점 흐릿해졌다.

비네이가 밀림의 끝이 멀지 않은 것 같다고 했을 때, 갑자기 오른쪽 전방 수풀에서 총탄이 연달아 날아왔다. 뒤에서 날아온 올가미에 목이 걸려 잡아당겨진 것처럼 퍽 하는 소리와 함께 그가 뒤로 넘어졌다.

나는 반사적으로 미친 듯이 달렸다. 얼마나 달렸을까 온몸의 기력이 소진되어 바닥에 풀썩 쓰러졌다. 인기척이 없는 걸 확인하고 다시 돌아가 비네이를 찾았다. 그는 아까 그 자리에서 풀을 붉게 물들인 채 누워 있었다. 총알 한 발은 비네이의 무릎을 바스러뜨리고, 또 한 발은 그의 빈 위장을 관통했다. 더는 나와 함께 밀림에서 이동할 수 없다는 뜻이었다.

"날 죽이고 묻어줘. 내가 비명을 지르면서 죽으면 까마귀가 소리를 듣고 날아와 내 골을 쪼아 먹을 거야. 그러면 영혼이 어디로 가야 할지 모르고 이승과 저승 사이를 떠돌게 돼." 비네이가 말했다.

갑자기 열대성 소나기가 쏟아졌다. 나는 서둘러 비네이의 상처를 지혈하고 나무 구멍을 찾아 눕힌 뒤 천막으로 비를 가렸다. 나는 그의 말대로 해줄 수 없었다. 칼로 그의 심장을 찌를 용기가 없어서 떨리는 다리를 끌어안은 채 천막 아래 웅크리고 있다가 체력이 버티지 못하고 결국 잠이 들었다.

눈을 뜨니 땅콩만 한 개미와 콧물 같은 말거머리가 비네이의 몸에 기어올라 새카맣게 붙어 있었다. 남자 손바닥만 한 딱정벌레 한 마리도 있었다. 나무 구멍 밖에서 천둥 같은 빗소리가 들리는데도 딱정벌레가 비네이의 살점을 씹어 먹는 소리가 귓속을 파고들었다. 나는 울부짖으며 그 악령들을 떼어냈다. 그의 몸에 아직은 영혼들이 남아 있을 거라고 믿었다. 개미가 내 몸으로 기어 올라와 나를 깨물며 어서 비네이의 영혼을 쫓아내라고 재촉했다. 개미들이 한꺼번에 외치자 누가 내 귀를 바늘로 찔러대는 것 같았다. 개미들이 말했다. "찔러. 어서 찔러. 편히 잠들게 해줘." 나는 그 말대로 칼을 집어 들어 비네이의 왼쪽 가슴에 꽂았다.

비네이의 영혼이 다 빠져나갔다. 하나씩 하나씩 연기처럼 나무 구멍을 빠져나갔다. 내가 이 세상 가장 깊은 구덩이에 서 있고, 모든 빗물이 다 구덩이 속으로 흘러 들어오는 것 같았다.

나는 하루 종일 비네이가 코끼리 떼를 부르던 그 소리로 비네이를 배웅했다.

그날 밤 온몸의 솜털이 곤두섰다. 어떤 힘이 나와 비네이의 시체를 천천히 쓰다듬는 것 같았다. 위를 올려다보니 나뭇잎이 가늘게 떨리고 있었다. 멀리서 중국군의 포로가 된 코끼리 떼가 비네이의 죽음을 전해 듣고 우는 소리였다.

이틀 뒤 마침내 일본군 패잔 부대와 마주쳤다. 그들은 내 신분을 확인한 뒤 제일 성능이 떨어지는 소총 한 자루를 주며 나를 전투 부대의 일원으로 받아주었다. 총을 들고 총신 속을 들여다보았다. 그 속에서 어떤 의미라도 찾고 싶었지만 아무것도 없었다. 그저 좁고 어둡고 가늘고 긴 터널일 뿐.

그 전투 이후 일본군은 설 자리를 잃고 계속 퇴각하며, 싸우고 패하고, 굶주리고 도망치고, 흩어지고 재정비하기를 반복했다. 버마인들이 말하는 윤회의 지옥처럼.

일본군이 북버마에서 완전히 궤멸되어 뿔뿔이 흩어졌던 그때, 나는 어느 이리 같은 참모가 달빛에 반사된 견장 때문에 적의 표적이 되거나, 적에게 붙잡혔을 때 신분이 발각될까 봐 견장을 뜯어 땅에 파묻고 도망쳤다는 얘기도 들었다. 전투에 패하자 장교와 사병의 구분도 사라졌다. 그들은 그저 살기 위해 도망치는 짐승에 지나지 않았다.

우리는 적의 행군 속도를 늦추기 위해 대나무를 뾰족하게 깎아 바닥에 비스듬히 박아두었다. 대장은 '칠생보국'*이라고 쓴 머리띠를 두르고 적진으로 돌진해 적군의 장갑차 뚜껑에 수류탄을 던져 넣

---

*　일곱 번 태어나도 일곱 번 조국에 보답하겠다는 뜻.

을 결사대를 조직했다. 계속 이대로 간다면 결국 내 차례가 오겠지? 이런 절망 속에서 전군이 작은 부대로 흩어져 산맥을 넘은 뒤 재집결하라는 명령이 내려왔다. 모두 다시는 밀림을 벗어날 수 없을지 모른다는 비장한 심정으로 준비하고 있던 어느 날 새벽, 현재의 자리를 지키라는 명령이 내려왔다.

그리고 한 가지 소식이 병사들 사이에 퍼지기 시작했다. 천황이 종전조서를 발표하고 투항했다는 소식이었다.

(약 10초간 침묵)

그때는 아무도 믿지 않았지만, 사실이었다. 전쟁은 우기처럼 왔다가 모든 사람이 절대로 다시는 태양을 볼 수 없을 거라 생각할 때 돌연 끝났다. 우리 같은 흰개미에게 무슨 일이 일어났는지 알려주는 사람은 아무도 없었다.

하지만 정말로 전쟁은 끝이었다.

우리는 현재의 자리에서 무장을 해제하고 연합군이 올 때까지 기다리라는 명령을 받았다. 임시로 머물고 있던 작은 마을에서 뜻밖에도 은륜부대의 자전차 몇 대를 다시 보게 되었다. 자전차는 임시 지휘소로 보이는 어느 민가 앞에 세워져 있었다. 사실 전쟁 말기에는 자전차가 버마 전투에서 제 기능을 발휘하기 힘들었다. 타이어를 보급받지 못해 타이어가 없는 자전차를 타야 했고, 그러다 보면 림이 금세 심하게 변형되었다. 결국 자전차는 탈 수 없는 지경에 이르러 전쟁터에 버려졌다.

우리는 총과 군도를 한데 묶어 커다란 곡식 창고에 쌓아놓았는데 영국군이 그 무기를 가져다가 인도양에 던져버릴 것이라고 했다. 나는 어느 날 밤 몰래 자전차를 끌어다가 핸들바를 느슨하게 풀어 바닥에 평평하게 눕힌 다음, 마을 밖에 큰 구덩이를 파고 전우를 땅에 묻듯이 자전차를 묻었다. 그것이 인도양에 버려지는 것이 싫었다. 그곳에 묻어두었다가 전쟁이 끝난 뒤에 돌아와 가져갈 생각이었다.

얼마 후 연합군이 정식 수용소를 만들고, 기존의 장교들을 중심으로 우리를 자율적으로 관리하게 한 뒤 전후 도로 복구와 물자 운송 등의 노동을 시켰다. 군대 계급장을 떼자 장교들은 더는 우리를 함부로 부리지 못했다. 쇼와 21년(1946) 7월쯤 작업이 일단락되자 우리는 다시 수용소로 돌아가 송환될 날을 기다렸다.

별로 할 일이 없어지자 우리가 자체적으로 선출한 관리인이 각 구역별로 야구단을 조직하게 해달라고 건의했다. 우리는 버마 밀림에서 자란, 바위처럼 튼튼한 나무로 야구방망이를 만들고, 찢어진 쌀자루와 너덜너덜한 옷을 둥글게 뭉친 뒤 대바늘을 이용해 굵은 실로 꿰매 야구공을 만들었다. 송환 대기중인 병사들로 조직된 야구단의 경기는 배에 오르기 전날까지 계속됐다. 나도 그중 수송대라고 불리는 야구단에서 우익수를 맡아 여덟 경기에 출전해 안타 아홉 개를 쳤다.

나무로 직접 악기를 만들어 악단을 꾸린 병사들도 있었다. 저녁을 먹고 나면 모닥불 앞에 모여 '노영의 노래' '애마진군가' 같은 군가나 '중국의 밤' '꽃 파는 상하이 아가씨' 같은 유행가를 불렀다. 그들이 노래를 부를 때마다 수용소의 모든 사람이 밤의 날벌레처럼 노랫소리를 듣고 모여들었다. 한번은 무대에서 노래를 부르던 원사가 모두를 향해 "슬피 울 때나 기쁘게 웃을 때나 술 한잔 마셔야 하지 않겠나?" 하고 묻더니 술잔을 들어 올리는 흉내를 내며 손을 번쩍 올렸다. "당연하지! 건배!"

누군지 몰라도 어떤 병사가 나를 보고 노래를 잘한다고 들었다며 대만 고산족이니까 고향 노래를 한 곡 뽑아보라고 했다. 영신곡迎神曲과 송신곡送神曲은 제단에서만 부를 수 있는 신성한 노래이므로 부를 수 없기에 '쪼타이오(밤 사냥)'라는 노래를 불렀다.

밤새가 울고 노을이 지면
산에 올라 밤 사냥을 하네.
남의 집 앞을 지나는데
사랑하는 이들이 웃고 속삭이는 소리 들려.
나 때문에 독수공방하는 아내 생각에 뒤를 돌아보니
밤 사냥을 떠나기가 싫구나.

나는 우리 부족의 목청과 우리 부족의 말로 노래를 불렀다. 마지막으로 북버마 밀림에 주둔한 부대라면 모두 알고 있는 '샨 고원의 블루스'를 다 같이 합창했다. "달빛 몽롱한 도시를 지나다가 만난 여자, 보조개가 살포시 떠오르네. 붉은 론지*를 입고 손에 든 꽃다

---

* 긴 치마 형태로 된 미얀마 전통 의상.

발, 누굴 주려는 걸까?"라는 대목을 부를 때는 모두 약속이나 한 듯 한 번 더 반복했다.

"누굴 주려는 걸까?"

손에 든 꽃다발, 누굴 주려는 걸까?

몇 달 뒤 나는 전쟁포로인 다른 일본 병사들과 함께 수송선에 올랐다. 아직 송환되지 않은 사람들이 문 앞에 서서 우리를 배웅하며 "고레카라모 이키테이쿠요(오래오래 사세요)"라고 작별 인사를 외쳤다. 전쟁터에서 오래 살라는 말은 축복이지만 어쩌면 저주일 수도 있다. 그런데 마침내 우리가 그 말을 편하게 입 밖에 낼 수 있게 된 것이다.

내가 고향에 돌아온 건 부족 사람들이 무를 파종하고 좁쌀 심을 곳을 고르는 계절이자, 프추(대만 모감주나무) 꽃이 피는 계절이었다. 부모님은 이미 병으로 돌아가신 뒤였다. 부모님은 돌아가시고 나는 전쟁터에서 살아 돌아오고. 이것이 산의 이치였다.

혼자 도시로 올라가 일하며 먹고 살았지만, 쇼와 22년(1947) 대만에 심각한 충돌 사건이 발생해 섬 전체로 확산됐다.* 중국 군인들이 일본군 신분으로 참전했거나 일본군에 부역한 사람을 잡으러 다닌다는 소문을 듣고 전쟁터에서 가져온 사진과 기념으로 가지고 있던 물건을 모두 태웠다. 다시는 누구에게도 총을 들고 싶지 않았

---

* 2·28사건을 말한다. 1947년 2월 28일 담배를 파는 한 노인이 경찰에게 폭행당한 사건을 계기로 발생한 민중봉기 사건이다. 국공내전으로 중국에서 내려온 국민당 정부와 대만 주민들의 갈등이 표면화되자 국민당 정부가 계엄령을 내리고 주민들을 무차별적으로 학살했다.

고, 또 다시는 누군가의 총에 겨눠지고 싶지도 않았다.

전쟁 때 폭격으로 왼쪽 귀가 거의 들리지 않게 됐지만 나는 지금도 밤이면 코끼리 떼 소리를 듣는다. 그 소리가 밀림과 대양을 건너와 부락에서 잠들지 못하는 내 몸 안으로 전해진다. 아무리 시간이 흘러도 그때의 일은 눈앞에서 막 날아간 새처럼 깃털 하나하나의 색깔까지 또렷하게 그려낼 수 있다. 수많은 미군 전투기가 밀림 상공을 동시에 날아다니던 장면도, 밀림의 축축한 풀과 진흙을 손으로 움켜쥐는 느낌도 모두 생생하게 기억하고 있다. 밤하늘에 반짝이던 별빛과 은륜 같은 달의 색깔까지.

버마의 우기는 한 번도 내 마음을 떠난 적이 없다. 아마도 그 때문에 이후의 삶이 현실감이 없는, 한바탕 꿈처럼 느껴진 것 같다.

장대비가 내린 뒤 갑자기 계곡에 나타난 급류가 다시 진흙에 스며들듯, 내 본연의 일부였던 부분 역시 북버마의 숲에서 사라졌다.

조각조각 떼여 있던 구술 기록을 모두 정리해 이어 붙이고 나자 벌써 점심때였다. 병원 중정에서 풀베기가 한창이었고 백로 몇 마리가 날아와 수풀에서 튀어나오는 벌레를 잡아먹었다.

나는 화장실에서 세수를 하고 면도 거품을 두툼하게 바른 뒤 조심스럽게 수염을 깎았다. 윗입술에서 아랫입술, 턱까지. 거울에 비친 내 얼굴을 보니 눈두덩이 약간 붓고, 이마는 서른 살 이후로 2센티미터쯤 넓어졌으며 구레나룻에 새치가 하나둘씩 생기고, 두 볼도 어쩔 수 없이 꺼져가고 있었다. 면도 거품을 닦아내고 수건으로 물기를 닦았다. 고개를 들어 거울을 본 순간 어릴 적 아버지를 올려다보는 것 같은 착각이 들었다.

"여덟 살 때, 마흔다섯 살은 화성만큼이나 먼 곳이었는데 이 젠 그곳에 가까워졌구나." 머릿속에서 어떤 목소리가 말했다.

잠에서 깬 어머니가 나를 보고 놀라며 물었다. "언제 왔어? 가 게 문은 잘 닫고 온 게야?"

가게 문은 이십 년 전에 닫았고, 중화상창도 철거된 지 오래다. 나는 대충 대답했다. "네."

"공명차도 가게 안으로 들여놓았어? 안 그러면 밤에 누가 홈 칠지도 모른다고."

"들여놨어요."

"에이, 넌 왜 노상 그렇게 제멋대로냐."

예전에 아버지가 내게 모의고사를 잘 보았느냐고 물었던 일이 떠올랐다.

나는 그때 이렇게 대답했다. "이제 모의고사 안 봐요. 아버지, 저 대학 갔어요."

"모의고사를 안 본다고?"

아버지의 표정은 내 말에 반문하는 표정이 아니라 이제 나와 무슨 얘길 해야 할지 모르는 표정에 가까웠다. 긴 세월을 거치며 아버지와 나 사이에 화제가 그것밖에 남지 않았던 것이다.

잠시 후 간호사가 와서 어머니의 혈압과 체온을 재고 내게 검사 절차를 알려주었다. 나는 간호사가 주고 간 병원식을 한 숟가락씩 떠서 어머니에게 먹여주었다. 모든 형제를 대신해 어머니를 돌보는 큰누나가 진심으로 존경스러웠다. 생활 능력을 상실한 사람은 거의 납으로 만든 펜던트처럼 무겁다. 사랑이 있어야 가능한 일이지만, 때로는 사랑을 넘어선 강인함, 이를 악무는 인내심이 있어야만 버틸 수 있었다.

"뭐 먹었어?"

"많이 먹었어요."

"냉장고에 녹두탕 있어."

어머니가 식사를 마치고 잠든 뒤 아래층 편의점에 가서 주먹밥으로 배를 채우고는 편의점 와이파이를 이용해 압바스에게 '북미얀마의 숲' 완성본을 보냈다. 메일함에 사비나의 답장이 와 있었다. 오늘 마침 볼일이 있어서 타이베이에 오는데 저녁에 시간을 내줄 수 있느냐는 간단한 내용이었다.

6시에 퇴근하고 온 넷째 누나와 교대하고 사비나와 약속한 장소에 갔다. 사비나가 정한 장소는 중산베이로에 있는 차이루이웨*댄스학원을 개조한 '댄스 카페'였다.

문을 열고 들어가 그리 넓지 않은 카페에서 사비나로 보이는 사람을 찾아보았다. 구석 자리에 아이와 함께 앉아 있는 여자가 금세 눈에 들어왔다. 다른 테이블에는 남자 넷과 여자 넷이 앉아 있었으므로 나와 약속한 사람이 아닐 것 같았다.

사비나는 오랫동안 지하실에서 산 것 같은 창백한 얼굴에 머

---

* 우리나라의 최승희와 비견되는 대만의 유명한 현대무용가 겸 안무가.

리를 포니테일로 묶고, 왼쪽 귀에 큰 펜던트가 달린 귀걸이를 달고 있었다. 약간 차가운 듯한 우아함이 풍겼다. 나이는 30대 초반이거나, 그보다 좀 더 많지만 젊어 보이는 것 같았다. 우리는 짧은 인사를 나눈 뒤 마주 보고 앉았다. 옆에 앉은 눈이 큰 남자아이는 예닐곱 살쯤 되어 보였다. 아이에게 인사를 건넸지만 아이는 내게 별로 관심이 없는 듯 손에 든 태블릿만 들여다보았고, 이름이 뭐냐는 물음에도 대꾸하지 않았다.

사비나가 조금 민망한 표정으로 말했다. "제 아들 청청이에요. 벌써 이 영화를 몇 번이나 봤는지 몰라요. 이 나이 때는 원래 봤던 걸 보고 또 보고 하잖아요. 읽었던 책을 또 읽고, 봤던 만화를 다섯 번, 열 번, 오십 번씩 또 보고요. 주인공의 대사까지 따라 할 정도로. 얌전히 있을 테니 우리 얘기 해요. 청청, 아저씨께 인사는 드려야지."

아이는 못 들은 척, 태블릿 속 세상에 푹 빠져 있었다. 내가 괜찮다며 손을 저었다.

"이 건물에 큰불이 났던 거 아세요?"

"네. 알아요."

"많이 변했네요. 예전에 이 댄스학원에 다녔었어요. 그래서 약속 장소를 여기로 잡은 거예요. 많은 게 타버렸네요. 저는 지금 무용단에 있어요. 가끔 의뢰받아서 글을 쓰기도 하고요. 나중에 언젠가는 소설 의뢰도 받고 싶어요."

"우리가 같은 직업을 갖고 있군요. 참, 〈프시케〉는 몇 번째 작품인가요?"

"두 번째요. 그런 방식으로 선생님을 시험해서 죄송해요. 어떤 분인지 알고 싶었어요. 내가 자전거를 함부로 남에게 팔지 않을 거라는 걸 애니도 알고 있어요. 자전거 주인이 따로 있다는 것도 알고 있고요."

"괜찮아요. 이해합니다. 소설 뒷부분도 보내주실 건가요?"

사비나가 대답 대신 질문을 했다. "읽어보고 어떠셨어요? 의견을 말해주실 수 있나요?"

"어떻게 얘기해야 할지 모르겠군요. 제가 문학 평론가도 아닌걸요."

"하지만 소설가라고 하셨잖아요."

"전업 작가도 아니고 글도 형편없어요." 머릿속으로 본의 아니게 난감한 상황을 만들지 않을 안전한 말을 생각했다. 글 쓰는 사람이 자기 작품에 대한 의견을 물을 때 원하는 건 지적이 아니라 칭찬이다. 그 말에 달린 물음표는 백 퍼센트 가짜다. 하지만 나는 그 소설 속 모든 것이 현실과 어떤 관련이 있는지 알고 싶었다. 소설 속 자전거가 '아윈'이라는 여자를 태우고 중부에서 북부로 옮겨져 온 걸까? 만약 그 여자가 사비나의 어머니라면 그 자전거가 내 아버지의 자전거일 수 없다. 하지만 사비나가 나를 만난 건 아버지 자전거에 대한 내 질문에 대답해주겠다는 의미가 아닐까?

그렇다면 두 자전거 사이에는 어떤 관련이 있을까?

나도 소설을 쓰는 사람으로서 소설이 '진실인지' 묻는 질문이 제일 싫다는 걸 알고 있지만, 사비나는 어떤지 알 수 없으므로

에둘러서 묻는 방법을 선택했다.

"그 소설을 쓸 때 대만의 나비 수공업에 대해 잘 알고 있었나요? 나비 제작 과정이라든가 하는 것들요. 제가 메일로 보낸 자료들은 이미 알고 있는 부분이었겠죠?"

"아니에요. 아주 유용했어요." 사비나도 예의 있게 대답했다. "나비 수공업에 대해 조금 알고 있는 건 맞아요. 엄마가 소설 속 아윈의 실제 인물이니까요. 앞부분의 이야기는 모두 엄마에게 들은 거예요. 제가 상상을 조금 덧붙여서…… 고치긴 했지만."

우리 엄마는 그 자전거를 타고 타이베이로 올라와 공장에서 자주 물건을 떼다가 가져가는 한 상가를 찾아갔어요. 타이베이역과 가까워서 관광객이 많았기 때문에 '특산품점'이라는 특별한 상점도 있었죠.

보통 중국식 등롱, 그림, 보검, 상아조각 등을 팔았는데 그중에 나비 표본과 나비 그림도 있었어요. 나비 그림이 유행하던 시절이어서 정교한 작품은 3천~4천 위안에 판매됐는데, 엄마의 나비 그림은 다른 여공이 만든 것보다 훨씬 비싼 값에 팔렸대요.

엄마는 고향에서 갖고 올라온 나비 그림 몇 점을 판 뒤에 베이터우에 있는 당시 북부 최대 나비 수공예품 수출 업체를 찾아갔어요. 사장 왕 씨는 중부와 남부에서 잡은 나비를 가공해 상품으로 만들었는데 엄마가 만든 나비 그림을 보고 그 자리에서 엄마에게 일자리를 주었어요. 덕분에 엄마는 순조롭게 새 터전을 마련하고 내가 태어나길 기다릴 수 있었죠.

날 키우기 위해 엄마는 매일 밤늦도록 나비 그림을 만들고, 날이 밝으면 포대기로 나를 업은 채 외할아버지 자전거를 타고 상가의 특산품점에 가서 나비 그림을 팔았어요. 공장 사장으로서는 당연히 용납할 수 없는 일이었지만, 혼자 아이를 키우는 엄마의 사정을 생각해서 모른 척해줬어요. 상가의 특산품점에서도 싸구려 그림과는 다른 엄마의 나비 그림을 좋아했어요.

내가 기억하는 한 엄마는 매일 저녁밥을 먹고 나면 셋방 탁자에 앉아 나비 그림을 만들었어요. 방 안에 나비 사체 냄새가 가득했죠. 그래서 어릴 때부터 그 냄새에 익숙했어요.

엄마한테는 세계적인 명화 사진이 실린 책이 한 권 있었어요. 엄마는 작품을 따라 밑그림을 그린 뒤 도매로 떼다가 가져온 나비 날개를 적당한 모양으로 잘라 그 위에 붙였죠. 과장이 아니라 멀리서 보면 시골 아가씨가 만든 작품처럼 보이지 않았어요. 나비 날개를 붙인 게 아니라 정말 모네 그림의 복제품 같았죠.

내가 조금 더 자라자 엄마는 등나무 안장을 사서 자전거 톱튜브에 달고 나를 앉혀 상가에 데려갔어요. 상가의 아저씨 아주머니 들이 모두 나를 예뻐하며 사탕을 주곤 했어요. 외할아버지 자전거는 엄마가 타기에 너무 크고 무거워서 페달을 밟아 출발할 때마다 힘이 들었고, 신호등을 기다릴 때는 발이 땅에 닿지 않아서 높이가 있는 턱을 찾아 자전거를 비스듬히 기울여 발을 디뎌야 했어요. 그럴 때마다 나도 같이 기울어졌어요. 집이 기울어지는 것처럼요.

내가 좀 더 자라 학교에 들어가자 엄마는 그 자전거로 도시락을 가져다줬어요. 내가 3학년 때, 폐암으로 돌아가실 때까지. 엄마의 건강은 빠른 속도로 악화됐어요. 어젯밤까지 잘 날아다니다가 다음 날 바닥에 떨어진 풍선처럼. 매일 밤 나비 그림을 만들며 몸을 혹사한 탓인 것 같아요.

엄마가 돌아가셨을 때 나는 고작 열 살이었기 때문에 외할머니를 따라 난터우에 가서 살았어요. 자전거는 누구의 관심도 받지 못한 채 엄마와 내가 살던 셋방의 치러우에 세워져 있었죠. 타이베이의 대학에 진학해 다시 올라온 뒤로 자전거를 찾고 싶었지만 너무 오래된 일이었어요. 진즉에 누가 훔쳐 갔거나 쓰레기차에 실려 갔을 게 뻔했죠. 상가의 특산품점 아저씨 아주머니를 찾아보려고 했지만 상가도 철거된 뒤였어요. 세상일이란 게 늘 그렇잖아요. 곁에 있는 물건에는 큰 의미를 느끼지 못하지만 사라지고 나면 갑자기 몸의 어딘가가 쑥 빠져버린 듯 허전하고 아쉽고.

그 후의 내 인생은 다른 사람들과 다를 게 없어요. 몇 번의 연애와 이직을 거쳐 평생토록 날 떠나지 않을 것 같은 사람을 만났지만 결국 날 떠났어요. 시간이 더 흘러 차분한 성격에 평범한 외모를 가진 남자를 만나 임신을 한 뒤에는 내가 그를 떠났어요. 내 인생에 최소한 아이 하나는 있어야 한다고 생각했지만 남자가 곁에 있을 필요는 없었으니까요.

청청이 조금 자란 뒤로 동물원에 자주 데리고 갔어요. 놀다가 힘들면 식당에 가거나 관람 기차를 타고 한 바퀴 돌 수 있고, 또

아이도 동물을 좋아하고요. 청청은 동물들을 하나하나 한참 동안 구경했어요. 동물원에 갈 때마다 한 가지 동물을 골라 그 동물에 관한 그림책을 가지고 가서 우리 앞에 앉아 아이에게 읽어주곤 했는데 그러다가 무 선생님이라는 분을 만났어요. 아시아 코끼리 우리 앞에서 청청에게 쓰치야 유키오의《가엾은 코끼리 かわいそうなぞう》를 읽어준 날이었죠.

동화를 듣고 나더니 청청이 풀이 죽었어요. 난 사실 어린아이에게 무거운 이야기를 들려줘도 되는지 아직도 잘 모르겠어요. 무거운 이야기는 피해야 할 것 같기도 하지만, 또 자연스럽게 들려주는 게 좋을 것 같기도 해요. 내 기억에 어릴 때 읽은 안데르센 동화 중에 어둡지 않은 내용은 없는 것 같아요. 그런 것들을 읽으면서 깨달음을 얻는 거죠. 예를 들면 한쪽 다리만 있는 병정은 발레리나 아가씨와 사랑을 이룰 수 없다는 것 같은. 그걸 받아들이면 자기 인생에도 쉽게 너그러워질 거예요.

동물원을 나오다가 문 앞에서 청청에게 솜사탕을 사줬어요. 솜사탕 노점 뒤에 나무가 한 그루 있었는데 그 밑에 세워져 있는 자전거가 눈에 들어왔어요. 내 기억 속 엄마 자전거와 아주 비슷했어요. 자전거에 붙은 배지를 보니 행복표 자전거였죠. 하지만 엄마의 자전거가, 아니, 외할아버지의 자전거라고 해도 좋은 그 자전거가 행복표였는지는 기억나지 않았어요. 너무 어릴 적 일이었으니까요.

타이베이 거리에선 이미 그런 오래된 자전거를 보기 힘들었기 때문에 자전거 주인이 누군지 궁금해졌어요. 청청을 데리고

자전거 옆 벤치에 앉아 솜사탕을 먹으며 주인이 오길 기다렸어
요. 어떻게 생겼는지 보고 싶었어요. 그냥 보기만 하고 올 생각
이었을 거예요.

청청이 솜사탕을 다 먹었을 때쯤 한 사람이 자전거를 가지러
왔어요. 냇물 속 자갈처럼 이마가 반들반들한 대머리 노신사였
죠. 카키색 외투에 카키색 긴 바지를 입었는데 키가 무척 컸어
요. 왠지 모르겠지만 평소의 나답지 않게 그분에게 선뜻 말을 걸
었어요.

"선생님 자전거예요?"

그가 그렇다고 하기에 내가 말했죠. "저희 엄마의 자전거와
무척 비슷하네요."

"그래요?" 굵은 목소리에 억양이 약간 독특했어요. "요즘은
이런 옛날 자전거를 타는 사람이 거의 없지요."

"맞아요. 그래서 특별해요. 아쉽게도 저희 엄마의 자전거는
이제 없어요. 엄마 돌아가시고 난터우로 갈 때 타이베이에 두고
갔거든요. 나중에 올라와서 찾아보려고 했지만 찾지 못했어요."

"못 찾았다니 참 아쉽네요."

낯선 사람의 자전거인데도 애석해하는 그의 목소리에서 진심
이 느껴졌어요. 그냥 하는 말이 아니었죠.

그렇게 대화가 시작됐고 노신사에게 자전거에 대한 내 추억
을 들려주었어요. 노신사가 계속 듣고 싶다면서 근처 식당에 가
자고 했어요. 살다 보면 누구나 그런 사람을 만나게 되는 것 같
아요. 자기도 모르게 모든 얘기를 털어놓게 되는 사람이요. 세금

고지서를 받으면 어쩔 수 없이 통장 잔고를 다 털어 세금을 내야 하는 것처럼. 맛없는 티라미수를 파는 카페에서 나는 엄마가 외할아버지를 따라다니며 나비를 잡고 나비 그림을 만들고, 타이베이에 와서 나를 낳고 병에 걸려 돌아가실 때까지의 이야기를 다 들려줬어요. 내가 이사하면서 자전거를 잃어버린 것과 중간에 있었던 사소한 일까지 모두.

노신사는 나처럼 평범한 사람의 이야기를 아주 중요한 얘기처럼 잘 들어주었어요.

그분은 중국 원난 출신인데 성이 무라는 것만 알고 이름은 몰라요. 내게 이름을 알려주지 않았고 나도 묻지 않았어요. 1949년 이후, 국민당 부대를 따라 대만으로 내려온 뒤로 계속 초등학교 교사였다고 했어요.

이야기를 마친 뒤 무 선생님이 조심스럽게 말했어요. "한 가지 부탁을 들어줄 수 있어요? 물론 원한다면요. 아니, 이렇게 말해야겠군요. 자전거를 주고 싶어요."

난 너무 놀랐어요. 이렇게 아무에게나 줘버릴 만큼 개인적으로 아무 의미도 없는 물건인가?

그가 고개를 저으며 그렇지 않다고 했어요. 오히려 그 반대라고요. 자기에겐 정말 큰 의미가 있는 물건이라고. 하지만 자기 자전거가 아니고, 예전에 바닷가에서 만난 남자가 두고 간 건데 그 남자를 다시 만나지 못했다고 했어요. 이름도 몰라서 돌려주지 못했다면서.

그가 말했어요. "이 자전거를 십 년 넘게 가지고 있었어요. 내게 아주 특별하고, 무엇으로도 대신할 수 없는 추억이 담긴 물건이에요. 하지만 난 이제 나이가 많아서 자전거를 타는 게 예전처럼 편하지 않아요. 눈도 침침하고. 언젠가 내가 죽으면 이 자전거도 고철로 넘겨지겠죠. 난 죽음에 대해 말하길 꺼리는 사람이 아니에요. 젊었을 때 이미 죽을 고비를 여러 번 넘겼죠. 남의 자전거라서 내 맘대로 누구에게 줄 권리는 없지만 당신과 당신 어머니의 자전거에 관한 이야기를 듣고 당신이 이 자전거를 갖기에 적당한 사람이라는 생각이 들었어요. 물건을 잘 보관해줄 사람인 것 같다고요. 이렇게 하죠. 난 이미 나이가 많고 자식도 없고, 누구에게 남겨줄 만한 값비싼 물건도 없어요. 내가 죽으면 이 자전거도 고철로 팔리거나 길에 버려질 거예요. 이게 누구 자전거인지 아무도 모른 채로. 어쩌면 이 자전거 주인을 다시 만나거나, 이 자전거와 관계가 있는 사람이 와서 돌려달라고 할지도 모른다는 생각을 줄곧 해왔어요. 하지만 지금까지 그런 일은 없었어요. 보세요. 여기 번호도 있어요. 맡겨두는 거라고 해두죠. 어느 날 누군가 나타나 자전거를 돌려달라고 하면 나 대신 돌려주세요."

난 낯선 사람의 부탁을 쉽게 들어주는 성격이 아니에요. 하지만 무 선생님의 눈빛에 곧바로 거절하지 못했어요.

그날 헤어지면서 휴대폰 번호를 교환하기는 했지만 그 일이 금세 머릿속에서 지워질 거라고 생각했어요. 그런데 그 후 며칠 동안 한가해질 때마다 자전거가 자꾸만 눈앞에 떠오르는 거예요. 아니, 엄마가 날 태우고 신호등을 기다릴 때 보았던 비스듬

한 거리, 비스듬한 기차, 비스듬한 건물들이요. 감각기관의 경험
이 제멋대로 내 머릿속을 차지해버린 거였죠. 그래서 나도 내 멋
대로 생각해버렸어요. 나도 그 자전거에 청청을 태우고 다니면
좋겠다고요.

그래서 무 선생님한테 전화를 했어요.

"제가 자전거를 잠시 맡아두는 걸로 할게요." 내가 말했어요.
"하지만 제 선물을 꼭 받아주세요. 물물교환이에요."

"좋아요. 잠시 맡아주기로 하고 물물교환 합시다." 무 선생님
이 시원하게 웃었어요.

"그날 코끼리 풍선이 있었어." 애니메이션을 보고 있던 청청
이 불쑥 끼어들었다. 어쩌면 귀에 꽂은 이어폰에선 애초부터 소
리가 나오지 않았고 계속 우리 얘기를 듣고 있었는지도 모르겠
다. 눈빛을 보니 아주 영리해 보이는 아이였다.

그때 카페에서 신디 로퍼의 '누가 비를 들였는지'가 흘러나왔
다. 아주 오래된 노래였다.

"맞아. 우리 청청이 똑똑하구나. 그날 엄마가 너한테 코끼리
풍선을 사줬어." 사비나가 아이 머리를 쓰다듬었다.

"자전거를 받는 대신 무슨 선물을 줬어요?"

"나비 그림이요. 생전에 엄마가 제일 좋아한…… 엄마 스스로
제일 잘 만든 그림이라고 생각했던 것 같아요."

사랑이 강해질 때
사람은 약해져요.
때때로 그들은 걷잡을 수 없이
너무 깊이 빠져들죠.
그들이 비처럼 떨어져요.
누가 비를 들였나요.

멜로디가 너무 익숙해서 하마터면 흥얼거리며 따라 부를 뻔
했다.

나는 이미 그 자전거를 무 선생에게 준 사람이 내 아버지라고
확신하고 있었다. 그때 무 선생은 그렇게 나이가 많지 않았고,
아버지 역시 그랬다. 그런데 아버지는 왜 자전거를 그에게 주고
떠났을까?

사비나는 그에게 당시 상황에 대해 들었지만 자전거를 주고
간 이유는 듣지 못했다고 했다.

내가 물었다. "어떻게 하면 무 선생님에게 연락할 수 있나요?"

"연락할 수 없어요." 사비나가 말했다. "재작년에 돌아가셨거
든요."

돌아가셨다니. 나는 밑으로 추락하는 엘리베이터를 탄 듯한
실망감을 느꼈다.

"자세한 건 나도 몰라요." 내 실망감을 사비나도 느꼈던 것 같
다. "하지만 알 수도 있는 사람이 있어요."

"누구요?"

"스즈코요."

"그게 누구죠?"

"노부인이에요. 무 선생님과 어떤 사이인지는 잘 몰라요. 연인 관계이려니 짐작했지만 물어본 적은 없어요. 무 선생님 댁에 자전거를 가지러 갔을 때 그분이 집에 계셨어요."

"찾을 수 있을까요?"

"연락드려볼게요."

"고맙습니다. 정말 고마워요."

사비나가 허니 와플을 먹기 시작했고, 나는 그제야 그를 똑바로 볼 수 있었다. 나이에 비해 그의 얼굴은 아름다움을 잃지 않고 있었고, 귀걸이가 잘 어울릴 것 같은 얼굴선을 갖고 있었다. 물방울 모양의 투명 크리스털 안에 작은 남자줏빛 나비가 새겨진 귀걸이가 그제야 눈에 들어왔다.

사비나가 고개를 들어 말했다. "사람들은 왜 오래된 집을 싫어할까요? 새집을 짓기 위해 돈을 벌고, 오래된 집에 불을 지르기도 하잖아요."

이 카페 얘기였다. 큰 빌딩을 건축하려는 건설 회사에게 눈엣가시가 된 뒤에 원인을 알 수 없는 화재가 발생했다는 얘기를 들은 적이 있었다.

"오래된 집을 싫어한다고요?" 나는 잠시 생각했다. "난 사람들이 시간을 싫어한다고 생각해요."

"시간을 싫어한다고요?"

"대부분의 사람은 시간에 대해 지나치게 감상적이에요. 시간을 숭배할 줄 몰라요."

"시간을 숭배한다? 재미있는 표현이네요."

"오래된 자전거를 가지고 있는 내 친구에게 들었어요. 영국의 골동품 자전거 수집가가 한 말이래요. 오래된 물건을 좋아하는 것은 시간에 대한 숭배다."

"시간에 대한 숭배." 사비나의 귀걸이가 그네처럼 흔들렸다. "그 자전거가 당신 아버지의 자전거든 아니든, 당신이 그 자전거를 갖게 되는 건 좋은 일이에요."

사비나의 말은 어떤 형식으로든 자전거를 내게 양도하겠다는 의미인 것 같았다.

내가 말했다. "그 자전거가 아버지의 자전거라고 확신해요."

"스즈코 씨가 허락하기만 하면 그 자전거가 당신에게 돌아갈 수 있을 거예요." 사비나는 내 경솔한 판단에 반박하지 않았다.

"음, 알겠어요."

지하철역에서 사비나 모자와 헤어질 때 문득 한 가지 일이 생각났다. "우리가 아마 예전에 만난 적이 있을 거예요."

"만난 적이 있다고요?"

"네. 우리 집이 바로 그 상가에 있었거든요. 중화로 쪽에 있던 동에 특산품점이 있었어요. 거기서 상아조각, 중국식 등롱, 비너스 석고상을 봤어요. 물론 당신 어머니의 나비 그림도요."

그날 밤 나는 어머니의 병세와 스즈코를 언제 만날 수 있을지에 대한 생각을 하며 터벅터벅 병원으로 걸어갔다. 청청의 손을 잡고 자기 인생을 얘기하던 사비나의 눈빛이 좀체 눈앞을 떠나지 않았다. 그는 얘기를 하는 동안 나를 똑바로 보지 않고 줄곧 내 뒤에 있는 어떤 지점을 응시했다. 마치 형태를 식별할 수 없는 다른 어떤 곳에서 다른 누군가에게 말하고 있는 것처럼. 하지만 나는 그걸 무례하다고 느끼지 않았다. 한참 뒤에야 그 가물가물한 기시감의 원인을 찾을 수 있었다. 그의 눈빛이 테레사와 무척 비슷했다.

테레사를 만난 건 내가 소설 한 편을 썼을 무렵이었다. 그는 내 독자가 아니었고 내가 소설가라는 것도 몰랐다. 통속극 줄거리처럼 들릴 테지만, 나는 길에서 테레사의 자전거 체인이 빠졌을 때 멈춰 서서 도와준 유일한 사람이었다. 그때 테레사는 대학에서 스페인어를 전공하고 막 졸업해 구직을 하고 있을 때였으므로 나와 여기저기 돌아다닐 시간적 여유가 있었고 나도 그의 젊음에 끌렸다. 열 살도 넘는 나이 차 때문에 그에게는 내가 하는 모든 일이 무척 신선해 보였던 것 같다. 나는 잡지사의 의뢰를 받아 곳곳을 여행하며 칼럼을 썼고 테레사는 늘 나와 동행했다. 그는 언어에 재능이 있어서 영어와 일본어를 유창하게 구사하고 러시아어도 조금 할 수 있었다. 물론 전공인 스페인어도 전혀 문제 없었다. 그 덕분에 일적으로도 많은 도움을 받았다.

우리가 자주 하는 놀이가 있었다. 상대가 알아듣지 못하는 언어로 말하면(그는 대만 방언을 하지 못했다) 그걸 듣고 직감으로 대답하는 것이다. 무슨 얘기를 하든 마지막에는 까르르 웃으며 키스로 서로의 입을 막곤 했다.

우리는 이 년 남짓 아름다운 시간을 보냈다. 그때 우리는 내가 수집한 고물 자전거가 있는 방에서 뜨거운 섹스를 하고, 그것들을 타고 거리를 돌아다녔다. 테레사는 부품을 닦는 나를 사랑스러운 눈으로 바라보곤 했다. 얼마 후 그는 순조롭게 통번역 일자리를 찾았고, 우리 관계도 그렇게 계속 이어질 것 같았다. 하지만 길 위에 돌부리가 없을 수는 없다는 걸 알고 있었다. 설령 돌부리가 없는 길이 있다 해도 그 길에도 결국 끝은 있다는 것도.

하루는 테레사가 섹스를 하다가 스페인어로 내게 뭐라고 말하고는 혼자 웃었다. 무슨 말인지 알아듣지 못했지만 나도 그를 따라 웃었다. 섹스가 끝나고 욕실에 들어가는 그를 따라 들어갔다. 그가 내 앞에서 가발을 벗어 선반에 걸고 소년 같은 짧은 머리를 드러냈다. 나는 그가 흰색 샤워커튼 뒤로 들어가는 걸 보고 욕실 문밖 작은 탁자에서 담배 한 개비를 집어 들었다.

그에게 물었다. "우리 결혼할까?"

그는 물소리 때문에 내 말을 잘 듣지 못한 것 같았다. 나는 다시 묻지 않고 군데군데 깨진 흰색 타일 벽에 비스듬히 기대어 샤워커튼 뒤에서 모락모락 피어오르는 열기를 바라보며 묘한 나른함을 느꼈다. 더운 김에 세면대 위 거울에 비친 상이 사라지고, 세면대가 사라지고, 가발, 변기, 담배를 들고 있는 내 손까지 사라져 또렷하게 보이지 않았다.

테레사가 욕실에서 나온 뒤 우리는 또 한 번 섹스를 했다. 이번에는 그를 꼭 끌어안았다. 그의 심장, 위, 신장이 아스러질 것처럼. 살구씨 같은 배꼽에 입을 맞추고 땅을 파듯 그의 몸속으로 깊숙이 들어갔다. 섹스가 끝난 뒤 우리는 씻을 생각도 없이 누워 있었다. 테레사가 몸을 돌려 두 팔을 내 목에 두르고 자길 정말 사랑하느냐고 물었다.

"물론이지." 나는 말할 때 오르락내리락하는 가슴을 통해 그의 무게가 느껴진다고 했다.

"당신은 어때?"

"응?" 내가 그런 질문을 하는 게 이상했는지 테레사가 제대로 듣지 못한 척 되물었다.

"당신은 어떠냐고." 난 이런 말을 하는 데 소질이 없는 사람이다.

"당신은 당신이 똑바로 누워서 편안하게 자본 적이 없다는 거 알아? 항상 심각한 고민이 있는 새우처럼 몸을 잔뜩 말고 옆으로 누워서 자." 테레사가 갑자기 딴 얘기를 했다.

"모든 사람이 그렇듯 나도 내가 자는 모습을 볼 수 없어."

나는 테레사를 옆으로 안은 채 조금 전 그가 했던 질문을 다시 던졌다.

그가 대답했다. "물론이지."

그의 배 속에서 타고 올라온 목소리가 그의 등을 통해 내 가슴과 방금 사정을 하고 노곤해진 페니스로 전해졌다. 이유는 알 수 없지만 우리는 "물론이지"라는 이 짧은 말로 서로가 아직 상대를 사랑하는지 확신하지 못하고 있음을 알았다.

어느 날 새벽, 아무런 조짐도 없이, 테레사에게 문자메시지가 왔다. 스페인으로 떠난다며 절대 공항에 배웅을 나오지 말라고 했다. 그의 부츠 한 켤레와 아무렇게나 벗어둔 스타킹이 여전히

현관 옆 스툴에 걸쳐져 있었다. 잠자리 유충이 갈대 위에 벗어
둔 반투명 껍데기처럼, 소리 없는 애원처럼.

Bike Notes VI

철마지 鐵馬誌

VI

「牠是用錫做的，還是用稻草塞出來的？」
獅子問。
「都不是，牠是……是一條有血有肉的狗。」
小桃樂絲說。

《綠野仙蹤》 Lyman Frank Baum

"그것도 양철이나 지푸라기로 만들어졌니?" 사자가 물었다.
"둘 다 아니야. 애는 음…… 진짜 살로 된 강아지야." 도로시
가 말했다.

《오즈의 마법사》 라이먼 프랭크 바움

'오리지널' 골동품 자전거를 갖는다는 건 수집가에게 가장 행복한 일이다. 골동품 자전거 수집가들이 최근에 누가 '오리지널에 가까운' 후지패왕호를 샀다더라, 누가 '오리지널에 가까운' 삼각표를 구했다더라, 하는 얘기를 종종 하지만 사실 그런 기회는 흔치 않으며 대부분 오랜 시간에 걸쳐 각별한 노력으로 수집한 것이다.

　과거에 자전거는 교통수단이자 생계 수단이었으며 타려는 목적이 아닌 소장용으로 구입하는 사람은 극소수였다. 그 시절 자전거 공예 기술은 실용성에 기반을 두고 있었고, 예술적 요소에 내포된 미학적 가치는 깊은 광맥 아래에 파묻혀 있었다.

　샤오샤가 이런 얘기를 한 적이 있다. 길에서 골동품 자전거를 발견해 수소문 끝에 자전거 주인을 찾아내고, 자전거 주인이 만남에 응하고, 자전거 주인에게서 자신과 자전거에 관한 이야기를 듣고, 마침내 자전거를 양보하겠다는 응낙을 받아낸 다음, 교체해야 하는 부분, 망가진 부분, 부족한 부분을 자세히 살펴보고, 오래된 부품을 구해 자전거를 수리하는, 그 길고 긴 과정이야말로 자신이 골동품 자전거 수집에 매료된 가장 큰 원인인 것 같다고 말이다.

　그것은 이십 년 동안 우리 집을 떠나 있었고, 임시로 샤오샤의 창고에 보관되어 있던 이 행복표 자전거가 내게 단순히 고물 자전거 한 대의 의미가 아닌 것과 마찬가지다.

　이 자전거를 자세히 살펴보았다. 지금 이 자전거는 여러 곳이 교체되거나 망가졌다. 공장에서 만들어져 나올 때는 검은색 소가죽 안장이 달려 있었겠지만 지금은 나중에 생산된 합성피혁 안장으로 바뀌어 있고, 페달도 경질고무로 된 평범한 페달로 교체되었다. 사비나는 예전에 브레이크를 점검하러 자전거포에 갔다가 주인의 권유로 두 바퀴 모두 알루미늄 림으로 바꿨는데 그때 행복표 로고가 인쇄된 튜브와 타이어도 함께 교체됐다고 했다. 또 원래 있던 오래된 벨도 교코의 집에 세워놓았을 때 누가 떼어가버렸다고 했다.

뿐만 아니라 체인커버는 언제 부러졌는지 뒷부분 절반이 없고, 뒷흙받기에 달린 행복표 특유의 반사판도 걸쇠만 남아 있다. 흙받기에 붙은 제조사 엠블럼 중 두 개가 부러지고 프레임에 있는 체인커버 고정 핀도 사라졌다. 만듦새가 제일 정교하고 지금은 재고가 없어 구할 수도 없는, 골동품 자전거에서 가장 큰 상징성을 가진 부품인 윈드커터도 자취를 감췄다.

시간의 흐름 속에서 자전거는 이미 아버지가 타던 때와 다른 성격의 자전거가 되어버렸다. 골동품 자전거를 수집하는 주위 친구들은 이 자전거를 '불완전한' 자전거라고 부를 것이다.

'불완전하다'라는 말을 어머니에게도 들어보았다. 어릴 적 어머니와 난먼시장에 장을 보러 갔다가 시장 앞에 앉아 구걸을 하는 장애인을 보고 어머니에게 물었다.

"저 사람은 왜 저래요?"

그때 어머니가 이렇게 말했다. "'오부전五不全'이네. 불쌍한 사람이야."

어머니에게 '오부전'이 무슨 뜻이냐고 물었더니 이렇게 대답했다. "귀머거리, 장님, 외팔이, 절름발이, 곱추. 이렇게가 오부전이지." 선천적이거나 후천적으로 장애를 가진 사람을 의미하는 말이었다.

그때 나는 리 씨와 그가 기르는 흰둥이를 떠올렸다.

한쪽 팔이 잘리고 가족도 친구도 없고, 방 한 칸도 없이 중화상창의 치러우에서 살고 있는 리 씨가 하루는 내게 다가오더니 잘리지 않은 쪽 손으로 내 병아리*를 쓱 만진 뒤 뭔가 움켜쥔 듯 주먹을 쥐고는 위로 휙 던지는 시늉을 하며 "새가 날아간다!"라고 했다.

그날 이후 나는 그를 증오했다. 내 병아리를 만진 그의 손마저 기차에 깔리든, 깡패에게 잘리든, 사라져버리길 얼마나 바랐는지 모른다.

그가 잘린 쪽 손으로 내 엉덩이를 찌르는 것도 싫고, 잘린 팔에 끼워진 플라스틱 의수조차 싫었다. 의수의 색은 리 씨의 피부색보다 훨씬 어둡고, 언제든 악수를 하자고 손을 내밀 것처럼 항상 네 손가락이 나란히 구부러진 괴이한 모양을 하고 있었다.

리 씨는 중요한 날에만 의수를 꼈다. 치러우에 있는 침대 옆에 앉아서 의수를 두 다리 사이에 끼운 뒤 잘린 팔을 안으로 넣은 다음 온전한 왼손으로 잘린 팔과 의수 사이의 걸쇠를 채웠다. 왼

---

*   대만에서 어린 남자아이의 성기를 부르는 말.

손으로 의수를 쥐다가 놓쳐 흰둥이 머리에 떨어뜨리는 바람에 흰둥이가 목을 빼고 운 적도 있었다. 흰둥이도 '불완전한' 개였다. 기차에 치여 한쪽 다리가 잘린 흰둥이는 온종일 리 씨 침대 밑에서 웅크려 잠만 잤다. 리 씨의 침대는 바로 우리 옆집 문 앞에 놓여 있었다. 리 씨는 흰둥이가 자전거 관리를 도와준다고 했지만 내가 보기에 그건 그냥 우스갯소리였다. 흰둥이는 밥만 축내는 개였다.

의수를 낀 리 씨를 마지막으로 본 건 그가 양딸의 결혼식에 간 날이었다. 그날 오후 나는 우리집 진열창 뒤에 몸을 숨기고, 밖에서 바삐 움직이는 그를 냉랭한 시선으로 지켜보았다. 그는 땀을 뻘뻘 흘리며 팔에 있는 단추에 의수를 걸어 고정한 뒤 엉거주춤하게 양복을 입고는 한쪽 소매가 펄럭이지 않는 것을 보고 안도의 표정을 지었다.

얼마 뒤 그의 양딸이 그가 오랫동안 사람들이 상가에 타고 온 자전거를 도둑맞지 않도록 지켜주고 받은 2위안을 차곡차곡 모아 만든, 액수를 정확히 알 수 없는 뭉칫돈을 들고 도망갔다는 얘기를 들었다. 그의 양딸은 나도 몇 번 본 적 있었다. 물결처럼 굽슬굽슬한 파마 머리에, 인조 속눈썹을 붙인 아름다운 중년 여성이었다. 가끔 수레를 밀고 오는 과일 장수 '호박'은 그가 회전교차로에 있는 진선미카바레의 가수인 것 같다고 했다. 입장권만 해도 상가 사람들의 보름치 수입과 맞먹는 비싼 카바레였다.

그러나 봄이 되면 어디론가 자취를 감추는 다다오청 밖 강변의 오리들처럼, 리 씨의 양딸도 어느 날 갑자기 사라진 뒤 연락이 두절되었다. 노래를 부르러 오지도 않았다. 리 씨에게는 다시 우리 옆집 문 앞에 있는 침대와 개 한 마리만 남았다. 그 후 리 씨는 자신을 번듯해 보이게 하는 의수를 다시 끼우지 않았고 전혀 부끄러운 기색 없이 잘린 팔을 밖으로 드러내고 다녔다.

'불완전하다'라는 말에는 형이상학적인 의미가 들어 있기도 하다. 바로 세상에 완벽한 것은 없다는 사실이다. 나는 그 점은 받아들일 수 있었다. 하지만 어쩐지 나의 어머니는 '너무 완벽한 것'도 좋은 일은 아니라고 생각했던 것 같다.

초등학교 때 상가에서 살인 사건이 발생했다. 안경점 딸 샤오란이 남자친구가 군대에서 기타 가방에 몰래 넣어 가지고 온 57식 소총에 맞아 사망한 사건이었다. 그 일 이후 한동안 상가 전체에 슬프고 무거운 분위기가 깔려 있었다. 어머니는 그 일에 대해 샤오란이 너무 예쁘고 착해서, '너무 완벽해서' 불행을 당한 것이라고 했다.

나는 어머니가 젊었을 때 아들 하나 없이 딸만 내리 다섯을 낳은 뒤 다섯째 딸의 이름을 '만'이라고 지은 일이 떠올랐다. 그 '만'자는 '완전함에 대한 염원'이 아니라 "충분해요, 충분해요, 딸은 이제 됐으니 아들 하나 점지해주세요"라는 뜻이었다. 그런데 형과 나 같은 아들을 낳은 뒤 어머니는 비로소 '완전함'을 얻었을까? 어머니 세대는 '너무 불완전한' 삶도, '너무 완벽한' 삶도 두려워하는 모순을 안고 있는 것 같다.

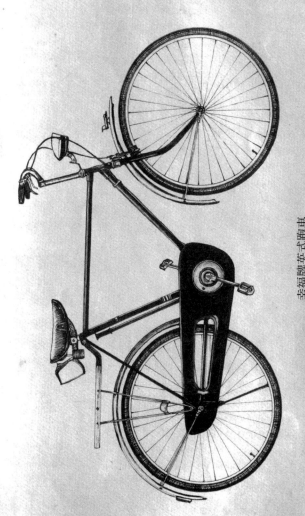

幸福牌英式跑車

행복표 영국식 로드자전거

골동품 자전거를 수집하는 친구들끼리 대화하다 보면 자기 애마의 어느 부분이 '불완전한지' 자주 얘기하는데 사실 그건 다른 수집가에게 '완전한' 부분을 내어줄 수 없느냐고 묻는 은근한 암시 또는 노골적인 부탁이다.

하지만 얄궂게도 어떤 모델의 자전거는 남이 부족한 부분은 나도 부족하다. 예를 들어 아부에게 '거의 완전한' 행복표 로드바이크가 있다. 그 자전거에서 유일하게 부족한 부분은 체인커버의 뒤쪽 절반이다. 그는 그 작은 체인커버 조각을 구하기 위해 곳곳을 돌아다녔지만, 이상하게도 당시 생산된 모델 중 현재까지 남아 있는 것들은 거의 모두 체인커버의 뒷부분만 부러져 있다.

아이러니하게도 그런 '불완전함'이 우리가 특정 모델을 식별하고, 특정 시대의 자전거 디자인을 인식하는 중요한 기준이 됐다. 1940년대 노리쓰표 무거에는 어떻게 생긴 흙받기가 사용되었는가? 1960년대 청수표 자전거의 페달은 어떤 특징이 있는가? 아직 한 대도 발견되지 않은 '70형 행복표 외장기어3단 로드바이크'의 안장은 어떻게 생겼을까? 흙받기에 붙은 작은 비행기 모양의 윈드커터는 다른 시대의 다른 모델의 자전거와 어떻게 다를까?

불완전한 골동품 자전거는 골동품 자전거에 관한 지식을 시험하는 수단이기도 하다. 우리는 새로 온 자전거 수집가가 자기 자전거에 잘못된 부품을 끼워도 말없이 지켜보며 속으로 우쭐해한다. 그들은 자신이 SNS에 사진을 올릴 때, 다른 자전거 마니아의 마음속에서 자신이 은연중에 평가절하된다는 사실을 모르고 있다.

나는 완화에서 오래 산 노선생에게서 행복표의 남녀 공용 자전거를 샀다. 자전거 프레임은 녹슬고 포크는 이미 교체된 상태이며 흙받기도 순정부품이 아니었다. 그런데 이상하게도 다운 튜브 두 개 중 하나는 아직도 공장 출하 당시의 보호 비닐이 씌워져 있고, 다른 하나는 포장지조차 벗겨지지 않은 채 남아 있었다. 어떻게 그럴 수 있을까? 원래 주인이 이미 작고했기 때문에 하는 수 없이 자전거를 앞에 놓고 자전거에게 있었던 일을 상상했다. 그 자전거를 '불완전하게' 만들었을 일들 말이다. 나보다 경력이 오래된 수집가들은 이유를 알면서도 내게 말해주기 싫거나, 자전거에 관한 지식을 뽐내며 말해줄 기회를 기다리고 있는 건 아닐까 의심했다.

내가 이 이상한 일에 대해 여섯 번째인가 일곱 번째 말한 어느 날, 샤오샤가 마침내 입을 열었다. "그거야 뻔하죠. 행복표 후기 모델은 예전만큼 인기가 없었어요. 몇몇 매장에 프레임만 남아 있었는데 그걸 순정부품이라고 부르지도 않았고 부를 수도 없었어요. 그래서 다른 부품을 되는대로 구해다가 조립해서 판 거예요."

이토록 단순한 이유였다니, 나는 그제야 깨닫고 무릎을 쳤다.

샤오샤의 서랍에 항상 들어 있는 옛날 신문 한 장이 있다. 행복표 제품 중 희귀한 편에 속하는 드롭바 로드바이크 광고다. 사진 속, 티셔츠를 입고 포마드 헤어를 한 남자 모델과 날씬한 여자 모델이 각각 라이저바 로드바이크와 드롭바 로드바이크를 끌고 있고 '입학 선물!'이라는 슬로건이 적혀 있다. 부모가 학생 자녀에게 사주는 자전거를 소구점으로 했던 이 '70형 행복표 외장기어3단 로드바이크'는 당시에는 흔한 모델이었겠지만 지금은 수집가들 사이에서나 도시에서 거의 찾을 수 없는 희귀 자전거다. 샤오샤와 아부 모두 그 이유는 추측해내지 못했다(많이 팔린 자전거는 많이 남아 있어야 정상이 아닌가). 그들은 모두 이 자전거가 자기 주위에 나타나 자신의 행복표 수집이 '완전해지길' 기다리고 있다.

샤오샤는 자주 이 신문을 꺼내 돋보기로 사진 속 자전거의 모든 부품과 세세한 부분을 자세히 살펴본다고 했다. 그는 다른 수집가들이 이것이 몇 월 며칠 자 신문인지 알 수 없도록 날짜가 적힌 부분을 일부러 접어두었다. 하지만 만약 정말로 그 모델을 찾아낸다 하더라도 그는 틀림없이 자신의 완전한 수집품 속에서 또 다른 '불완전함'을 찾아낼 것이다. 그리고 불완전한 점을 채우기 위한 노력이야말로 그의 조바심의 근원이자 열정이 샘솟는 원동력이 되었다.

나를 비롯한 모든 골동품 수집가들은 '완전함을 추구하는' 열병 같은 감정에서 도저히 벗어날 방법이 없다. 제아무리 '오리지널에 가까운' 자전거라 할지라도 우리는 교체된 나사 하나를 까탈스럽게 골라낼 것이고, 첫 출하 때 형태의 나사를 구할 수 있다면 천 리 길도 마다않고 기꺼이 달려가 마지막 퍼즐 조각을 손에 넣을 것이다. 하지만 그렇게 찾은 부품도 결국 그 자전거의 것은 아니라는 사실을 우리는 다 알고 있다.

골동품 자전거는 생활 속에서든, 시간 속에서든, 이야기 속에서든 어차피 불완전할 수밖에 없다.

이 모든 걸 알면서도 샤오샤는 만일 스즈코도 그 자전거를 내게 주기로 결정한다면 어떻게 할 거냐고 물었다. 물론 그는 이미 내 대답을 알고 있었다.

그 자전거를 '구원해올' 거라는 것을.

8. 칙사대도

 사비나를 만나고 온 날 밤 세 시간밖에 자지 못했다. 꿈에서 지저귀는 새소리가 귓속을 가득 채워 잠에서 깬 뒤에도 정신이 몽롱하고 귓가가 웅웅 울렸다.

 다음 날 병원에서 넷째 누나와 교대해 어머니 곁을 지키는데, 어머니가 정신이 맑은 듯 옛날 얘기를 많이 했다. 내가 혼자 변소에 가는 것이 너무 무서웠다는 얘기를 하자 어머니가 그때 중화상창의 여자 변소에 변태가 자주 출몰했다는 얘기를 했다. 변태들은 주로 여자 변소 칸 앞에 엎드려 문 아래 틈으로 용변 보는 여자들을 몰래 훔쳐보았다고. 한번은 어머니가 문 밑에서 그림자가 움직이는 걸 보고 냉큼 일어나 옷매무새를 정리한 뒤 문을 열고 나갔다. 어머니는 변태가 옆 칸에 숨어 있다는 걸 알고 있었으므로 변소 밖으로 나와 문을 닫고는 잡화점 갈비씨를 불러다가 자물쇠로 문을 걸어 잠갔다. 잠시 후 변태가 변소 안에서 문을 두드리며 살려달라고 애걸했다.

"그래서 경찰에 신고했어요?"

"아니." 어머니가 빙긋 웃고는 시원하게 재채기를 몇 번 했다. "네 아버지가 두어 번 발길질해서 돌려보냈어."

우리가 오래전 얘기를 하며 그렇게 웃은 건 참 오랜만이었다.

저녁에 큰누나와 교대한 뒤, 버스를 타고 본가에 가 가족 앨범을 찾았다. 앨범은 거실 장식장 안에 있었다. 나는 사진을 한 장 한 장 꺼내 사진을 찍어 태블릿에 저장했다.

이튿날 교대 시간에 맞춰 병실에 도착하자 어머니는 나직이 코를 골며 잠들어 있었다. 간간이 쿨럭이기도 하고, 아이처럼 별안간 몸서리를 치기도 했다. 내 인생의 첫 십 년간 어머니는 늘 내가 잠든 모습을 보았겠지만, 나는 지금처럼 어머니가 잠든 모습을 거의 본 적 없었다. 문득 어머니의 잠든 모습이 낯설게 느껴졌다.

어머니 옆에 앉아 잡지에 보낼 글 몇 편을 서둘러 썼다. 르웨탄*의 자전거길에 관한 기사, 원산 구의 유기농 녹차 재배 농민 인터뷰, 여행책 소개 등. 나는 이런 일을 싫어하지 않는다. 가끔 그중에서 새로운 원동력이 될 흥미로운 주제를 만나기도 한다.

어머니가 잠에서 깼을 때쯤 넷째 누나가 교대하러 왔다. 태블릿에 저장된 사진을 두 사람에게 보여주자 가족들의 현재 얼굴과 비교하며 재미있어했다. 나는 이것도 사진의 한 가지 기능이

---

* 대만 중부 난터우에 위치한 해발 748미터의 대만 최대 담수호.

라고 생각한다. 현재에 발을 딛고 서서 과거의 나와 마주 보는 것.

아버지가 신공원(지금의 2·28공원)*의 탑 앞에서 찍은 사진이 있었다. 사진 가장자리에 테두리가 있는 걸 보면 관광지에서 돈을 받고 사진을 찍어주는 거리 사진사에게 찍은 사진인 듯했다. 흑백 위에 색을 입힌 채색 사진**이었다. 오랜 세월 탓에 노란색과 붉은색이 유난히 도드라져 비사실적인 느낌이었다. 우리는 아버지가 어떤 상황에서 이 사진을 찍었는지 알지 못했다.

"네 아버지가 지금 네 형 나이였을 무렵이구나."

"네."

사진을 보며 나와 넷째 누나가 느끼는 감상은 각자 달랐을 것이다. 나는 언젠가 우리가 사진 속 부모님의 나이를 따라잡게 될 것이라는 생각을 했다.

어른 셋과 아이 하나가 좁은 신발 가게 앞에 자전거를 세우고 찍은 사진을 어머니에게 다시 보여줬지만 어머니는 기억하지 못하는 것 같았다.

"엄마, 제가 몇 년 전에 이 사진 보여주면서 아버지 공명차가 어느 상표인지 물어봤잖아요."

"그랬어?"

"네."

---

* 타이베이 중정 구에 위치한 공원. 타이베이신공원으로 불리다가 2·28평화기념관이 건립되며 2·28평화기념공원으로 이름이 바뀌었다.
** 컬러필름이 없던 시절 흑백사진에 색을 칠한 사진.

"내가 어느 상표라고 했어?"

"행복표요."

넷째 누나가 말했다. "맞아. 엄마가 행복표라고 했어요."

"맞아. 행복표였어." 어머니가 자기 손끝을 보며 말했다. 마치 자기 인생이 바로 거기에 있다는 듯이.

어머니와 누나에게 그 자전거를 찾았다는 얘길 해야 할지 망설이다가 목구멍에서 맴돌던 말을 도로 삼켰다. 아직 완전한 이야기가 아니므로 말할 때가 되지 않은 것 같았다. 그런데 이야기가 완전해지는 날이 정말 올까?

"엄마, 타이베이대교소아과 앞에서 아버지 공명차를 훔쳐 간 도둑이 하필이면 그걸 타고 우리 상가에 왔던 거 기억해요? 리씨 아저씨가 자물쇠로 묶어놨었잖아요."

"그랬지. 기억나."

"그때 아버지가 그 도둑을 왜 놓아줬어요?"

어머니가 잠깐 생각하다가 말했다. "그 사람이 너 아버지 일본에 있을 때 동기였대. 공명차가 돌아왔으니 그걸로 됐다고 그러더라."

"일본 동기요? 코자해군공장을 말씀하시는 거예요? 그런데 왜 아는 척을 안 했대요?"

"원래 자기 신세가 초라하면 누굴 만나기가 싫은 법이야. 그게 세상 이치지." 어머니가 대답한 뒤 뭔가 기억난 듯 나와 누나에게 말했다. "시간 있으면 나 대신 성왕공한테 가서 물어봐. 너아버지가 날 데리러 오려는 게 아닌지 말이야."

313

"쓸데없는 소리 하지 마요." 넷째 누나가 어머니를 나무랐다.

그때 내 휴대폰이 울렸다. 느리고 부드러우며 또렷하지 않은 낯선 여자의 목소리가 전화기를 타고 흘러나왔다. 나는 휴대폰을 손으로 가리고 병실 구석으로 갔다.

"청 선생님이세요?"

"네. 그렇습니다."

"저와 동물원에 가신다면 얘기를 들려드릴게요."

뜬금없는 얘기에 어리둥절했다. "그게 무슨 말씀이신지. 누구시죠?"

"아, 저는 린추메이라고 해요. 가까운 사람들은 스즈코라고 부르고요."

내가 마지막으로 동물원에 간 건 십 년도 더 지난 일일 것이다. 어릴 적 위안산동물원에 갔을 때의 기억을 떠올리면 그곳은 습하고 낯선 냄새로 가득했다. 동물들은 관람객과 아주 가까운 쇠 울타리에 갇혀 있었는데 마치 내부를 들여다볼 수 있는 감옥 같았다. 새로 지은 동물원으로 옮긴 뒤에는 조카들을 데리고 몇 번 가보았다. 새 동물원은 예전 동물원과 '논리'가 다른 듯했다. 예전처럼 동물을 아무 기준도 없이 배치한 것이 아니라 원래의 서식 환경에 따라 아프리카동물구역, 초원동물구역, 아시아밀림동물구역 등으로 구분해두었고, 동물원 면적이 훨씬 넓어져 각 구역 사이를 오가는 관람 기차도 있었다.

매표소만 해도 여러 곳에 나누어져 있었다. 동물원 입구에 도착해 둘러보다가 스즈코에게 전화를 걸려고 하는데 외국인 가사 도우미로 보이는 젊은 여자가 휠체어를 밀고 다가왔다. 차분한 눈빛의 백발 노부인이 휠체어에 앉아 있었는데, 야위고 왜소한 체구 때문에 어린아이가 휠체어를 타고 있는 것처럼 보였다.

"청 선생님?" 노부인은 멀리서 나를 보고 목례를 한 뒤, 휠체어가 내 앞에 다가와 서자 나지막한 목소리로 물었다.

"그렇습니다."

"나는 스즈코, 이쪽은 미나예요."

미나는 노부인의 휠체어를 밀고 온 외국인 가사 도우미였다. 나는 미나와 목례를 나눈 뒤 미리 전화로 얘기했듯 휠체어를 건네받았다. 미나는 몇 시간의 짧은 휴가를 얻어 즐거운 표정이었다. 그는 이미 노부인과 동물원에 여러 번 와본 듯 동물원에 함께 들어가지 않고 근처 지하철역으로 향했다. 멀리 지하철역 입구에서 기다리고 있던 친구들이 그를 향해 손을 흔드는 것이 보였다.

평일이라 동물원에 사람이 많지 않았다. 어디서부터 관람을 시작할지 묻자 스즈코는 관람 기차를 타고 제일 멀리 있는 새 구역에 갔다가 거기서부터 휠체어를 밀고 내려오면 내가 덜 힘들 거라고 했다. 관람 기차의 마지막 칸에 휠체어 공간이 있었다. 자원봉사 조끼를 입은 노부인이 휠체어용 탑승 장치를 내려주었다. 관람 기차 승객은 나와 스즈코 외에 한 가족뿐이었는데 가족 중 어린아이는 처음 동물원 나들이를 나온 초등학생인 것 같았다.

"내 취미가 독서, 요리, 그림 그리기, 새 돌보기, 그리고 동물원 구경이에요. 어느 도시에 가든 동물원에 꼭 간답니다. 샌디에이고동물원, 모스크바동물원, 베를린동물원을 다 가봤고, 아프리카 야생동물보호구역도 몇 군데 가봤어요. 동물원 지도도 그릴 수 있어요. 그것도 내 취미예요. 보세요. 내가 그린 타이베이 동물원 지도예요."

그건 내가 본 가장 특별한 동물원 지도였다. 일반적인 조감도의 각도가 아닌, 공중에서 약 45도 각도로 비스듬히 내려다보는 시선에서 투시화법을 이용해 그린 지도였다. 보는 사람에게 가까운 쪽은 징메이 강이고, 제일 멀리 펼쳐진 배경은 이름을 알 수 없는 작은 언덕이었는데 동물 우리가 그곳에 있었다. 테크니컬 펜의 잉크로 두드러진 입체감을 표현해 기린이 정말 목을 길게 빼고 있는 것처럼 보였고, 코끼리 두 마리가 우리 앞에서 춤을 추듯 같은 방향으로 비스듬히 몸을 기울이고 있는데 그중 한 마리는 코를 하늘로 높이 쳐들고, 다른 한 마리는 코를 늘어뜨려 풀을 감아올리고 있었다. 모든 나무는 그늘을 드리우고, 하늘에는 새가 날아다니고, 새구역의 대형 새장 안에도 새가 있었다. 지도에는 관람 기차가 없었는데 관람 기차가 운행하기 전에 그렸기 때문인 것 같았다.

"신기할 정도로 잘 그린 지도로군요. 동물원에서 정식 지도로 제작해서 관람객에게 나눠주면 좋겠어요."

"고마워요. 내가 그린 지도를 복사한 거예요. 청 선생에게 드릴게요."

스즈코의 목소리가 작아 고개를 기울여 입 가까이에 귀를 가져다 대야만 말소리를 또렷이 들을 수 있었다. 손으로 직접 만든 크라프트 봉투도 함께 있었는데 고풍스러운 명조체로 타이베이 시립동물원이라는 글씨가 찍혀 있었다. 스즈코는 자신이 그린 모든 동물원 지도를 똑같은 크라프트 봉투에 넣고 각 동물원을 대표하는 동물 도안으로 만든 도장을 함께 넣었다고 했다. 타이베이동물원을 대표하는 동물은 코끼리였다. 나는 지도와 도장을 감사히 받았다.

동물원은 모든 놀이공원이 그렇듯 연인과 아이, 피곤해 보이는 부모 들이 대부분이었다. 나처럼 노부인의 휠체어를 밀고 다니며 계속 고개를 숙여 노부인의 말에 귀를 기울이는 중년은 거의 없었다.

나는 스즈코가 시키는 대로 먼저 새구역에 가서 구역 뒤쪽에 있는, 사람의 발길이 드문 대형 새장으로 갔다. 새장에 산계, 꿩 등 대만 새들이 차례로 있고, 불가사의할 만큼 화려한 금빛 깃털을 가진 중국의 금계와 보통의 새보다 훨씬 커다란 큰두루미도 있었다. 그중 큰두루미는 나도 아는 새였다. 내가 그런 희귀한 새를 알고 있는 건 수초 판매 사업을 하다가 그만두고 수행을 위해 인도로 떠난 친구 돌가루 덕분이다. 돌가루가 보낸 엽서에 '신성한 새'라는 글씨와 함께 매우 특이하게 생긴 두루미 사진이 있었다. 머리부터 목까지 깃털 없이 선홍색 피부가 드러난 새였는데, 돌가루는 〈라마야나〉라는 시가 원래 시인 발미키가 큰

두루미를 죽인 사냥꾼을 저주하기 위해 쓴 시라고 했다.

새장 앞으로 다가가자 스즈코는 무슨 생각에 잠긴 듯 조용해 졌고 나도 그에게 말을 붙이지 않고 조용히 기다렸다. 새장을 하나하나 천천히 지나가는데 스즈코가 나지막한 말투로 거의 이십 년 전 이야기를 하기 시작했다. 일본인 친구 우에스기와 그의 아내 유리코와 함께 다쉐 산의 안개 자욱한 숲에 산계를 보러 갔던 얘기였다.

박물학자이자 조류 애호가인 우에스기가 주기적으로 대만에 탐조 여행을 왔는데 그때마다 스즈코가 동행했다.

그날 그들은 산 초입 근처 산장에서 하룻밤을 묵은 뒤 이른 새벽 출발해 산으로 올라갔다. 하지만 스즈코와 유리코는 조금 따라가다 힘에 부쳐 먼저 돌아가기로 하고, 우에스기는 정오 무렵에 하산해 산장에서 저녁을 함께 먹기로 했다.

스즈코는 산계의 영어 이름이 '스윈호의 꿩'인데 산계를 발견한 영국 박물학자 로버트 스윈호의 이름을 딴 것이라고 했다. 스즈코는 특히 스윈호가 묘사한 이 꿩의 꼬리 깃털이 인상적이었다. 아름다운 흰색 깃털이 원통형이었기 때문이다.

그가 새장 속 새를 가리키며 산계와 미카도꿩의 가장 뚜렷한 차이점은 꼬리 깃털이라고 했다. 미카도꿩의 꼬리 깃털에는 검은 반점이 있어서 얼핏 보면 검은색으로 보이기 때문에 검은긴꼬리꿩이라는 별명이 있기도 하다. 재미있는 건 미카도꿩이라는 이름에서 미카도는 일본 천황 또는 일본 황실을 뜻하는 말이지만 미카도꿩은 일본 황실과 아무 관계도 없다는 사실이다. 그런데 왜 그런 이름이 붙게 됐을까?

영국 조류 수집가 로스차일드가 일본 천황의 정원에 있던 산계를 보고 검은긴꼬리꿩으로 오인했기 때문이었다.

나는 스즈코가 드문드문 하는 말을 귀 기울여 들었다. 그의 영어는 일본어 억양이 짙게 섞여 있었지만 자신 있게 말하는 모습에서 신뢰감이 느껴졌다. 더욱 의외인 것은 아흔을 넘긴 그의 국어* 어휘가 무척 풍부하다는 사실이었다. 내 어머니가 국어를 전혀 할 줄 모르는 것과는 대조적이었다.

"무 분대장을 알게 된 것도 따져보면 우에스기 선생 덕분이었어요." 스즈코가 말했다.

정오가 지나도록 우에스기 선생이 안개 자욱한 숲에서 돌아오지 않자 유리코와 스즈코는 다른 등산객에게 부탁해 관리소에 연락해야 할지 고민하기 시작했다. 우에스기 선생도 이미 적은 나이가 아니었다. 서쪽 하늘이 점점 붉어지기 시작할 때까지도 그가 돌아오지 않자 유리코는 안절부절못했다. 이성적인 성격의 스즈코도 점점 걱정되고 조바심이 나기 시작했다. 산속의 밤은 기온이 내려가 몹시 추웠다. 우에스기 선생만 두고 내려온 것이 후회스러웠다. 관리소 사람들이 임시 수색대를 조직해 밤 9시에 산장을 출발했다. 마침내 새벽 2시경 수색대가 우에스기

---

* 20세기 초 국민당 정부가 중국 북부 지방의 방언을 토대로 제정한 표준 중국어. 중국에서는 '보통화' 영어로는 '만다린'이라고 부른다. 주로 노년층의 대만 본토인 중에는 대만 방언만 할 줄 알고 국어를 모르는 사람이 적지 않은 편.

선생과 함께 산장으로 돌아왔다. 그런데 그들과 함께 산에서 내려온 사람이 있었다. 노란색과 검은색 줄무늬 등산복 차림의 남자는 건장한 체격에 햇볕에 그을린 듯 얼굴이 검붉었으며 꿩처럼 등을 둥글게 구부리고 걸었다. 나이는 우에스기 선생보다 조금 젊어 보였다. 지치고 창백한 얼굴의 우에스기가 생명의 은인이라며 그를 소개했다.

유리코와 스즈코가 돌아가고 혼자 산계를 찾아다니던 우에스기 선생이 산계를 찾기는커녕 안개 자욱한 숲에서 길을 잃고 말았다. 설상가상으로 산길로 다시 돌아가지 못해 길도 없는 숲을 헤맸다. 숲은 낯선 사람을 우롱한다. 인간은 겁에 질릴수록 출구를 찾지 못한다. 모든 전나무가 다 똑같아 보이기 때문이다. 우에스기 선생은 박물학자로서 자신의 직감에 자부심을 갖고 있었지만 그 자신감 때문에 숲의 함정에 빠지고 말았다. 다행히 그는 충분한 물과 간단한 비상식량을 가지고 있었다. 절망적인 심정으로 밤을 보낼 곳을 찾고 있을 때 어둠 속 나무 위에서 부스럭거리는 소리가 들렸다.

검은 그림자가 나무에서 내려왔다.

겁이 난 그가 등 뒤에 있는 나무에 몸을 최대한 바짝 붙이고 나무에서 내려온 물체의 정체를 파악하려고 뚫어져라 응시했다.

그림자가 천천히 다가올수록 따뜻하면서도 야생적인 기운이 느껴졌다. 그림자가 말을 걸기 전까지 우에스기는 자신이 저승문으로 들어섰다고 생각했다.

"무 분대장이 곳곳을 다니며 나무를 타는 사람인 줄 누가 알았겠어요. 그날도 어김없이 나무 위에서 밤을 보내며 일출을 기다리려고 준비하던 중에 우에스기 선생을 만난 거였어요." 스즈코가 말했다.

"곳곳을 다니며 나무를 탔다고요? 무 분대장님이요?"

스즈코는 내 물음을 못 들었는지 못 들은 척하는 건지 말하는 스위치를 다시 껐다. 고령이기 때문인지 그는 얘기를 길게 하지 못했다. 양서류관과 펭귄관을 지나쳐 온대동물구역으로 향하는 동안 스즈코는 다시 입을 열지 않았다. 우리는 커다란 고양이처럼 조용하고 의젓한 퓨마와 뾰족한 귀를 세우고 민첩하게 기어다니는 스라소니를 보았다. 스즈코는 위대한 정물화를 감상하듯 말없이 동물들을 응시했다.

"어떻게 얘기해야 할지 생각하고 있어요. 하나의 이야기로는 끝나지 않는 일들이 있죠. 우리가 모르는 사이에, 진즉부터 일이 시작되고 있었을 거예요."

나는 스즈코의 휠체어를 천천히 밀었다. 그가 다시 얘기를 시작한 건 침팬지 우리 앞에서였다.

스즈코의 집은 대교 어귀 근처에 있었다. 그가 젊었을 때는 타이베이대교가 아직 철교였고 집 앞에 다른 건물이 없어서 골목 앞에 서면 항구로 들어오는 배를 볼 수 있었다. 전쟁 이전에는 푸젠에서 출발한 대형 '복선'*이 수시로 드나들었다. 복선은 강

*   중국 푸젠 성 연해에서 건조된 범선.

321

을 따라 철교 밑을 통과해 다다오청에 가서 무역을 했다. 멀리서
돛이 보이기 시작하면 온종일 강가에서 뛰어노는 어린아이들이
배가 들어오는 광경을 구경하려고 철교 위로 조르르 달려가곤
했다.

배가 철교 밑을 통과할 때는 웃통을 벗은 숙련된 선원들이 돛
을 당겨 돛대를 눕혔다. 가끔 겁 없는 아이들이 배가 철교 밑을
통과할 때 철교 아치의 맨 꼭대기로 올라가 숨을 깊게 들이마시
며 "헉!" 하고 강물로 뛰어들었다. 아이들은 배와 아주 가까운
곳에 포탄이 떨어지듯 물보라를 일으키며 물속으로 들어갔다가
곧 수면 위로 올라와 배와 나란히 헤엄쳤다. 그러면 뭍에 있는
다른 아이들도 배를 따라 강기슭을 달려 부두까지 따라갔다. 헤
엄쳐 따라간 아이가 배와 함께 부두에 닿으면 운 좋은 날은 선
원들이 중국에서 가져온 과자를 던져주기도 했다. 그러면 아이
들은 과자를 똑같이 나눠 먹은 뒤 다시 철교 쪽으로 달려갔다.
그때 스즈코는 또래 중에 제일 어렸지만 몹시 활달해서 늘 아이
들의 꽁무니를 따라 야무지게 뛰어다녔다.

스즈코는 '대만총독부국어학교부속초등학교'에 다른 아이들
보다 일 년 일찍 입학해 다니고 있었다. 그의 아버지가 타이베이
시역소* 서기였고 어머니가 일찍 돌아가셔서 규정을 깨고 일찍
입학할 수 있었다.

학교에는 토끼, 기니피그 같은 동물을 기르는 작은 동물원이

---

*   지금의 시청에 해당하는 행정기관.

있었는데, 보르네오에 파견 나갔던 일본인 기술사가 데려온 새끼 오랑우탄을 타이베이의학전문학교 호리우치 쓰기오 학장의 동의를 얻어 그 동물원에서 임시로 돌보게 되었다. 누가 지은 이름인지 모르지만 아이들은 처음부터 그 오랑우탄을 '이치로 군'이라고 불렀다. 아이들은 매일 등교할 때마다 가로세로 2미터쯤 되는 철창 안에 있는 이치로를 볼 수 있었다.

아이들은 이치로를 좋아했다. 이치로도 아이들처럼 활발해서 조금도 가만히 있지 않았고, 눈이 아주 예쁜 데다가 가늘고 보드라운 붉은 털에서 반짝반짝 윤기가 흘렀다. 아이들이 아침마다 "오하요, 이치로(좋은 아침이야, 이치로)" 하고 인사하면 이치로도 아이들에게 손을 흔들었다. 관리 선생님이 청소하러 들어가면 이치로가 선생님을 꼭 끌어안았다. 하굣길에 아이들이 철창 가까이 다가가면 이치로는 털이 보송보송한 손을 철창 사이로 뻗어 아이들과 손끝을 마주쳤다. 스즈코는 이치로와 손끝이 맞닿는 순간 전기가 통하는 것 같던 느낌을 아직도 잊지 못했다.

어느 날 아침 국어 시간에 초등학생이 아닌 형체의 무언가가 교실 문을 기웃거리며 나타났다. 철창을 뛰쳐나온 이치로였다. 이치로가 신이 나서 아이들 틈을 뛰어다니자 어떤 아이는 가방에서 주전부리를 꺼내 이치로에게 주려고 했다. 관리 선생님이 철창 문 여는 걸 유심히 관찰해 문 여는 방법을 터득한 이치로가 스스로 문을 열고 나온 것이었다. 이치로를 무척 예뻐했던 오리이 선생님이 급하게 다가가 이치로를 달래서 손을 잡은 뒤 철창 안으로 다시 데려다주었다.

그 사건 때문인지 몰라도 얼마 되지 않아서 이치로가 위안산 동물원으로 보내진다는 소식이 들렸다. 이치로가 더 자란 뒤 철창을 뛰쳐나오면 큰일이 생길 수 있었다.

아마도 다이쇼 14년(1925)의 일이었을 것이다. 세월이 흐른 뒤에도 스즈코는 그날을 회상할 때마다 빗물에 막 씻긴 하늘처럼 산뜻한 기분이 들었다.

유난히 맑은 날이었다. 하늘 위 구름이 미동도 없이 제자리에 멈춰 있는 것 같았다. 전교생, 교사, 관리 선생님 모두 교문 앞에 일렬로 서서 이치로를 데리러 오는 동물원 사람들을 기다렸다. 하지만 이치로는 그날 아침부터 이상한 기운을 느꼈는지 풀 죽은 표정을 지으면서 철창을 꼭 붙잡은 채 무슨 말로 달래도 밖으로 나오지 않으려 했다.

동물원 근무복을 입은 사람들이 도착하자 이치로는 작은 몸에서 나왔다고 믿기지 않을 만큼 크고 날카로운 소리로 그들을 위협했다. 하지만 스즈코는 그것이 분노가 아니라는 걸 알고 있었다. 아마도 아이들만이 그 소리에 감춰진 진심을 들었을 것이다. 그건 진정한 슬픔이었다. 아이들과 친구 같은 우정을 나눈 이치로는 그 순간 자신의 운명에 변곡점이 찾아왔음을 직감했을 것이다. 엄마가 죽은 뒤 보르네오에서 대만으로 옮겨졌지만 또다시 버림받을 거라는 예감.

이치로는 누구도 자기 몸에 손대지 못하게 거부하며 작고 뾰족한 이빨을 드러냈다. 그때 '딱딱한 빵'이라는 별명을 가진 혼다 선생님이 이치로가 제일 잘 따르는 오리이 선생님이 쓰다듬어주는 게 어떻겠느냐고 제안했다.

오리이 선생님은 몸에 근육이라고는 없는 깡마른 체구의, 학교에 있는 모든 생물에게 다정하며 피아니스트처럼 가늘고 긴 손을 가진 사람이었다. 그가 철창 앞에 서서 이치로와 마주 보며 손가락으로 이치로의 어깨를 톡톡 건드리자 이치로가 약간 수줍은 표정을 지었다. 오리이 선생님이 철창을 열고 손을 내밀자 이치로도 사람보다 길고 털이 북슬북슬한 오랑우탄의 팔을 내밀었다.

오리이 선생님이 한숨을 쉬며 이치로의 손을 토닥이자 이치로가 붉은 털로 뒤덮인 긴 팔을 선생님의 허리에 감고 그의 가슴팍으로 올라갔다. 이치로의 흐리고 어둑한 눈빛은 의지할 누군가를 찾고 있었다. 오리이 선생님이 이치로를 데리고 철창을 나오려고 하자 이치로가 그의 가슴에 얼굴을 푹 파묻었다. 오리이 선생님의 야윈 가슴이 이치로의 얼굴에 다 가려졌다. 오리이 선생님은 자기 체취도 묻어 있지 않은 철창에 억지로 가두어져 덜컹거리는 차를 타고 동물원으로 가야 할 이치로가 너무 안쓰러웠다. 그래서 자신이 이치로의 손을 잡고 학교에서부터 칙사대도*를 따라 위안산동물원까지 걸어가겠다고 했다.

그날 학교는 오후 수업을 모두 휴강했다. 학생들은 햇빛과 나무 그림자가 교차하는 칙사대도에서 오리이 선생님이 이치로의 손을 잡고 아버지와 아들처럼 동물원으로 가는 것을 지켜보았

---

* 일치시기인 1923년 일본 히로히토 황태자(훗날의 쇼와 천황) 등 일본 황족이 대만신사에 참배하러 왔을 때 지나간 길. 지금의 타이베이 시 중산베이로 중 행정원에서 중산교까지의 구간.

다. 아직 이별이 뭔지 모르는 아이들은 햇빛을 받아 오묘하게 반짝이는 이치로의 붉은 털과 오다리 모양으로 직립한 다리를 보며 처음으로 가슴 아픈 것이 무엇인지 깨달았다.

스즈코는 이치로가 동물원이 어떤 곳인지도 모른 채, 자신이 믿고 의지하는 오리이 선생님이 자길 집에 데려다주는 줄 알고 있으리라 생각했다.

이치로가 동물원으로 옮겨진 뒤 스즈코는 휴일마다 동물원에 가자고 아버지를 졸랐다. 아버지도 근무가 없는 날이면 스즈코를 자전차 짐받이에 앉히고 타이베이철교에서 출발해 다롱퉁딩*을 지나 위안산딩으로 갔다.

어머니를 일찍 여의고 어릴 적부터 아버지 손에 자란 스즈코는 아버지와 정이 깊었다. 자전차를 타고 동물원에 가는 동안 그는 어린 오랑우탄처럼 아버지 허리를 꼭 안고 아버지 등에 머리를 기댔다. 여름에는 아버지 몸속에서 나는 소리와 가로수에서 울어대는 매미 소리가 함께 들렸다. 아버지가 땀을 흘리면 스즈코는 마음이 푸근해지는 냄새를 맡을 수 있었다.

처음에는 동물 우리가 배치된 순서에 따라 동물원을 한 바퀴 다 돌고 나서야 39호에 있는 이치로의 우리에 도착했지만 나중에는 요령이 생겨서 역방향으로 돌아 곧장 이치로를 찾아갔다. 그 지름길에는 작은 화단이 있었고 앵무새, 호랑이, 표범, 큰 구

* 일치시기 때 타이베이 시의 구. 지금의 타이베이 시 다퉁 구 하미가 일대.

렁이, 다람쥐, 비둘기, 악어, 낙타 다음에는 공작을 볼 수 있었다. 스즈코는 평생 그 순서를 잊지 못했다.

호랑이는 늘 기운 없는 표정으로 눅눅한 악취를 풍기고 있었고, 표범은 언제나 바짝 긴장한 듯 이리저리 서성였으며 공작은 꼬리를 활짝 펼치고 있을 때도, 접고 있을 때도 있었다. 구렁이는 시간도 하늘의 별도 존재하지 않는다는 듯 미동도 없이 엎드려 있었다. 가끔 스즈코는 아버지에게 사자를 보러 가자고 했다. 밤에 사자가 포효하는 소리가 다다오청에 있는 스즈코의 집까지도 들렸기 때문이다.

이치로의 우리는 초등학교 철창보다 훨씬 컸다. 안에 있는 잎사귀 없는 나무에는 둥근 테가 걸려 있었다. 거의 일 년 내내 나무 위에서 생활하는 오랑우탄은 나뭇가지 사이를 그네처럼 흔들며 옮겨 다닐 수 있도록 팔의 힘이 무척 셌다. 동물원에 온 이치로는 우리는 커졌지만 마음이 텅 비어버린 것처럼 보였다.

어느 날 두 사람은 물떼새처럼 길쭉하고 마른 사람이 멀리서 다가오는 것을 보았다. 오리이 선생님이었다. 오리이 선생님도 이치로를 보러 동물원에 자주 왔던 것이다. 오리이 선생님이 우리 앞에 서자 이치로가 오리이 선생님을 기억하는 것처럼 나무에서 얼른 내려와 선생님을 올려다보았다. 갈색 눈동자에 담긴 것은 기쁨도 관심도 적대감도 아니었다. 그저 먼 풍경을 바라보듯 담담했다. 하지만 그건 평범한 행동이 아니었다. 이치로가 동물원에 온 뒤로 나무에서 내려와 관람객과 마주 보는 일은 아주 드물었기 때문이다. 이치로는 늘 고개를 옆으로 돌리거나 고개를 숙이고 손가락을 꼼지락거리며 불에 데일까 겁이 나는 것처럼 관람객의 시선을 피했다.

"이치로가 우릴 못 알아보는 걸까요?" 스즈코가 아버지에게 물었다.

"알아볼 거야."

"그런데 왜 우릴 모른 척하면서 오리이 선생님에게는 할 말이 있는 것처럼 굴어요?"

"이치로가 사람 같아서 그래. 이치로도 사람처럼 좋아하는 사람과 싫어하는 사람이 있어. 이치로가 우리를 싫어하는 게 아니라 오리이 선생님을 특별히 좋아하는 것 같구나."

스즈코는 이치로가 오리이 선생님에게 모순된 감정을 갖고 있으리라 생각했다. 자신을 동물원에 데려다 놓은 것을 원망하면서도 그에게 의지하는 마음을 떨쳐버릴 수 없을 것 같았다.

동물원에서 오리이 선생님을 또 만났을 때 스즈코는 그가 이치로에게 대나무 막대기를 건네는 것을 멀리서 보았다. 이치로가 건네받은 막대기를 든 채로 손을 철창 밖으로 뻗었다. 우리 근처에 있는 모과나무에 잘 익은 모과가 달려 있었다. 이치로가 대나무 막대기로 모과를 찔러 딴 뒤 우리 안으로 거둬들였다. 스즈코는 오랜 시간이 흐른 뒤에야 오리이 선생님이 어째서 모과를 직접 따주지 않았는지 이해할 수 있었다. 이치로가 주위 환경에 대한 감각을 잃지 않길, 우리 안에서 모든 게 다 절망스럽다고 느끼지 않길 바랐을 것이다.

한 해 겨울이 지나고 이듬해 무더위가 찾아왔을 때 동물원에 특별한 일이 생겼다. 코끼리 한 마리가 들어온다는 것이었다. 소문으로만 돌던 얘기가 사실이 되자 스즈코는 긴장과 흥분을 안고 코끼리가 오는 날을 손꼽아 기다렸다. 마침내 코끼리가 도착하던 날, 싱가포르에서 배를 타고 온 코끼리는 지룽항에서 컨테이너에 실린 채 배에서 내려 기차를 타고 타이베이 역으로 옮겨졌다. 코끼리는 비스듬히 놓인 나무 받침대를 밟고 컨테이너에서 내려와 조련사를 따라 칙사대도를 통해 위안산동물원까지 걸어갔다. 코끼리가 지나는 길마다 밀짚모자를 쓰거나 양산을 든 사람들이 가득 몰려들고 시역소 관리와 직원들까지 달려 나와 구경했다. 대부분 난생처음 보는 코끼리의 출현에 놀람과 흥분을 감추지 못했다. 사람들에게 코끼리는 죽음보다 더 신기한 존재였다.

몸집이 그리 크지 않은 코끼리였지만 당시 스즈코에게는 태어나 본 것 중 가장 거대한 생물체였다. 이마는 평평하고 귀는 뒤로 완전히 젖혀졌으며 약간 불룩하게 솟은 정수리는 가운데가 골짜기처럼 움푹 들어가 작은 언덕 두 개를 이고 있는 듯했다. 또 눈동자는 맑고 눈꺼풀은 두툼했으며 척추는 신사 옆에 있는 언덕처럼 뒤로 갈수록 완만하게 올라가다가 제일 높은 곳에서 엉덩이 쪽으로 차츰 내려갔다. 거대한 몸집이 움직일 때마다 양쪽 어깨와 무릎 주위의 주름진 피부가 가볍게 떨렸다. 코의 끝부분은 주먹처럼 말았다 펴졌다 했고, 코를 공중으로 들어 올리기도 하고 바닥으로 내려 땅을 훑기도 했다.

한 젊은이가 코끼리 앞에서 걸으며 사탕수수와 붉은 과일로 코끼리를 유인했다. 코끼리가 코로 그 과일 냄새를 맡을 수 있었기 때문에 조련사는 일정 거리마다 바닥에 과일을 놓아주었다.

스즈코가 아버지에게 물었다. "저게 뭐예요?"

아버지가 말했다. "앗푸루(사과)란다."

스즈코는 '앗푸루'라는 단어를 기억하고, 코끼리 냄새도 기억했다. 코끼리 몸에서 끝까지 타버린 성냥 같은 냄새가 났다. 사자, 호랑이, 오랑우탄과는 전혀 다른 냄새였다.

코끼리는 가다 서다를 반복하며 두 시간 만에 동물원에 도착했다. 아버지는 스즈코를 자전차에 태운 뒤 자전차를 끌고 코끼리 행렬을 따라갔다. 코끼리가 동물원 입구에 도착하자 동물들이 동요했다. 사자, 호랑이, 갈색곰, 표범이 불안한 듯 으르렁거렸다.

코끼리의 이름은 '마짱'으로 '샤오마'라고 바꿔 부를 수도 있었지만 암컷 코끼리이기 때문일까 얼마 후부터는 모두들 '마양'이라고 불렀다. 마 양은 도착한 날부터 동물원에서 제일 인기 많은 동물이 됐다. 히노마루 깃발을 흔들 줄도 알고, 엎드리거나 앞다리를 들어 올려 뒷다리로 설 수도 있었기 때문이다. 심지어 나중에는 위안산공원에 있는 린지사의 일요학교에서 동물 위령제를 지낼 때 제사를 주관하는 주제主祭 동물이 되기도 했다.

스즈코의 기억 속 동물 위령제는 언제나 한겨울에 열렸다. 항상 두꺼운 옷을 입고 위령제를 구경했기 때문이다.

"동물 위령제는 뭘 하는 거예요?" 위령제를 처음 보던 날 스즈코가 물었다.

"동물원에서 죽은 동물의 영혼을 위로하는 거란다." 아버지가
대답했다.

동물원에 자주 가는 데다가 시역소에서 관련 사무를 담당했
기 때문에 스즈코 아버지는 일본에서 온 가쓰누마라는 동물 관
리인을 알고 있었다. 가쓰누마는 스즈코를 무척 예뻐했다. 고향
인 미노에 스즈코와 동갑인 딸이 있는데 나중에 대만으로 데려
올 거라고 했다. 가쓰누마는 동물원 옆문으로 그들을 데리고 들
어가곤 했다. 그러면 두 사람이 합쳐 15전인 입장료를 아낄 수
있었기 때문이다. 스즈코가 동물에 관심을 갖게 된 것도 가쓰누
마의 영향이 컸다. 가쓰누마가 스즈코의 생일 선물로 마 양의 등
에 타볼 수 있게 해준 적도 있었다. 거무스름한 피부에 눈가가
움푹 꺼진 젊은 조련사가 구령을 외치자 마 양이 앞다리를 뻗고
뒷다리를 무릎 꿇듯이 구부렸다. 그러자 가쓰누마가 스즈코를
안고 코끼리 안장에 올라가 앉았다.

처음 코끼리 등에 탄 스즈코는 울음을 터뜨렸다. 무서워서가
아니라 코끼리 등에 타면 이렇게 멀리까지 보이는 줄 몰랐기 때
문이다. 산이 손에 닿을 듯 가깝게 보이고 공기도 달랐다. 새로
운 경험이 스즈코를 흥분시켰다. 스즈코는 코끼리 입가에 난 가
늘고 부드러운 긴 털, 아버지 팔뚝만큼 굵고 축축한 혀, 성긴 머
리칼처럼 긴 꼬리, 눈이 달린 듯 자유자재로 움직이는 코에 완전
히 매료되었다. 털이 가슬가슬한 코끼리 이마를 손으로 쓰다듬

다가 그곳이 자기 손보다 따뜻하다는 걸 알았다. 코끼리 귀 뒤쪽은 비단처럼 부드러웠고, 주름진 피부는 겹겹이 신비한 비밀을 감추고 있는 듯했다. 그 순간 열 살 스즈코는 자신이 일생 동안 믿게 될 이치를 깨달았다. 모든 동물에게는 자기만의 우아하고 특별한 본질이 있다는 사실이다. 생명이 수천 수백 가지의 형태를 가지고 이 세상에서 자연스럽고 신비롭게 살아가고 있었다. 생명은 연기 같은 것이 아니었다. 생명은 무늬와 자태를 가지고 있었다. 이치로의 몸을 덮은 붉은 털과 나날이 부풀어 오르는 울음주머니,* 마 양의 따뜻한 이마와 부드러운 코, 아중(스즈코는 사자와 호랑이에게 아중, 아후라는 이름을 붙여주었다)의 위엄 있는 갈기와 강건한 근육이 엄연히 존재하고 있었다.

겨울이 지난 뒤 스즈코 아버지의 일이 점점 바빠지고 스즈코도 하루하루 자라면서 동물원에 가는 횟수는 줄었지만 그는 이치로와 마 양, 사자 아중, 호랑이 아후를 잊지 않았다. 꿈에서 이치로를 등에 태운 마 양이 햇빛 한 점 들지 않는 어두운 숲속을 걷고, 아중과 아후가 앞장서 가다가 가끔 흥이 올라 목을 길게 빼며 포효하는 것을 보곤 했다. 포효하는 소리가 바람을 타고 강을 따라 흘러 깊은 숲속으로 파고들었다.

아프리카코끼리의 우리 앞에 도착해 스즈코에게 따뜻한 물을 한 잔 따라 주었다. 그때 몸집이 큰 암컷 코끼리가 오줌을 누기

---

* 오랑우탄의 목에 달린 주머니. 크게 소리칠 때 이 주머니를 부풀려 공명시킴으로써 소리가 멀리까지 퍼지게 한다.

시작했는데 수도꼭지를 가장 세게 틀어놓은 것처럼 콸콸 쏟아지는 오줌 줄기가 족히 이 분 동안 이어졌다.

"코끼리 오줌에서 나는 지독한 냄새는 영역 표시를 위한 거예요. 아프리카코끼리는 아시아코끼리와 달리 길들일 수 없기 때문에 인도, 미얀마, 태국 등의 아시아코끼리처럼 중요한 운송 수단이 될 수 없어요." 스즈코가 말했다. "그래서 운 좋게 전쟁에 휘말리지 않았죠."

전쟁 얘기가 나오자 나는 자연스럽게 화제를 이어받아 아버지가 열세 살에 일본 가나가와 현의 해군 공장에서 전투기 생산 일을 했던 이야기를 들려주었다. 내 얘기를 경청하는 스즈코의 눈빛과 표정은 어떤 각도에서 보면 참선중인 보살 같았다. 그 순간 나는 사비나가 말한, 자기도 모르게 마음속 얘기를 다 말하게 되는 게 무엇인지 알았다.

스즈코는 두 손을 모아 배에 올려놓고 조용히 내 얘기를 들었다. 가뭄에 갈라진 논바닥 같은 그의 손등도 예전에는 곱고 부드럽고 촉촉했을 것이다.

시간이 한참 흐른 뒤에야 스즈코가 입을 열었다. "전쟁은 회상할 만한 게 없어요. 하지만 우리 세대 사람의 기억 중 이 나이까지 남아 있는 건 전부 전쟁 때 일인 것 같군요." 그가 웃음을 지었지만 우스워서 웃는 것은 아니었다. "그래서 전쟁 얘기가 아니면 할 얘기가 없어요."

일본이 중국을 상대로 전쟁을 도발하기 전 스즈코와 아버지는 또다시 가쓰누마의 초대를 받아 마 양이 주재하는 동물 위령제를 참관했다.

그때 동물원에서 종종 '밤 산책' 행사를 열곤 했다. 밤에 등잔 수백 개를 들고 동물 우리를 비추며 산책 겸 달구경을 하는 것이었다. 어떤 해에는 둥먼딩과 쌍롄 역에서 동물원의 밤 산책 행사가 시작되었음을 알리는 불꽃놀이를 열기도 했다.

스즈코는 메이지교* 옆에서 위안산동물원까지 육각형 종이 갓을 씌운 가로등과 밝은 달처럼 둥근 유리 갓을 씌운 전등이 장식되어 있던 것을 기억하고 있었다. 슬픈 일은 영원히 없을 것처럼 아름다운 광경이었다. 밤 산책 기간에 보물찾기, 선물 추첨, 노래 공연, 노천 영화 상영 등 다양한 행사가 진행되었다. 스즈코도 추첨에 당첨되어(나중에 알고 보니 가쓰누마가 꾸민 일이었다) 이치로와 아중이 함께 찍은 사진엽서를 받았는데 아직도 서랍에 간직하고 있었다.

위령제는 보통 린지사 일요학교에서 열렸으며 학생과 시민 누구나 참석할 수 있었다. 처음에는 말귀를 알아듣는 원숭이가 주제를 맡았지만 똑똑하고, 몸집이 월등히 커다란 마 양이 온 뒤로는 자연스럽게 마 양으로 교체되었다.

마 양이 주제를 맡은 위령제가 치러지던 날, 이미 소녀의 나이가 된 스즈코가 정식으로 외출용 기모노를 입고 게다**를 신은 뒤 아버지와 함께 양산을 받쳐 들고 위령제에 참석했다. 그 무렵

* 지금의 중산교를 일치시기 때 부르던 명칭.
** 일본 사람들이 신는 나막신.

의 위령제는 단순히 동물원에서 죽은 동물을 위한 것만이 아니라 군대에 동원된 동물, 순국한 동물도 함께 기리는 행사였다. 그때 스즈코는 전쟁이 소리 없이 가까이 닥쳤음을 느꼈다.

마 양이 붉은 천에 노란 테두리를 두르고 자주색 수를 놓은 옷을 걸치고 제단 앞에 섰다. 제단에는 쌀, 고구마, 귤, 바나나, 사탕수수, 감 같은 제물이 차려져 있었다. 초등학생들이 불가를 합창하고 승려들이 불경을 읊자 마 양이 옆에 있는 원숭이, 개들과 함께 조련사의 지시에 따라 원주민의 돌절구처럼 굵은 앞다리를 앞으로 뻗고 뒷다리를 구부리며 바닥에 엎드려 절했다.

몇 년 전 스즈코가 마 양의 등에 올라탈 때의 동작과 비슷했다. 그런 다음 마 양이 긴 코를 들어 올려 하늘을 향해 뭐라고 말하듯 긴 울음소리를 냈다.

"동물들은 동물이 하는 말을 알아들어요?" 스즈코가 물었다.

아버지가 머뭇거리다가 대답했다. "알아듣겠지."

"인간도 동물이죠?"

아버지가 말했다. "그렇지."

"그런데 왜 동물의 말을 알아듣지 못해요?"

"알아듣는 사람들도 있을 거 같구나. 가쓰누마 선생이나 오리이 선생님처럼?"

스즈코는 동물의 영혼들이 위로받을 수 있길, 아니, 최소한 살아 있는 생명이라도 위로받을 수 있길 진심으로 바랐다.

"동물이 하는 말을 알아듣고 싶어요."

그리고 머지않아 전쟁이 발발했다.

전쟁은 견디기 힘든 시간이었다. 처음에는 스즈코도 불타오르는 열정으로 황군을 지지했지만 불꽃이 점점 작아지더니 나중에는 잿더미와 그 속에 점점이 박힌 작은 불씨만 남았다. 그는 다음번 비가 남은 불씨마저 다 꺼뜨려주길 바랐다. 그러면 그동안 산산조각 난 것들을 잘 모아서 다시 정리할 수 있을 테니. 거리 곳곳에 군인이 돌아다니고 경찰은 점점 악랄해졌으며 물자 통제도 심해졌다. 스즈코의 집처럼 아버지가 시역소에 다니는 가정도 네 식구를 부양하기 힘들었고, 물자 부족이 심각해져 과일을 팔던 조부모가 과일이 없어서 장사를 그만두어야 하는 지경이었다.

거의 모든 물자가 전쟁에 투입되어 사람이 먹거나 사람을 죽이는 데 쓰였다. 쇠솥, 삽, 농기구를 모조리 가져다가 녹여 무기를 만들고 자전차, 인력거, 달구지도 모두 거두어다 '정신보국대'를 조직했다. 스즈코는 개와 고양이도 쓸모만 있다면 징용당할 거라고 생각했다. 농민들이 수확한 쌀도 대부분 정부에서 가져갔다. 자기 손으로 기른 것도 먹을 수 없는 현실보다 더 절망적인 것이 있을까. 언제부턴지 모르지만 강가에 사는 사람들이 강가에서 거북이를 잡아다 먹기 시작했다. 몇몇 노인들이 배가 까만 거북이는 먹으면 안 된다고 했지만 그 말을 무시하고 잡아다 먹었다. 거북이에게 고무 조각을 물려 목이 등딱지 속으로 들어가지 못하게 잡아놓고는, 재빨리 목을 치고 죽도로 거북이 배를 갈라 내장을 빼냈다. 거북이는 죽기 전에 네 다리를 우스꽝스럽게 바둥거렸는데 군 병원에서 간호견습생으로 일하던 스즈코는 그 광경을 보지 않으려 피해 있다가 거북이 고기를 익혀 사람들에게 나눠주었다. 그때 그는 머지않아 강에서 거북이가 거의 사라지게 될 거라는 생각을 하지 못했다.

공습 반경이 점점 섬에 가까워지자 가쓰누마 선생은 스즈코 아버지에게 도쿄 우에노동물원에서 이미 일부 동물을 사살했다며 위안산동물원도 곧 그래야 할 수도 있다고 했다. 공습에 놀란 동물들이 우리를 부수고 뛰쳐나올 가능성을 사전에 방지하기 위한 조치였다. 쇼와 18년(1943) 시역소 기술사와 동물원 사육사, 생물학 교수가 공동으로 그 임무를 맡아 처리했고, 가쓰누마도 전 과정에 참여했다.

사육사, 아니 동물 살해사가 된 이들이 제일 먼저 나이가 많고 부드러운 코와 입, 온화한 눈빛을 가진 갈색곰을 철판이 깔린 지하 우리로 유인한 다음, 전류가 흐르는 몽둥이를 곰의 얼굴에 휘둘렀다. 곰이 본능적으로 몽둥이 끝을 입으로 물자 고압 전류가 곰의 거대한 몸으로 흘러 들어갔다. 곰의 몸에서 고목이 도끼날에 쪼개질 듯 말 듯 할 때처럼 찌걱찌걱 소리가 나더니 곰이 바닥으로 퍽 고꾸라졌다. 하지만 얼마 안 가 갈색곰이 우람한 몸집을 다시 일으켰다. 동물 살해사가 다시 쇠몽둥이를 휘두르자 의식이 혼미한 곰이 또다시 본능적으로 몽둥이를 물었고 또 한 번 전기 충격을 받고 쓰러졌다. 그렇게 세 번을 반복한 뒤에야 곰의 숨이 완전히 끊어졌다.

사자 아중과 다른 암사자, 호랑이 들도 같은 방식으로 '처치'

됐다. 가쓰누마 선생은 아중이 죽을 때 근육이 통제를 잃어 턱 전체가 내려앉는 바람에 바닥에 침이 흥건하게 고였다고 했다. 동물 사살이 끝나고 현장에 있던 사람들은 사체를 향해 허리를 깊이 숙였다. 존경의 뜻이 아니라 알 수 없는 죄책감의 표현이었다.

가쓰누마 선생이 안타까운 한숨을 내뱉었다. "사실 사자에게 먹일 말고기와 물소고기도 없었어. 그렇지만 사자에게 먹이를 주고 체중을 재고 씻기고 우리를 청소하던 사람에게 그 임무를 맡긴 건 정말……."

"동물들의 사체는 어떻게 했어요?" 스즈코가 물었다.

"사자, 호랑이, 곰의 고기는 시의원과 고위층에게 나눠줬어. 동물원에선 아무도 그걸 먹으려 하지 않았으니까. 곰고기는 질겨서 삼킬 수가 없고 사자고기는 먹으려면 먹을 수야 있지만 누린내가 심했다고 하더구나. 겨우 그 고기가 아까워서 초산 스트리키닌을 먹여 독살하지 않고 전기충격으로 사살했던 거지. 전시니까! 죽은 동물의 고기도 버릴 수 없던 거야." 가쓰누마 선생의 눈가에서 눈물이 반짝였다. 스즈코는 죽음의 냄새만이 떠도는, 모든 동물 우리가 사신死神에게 점령당한 텅 빈 동물원을 생각하기만 해도 숨쉬기가 힘들었다.

스즈코는 가쓰누마 선생이 동물들을 사살했다는 시간에 아중이 울부짖는 소리를 들었는지 기억해내려고 애썼지만, 그런 기억이 없었다. 그 며칠 스즈코는 평소처럼 할아버지의 과일 장사를 돕고 집을 청소하고 병원에서 당직 근무를 하고 침대에서 깊은 잠을 잤다. 죽음은 그렇게 소리 없이 살금살금 찾아와 아무

일 아닌 듯 당당하게 생명을 앗아 갔다.

행운이라고 할 수 있을지 모르겠지만, 이치로는 첫 사살 대상이 아니었다. 온순하고 공격성이 없는 데다가 일본 덴노지동물원에서 가장 인기 있는 동물로 꼽힌 적 있기 때문이었다. 하지만 이미 성년이 된 이치로가 행여라도 도망칠까 봐 우리 밖에 철창을 한 겹 덧씌우고 방탄 석벽까지 세웠다.

하지만 일 년 뒤 가쓰누마 선생이 비보를 전했다. 이치로가 이미 '처치'됐다는 것이었다. 스즈코는 그 후로 아주 오랫동안 칙사대도를 지나가는 것조차 할 수 없었다.

스즈코가 회상하는 동안 우리는 아시아열대우림구역에 도착했다. 나는 휠체어를 밀고 아시아코끼리 우리 앞으로 갔다. 그곳은 관람 구역이 커다란 유리로 막혀 있어서 코끼리 체취가 그리 강하지 않았다. 위안산동물원에서 관람객들이 땅콩을 손바닥에 올려 린왕과 마란에게 주는 걸 본 적이 있었다. 코끼리들은 긴 코를 뻗어 사람들의 손바닥에 있는 땅콩을 후루룩 빨아들였다.

마침 식사 시간이었기 때문에 코끼리 두 마리가 초조하게 문 앞을 서성이며 사육사가 먹이를 가져오길 기다리고 있었다. 얼마 안 돼 남자 사육사 두 명과 여자 사육사 한 명이 들어와 코끼리들에게 건초를 나눠주더니 여자 사육사가 바닥에 흩어져 있는 코끼리 똥을 재빨리 삽으로 떠서 치웠다.

스즈코가 말했다. "때로는 갇혀 있다는 사실보다도 동물원의 청결 유지가 동물들을 더 불안하게 만들어요. 동물들한테는 자신의 생활 반경 안에 일부러 배설물이나 체취를 남기는 습성이 있는데 동물원은 청결해야 하잖아요. 세균 감염의 위험 때문이기도 하고, 관람객에게 불쾌감을 줘서도 안 되니까요. 하지만 그런 청결 유지가 동물들을 불안하게 하죠."

"그렇군요. 사람도 익숙한 냄새를 그리워하니까요."

"맞아요. 코끼리는 점프를 못 하기 때문에 주위에 180센티미터 깊이의 도랑만 파놓아도 가둘 수가 있어요." 코끼리 얘기를 할 때 스즈코의 눈빛은 언제나 온유했다. "코끼리 눈빛이 특별해 보이지 않나요? 코끼리는 눈이 아주 작지만 사람을 매료하는 지혜로운 눈빛을 가졌어요. 수컷 코끼리가 발정기가 되면 양쪽 눈 옆의 작은 분비샘에서 페로몬이 분비돼요."

나는 스즈코의 얘기를 들으며 이치로가 오리이 선생님의 손을 잡고 칙사대도를 따라 걸을 때의 심정을 상상했다. 또 그 '동물 처치' 과정에서 이치로가 들었을 갈색곰의 낮은 포효를, 호랑이의 불안하지만 위엄 있는 울부짖음을, 사자가 곧 전류가 흐르게 될 철판 위에서 발톱을 오므리지 않고 서성일 때의 쿡쿡 하는 소리를 상상했다. 사자 이마에는 언제나 우울한 주름이 파여 있었다. 깊은 밤 사신이 동물 우리 밖을 서성이다 떠난 지 얼마 안 된 어느 날, 도저히 이해할 수 없는 상황이 다시 찾아왔을 것이다.

지금 코끼리 우리에 있는 코끼리들은 동물원에 새로 온 코끼리들이었다. 전쟁을 겪지 않은. 비교적 운이 좋다 해야 할까? 문득 사비나가 얘기했던 《가엾은 코끼리》라는 동화가 떠올랐다.

그를 만난 날 인터넷을 검색하다가 그것이 전쟁 말기 우에노동물원에서 사살된 코끼리들의 이야기라는 걸 알았다.

"《가엾은 코끼리》, 그러니까 일본어로 하면 '가와이소나조'인데, 혹 이 이야기를 아세요?"

스즈코가 고개를 저었다.

제2차 세계대전 말, 일본 각지의 동물원에서 동물들이 사살되었는데 우에노동물원은 그중에서도 초기에 동물을 사살한 곳이었어요. 당시 우에노동물원에 존, 통키, 하나코라는 유명한 코끼리 세 마리가 있었어요. 전쟁이 막바지로 치닫자 매일 밤 도쿄에 폭탄이 비처럼 쏟아졌고, 어르신 말씀처럼 동물들이 우리를 부수고 나오고, 맹수들이 시내를 뛰어다니는 사고가 발생할까 두려워 많은 동물들을 사살했어요.

맹수 다음은 코끼리 차례였죠. 사육사들이 주사기로 독극물을 주입하려 했지만 주삿바늘이 코끼리의 두꺼운 가죽을 뚫고 들어가지 못했어요. 똑똑한 코끼리들은 독약이 든 먹이를 거부했고요. 그래서 하는 수 없이 코끼리들을 아사시키기로 했어요.

며칠 뒤 존이 먼저 죽고, 통키와 하나코도 나날이 야위고 생기를 잃어갔어요. 하지만 훈련받은 코끼리들은 사육사가 다가가면 비틀비틀 일어나 재롱을 부렸어요. "어서 먹이를 주세요, 먹을 것을 주세요"라는 뜻이었죠.

물론 먹이를 얻지 못했지만 통키와 하나코는 서로 등을 맞대고 재롱을 부렸어요. 마지막 남은 기력으로 뒷다리를 펴고 앞다리를 구부린 채 코를 높이 들어 만세 부르는 자세를 보여주었어요. 하지만 전쟁은 계속되었고 먹이를 먹지 못한 코끼리들은 결국 굶어 죽고 말았어요.

지금도 우에노동물원에 세 코끼리의 무덤이 있답니다.

이야기를 들은 스즈코가 깊은 골짜기에 돌멩이를 던진 뒤, 메아리를 기다리는 듯 침묵하다가 한참 만에 입을 열었다. "내가 알기로, 전쟁을 위해 코끼리를 죽인 일이 처음 일어난 건 독불전쟁 당시 파리가 포위됐을 때였어요. 파리식물원에서 코끼리 두 마리가 사살됐죠. 그 이야기와 아주 흡사해요. 서로의 그림자인 것처럼." 스즈코가 또 침묵했다. 건초를 우물거리는 코끼리 입을 가만히 바라보다 다시 말을 이었다. "아버님 얘기를 들려줘서 고마워요. 종전 후 삼 년째에 우리 아버지도 그렇게 사라지셨어요."

이치로의 죽음으로 큰 슬픔에 빠진 스즈코는 타이난육군병원 간호사로 자원해서 옮겨 갔다. 그의 생활도 군인과 다를 바 없었다. 남양군도에서 부상을 입은 수많은 군인이 임시로 그곳으로 후송된 뒤 정식 치료를 위해 다른 병원으로 옮겨지거나 일본으로 송환될 날을 기다렸다. 스즈코는 온종일 쉬지 않고 부상병을 돌보았다. 잠시라도 쉬면 타이베이에 있는 아버지와 조부모, 사살당한 동물들, 굶주림에 배가 홀쭉해진 마 양이 생각났기 때문이다. 꿈에 자꾸만 거북이가 나왔다. 거북이 배가 하늘로 향하고 사지가 버둥거렸다.

스즈코가 마지막으로 마 양을 본 건 쇼와 19년 가을이었다. 코끼리 우리 안에 서 있는 마 양의 회갈색 피부는 이미 광택을 잃고, 가는 털도 듬성듬성 빠져 있었으며, 눈꺼풀에는 눈곱이 달려 있었다. 굵은 다리가 제대로 몸을 가누지도 못할 정도로 휘청거렸다.

쇼와 20년 늦봄, 스즈코를 예뻐하던 할머니가 돌아가신 뒤 그는 마닐라 야전병원의 종군간호사로 가려던 계획을 포기하고 할머니의 장례를 위해 타이베이로 돌아왔다. 스즈코는 깊은 슬픔 속에서 상을 치르는 동안 아버지가 무심코 뱉은 말을 들었다. 최근에 몇몇 장교들이 코끼리고기를 배급받았다는 것이었다.

마 양이 '처치'된 걸까?

아버지의 자전차를 타고 동물원으로 달려갔지만 마 양의 모습이 보이지 않았다. 가쓰누마 선생을 찾아가 마 양의 행방을 물었지만, 지친 기색이 역력한 가쓰누마 선생은 말을 얼버무리기만 할 뿐 마 양이 사살됐는지, 아니면 군수 운반용으로 끌려갔는지 분명히 말해주지 않았다.

"스즈코, 아직은 말할 수가 없구나. 전쟁이 끝나는 날 우리가 다시 만날 수 있다면 그때 모든 걸 얘기해주마."

"전쟁은 반드시 끝날 거예요." 스즈코가 말했다.

"나도 그렇게 생각해." 가쓰누마가 말했다.

"그러니까 말해주세요. 마 양이 아직 살아 있나요?"

가쓰누마 선생이 고개를 끄덕였다.

쇼와 20년 5월 말, 타이베이에 대대적인 공습이 닥쳤다. 무차별적으로 쏟아진 포탄이 정부기관, 타이베이공원, 타이베이 역, 절, 성당 위로 떨어지고, 범죄자, 양민, 군인 등 수많은 사람이 목숨을 잃었다. 공습경보 사이렌이 울리자 동물원에 아직 살아 있던 초식동물들이 놀라 펄쩍펄쩍 뛰어다니고, 임시로 동물원에 수용되어 있던 전마들이 날카로운 소리로 울부짖었다. 입마개가 채워진 군견들은 낮게 으르렁거리고, 군용비둘기들은 날개를 푸드덕거리며 새장 벽으로 날아가 부딪혔다. 벽돌과 기와가 흙먼지로 변하고 자동차는 공중으로 솟구쳐 올랐다 떨어졌으며 건물은 모두 부서지고 시멘트 도로에도 깊이를 알 수 없는 거대한 구멍이 뚫렸다.

스즈코는 이 폭격으로 할아버지와 집의 절반을 잃고 다시 동물원에 갈 기회도 잃었다. 점점 치열해지는 전쟁 상황 때문에 동물원이 폐쇄됐기 때문이다. 게다가 가쓰누마 선생의 소식도 들을 수 없었다. 설마 그도 폭격에 목숨을 잃은 걸까?

쇼와 20년 가을, 전쟁이 끝났다. 갑작스러운 종전 소식에 사람들은 혼란에 빠졌다. 어제까지도 신과 같았던 천황이 하루아침에 패배자로 전락하고, 사람들을 괴롭히던 군인들도 일제히 무장해제되었다. 날카로운 발톱이 뽑힌 그들은 겁쟁이가 되었고, 가끔 거리에서 마주치면 예전의 그 사람이 맞는지 믿기 힘들 정도였다.

위안산동물원은 이듬해에 다시 문을 열었다. 스즈코는 개장하는 날 이른 아침 동물원에 입장했다. 코끼리 얼굴을 부조로 장식한 코끼리 우리가 가까워질수록 심장이 미친 듯이 뛰었다. 우리 안에 비스듬히 서 있는 야윈 코끼리가 보였다. 마 양과 무척 비슷했다. 예전에 마 양이 우리 앞에 있는 돌기둥에 성난 발길질을 했다가 무릎을 다친 뒤로 바닥에 눕지 못하고, 금방 무너질 듯한 담장처럼 오른쪽으로 기우뚱하게 서 있던 적이 있기 때문이다.

"마짱! 마짱!" 스즈코가 멀리서 코끼리를 불렀다.

우두커니 서 있던 코끼리가 머뭇거리는 듯하다가 천천히 발을 내디뎌 코를 길게 뻗더니 멀리 있는 스즈코의 머리 위에서 냄새를 맡고는 "뿌우" 하고 긴 울음소리를 내뱉었다. 스즈코도 메아리처럼 그 소리를 흉내 내 긴 울음소리를 내고는 철창을 끌어안고 와락 울음을 터뜨렸다. 너무 오랫동안 참았던 눈물이 마침내 터져 나와 그칠 줄 모르고 흘러내렸다.

전쟁이 끝난 뒤 스즈코는 병원에서 다시 일자리를 찾았고, 그동안 쌓인 경험과 꾸준한 공부를 통해 정식 간호사가 되었다. 하지만 그의 아버지는 시역소에서 일했다는 이유로 일자리를 구할 수 없었다. 아버지는 폭격에 부서졌던 집을 수리해 다다오청에 가게를 열었다. 그 후 부녀는 아주 오랫동안 감히 미래를 상상하지 못한 채 그저 하루 또 하루 생활이 멈추지 않기만을 바라며 근근이 버텼다.

일이 터진 그날 스즈코는 병원 근무중이었다. 퇴근하고 병원을 나서는데 아버지가 굳은 표정으로 병원 문 앞에 서 있었다.

거리에서 소요가 발생하자 스즈코에게 무슨 일이 생길까 딸을 데리러 온 것이었다. 집에 돌아간 뒤 아버지는 그에게 각별히 조심하라고 당부했다. 그처럼 일본 정부 밑에서 일했던 사람들에게 불안한 상황이 닥치고 있었다.

이튿날 퇴근하고 돌아와 보니 아버지의 가게 문이 굳게 닫혀 있었다. 이웃에게 물었지만 아버지를 보지 못했다고 했다. 아버지의 자전차가 자물쇠가 채워진 채 가게 옆에 조용히 세워져 있었다. 어딜 가서 아버지를 찾아야 할지 망설이다가 병원에 휴가를 낸 뒤 가게 문을 열어놓고 기다렸다. 밤은 길고 추웠고, 도시 전체가 잠들지 못했다.

며칠 뒤 새벽, 타이베이철교 아래 단수이 강에 희미하게 감돌았던 그 올리브색을 스즈코는 영원히 잊지 못할 것이다. 햇빛이 반사된 색깔이었다. 그는 집에 있던 중 사람들의 놀란 외침을 들었다.

"상어다! 상어!"

단수이 강에 어떻게 상어가 나타날 수 있지?

밖으로 뛰어나가 보니 사람들이 철교 위에 모여 밑을 내려다보고 있었다. 인파에 휩쓸려 철교 위로 올라가 강의 상류 쪽을 바라보았다. 여전히 똑같은 강이었다. 어릴 적 친구들과 항구로 들어오는 복선을 구경하고, 철교에서 풍덩 뛰어들던 그 강. 그런데 남실거리는 금빛 물결이 그날따라 유난히 눈부시게 빛나고, 반사된 물빛 사이로 검은 물체가 떠 있는데 얼핏 보면 정말로 상어 지느러미 같았다.

사람들이 웅성대는 사이에 상어 지느러미가 점점 가까워졌다. 눈 밝은 사람들은 이미 그게 상어가 아니라 표류하는 물체임을 알았다. 어느 담력 좋은 사람이 강물로 뛰어들어 물속에 들어가서 보고는 큰 소리로 외쳤다. "시체야! 시체야!" 죽은 사람들의 팔다리가 한데 묶여 시체들의 등만 수면 위로 떠올라 상어처럼 보였던 것이다.

시체를 확인한 사람들이 서둘러 기슭으로 올라가 소리 없이 뿔뿔이 흩어지고, 철교 위에서 구경하던 사람들도 별안간 입을 꾹 다물고 바람에 흩날린 모래처럼 잰걸음으로 사라졌다.

스즈코의 아버지는 그날 이후 영영 돌아오지 않았다. 오랫동안 한 가지 생각이 매일 밤 피로와 허기처럼 몸에 들러붙어 그를 놓아주지 않았다. 그 시체들 중에 아버지가 있지 않았을까? 왜 그때 물에 뛰어들어 상어들을 일일이 뒤집어 확인해보지 않았을까?

"한동안 이제 내 인생에서 행복도 불행도 전부 무의미해졌다고 생각했어요. 그저 그렇게 흘러갈 뿐. 누군가를 진정으로 사랑할 수 없는 시대였어요." 스즈코가 한숨을 내쉬고는 휠체어를 계속 밀어달라고 했다.

내리막길을 내려가자 판다관이 나왔다. 마음이 조급해지기 시작했다. 스즈코가 아직 무 선생 얘기를 꺼내지 않았기 때문이다.

용기를 내어 스즈코에게 물었다. "참, 무 선생님의 이야기를 아직 해주지 않으셨어요."

스즈코가 옆에 있는 노천 테이블을 가리키며 나무 그늘 밑으로 가자고 했다. 황로 몇 마리가 사람을 조금도 무서워하지 않고, 관람객이 남기고 간 음식물을 찾아 이리저리 돌아다녔다. 놀랍게도 원래 소 등이나 논에서 벌레를 잡아먹는 황로가 바닥에 떨어진 감자튀김과 치킨 조각을 쪼아 먹고 있었다. 때때로 동물들은 환경에 의해 아주 쉽게 변화한다. 그들은 환경에서 가장 유리한 생존 방식을 찾아내지만 그 안에 새로운 위험이 도사리고 있다는 것을 알지 못한다. 야생의 들판보다는 코뿔소, 얼룩말, 하마 우리에서 먹을 것을 찾기가 훨씬 쉽고, 동물 우리보다는 식당 옆 노천 테이블에서 먹이를 구하기가 훨씬 수월하다. 나는 그 역시 본능일 거라고 생각했다.

스즈코가 목구멍에 걸려 있는 일들을 억지로 삼키려는 듯 물병을 열어 물을 몇 모금 마셨다.

"무 분대장. 난 그 사람을 무 분대장이라고 불렀어요."

스즈코가 무 분대장을 다시 만난 것은 아시아코끼리 우리 앞에서였다.

그날 무 분대장은 카키색 작업복에 진갈색 집업 재킷을 입고 손바닥을 위로 향한 채 팔을 허공으로 뻗어 올리고 있었다.

세월에 시각과 후각을 침식당한 코끼리 린왕이 주먹 같은 긴 코를 뻗어 멀리 있는 그의 손을 향해 숨을 뱉었다. 린왕은 남자의 손을 코로 직접 만질 수 없었지만 스즈코는 린왕이 내쉰 숨결에 정이 담겨 있으며 그 숨결이 전기 철조망, 관목, 와이어로프 울타리를 넘어 남자의 손바닥에 전해졌음을 분명히 느꼈다. 코끼리 코는 4만 개 넘는 근육으로 이루어져 있다고 했다. 그건 신비한 영민함과 힘의 결합이었다. 코끼리는 코로 땅콩을 주울 수도 있지만 사자를 죽일 수도 있다.

"심지어 코끼리는 코로 사랑을 표현하기도 해요." 스즈코는 코끼리에 관한 과학서에서 읽었다고 했다.

린왕과 남자의 모습을 보고 놀란 스즈코가 나이가 지긋하고 만면에 세월의 흔적이 내려앉았으며 어떤 일에든 미안한 표정을 짓고 있는 남자에게 다가갔다. 스즈코는 문득 그가 설산에서 우에스기 선생을 구해준 키 큰 노병과 비슷하다고 생각했다.

"숨결이 정말 손바닥에 닿았나요?" 스즈코가 물었다.

"정말 닿았어요." 노병이 대답했다.

스즈코는 일생에는 한 번의 결혼과 한 명의 아들이 있었다. 이혼했을 때 아들은 스물한 살이었고 혼자 영국에서 석사과정을 밟고 있었다. 이혼 서류에 도장을 찍던 날 스즈코는 자신이 다시는 사랑에 빠질 수 없을 거라고 생각했다. 고독이 그의 후반생을 보낼 가장 좋은 거처였고, 이미 그럴 준비도 되어 있었다. 그림을 그릴 수도, 세계 각지의 동물원을 다닐 수도 있었다. 그런데 그때 스즈코는 눈앞의 이 남자에게서 남들과 다른 냄새가 난다고 느꼈다. 진흙 내가 섞인 특별한 냄새. 군 병원에서 일할 때 맡아본 적이 있었다. 죽음의 문턱에서 도망친 사람에게서 나는 경계심 가득한 냄새.

"어떻게 하신 거예요?"

자신을 무 분대장이라고 칭하는 그가 말했다. "우린 오십 년 전에 만난 사이입니다."

무 분대장은 과거 인도 주둔 중국군 소속으로 후쾅 계곡에서 일본군 제18사단을 상대로 치열한 전투를 벌인 경험이 있었다. 나중에 스즈코는 무 분대장에게 미얀마 전투 때 얘기를 들려달라고 했지만 무 분대장의 얘기는 하나같이 롱숏으로만 찍은 영화 같았다. 마치 그 전투에 갑자기 불어난 계곡물과 영원히 넘을 수 없는 산맥, 끝없는 우기밖에 없었던 것처럼. 그는 늘 조심스럽게 무언가를 피하는 듯했다.

그러다 어느 날 스즈코가 줄곧 입 밖으로 꺼내지 않으려 했던, 단수이 강에서 상어처럼 표류하는 시체를 본 옛일을 얘기했다. 그러자 열쇠를 교환한 것처럼 그도 자신이 코끼리와 헤어졌다가 다시 만난 이야기를 처음부터 끝까지 자세히 들려주었다.

무 분대장은 고된 미얀마 전투에서 살아남은 뒤 포로로 잡힌 코끼리 열세 마리를 만났다. 코끼리와의 만남은 그의 몸에 또렷이 남은 전쟁의 흔적과도 관련이 있었다. 무 분대장의 오른손 중지가 기관총에 맞아 날아가고 엄지와 검지도 한 마디밖에 없었다. 그 부상 때문에 후방 부대에 배치되었다가 거기서 코끼리를 만난 것이다. 코끼리 열세 마리 중에는 늙은 코끼리와 새끼 코끼리가 섞여 있었는데, 젊은 수컷 코끼리의 멋진 체형이 그의 눈길을 사로잡았다. 미얀마 조련사가 그 코끼리를 '아메이'라고 부르

는 걸 듣고 중국 부대원들도 코끼리를 '아메이阿妹'*라고 불렀
다. 아메이는 병사들이 한나절 동안 도끼질을 해도 베지 못하는
커다란 나무를 가볍게 머리로 들이받아 쓰러뜨리고, 긴 코로 나
무를 들어 올려 트럭에 실었다. 무 분대장이 코끼리들과 몇 개월
함께 지내며 코끼리들에게 점점 신뢰를 얻자 그에게 임무가 맡
겨졌다. 미얀마 조련사에게 훈련받은 동료들과 함께 코끼리를
중국으로 이송하라는 것이었다.

부대장은 그들에게 코끼리 부대를 데리고 윈난으로 가서 중
국 영토 내에 있는 일본군에 대한 반격 명령을 기다리라고 했다.
그런데 이 장거리 행군의 절반쯤에서 일본이 연합군에게 무조
건적인 항복을 선언했다. 노새와 코끼리로 이루어진 수송 부대
가 험난한 버마로드**를 따라 윈난, 구이저우, 광시, 광둥을 거쳐
1천 킬로미터의 기나긴 행군을 하는 사이 코끼리 여섯 마리가
죽고 일곱 마리만 남았다.

무 분대장은 임무가 끝난 뒤 원래 소속인 보급 부대로 귀속되
었고 공산당 군대와 여러 차례 전투를 치른 뒤 대만으로 퇴각했
다. 그러는 동안 코끼리들이 어떻게 됐는지 알 수 없었는데 몇
년 뒤 아메이가 위안산동물원에 왔다는 소식을 들었다. 위안산
동물원에 있는 린왕이 바로 아메이였다.

---

* 　대만에서 메이妹는 여동생을 뜻한다.
** 　제2차 세계대전 당시 미얀마에서 중국 윈난 성 쿤밍까지 이어진 약 1130킬로미터의 기나긴 보급
　　로로, 중국 국민당 정부가 외부에서 군수물자 등을 보급받기 위해 완성했으며 절벽을 따라 길을 내
　　는 등 지세가 험하기로 유명하다.

처음 린왕을 보러 동물원에 왔을 때 무 분대장은 린왕이 자신을 기억하고 있길 기대하지 않았다. 코끼리가 똑똑한 동물이기는 하지만 그 정도로 기억력이 좋은지 알 수 없었고, 특히 헤어져 있는 동안 너무 많은 일이 있었기 때문이다. 그런데 그가 코끼리 우리 앞에서 낮은 소리로 "아메이, 아메이" 하고 부르자 린왕이 아치문 뒤에서 걸어 나오더니 그를 향해 비록 들리지는 않지만 공기의 진동으로 느낄 수 있는 낮은 울음을 울었다. 그러고는 긴 코를 뻗어 무 분대장의 머리, 어깨, 가슴을 거쳐 성기 근처의 냄새를 맡더니(코끼리가 상대를 식별하는 데에 중요한 근거가 된다) 제 부드럽고 따뜻한 코를 무 분대장의 세 손가락이 없는 손바닥에 올렸다.

그때부터 무 분대장은 한 달에 적어도 두세 번씩 린왕을 보러 갔다. 동물원이 무자로 이전한 뒤에도 변함이 없었다. 심지어 그는 린왕에게 가까이 다가가려고 동물원에서 모집하는 자원봉사에도 지원했다. 그와 린왕은 울타리를 사이에 두고 말없이 서로를 응시하며 밀림에서 함께 지냈던 때를 회상했다.

스즈코가 무 분대장을 알게 된 후 제일 자주 산책하러 간 곳도 동물원이었다.

한번은 야행성동물관의 어둠 속에서 무 분대장이 물었다. "스즈코, 동물원의 시간은 바깥세상과 다르게 흐르는 거 같지 않아요?"

"왜 그럴까요?"

"동물들이 생활하는 시간대가 인간과 다르기 때문이에요. 시간은 동물의 몸길이와 정비례한대요."

"웅? 그게 무슨 뜻이에요?"

"나도 잘 모르겠지만, 아마 이런 뜻일 거예요. 동물의 몸집 크기는 동물이 살아온 시공의 환경과 밀접한 관계가 있어요. 공간이 동물의 시간 감각까지 바꿔놓죠. 하지만 인간이 시계를 발명한 뒤로 시간 감각이 문화적 관습처럼 변했어요. 학교는 우리가 일곱 시까지 학교에 가야 한다고 정해놓고, 부대는 우리가 다섯시에 일어나야 한다고 정해놓았어요. 우리 몸이 요구하는 것과 다르게 말이에요. 하지만 다른 동물들은 몸으로 그런 것들을 느끼죠.

봐요. 두더지는 대부분의 시간을 땅속에서 지내기 때문에 그들에게 필요한 공간은 땅굴이고, 시간 감각이 일출과 일몰에 맞춰져 있지 않아요. 얼룩말도 자기들의 시간에 따라 생활하는데 그 시간은 초원의 어떤 식물이 시들고 무성해지는 시기와 관련이 있을 거예요. 동물원에 갇혀 있어도 뱀은 겨울잠을 자고 황새는 봄이 되면 날고 싶은 충동에 사로잡혀요. 타고난 본성은 빼앗을 수 없어요. 동물이 사람의 시간에 맞추는 게 아니라 사람이 동물의 시간에 맞춰야 좋은 동물원이라고 생각해요."

그 순간 스즈코는 무 분대장의 얼굴에 수줍은 자신감이 떠오르며 눈부시게 빛나는 것을 보았다.

"그런데 동물원의 동물들이 진정으로 자기 시간에 맞춰 살 수 있다고 생각해요?"

무 분대장이 웃으며 말했다. "스즈코, 날 봐요. 난 이미 노인이에요."

그는 뒷짐을 지고 있었다. 그가 습관적으로 하는 동작이었다.

"스즈코 당신은 정말로 시간에 자기 것이 있다고 생각해요?"

스즈코는 무 분대장과 얘기를 나눌 때면 가끔 머리가 약간 어지럽고, 비현실적인 느낌이 들었다. 입을 벌려 말을 할 때 치아가 가늘게 떨리고 가끔은 자기도 모르게 입가에 어렴풋한 미소가 번지기도 했다. 그는 세 번의 연애를 했고, 세 번째 연애 상대와 결혼했다가 이혼했다. 이번 생에 자신에게 주어진 사랑에 관한 임무는 완수했다고 생각했다. 문제를 다 풀었으니 더는 풀 문제가 없다고 말이다. 하지만 눈앞에 있는 이 남자를 만난 뒤 다시 문을 열고 싶어졌다. 그를 안으로 불러 깨끗이 닦은 탁자에 함께 자리를 잡고 오후 내내 창밖 풍경을 바라보고 싶었다.

무 분대장이 몸을 돌려 출구로 걸어가자 그의 뒷모습이 잘 보이지 않았다. 야행성동물관을 나온 뒤, 스즈코는 여전히 넓지만 세월을 거부할 수 없는 그의 어깨가 금방이라도 성큼성큼 숲으로 걸어 들어가 다시는 돌아오지 않을 것 같았다. 그들은 시간이 하루하루 줄어드는 사람들이었다. 앞으로 어떻게 하자는 말 대신 앞으로 얼마의 시간이 더 있다면 어떻게 할 것인지를 얘기하는 사람들.

무 분대장은 행복표 자전거에 스즈코를 태우고 다다오청 옆 강변으로 가 산책을 했다. 햇빛을 반사해 형언하기 힘든 색채로 흐르는 강물 앞에서 스즈코는 아버지, 이치로, 마 양, 가쓰누마 선생의 이야기를 반복해서 무 분대장에게 들려주었다. 이불 속에서 꾸고 또 꾸는 꿈처럼.

무 분대장은 유일하게 그때만 스즈코에게 말하고 있다는 것도 잊은 채, 자기도 모르게 전쟁과 가까운 화제를 꺼냈다.

"우리 부대가 처음 미얀마에 들어갔을 때 인적이라곤 없는 원시 밀림에 주둔했어요. 숙영지를 만들라는 사단장의 명령에 버마식 칼로 풀을 베어낸 뒤 움막을 지었어요. 짐승의 공격, 특히 독사에게 물려 죽을까 봐 뱀 포획 대회를 열기도 했죠. 그 보름 동안 근처에 있는 뱀, 염소, 원숭이, 토끼를 거의 다 잡아 없앴어요.

밧줄로 뱀의 목 이쪽을(무 분대장이 자기 목을 만졌다) 묶어서 숙영지 움막 사방에 걸어놓았어요. 뱀은 쉽게 죽지 않아요. 척추가 수많은 관절로 되어 있어서 밧줄로 매달아놓으면 정말 상상도 못 할 방식으로 몸을 비틀어요. 색깔과 무늬도 아주 다양해요. 빨간 뱀, 파란 뱀, 초록 뱀, 심지어 금색 뱀도 있어요. 뱀들은 이런 방식으로 죽는다는 걸 믿을 수 없다는 듯이 격렬하게 몸을 비틀었어요.

그렇게 며칠이 지나자 숙영지에 뱀 사체 냄새가 진동했어요. 어느 날 밤 보초병이 숲에서 이상한 소리가 들린다고 보고하자 대대장이 일본군 전초 부대가 우리 숙영지를 발견했을 수도 있다면서 사방을 향해 총을 난사하라고 지시했어요. 각종 기관총과 소총을 일제히 들어 연달아 발사했죠. 심지어 박격포까지 동원됐어요. 다음 날 아침 수색 중에 코끼리를 발견했어요. 몸에 셀 수 없는 총알 구멍이 뚫리고, 흘러나온 피는 다 굳어 회백색으로 변해 있었어요. 한쪽 다리는 박격포를 맞아 떨어져 나갔고요. 우리는 그 코끼리를 먹었어요. 코끼리고기는 적어도 삼 분은 씹어야 간신히 삼킬 수 있을 만큼 질겨요. 그때 우린 젊었고, 앞으로 형제의 고기는 먹어도 코끼리고기는 절대 먹지 않겠다며 웃어댔죠. 부대장이 그걸 듣고 호되게 야단치고는 처음 그 농담을 꺼낸 내게 별로 뱀 백 마리의 껍질을 벗기라고 했어요. 살아 있는 뱀은 죽은 뱀보다 껍질을 벗기기가 쉬워요. 껍질을 벗기는 순간 심장이 뛰는 기묘한 쾌감을 느꼈어요.

하지만 난 그 일 이후로 다시는 육식을 하지 않아요. 산 생명을 죽이는 게 두려워서가 아니라 인간도 생물의 일종인데 생물을 잡아먹는 것이 하늘의 도리를 어기는 일 같아서요. 그 밀림에서 죽인 생명만으로 내 일생의 살생 한도를 다 채웠다는 생각이 들었어요."

스즈코는 말없이 듣기만 했다. 아무 말도 하지 않았고, 그의 얘기에 자기 생각을 말하지도 않았다. 그저 그의 자전거 뒤에 탄 채로 고개를 돌려 그의 등에 뺨을 대고 있었다. 그러면 말로 전하지 않은, 낮고 먹먹하고 체온이 담긴 목소리를 들을 수 있었다.

그 무렵 린왕은 심한 광포기를 겪고 있었다. 린왕은 이미 나이가 많은 노년기였으므로 발정 때문일 가능성은 거의 없었다.* 린왕은 자기가 듣는 소리의 냄새를 맡으려는 것처럼 긴 코를 귓속에 넣곤 했다. 수의사와 전문가들은 린왕이 1969년 직장 수술을 받을 때 정신적으로 심한 불안감을 느낀 뒤 후유증으로 광

---

* 수컷 코끼리가 약 25세가 되면 주기적으로 발정기가 찾아오는데 이 시기에 몹시 광포해져 '발정 광포기'라고도 부른다.

포한 상태가 장기간 지속되는 것이라는 진단을 내렸다.* 하지만 무 분대장은 늙은 린왕의 가슴 깊숙한 곳, 오랜 세월 침잠되어 있는 그 기억 때문이라는 걸 알고 있었다.

그는 그때의 기억은 뭐든 부식시키기 때문에 린왕의 마음속 어딘가가 그 기억으로 인해 타버렸을 것이라고 스즈코에게 말했다. 린왕을 겪어본 그로서는 린왕이 비상한 기억력과 인간처럼 복잡한 감정을 갖고 있다는 걸 알고 있었다.

"잊을 수 없을 거예요." 무 분대장이 말했다. "어쩌면 그 누구보다 또렷하게 기억하고 있을지도 몰라요."

"어느 날 무 분대장이 혼자 자전거를 타고 동물원에 갔어요. 동물원 직원들도 그를 잘 알았기 때문에 자전거를 밖에 뒀다 잃어버릴 수도 있다면서 동물원 안에 세워두게 해줬어요. 그래서 사비나가 그 자전거를 본 거예요. 사비나는 분대장에게 자기 어머니가 어떻게 외할아버지와 나비를 잡으러 다녔는지, 어째서 혼자 자전거를 타고 타이베이에 올라와 살게 되었는지 얘기했고, 분대장은 자전거를 사비나에게 주기로 결심했어요. 분대장이 그날 저녁 내게 얘기하더군요. 이제 나이가 많이 들어, 어느 날 자기가 떠나게 된다면 자전거가 고물로 넘겨져 폐기될 거라고. 난 자전거를 내게 줘도 된다고 말하지 않았어요. 난 그 사람보다도 나이가 많으니까." 스즈코가 약간 피곤한 듯 초췌해 보

* 1969년 린왕의 직장에 종양이 생겨 제거 수술을 해야 했으나 당시 타이베이동물원 측은 코끼리를 마취하는 기술과 경험이 없었고, 결국 린왕을 묶어놓은 채 마취 없이 수술을 진행했다.

이는 미소를 지었다.

"이 자전거가 어떻게 분대장님한테 오게 됐는지 아세요?"

"음, 그가 말해준 적이 있어요. 볼일이 있어서 가오슝에 갔다가 저녁에 해변을 산책하던 중 양복을 잘 차려입은 남자분과 얘기를 나누게 되었대요. 깊은 밤까지 대화가 서너 시간이나 이어졌다고요."

"무슨 얘기를 나누셨대요?"

"남자는 전쟁 때 일본 전투기 공장에서 일한 경험이 있다고 했대요. 전쟁 당시 두 사람은 서로 반대편에 있었던 거죠. 하지만 그날 밤 그들은 서로에게 자신의 얘기를 들려주었어요." 스즈코가 잠시 멈췄다 다시 말했다. "청 선생의 부친께서 일본에서 소년공으로 일했다는 얘기를 듣고 그분이 바로 청 선생의 부친일 거라고 확신했어요."

"그런데 자전거를 왜 분대장님한테 줬을까요?" 나는 최대한 감정을 누르며 물었다.

"준 게 아니었어요."

"준 게 아니었다고요?"

"밤늦게 분대장이 화장실에 갔다가 맥주를 사서 돌아와 보니 그분이 보이지 않더래요. 자전거는 자리에 그대로 있는데 '제가 돌아오지 않으면 이 자전거를 저희 집에 돌려보내주세요'라고 적힌 쪽지가 자전거 위에 놓여 있었다고요. 날이 밝도록 그분은 돌아오지 않았고 쪽지에는 주소도 적혀 있지 않았대요."

선뜻 믿기 어려웠다. 그때 현장학습을 온 듯한 유치원생 무리가 갑자기 들어와 옆에서 시끄럽게 떠드는 바람에 정신이 더 산란했다. 스즈코에게 어떻게 더 얘기해달라고 해야 할지도 모르겠고, 또 그가 무슨 얘기를 하든 아이들의 고함에 묻혀버릴 것 같았다.

나는 일어나서 출구 쪽으로 휠체어를 밀고 갔다. 유치원생 무리와 멀리 떨어지자 스즈코가 다시 얘기를 시작했고, 나는 자세를 최대한 낮춰 그의 목소리에 귀를 기울였다.

"아마도 아버님께선 그때 무슨 일을 하려고 하셨던 것 같아요. 그래서 자신에게 아주 중요한 자전거를 남기고 가신 거죠. 어쩌면 무 분대장과 대화를 나눈 후 자전거를 줘도 될 만큼 좋은 사람이라고 생각했을 수도 있고요. 무 분대장이 사흘 동안 매일 해변에 갔지만 그분을 다시 보지 못했대요. 그 후에도 모든 방법을 동원해 찾아보았지만 찾지 못했어요. 신문에 광고까지 냈는데도요."

"신문에요?"

"신문에 냈던 광고를 내가 보관하고 있어요. 그렇게 했어도 사람을 찾진 못했지만. 무 분대장이 왜 사비나에게 자전거를 줬는지 알아요?"

"자전거가 그 사람에게 되돌아갈 희망을 남겨두려고요?"

"맞아요. 방금 말했듯이 무 분대장은 자신에겐 시간이 얼마 남지 않았고 사비나는 좋은 사람이라고 했어요. 사비나에게 자전거를 주면서 단 한 가지 조건만 걸었어요."

"어떤 조건이요?"

"자전거 주인이나 자전거와 관련 있는 사람이 나타나면 돌려주라는 것이요." 스즈코가 의미심장한 눈빛으로 나를 보았다. "사실 난 그런 날이 올 거라고 생각하지 않았어요. 그런데 지금 청 선생이 내 앞에 있네요."

스즈코를 미나에게 인계한 뒤 혼자 지하철을 탔다가 나도 모르게 지하철을 갈아타고 완화로 향했다. 발길 닿는 대로 걸으며 스즈코가 한 얘기를 천천히 돌이켜보았다.

나는 울적할 때마다 내가 태어난 곳에 가곤 한다. 내게 그곳은 더는 생식의 기능을 수행하지 않는 자궁이며 나는 그곳을 통해 이 세상에 나왔다. 나중에 압바스와 점점 친해진 뒤 그도 완화의 거리를 자주 걷는다는 걸 알았다. 그는 그곳의 이십 년 세월을 사진으로 찍어 남기겠다는 계획을 갖고 있다.

"세상에는 내 것보다 좋은 카메라도 많고 나보다 사진을 잘 찍는 사람도 많아요. 하지만 한 곳을 이십 년 동안 찍을 수 있는 사람은 아마 드물 거예요. 어차피 시간은 공평해요. 내 일생에서 이런 일을 할 수 있는 기회는 두세 번뿐이에요. 나처럼 재능이 부족한 사람은 이런 방식을 택할 수밖에 없어요." 압바스가 반농담조로 내게 말했다.

언젠가는 사진 속 사람들이 모두 이 세상에서 사라질 것이다. 사진 속 사람들이 하나둘 세상을 떠나면 살아 있는 사람만이 사진을 간직할 수 있다. 하지만 사진 속 시간에 한해서는 산 사람과 죽은 사람이 똑같은 권리를 가진다. 압바스는 사진 속 사람이 아니라 사진을 간직하는 사람이 되고 싶었다.

저녁이 되자 곳곳에서 '노인시장'이 열렸다. 시장에서 물건을 파는 사람도 사는 사람도 모두 노인이기 때문에 붙여진 이름이다. 주로 중고 옷, 불상, 서화 족자, 포르노 DVD, 오래된 휴대폰, 라디오 같은 것을 팔았고 가끔 재미난 물건이 나오기도 했다. 각종 저울만 파는 노점상을 본 적도 있다. 천칭저울, 무게 추, 용수철저울, 심지어 어릴 적 어머니가 쓰던 대저울까지 저울이란 저울은 다 있었다. 대체 누가 여기서 저울을 사는지 이해할 수 없었다.

노인시장을 구경할 때마다 아버지가 내 손을 잡고 잃어버린 자전거를 찾으러 간 때가 떠오른다. 초조하게 떨리던 아버지의 눈동자와 땀에 축축이 젖은 손바닥의 감촉을 지금도 기억했다.

나는 그곳에서 파는 물건의 출처도 궁금하고, 상인과 손님에게도 관심이 많아서 가끔 손님들 틈에 섞여 이것저것 물어보거나 상인과 친분을 쌓기 위해 필요도 없는 물건을 사기도 한다. 그러다가 푸 씨 아저씨를 알게 됐고 그와 친구 비슷한 사이가 되었다. 푸 씨 아저씨는 노점에서 팔리는 물건의 출처를 내게 슬쩍 알려주었다. 어떤 노점은 쓰레기장을 뒤져 재활용품을 골라다 팔고, 어떤 노점은 의류 수거함에서 몰래 물건을 훔쳐 오고, 또 어떤 노점은 장물만 취급한다고 했다.

"장물이요?"

"응. 좀 좋아 보이는 물건이나 특별한 물건은 전부 장물이라고 보면 돼. 예전에 여기가 장물 시장이었잖아."

"아저씨 물건도 장물이에요?"

푸 씨 아저씨가 은밀한 미소를 지었다. 푸 씨 아저씨는 가무잡잡한 피부에 항상 플라스틱 슬리퍼를 신고 다니고, 열 손가락 손톱이 곰팡이에 심하게 감염되어 있다. 하지만 제일 두드러진 특징은 역시 내사시인 그의 눈이다. 왼쪽 눈이 오른쪽 눈을 찾고 있는 것 같기도 하고, 예전에 보았던 신기한 세상을 서로 교환하는 것 같기도 하다.

나는 깜박 잊어버릴 때를 제외하면, 장수담배*를 즐겨 피우는 그에게 담배 한 갑을 가져다준다. 외양은 볼품없어도 이야기를 시작하면 사람을 끌어당기는 매력이 있는 사람이었으며 내가 만나본 어떤 대학 교수에게도 뒤지지 않는 해박한 지식을 갖고 있었다. 아부가 나중에 늙으면 푸 씨 아저씨처럼 떠돌이 잡학 박사가 되지 않을까 싶기도 하다.

거리를 계속 걷다 푸 씨 아저씨 노점에 갔는데 아저씨가 보이지 않았다. 실망감이 들었다가 내가 푸 씨 아저씨를 보기 위해 부러 이곳에 온 것 같다는 생각이 들었다. 스즈코와 코끼리 우리 앞에 앉아 있을 때, 한 달 남짓 전에 푸 씨 아저씨와 나눈 대화가 머릿속을 맴돌았기 때문이다.

그날 밤 자정 무렵 노인시장에 갔다가 새로 들어온 물건이 있

---

* 대만 담배 브랜드 중 하나.

는지 살펴보러 푸 씨 아저씨의 노점에 들렀다. 그의 노점은 늘 같은 자리에 있었다. 영업이 끝난 은행 앞이었는데 물건을 보러 오는 사람들이 각자 손전등을 챙겨 왔다. 그날은 아저씨의 노점 옆자리에서 포르노를 팔고 있었다. 휴대용 DVD플레이어에서 남녀 주인공이 후배위로 섹스하는 장면이 흘러나오고 노인 네다섯이 둘러서서 보고 있었다. 표정만으로는 그들에게 어떤 생리 반응이 나타났는지 알 수 없었다. 화면 속 남자 배우가 그런 자세로 여자 몸속에 들어가는 걸 보는 건 아마 그들에게 사극 영화를 보는 것과 다를 게 없을 것이다.

나는 걸상을 당겨다 놓고 앉은 뒤, 주머니에서 열쇠고리에 매달린 휴대용 전등을 꺼내 푸 씨 아저씨의 물건을 비춰 보았다. 처음 눈에 들어온 건 특이하게 생긴 돌멩이였다. 계곡이나 해변에 있는 보통의 자갈과 달리 까맣고 묵직했으며 표면에 수많은 구멍과 반짝이는 용융각*이 있었다.

"무슨 돌이에요?"

푸 씨 아저씨가 말했다. "운석."

"운석이요?"

"응. 운석."

"하늘에서 떨어지는 그 운석 말이에요?"

"성가셔죽겠네!" 아저씨가 옆자리 상인과 행인에게 다 들리도록 큰 소리로 내질렀다.

---

* 운석이 낙하해 대기권을 통과할 때 높은 마찰열에 타면서 만들어진 얇은 막.

"어떻게 운석이 여기 있어요?"

"사람은 다 죽는 거 알지?"

"네."

"사람이 죽을 때는 물건을 버려. 죽는 사람이 안 버리고 가면 가족이 버리지."

"이게 죽은 사람의 소장품이었어요?"

그가 고개를 끄덕였다.

"주워 온 거예요?"

"흥." 푸 씨 아저씨가 대답 대신 콧방귀만 뀌었다.

운석 외에도 처음 보는 책 몇 권과 촛대 하나가 있었다. 평범한 촛대가 아니라 무수히 많은 초를 꽂을 수 있을 것 같은, 화려한 무늬가 조각된 촛대였다. 손에 들어보니 꽤 묵직했다.

"뭐로 만든 거예요?"

"은."

"그럴 리가요?" 이런 노점에서 진짜 가치 있는 물건을 판다는 게 믿기지 않았다.

날씨가 흐리고 스산하더니 부슬비가 내리기 시작했다. 수은 등 밑으로 둥글게 모여든 흰개미들이 푸 씨 아저씨의 노점 위로 떨어져 기어 다녔다. 푸 씨 아저씨가 날 흘긋 보더니 엄지와 검지로 흰개미 한 마리를 집어 올렸다.

"말해줘도 안 믿겠지만 그건 평범한 은이 아니야. 땅에서 파낸 은이 아니라 흰개미를 태워서 만든 은이라고."

그가 흰개미를 내 손바닥에 내려놓았다. 날개가 이미 떨어져 있었다. 나는 생을 곧 마감할 작은 곤충을 보며 돌가루가 한 말을 떠올렸다. 비 오는 날 흰개미가 날아다니는 건 날개가 빗물에 젖어지면 땅속을 파고 들어가 집을 만들 만한 진흙을 찾을 수 있기 때문이라고 했다. 비에 젖은 흙바닥은 메마르고 단단한 흙바닥보다 훨씬 쉽게 파고 들어갈 수 있으니까. 날 수 있는 흰개미는 병정개미나 일개미와 달리 흰개미 무리의 '생식기관'이라고 할 수 있다. 식물이 씨앗을 널리 퍼뜨리듯 최대한 높고 멀리 날아가, 제일 많은 영양소를 투입해 만들어낸 날개를 떼어버리고 바닥에 떨어진 뒤 비행중인 수컷 흰개미를 냄새 신호로 유혹하는 것이 그들의 임무다. 운이 좋으면 새로운 흰개미 군락을 탄생시킬 수도 있다.

돌가루는 생태학자들이 연구한 결과 수컷과 암컷 흰개미가 개미집에서 장시간 동거하지만 서로 교미한 흔적을 발견하지 못했다며, 개미집을 떠나 비행하고, 날개를 떼어버리는 여정을 거치며 사랑이 싹트는 게 틀림없다고(돌가루는 이 말을 강조했다) 말했다.

"틀림없다고?"

"틀림없어. 인생이 정해진 노선대로 움직일 뿐 되돌아갈 수도 없고 에돌아갈 수도 없는 것처럼."

"흥, 정말 흰개미를 태운다고 은이 나오면 좋겠네요." 내가 말했다.

푸 씨 아저씨의 허튼소리에는 이미 이골이 났다. 손가락으로 촛대를 쓸자 비단처럼 반드르르한 질감이 느껴졌다. 진짜 은은 아닐지 몰라도 나쁜 재질은 아닌 듯했다. 눈썹을 들썩이며 얼마냐고 묻자 그가 입가를 씰긋 말아 올렸다. 내게 팔지 않겠다는 뜻이었다. 푸 씨 아저씨는 사람을 봐가며 물건을 팔았다. 어떤 물건은 인연 있는 사람이 사주기를 기다리고 있기 때문에 아무에게나 팔 수 없다고 했다.

그는 또 이렇게 말했다. "물건은 써야만 살아나고, 만져줘야만 '기'가 생겨."

그는 물건과 인연이 있는 사람에게만 물건을 팔았지만, 인연이 있는지 없는지 판단하는 기준은 물론 그의 마음이었다.

"내 말 못 믿어? 책을 읽으란 말이야. 책을 그렇게 많이 읽고도 흰개미를 태우면 은이 된다는 것도 몰라? 이 책에 나온다고."

"아무튼 몰라요." 나는 비웃는 투로 말했다. "새 물건이 이것들뿐이에요?"

"네가 앉은 그것도."

고개를 숙여 보니 내가 무심코 당겨 앉은 걸상도 처음 보는 것이었다. 테두리에 수술이 달린 방석이 깔려 있었다. 방석을 들춰 보니 평범한 걸상이 아니라 코끼리 다리(무릎부터 조금 아래까지 부분)를 닮은 형태였다. 코끼리 가죽을 본뜬 듯 깊고 다양한 형태의 주름이 잡혀 있고 벽돌색, 군청색, 황토색이 섞여 있었으며 작은 반점이 가득하고 약간 파인 부분도 있었다. 맨 아래는 반달 모양의 회백색 물체 다섯 개가 박혀 있었다. 이게 코끼리 다리라면 저건 발톱이겠지? 두들겨보니 젤리 같은 감촉이었다.

"어이, 두드리지 마. 망가지면 변상해야 돼."

"이게 뭐예요?"

"뭔지 모르겠어? 코끼리 다리잖아. 코끼리 다리 의자."

"코끼리 다리 모양을 본뜬 거예요?"

푸 씨 아저씨가 콧방귀를 뀌었다.

"진짜 코끼리 다리일 리는 없잖아요?"

"무슨 소리! 난 가짜는 안 팔아."

손으로 만져보니 코끼리 가죽이 축축하고 거슬거슬했다. 걸상 밑바닥에 가까운 부분에 빙 둘러 오목하게 들어간 부분이 있는데 만져보니 안에 아직도 코끼리 뼈관절이 있는 것 같았다. 물론 진짜 코끼리 다리를 만져본 적은 없지만 감촉으로만 보면 정말로 생명이 있는 물체에서 잘라낸 것 같았다. 모조품이라고 해도 손재주 좋은 기술자의 솜씨가 틀림없었다.

"네가 코끼리 다리 의자에 앉은 거야."

푸 씨 아저씨의 서로를 찾는 듯한 두 눈동자와 함께 그가 한 말이 한 달 넘게 머릿속을 맴돌았다.

"그 의자가 널 이 코끼리가 갔던 곳으로 데려다줄 거야."

9. 림보

코끼리가 꿈에서 깨어났을 때 눈앞의 밀림은 불바다였다. 한 번도 들어본 적 없는 날카로운 휘파람 소리가 나무 사이를 휘젓고 우르릉우르릉 소리가 들릴 때마다 나무에 불이 붙었다. 사방에서 연기가 치솟고 뜨거운 열기가 덮쳤다. 태양만큼 눈부신 금빛 불덩이들이 몇 분 동안 쉬지 않고 하늘로 떠올랐다가 쏟아져 내렸다.

코끼리는 미친 듯이 불안했다. 코를 뻗어 올리고 귀를 열어 새된 나팔 소리를 냈다. 어른 코끼리들이 어린 코끼리들을 가운데로 몰아 둥글게 에워싸고 보호했다. 포탄 파편에 맞은 조련사가 외쳤다.

"코끼리들 데리고 다른 길로 가! 다른 길로!"

코끼리는 자신들이 왜 이런 일에 휘말렸는지 알지 못했다. 코끼리의 육체, 의식, 경험 중 그 어느 것도 그들에게 이런 세상에 대응할 능력을 부여하지 않았다. 길이 든 코끼리의 일생에는 허기, 발정, 수면 외에 등짐 나르는 일이 더해졌다. 그들이 아는 것은 조련사의 말을 들어야만 먹을 것이 생기고 채찍으로 맞지 않는다는 사실뿐이었다.

코끼리는 조련사의 지휘에 따라 밀림의 불길이 붉게 비치고, 곳곳에 소용돌이가 도는 강물을 차례로 건너 맞은편 기슭의 더 깊은 밀림으로 들어갔다. 그들은 불안하게 코를 움직여 냄새를 맡았다. 곧 그들은 인간이 폭탄이라고 부르는 물건이 어디에 떨어지고, 무엇이 연기로 변하는지에 따라 새로운 냄새를 만들어 낸다는 사실을 알게 될 것이다. 폭탄이 돌 위에 떨어지면 연기에서 돌 냄새가 나고, 나무에 떨어지면 연기에서 나무 냄새가 났다. 또 사람이나 짐승 위로 떨어지면 지금껏 한 번도 느껴보지 못한 후각 경험을 안겨주었다. 불에 타버린 동물 사체에서는 죽음의 슬픔이 아닌 향기가 풍겨 나왔다.

하지만 불타는 밀림을 벗어나도 전쟁을 벗어날 수는 없고, 끝없이 무언가를 짊어져야 하는 사명에서도 벗어날 수 없다는 걸 코끼리는 모르고 있었다. 전쟁은 밀림 하나를 가로지르고 강 하나를 건너고 산 하나를 넘는 일이 아니었다.

코끼리는 자신의 등 너비에 맞춰 제작된 커다란 나무틀을 메고, 명령에 따라 무거운 나무 상자를 코로 집어 올려 나무틀에 실었다.

무거운 등짐을 져도 코끼리의 걸음은 거의 소리가 나지 않았다. 수직으로 꼿꼿하게 뻗은 거대한 다리뼈가 육중한 체중을 지탱해주고 부드러운 발바닥이 완충작용을 하며 압력을 줄여주기 때문이다. 낯선 길을 걸을 때 코끼리는 습관적으로 긴 코를 뻗어 전방의 냄새와 상황을 살핀 다음, 어깨가 아래를 향하도록 축 내리고 견갑골을 불룩하게 추어올리며 무릎을 구부린다. 그러고는 발톱을 뒤덮은 넓적한 발을 진흙에서 서서히 들어 올려 반원을 그리며 앞으로 옮긴 뒤 오금을 펴서 다시 바닥을 디디면 근육이 서로를 끌어당기고 발가락이 벌어진다. 이 차분하고 조용한 걸음걸이 탓에 사람들은 코끼리가 아무것도 두려워하지 않는다고 여긴다.

코끼리는 이 세상에서 천만년 동안 진화했다. 그들의 외형은 생명이 이토록 수동적이고도 주동적이며, 지향적이고도 무지향적으로 환경에 적응해왔음을 보여준다. 그들의 두개골은 앞뒤 폭이 점점 짧아지는 대신 상하 길이가 점점 길어졌고, 어금니 치아판의 개수는 차츰 많아지고 이빨의 법랑질은 계속 얇아졌다. 또 그들의 입술과 상아는 일만 년, 일만 년 흐르며 서서히 자랐다. 코끼리의 몸이 곧 시간이었다.

한때 코끼리는 이 밀림과 산맥의 정신이었다. 살육을 거의 하지 않는 그들의 거대한 몸은 자비의 화신이었고, 작지만 지혜로운 두 눈은 감정과 영성을 암시했다.

인간이 코끼리를 숭배한 적이 있었다. 그들은 코끼리가 인류의 운명을 아는 영험한 동물이라고 생각했다. 그때만 해도 사람들은 인간이 동물 중에서 가장 작고, 신과 소통하는 능력이 가장 부족한 종족이라고 생각했다.

하지만 그런 시대는 지나갔다.

밀림에 적응한 코끼리들은 이제 하늘에서 떨어지는 불덩이와 살거죽을 뚫고 들어와 내장에 박히는 납탄, 밀림이 수시로 불타 잿더미로 변하는 일에 적응하는 법을 배우고 있었다. 그들은 조련사의 말에 묵묵히 따랐지만, 조련사는 낯선 언어를 사용하는 다른 이들에게 복종했다. 어쩌면 그들 역시 코끼리가 모르는 또 다른 지배자의 명령에 따르고 있을 수도 있었다. 보이지 않는 밧줄이 한 겹 한 겹 그들을 얽어매 어떻게 하면 이 올가미에서 빠져나갈 수 있는지 아무도 알지 못했다.

어느 날 대나무 숲에서 쉬고 있을 때 '다른 쪽 사람'이 조련사를 속여 납치하려 했다. 조련사를 납치한다는 것은 코끼리를 함께 데려간다는 의미였다. 코끼리가 뒤를 돌아보자 자신과 가장 친한 조련사가 어떤 병사와 함께 전쟁보다 더 절망적이고, 더 잔인한 밀림으로 도망치고 있었다. 그는 이제 어릴 때부터 자신을 돌봐준 조련사와 다른 길을 가야 한다는 것을 알았다.

코끼리는 '다른 쪽 사람'이 자신을 데려간다고 해도 자신의 운명이 크게 달라지지 않는다는 사실을 직감한 듯했다. 굶주림, 억제할 수 없는 성욕, 부족한 수면과 무거운 등짐에서 여전히 벗어날 수 없다는 사실을.

다만 코끼리는 이제부터 천리를 걸어 산 반대편에 있는 나라로 가야 한다는 사실을 모르고 있었다. 재촉하는 조련사를 따라 북쪽으로 걷다 보니 저 멀리 거대한 뱀처럼 엎드려 있는 산봉우리들이 보였다. 산허리와 산등성이 사이를 구불구불 돌아가는 길은 코끼리가 진화한 이래 한 번도 보지 못한 풍경이었다. 극도의 불안감이 엄습했다.

코끼리가 싫어하는 냄새가 긴 콧속을 가득 채웠다. 앞서가는 노새에게서 나는 냄새였다. 머리를 흔들어도 냄새를 떨쳐낼 수 없었다. 후각은 닫아버릴 수 없는 감각이다.

긴 행렬이 일주일 전 치열한 격전이 벌어진 산을 넘었다. 늪마다 시체가 잔뜩 쌓여 있고, 잘린 팔다리가 이름을 알 수 없는 기생식물처럼 나뭇가지에 늘어져 있었다. 바람에 활처럼 구부러진 나무 사이사이에 짐승들이 파놓은 굴이 있었다. 코끼리는 부대를 따라 희푸른 연기가 자욱하게 덮인 강을 거슬러 오르고 봄비에 잠긴 구릉을 넘었다. 사람 다리와 코끼리 다리에 거머리가 새카맣게 들러붙고, 피부에 궤양이 생기고, 이상하게 생긴 기생충이 아랫눈꺼풀 밑에 알을 낳을 때까지. 몸이 견디고 있는 고통의 크기와 관계없이 한결같이 느린 걸음은 코끼리를 장엄한 자태로 보이게 했다.

부대가 밀림의 산길을 빠져나가자 눈부신 세상이 나타났다. 그곳에는 숲이 없었다. 도로 사방에 민둥한 구릉과 고산뿐이고 바람이 불면 흙먼지가 하늘로 날아올랐다. 작열하는 태양에 코끼리들이 연방 귀를 펄럭이며 부채질을 하고, 코로 붉은 흙을 빨아들여 자신과 앞뒤에 있는 친족의 등에 뿌려 따가움을 진정시켰다. 뜨겁게 달아오른 돌조각에 찔린 발가락은 부르트고, 반달 모양의 발톱 가장자리에서 피가 터져 흘렀다. 병사들이 죽은 병사의 군복으로 코끼리의 다친 발바닥을 감싸주었지만 육중한 체중이 상처를 짓누르는 고통을 줄여주지는 못했다.

부대가 행군을 멈출 때마다 코끼리들은 엄니로 진흙을 파내며 염분과 물을 찾아다녔다. 시간이 충분하면 코와 이빨, 발바닥으로 땅을 파 우물을 만들 수도 있었다.

운 좋게 시내나 진흙탕을 만나면 코끼리는 길게 환희의 울음을 울며 조련사의 저지도 아랑곳하지 않고 물속으로 들어갔다. 그들은 서로의 몸에 물과 진흙을 뿌려주고 물이 솟는 곳에 코를 집어넣어 기쁨을 만끽했다. 하지만 그들은 자신들이 있는 곳이 초원이 아니며 자유는 사치라는 걸 곧 깨달았다. 병사들은 가차없이 코끼리 꼬리에 불을 붙였다. 불은 코끼리에게 단순히 살갗이 타들어가는 고통이 아니라 지층만큼 오래된 공포였다. 불꽃을 보는 순간 코끼리는 자신이 힘센 생물이라는 사실을 망각한 채 보잘것없고 나약하고 굴종적인 미물이 됐다.

코끼리는 고통과 공포를 느끼며 그것이 코끼리 일생에 감수해야 하는 숙명이라고 생각했다. 코끼리의 일생은 온갖 시련을 참아내야 하는 한바탕 꿈이라고.

코끼리 떼에 속한 모든 코끼리는 죽음이 임박한 동료를 알아차리는 신비한 영감을 가지고 있었다. 코끼리 대열에서 이미 다섯 마리에게 죽음의 그림자가 내려앉아 있었다. 그들은 코끼리만이 가능한 저주파로 길고 구슬픈 소리를 내며 고통을 표출했다. 비교적 기력이 남아 있는 코끼리는 쉬는 시간마다 귀를 펼쳐 어리거나 병든 코끼리를 보호하고, 물이 부족할 때는 건장한 코끼리가 병든 코끼리 입에 코를 넣어 귀한 물을 뿜어주었다.

병든 코끼리는 앞서가는 노새 부대와 점점 멀어져 어떤 날은 밤이 깊어서야 숙영지에 도착했다. 그들은 일생을 길 위에서 보내야 하는 것처럼 거의 쉬지 않고 걸어야 했다.

예민한 조련사가 코끼리 떼에게서 이상한 낌새를 감지하고 병사에게 알리자, 병사가 의무병에게 전달하고 의무병이 군의관에게 보고했다. 군의관이 말에게 쓰는 약을 병든 코끼리들에게 세 통씩 주사했지만 코끼리를 치료해본 적 없는 군의관은 그 약이 효과가 있을지 확신할 수 없었다. 과연 병든 코끼리는 계속 시름시름 기운을 잃어갔다.

다음 날 정오, 쿵, 쿵, 두 번의 큰 소리와 함께 땅이 미세하게 울렸다. 수컷 코끼리와 나이가 조금 많은 암컷 코끼리가 자신의 똥오줌 위로 고꾸라지더니 아무런 소리도, 아무런 기척도 내지 않았다. 수컷 코끼리가 고꾸라질 때 상아가 유리처럼 부서졌다. 그는 무리의 유일한 어른 수컷 코끼리였다. 발정기가 막 지나 네 다리만 보일 정도로 비썩 야위고 오줌에서는 여전히 진한 페로몬 냄새가 풍겼다.

이틀 뒤 또 세 마리가 쓰러졌다. 웬 소리를 경청하듯 거대한 귀가 평평하게 바닥에 깔리고 깊은숨을 들이마셨다가 훅 큰 소리로 토해내더니 천천히 입이 벌어지고 머리가 흔들렸다. 그리고 마지막 남은 뜨거운 숨 한 모금을 뱉으며 동료를 곁을 떠났다.

다음 날 석양 무렵, 코끼리 떼에서 지위가 가장 높은 암컷 코끼리도 쓰러졌다.

코끼리는 이미 갑작스러운 죽음에 익숙했다. 사람의 것이든 코끼리의 것이든. 그들은 심지어 제 어미의 죽음을 목도하기도 했다. 어디선가 날아온 포탄이 토치카를 명중하자 깨진 돌조각이 세찬 빗발처럼 사방으로 날아갔다. 작고 날카로운 조각이 암컷 코끼리의 머리와 옆구리에 날아가 박혔다. 조련사가 몇 주 동안 암컷 코끼리의 상처를 닦아주고 양동이 하나가 가득 차도록 쇳조각과 돌멩이를 빼냈지만 사신을 막아내지는 못했다.

언젠가는 인간도 알게 될 것이다. 코끼리도 자신들처럼 캄캄한 밤과 밀림, 우기를 알고 슬퍼할 줄도 안다는 것을. 늙은 암컷 코끼리가 쓰러지자 코끼리들이 모두 걸음을 멈추고 그의 곁으로 모여들었다. 그들은 긴 코로 서로의 등을 쓰다듬으며 낮고 부드러운, 알 수 없는 울음소리를 냈다. 깊은 밤 대기와 지면의 온도가 역전되자 지면 가까이에 소리를 전달하는 전음층傳音層이 형성되고, 나직한 울음이 전음층을 따라 먼 골짜기까지 퍼져 나갔다가 곧 웅웅 메아리가 되어 숙영지로 돌아왔다. 층층이 쌓여 증폭된 처량하고도 따뜻한 울음에 병사들도 코끼리의 슬픔을 함께 느끼고 그것은 곧 자기 연민으로 변했다. 그들은 멀리 있는 연인과 가족, 죽은 동료를 그리워하고, 한때 자신의 성기와 총을

쥐었지만 지금은 잘려버린 팔과, 다시 자라지 않는 눈알을 생
각했다.

　코끼리의 수면 시간은 인간보다 짧아서 그 비통한 밤 병사들
이 먼저 잠들었다. 깨어 있는 코끼리들은 선 채로 멀리 있는 별
과 산맥, 나무 그림자를 쳐다보았다. 간신히 살아 있는 그들은
밤이 더 깊어서야 잠이 들었다. 코끼리의 코골이 소리가 차츰 길
어지고 너누룩해졌다. 해류가 암초 주위를 휘돌며 연주하는 거
룩한 음악처럼.

　이튿날 해가 떠오르자 먼지, 꽃가루, 1밀리미터도 되지 않는
벌레가 표표히 날아올라 온 세상을 부웅하게 채웠다. 병사들은
커다란 구덩이를 파고 늙은 암컷 코끼리를 묻었다. 그때 대열 제
일 앞에 있는 암컷 코끼리가 나직하지만 또렷한 음절을 반복해
서 내뱉었다. 계단을 오르듯 점점 높아진 소리는 제일 높은 곳에
닿자 잠시 멈춘 뒤 다시 한 계단 한 계단 내려와 이내 고요해졌
다. 그렇게 세 번을 반복하자 두 번째 코끼리가 같이 소리를 내
기 시작했다. 두 개의 음파가 메아리치고, 또 세 번째 코끼리, 네
번째 코끼리…… 합창도 아니고 중창도 아니었다. 각자 제 감정
이 흐르는 대로 토해내는 즉흥적인 울음이지만 애무처럼 서로
를 보듬는 대화이기도 했다. 코끼리들의 이마로 이어지는 콧길
과 두개골 사이가 얕게 들썩이고, 공기 중에 떠도는 소리가 생명
을 가진 것처럼 병사들의 몸속을 파고들어 점점 팽창되며 비통
함, 두려움, 막막함을 전달했다. 십여 분 뒤 소리가 돌연 멈추고
앞장선 코끼리가 한 걸음 앞으로 내디뎠을 때 병사들은 비로소

자신들의 얼굴이 눈물로 흠뻑 젖어 있음을 알았다. 아무 목적도 없는 눈물이었기에 눈물을 흘린 이들은 지금껏 한 번도 느껴보지 못한 평온함과 순수함을 느꼈다.

마을에 도착했을 때 코끼리는 그곳이 자신들이 예전에 알던 그 어떤 마을도 아니라는 걸 알았다. 그림자의 위치도, 공기에 밴 음식 냄새도 전혀 달랐다.

마을 사람들은 부대를 보고도 놀라지 않았다. 어디든 병사들이 가득한 시대였다. 하지만 그들은 코끼리 부대를 보고 누군가의 짓궂은 장난이라고 생각했다. 서로의 뒤통수와 어깨를 치며 혹시 자신이 현실과 꿈을 분간하지 못하는 것은 아닌지 확인했다. 어떻게 코끼리가 있을 수 있지? 이 세상에 정말로 코끼리가 있다고? 눈앞에 보이는 게 코끼리 떼라고?

집채보다 더 큰 코끼리가 거리를 천천히 돌아다니며 도로와 철로를 따라 걷고, 위태로운 모양의 다리로 올라갔다. 사람들은 뭐에 홀린 듯 코끼리를 따라다녔다. 가난하고 거무칙칙한 마을이었다. 코끼리는 마을 어귀에 서성이며 배회하는 혼령을 보았다. 그들은 제 가족이 곁을 지날 때면 팔을 뻗어 쓰다듬었고, 코끼리 떼를 빙 둘러싸고 보며 마을 사람들에게는 들리지 않는 소리로 놀라움을 표현했다.

코끼리가 코를 높이 들어 올렸다가 획 내려치며 좌우로 흔들었다. 허공과 지면에 배어 있는 갖가지 냄새를 맡으려는 것이었다. 길의 작은 틈마다 들러붙은 푸성귀 냄새, 깨진 계란에서 흘러나온 진한 노른자 냄새, 대장간 풀무에서 내뿜는 뜨거운 열기 냄새, 고깃간 양쪽에 더께더께 엉겨 있는 기름때……. 코끼리는 이 모든 것이 신기하고도 괴로웠다. 긴 코를 입술까지 말아 올려 냄새를 맡기도 하고 막아보기도 했다. 어느 생선 가게 앞에서는 조개껍데기와 새우 껍질 비린내가 코를 찔렀다. 이후 그들이 비좁은 배에 실려 작은 섬으로 옮겨진 뒤에야 그들은 냄새의 진짜 정체를 깨달았다.

아직 코끼리는 바다를 알지 못하고 바다를 본 적 없었으므로.

아이가 코끼리에게 다가가려고 하면 어른들이 재빨리 아이를 잡아당겼지만, 아이는 늘 어른의 시선을 피해 몰래 코끼리에게 다가갔다. 이렇게 커다란 몸집에 긴 코를 가진 동물이라니. 그건 마치 영영 읽어볼 기회가 없을 것 같은 신비한 동화 같았다.

코끼리 역시 인간 갓난아기의 냄새를 거듭 맡았다.

전쟁터에는 오로지 죽음만 있을 뿐 새로운 탄생은 없었다. 작은 노점 옆 등나무 수레에서 곤히 잠들어 있는 갓난아기를 보고 코끼리가 코를 뻗었다. 아기 엄마가 막으려다가 세게 떠밀리자 조련사가 달려왔다. 코끼리는 그 냄새가 낯설면서도 또 그리 낯설지 않았다……. 초원에서 암컷 코끼리가 새끼를 낳던 순간을 어렴풋이 기억했고, 고향의 밀림 가장자리를 걷다가 멀리 인간 마을에서 갓 태어난 아기 냄새가 설핏 코를 스쳤을 때의 흥분을 기억했다.

바로 그 순간 다리 짧은 흑돼지 한 마리가 코끼리 앞으로 달려들었다. 조금 전 갓난아기의 체취와 막 달려든 검은 그림자가 코끼리를 더 흥분시킨 듯했다. 코끼리가 긴 코를 뻗어 아주 빠른 속도로 돼지를 허공으로 감아올린 뒤 사납게 바닥에 팽개쳤다. 돼지는 비명조차 내지르지 못하고 숨이 끊어졌다. 코끼리가 코를 들어 올려 큰 소리로 한 번 울고는 아무 일 없다는 듯 조용하고 장엄하게 앞으로 걸어갔다.

병사들은 코끼리들의 불안감을 느끼며, 작은 마을을 지나는 동안 혼란이 반복될 수 있다고 생각했다(코끼리가 이미 민가의 담장을 무너뜨리고 농부가 새로 심어둔 벼를 짓밟은 뒤였다). 또 어떤 이유로든 죽는 코끼리가 더 나올까 걱정했다. 코끼리 열세 마리 중 남은 건 일곱뿐이었다. 그들에게 코끼리는 하나의 상징이었다. 그들이 밀림에서 적을 죽이고 승리해 무사히 생환했다는 상징. 그들이 받은 명령은 반드시 살아 있는 코끼리를 데리고 돌아오라는 것이었다.

지휘관은 코끼리를 차에 태워 이동하기로 결정했다. 코끼리가 소동을 피우지 못하도록 끈끈한 피가 흐르는 그들의 다리를 쇠사슬로 묶고 소금물과 약을 억지로 먹였다. 약에 취해 혼미해진 코끼리는 자기 몸이 물에 뜰 수 있을 것 같다고 느꼈다. 코끼리는 그런 속도로 이동해본 적이 없었고, 이런 속도로 풍경을 본 적도 없었다. 마을이 눈앞에서 스쳐 지나는 동안 낯선 나무와 열매 향기가 공기에 가득 차 있었으며 하늘에는 불가사의한 노을빛이 나타났다. 병사들이 드넓은 들판을 걸어서 가로질렀다. 치맛단처럼 그들 뒤로 끌려가는 어스름이 노을을 삼키고 빛을 삼킨 뒤, 별과 자전거 바퀴만 한 달이 그것들을 대신해 초원 전체를 비추었다.

무슨 소리를 들은 듯 코끼리가 귀를 펼쳤다. 어떤 소리가 파도
가 되어 풀잎을 누르며 밀려왔다. 두 번째 파도가 곧바로 뒤따라
오고 세 번째 파도는 조금 느른하게 밀려왔다. 막 꽃망울을 터뜨
린 띠가 소리 파도 때문인지 바람 때문인지 넘실거리고, 커다란
학 수십 마리가 초원에서 날아와 차량 행렬 위를 푸득푸득 지나
갔다.

코끼리 떼를 싣고 대도시에 도착한 차들이 잠시 멈춰 섰다. 코
끼리의 발바닥이 달아오른 돌길과 아스팔트 도로를 디뎠다. 귓
가를 계속 맴도는 강물 소리에 습한 밀림이 떠오르고, 나뭇가지
와 나뭇잎이 등을 스칠 때 조물주가 등을 긁어주는 것 같은 기
분이 그리웠다.

대자연은 치우침 없이 자신의 음률을 수행한다. 계절의 변화
와 생로병사 그 무엇에도 아무런 감정도 슬픔도 느끼지 않는다.
코끼리는 어느 날 아침 눈을 떴을 때 카렌족 조련사가 사라지고,
코끼리 돌봄 법을 나중에야 익힌 중국인 조련사가 자리를 대신
한다는 사실이 유일하게 조금 슬플 뿐이었다. 코끼리를 길러준
사람들은 이미 그들 곁을 완전히 떠난 뒤였다.

코끼리 언어를 능숙하게 하지 못하는 새 조련사는 코끼리에
게 사람들 앞에서 웅크리고, 무릎 꿇고, 일어서고, 눕고, 몸을 뒤
집으라고 명령했다. 전사였던 그들이 서커스 단원으로 변했다.
전쟁이 안겨준 우울함과 긴장감에 위축되어 있던 사람들은 커

380

다란 생물의 우스꽝스러운 행동을 보며 일말의 존엄을 되찾은 듯한 착각이 들었다. 어떤 이들은 큰 웃음을 터뜨린 뒤 주머니에서 동전을 꺼내 수족이 없는 병사들에게 던져주었고, 또 어떤 이들은 코끼리 코에 끼워진 모자를 향해 동전을 던졌다.

코끼리들은 조련사가 시키는 대로 바닥에 떨어진 동전을 주워 담아야 했고, 긴 코의 재빠른 동작에 박수가 쏟아졌다.

코끼리 부대는 공연을 하며 전진했다. 며칠 뒤 다른 도시에 도착한 그들을 맞이한 건 기관총 소리에 버금가는 요란한 소리였다. 코끼리들은 공황과 곤혹에 휩싸였다. 그들은 미처 몰랐지만 종전 소식이 산맥을 넘어 전해진 것이었다.

사람들은 명절처럼 사탕, 과일, 만터우를 품에 안고, 탁자, 쌀자루, 아이, 여자를 어깨에 메고 코끼리 부대 옆을 지나갔다. 병사들은 물통에 물을 가득 담아다가 코끼리들을 배불리 먹이고 사람들에게 뿌렸다. 굶주린 사람들이 폭격에 지붕이 날아간, 거무스름하고 적막한 사원 앞으로 모여들어 물세례를 받으며 울부짖듯 환호했다.

하지만 환희가 지나가고 어둠이 깔릴 때쯤 부대원과 코끼리는 전쟁이 결코 물러갈 수 없음을 깨달았다. 전쟁은 사람의 집과 몸을 차지한 채 아무도 잠들지 못하게 했고, 설령 잠든다 해도 평생 그 꿈에 시달리게 만들었다.

깊은 밤, 코끼리가 굵고 주름진 코를 사람들의 머리 위 5센티미터까지 뻗어 사람들의 꿈 냄새를 맡는다는 것을 조련사들도 알지 못했다. 그럴 때마다 코끼리는 숨을 내뱉지 않고 들이마시기만 했고, 그 꿈 때문에 슬퍼하지도, 괴로워하지도, 기뻐하지도 않았다. 그건 그저 호기심이었다.

그날 저녁에도 코끼리는 코를 골며 깊은 잠에 빠진 병사의 머리 위로 코를 뻗었다. 그의 머릿속에 거대한 나무가 나타났다. 가지가 무성하게 뻗친 나무는 수관의 둘레가 코끼리 걸음으로 5백 보는 족히 되어 보이고, 사방으로 뻗은 공기뿌리 중 굵은 것은 땅을 뚫고 들어가 또 다른 나무둥치가 되어 코끼리조차 흔들 수 없을 것 같은 거대한 나무를 지탱했다.

나뭇잎은 칼처럼 제각각 반짝이고, 총탄 불꽃이 나뭇잎 사이를 새처럼 들락거리며 나무 주위에 불 그물을 만들었다. 나무를 죽이려는 불길이 밀림과 초원에서 계속 날아왔지만 나무는 포화砲火로 응답했다. 잎사귀가 촘촘하게 매달린 나무가 웅크린 고슴도치처럼 보였다.

코끼리는 나무 위를 떠다니며 병사의 머릿속에서 벌어진 나무와 초원, 숲의 교전을 내려다보았다. 코끼리는 코로 나뭇잎 사이를 벌려 가지에 엎드려 있는 병사들을 찾았다. 병사들은 코끼리가 보이지 않는 듯 돌맹이처럼 총을 꼭 쥔 채 전방을 두리번거렸다. 코끼리는 술래잡기를 하듯 병사들이 숨어 있을 만한 곳을 코로 헤집었다. 병사들은 덩굴을 잘라 물을 빨아 먹거나, 파초 뿌리와 대나무를 씹어 먹거나, 간절한 눈으로 하늘을 향해 비를 뿌려달라고 기도하고 있었다. 어떤 이들은 손이 잘리고, 어떤 이들은 각반 아래로 아무것도 없었으며, 얼마 전 한쪽 눈을 잃고 기울어진 세상에 적응하고 있는 병사와 치아의 일부를 잃거나 몸의 어딘가에 뼈가 부러진 병사도 있었다. 그들 몸에서 흘러나온 검은 피가 넘쳐흐른 타액처럼 더러운 군복을 물들였다. 피를 머금은 풀밭은 촉촉하게 윤기가 돌았다. 단지 색이 그리 푸르지 않을 뿐. 한 병사가 수풀 속에서 어린아이처럼 목 놓아 울었지만, 스스로도 우는 이유를 알지 못했다.

한 병사가 코끼리 코에 벌어진 나뭇잎 사이로 위치가 드러나 총에 맞았다. 그가 외마디 신음과 함께 떨어지자 나무 밑에서 이때를 기다리고 있던 지렁이, 쇠똥구리, 까마귀가 우르르 모여들었다.

꿈 바깥의 세상과 달리 그것들은 뼛조각까지 남김없이 먹어치웠다. 유일하게 먹지 않는 건 눈알이었다. 그 때문에 나무 밑과 풀밭 위에 눈알 수십 개, 아니 수백 개가 뒹굴고 있었다. 개망초 속에서 진주처럼 반짝이는 눈알 위로 밀림이 볼록한 부채꼴로 비쳤다. 코끼리가 코를 뻗어 눈알들을 후루룩 입에 담았다. 설명하기 힘든 맛이었다. 동공의 뿌리와 가까운 곳은 신경이 모여 대뇌와 연결되기 때문에 병사들의 뇌에 들어 있는 기억에 따라 맛이 달랐다.

잠시 후 은빛 채찍 같은 빗줄기가 나무를 비스듬히 후려쳤다. 해가 떠올랐다 지고, 별이 반짝이다가 또 어두워졌다. 파리가 나무와 잎사귀 사이, 나무 밑으로 모여들고, 온갖 벌레가 머릿속을 맴도는 생각처럼 윙윙 소리를 냈다. 동트기 전 수억 수만 개 나뭇잎에서 불규칙한 리듬으로 이슬이 떨어지고, 그 미세한 소리가 밀림에서 메아리로 증폭되어 통통 울렸다. 야간 행군을 하는 병사들은 자신의 기척을 숨기기 위해 물방울 소리에 맞춰 나무를 오르고 걸음을 내디뎠다. 나무줄기가 포탄에 부러졌다. 이쪽 줄기가 부러지고, 저쪽 줄기가 부러지고, 또 이쪽 줄기가 부러지고. 코끼리는 달이 두 번 차올랐다가 두 번 이지러지는 시간 동안 지켜보았다. 커다란 나무는 총알 구멍이 수없이 생겨도 여전히 굳게 서 있었다.

낮게 깔린 비구름처럼 아득하고 난폭하고 어둑한 죽음이 나무뿌리처럼 사방으로 촉수를 뻗어 휘감아 올라왔다. 꿈속의 코끼리까지 꼼짝달싹 못 하게 할 정도로.

숨을 들이마실 수만 있는 상황에서 코끼리는 점점 숨이 막혀 오고 있음을 알았다. 그는 코를 얼른 거둔 뒤 긴 숨을 내뱉었다. 코끼리 이마에 주름이 몇 가닥 더 생기고 위장에는 축축하고 미끌미끌한 눈알이 남았다. 코끼리는 자신의 호기심이 원망스러웠다. 병사들의 꿈을 느끼고 싶은 충동을 억누르지 못한 것을 후회했다.

도시를 벗어난 뒤 코끼리 부대의 행군은 다시 그들의 고향과 비슷한 숲길로 향했다. 그 덕분에 코끼리들은 잠시나마 희열을 누렸다. 다시 여린 나뭇잎을 먹을 수 있고, 원숭이가 다 할퀴어 놓지 않은 파초를 먹을 수 있었기 때문이다. 나무 그늘이 피부를 가려주고 숲의 힘으로 상처도 차츰 아물었다.

숲의 끝에는 큰 강이 흐르고 있었다.

여기서 코끼리는 처음으로 배를 경험했고, 다시는 이런 고통을 겪지 않겠노라고 맹세했다. 병사들은 배에 오르지 않으려고 버티는 코끼리를 제압하기 위해 코끼리 귓속에 작은 칼을 꽂은 뒤 한 걸음 한 걸음 배 위로 끌어당겼다. 배 위에서 코끼리는 몇 번이나 중심을 잡을 수 없을 만큼 심한 현기증을 느꼈다. 사람과 코끼리 모두 그 공포 때문에 배를 가장 가까운 부두에 대고 육로로 이동하기로 했다.

코끼리 떼가 비틀비틀 걷다 서다를 반복하며 하류로 내려갔다. 초원길, 밭두렁, 숲길, 수로, 아스팔트 도로, 돌길을 거쳐 코끼리와 병사들이 마침내 마지막 도시에 도착했다.

천리 행군의 일시적인 종착지였다.

그 도시에서 코끼리는 돌을 져 나르고 목재를 옮기고 부서진 돌을 밟아 평평하게 만들었다. 코끼리는 병사들의 대화를 엿듣고 자신이 죽은 이들을 추모하는 곳을 짓고 있다는 걸 알았다. 죽은 이의 철모, 허리띠, 팔다리, 옷이 흙에 묻혔다. 병사가 종을 치며 내는 소리를 코끼리는 총성이라고 생각했다.

비석이 완성되자 코끼리 네 마리가 차에 실려 떠나고 남은 코끼리들은 밧줄로 된 커다란 그물에 싸여 배가 묶인 뒤 거대한 선박에 매달렸다(이번에는 출렁이는 작은 배가 아니었다). 그들의 사지가 강철 쇠사슬에 묶여 갑판에 고정된 채 바다로 향했다. 바다는 앞으로 망망하게 펼쳐졌고, 코끼리들은 선 채로 하늘의 별, 비안개, 빛, 어둠, 그리고 이름을 알 수 없는 동물이 해수면 위로 내뿜는 멋진 물기둥을 응시했다. 그것이 각각 육지와 바다에서 가장 큰 포유동물의 짧은 조우라는 걸 코끼리들은 알지 못했다. 그들은 바다 위로 뛰어오른 고래의 웅장함에 감동했다. 고래가 코끼리의 장엄함에 매료되었듯.

어스름이 내려앉자 바다 위 하늘이 부드러워졌다. 처음에는 회색빛으로 변했다가 거의 무색이 된 뒤 차츰 짙어지며 검게 변했다. 초원이나 밀림의 밤과는 달랐다. 바다의 밤은 검은색보다 훨씬 더 심오하고, 훨씬 더 동적이었다. 무수한 검은 나비가 하늘을 통째로 가린 것 같았다. 코끼리는 바다에도 밀림처럼 가장자리가 존재하는지 알 수 없었다. 하늘에 촘촘히 박혀 반짝이는 별들이 사실은 태양인지 아닌지 알 수 없는 것처럼.

코끼리들은 뜨겁고, 고향의 밀림과 조금 비슷하지만 또 완전히 같지는 않은 분위기의 섬에 도착한 뒤, 병사들의 표정, 휴식, 팔다리의 동작을 보고 그것이 이제는 매 순간 생사의 경계에서 배회하는 동물의 기운이 아니라는 걸 알았다. 병사의 꿈은 거짓말이 아니었다. 마침내 전쟁에서 멀리 벗어난 것이다.

다만 코끼리는 때때로 자신의 기억과, 다른 코끼리의 경험을 느낄 수 있는 능력이 원망스러웠다. 날마다 어떤 시간이 되면 코끼리는 자기도 모르게 고통스러운 전쟁 속으로 되돌아갔다. 아마도 너무 많은 꿈속에서 죽은 이들이 남긴 눈알을 먹었기 때문일 것이다.

그날 밤 코끼리는 꿈에서 제 자궁 속에 있는 새끼를 보았다. 새끼가 온몸에 포탄 파편이 박혀 피를 흘리고 있었다. 코끼리가 긴 코를 질 속에 넣어 새끼를 꺼냈다. 새끼를 살릴 수 있는 유일한 방법이었다. 아직 온전한 형태도 만들어지지 않은 새끼 코끼리가 코로 엄마 코를 감아쥐었지만 당기는 힘은 너무 세고 통로는 너무 좁아서 새끼는 숨이 막히고 어미의 생식기는 갈가리 찢어졌다.

코끼리는 하루 또 하루 반복되는 혼란스러운 꿈에 시달리다 간혹 머리를 벽에 박거나 바위처럼 단단한 머리로 조련사와 병사를 들이받기도 했다. 어느 날 새벽, 코끼리는 방향감각을 잃고 병사가 파놓은 참호에 빠졌다. 그는 기력이 쇠미해지고 희망이 사라졌음을 느끼며 아직 살아 있는 것을 후회했다. 아니, 코끼리는 후회하는 법을 몰랐다.

구조된 코끼리는 먹기를 거부했다. 생을 포기하려는 강한 의지로 영혼을 하나씩 육신 밖으로 쫓아내기 시작했다. 어느 새벽 여명이 비추기도 전, 코끼리는 나무 같은 발소리를 들었다. 온몸이 홀가분해졌다. 코끼리 떼 중 나이 많은 코끼리들이 온유하면서도 주저함 없이 코로 그의 살갗을 쓰다듬고 가닥가닥 파인 주름 사이, 푹 꺼진 눈가의 깊은 곳, 생식기까지 모두 쓰다듬었다.

코끼리는 모든 게 느른해지는 걸 느꼈다. 대지, 공기, 눈썹, 눈동자, 두피, 혀, 귀, 뺨, 입, 목구멍, 눈꺼풀, 다리. 길고 긴 노정에 그를 데리고 다닌 네 다리가 이제 그를 생의 종점으로 데려다주었다. 낡은 집이 기울듯 그의 오른쪽 앞다리가 푹 꺾어지고 곧바로 왼쪽 뒷다리도 꺾였다. 항문이 열리고 네 다리가 기력을 잃었다. 큰 바위가 산에서 굴러떨어지고, 긴 속눈썹이 한때 영롱했던 작은 눈동자를 덮었다.

　그때부터 그는 다른 코끼리가 자신을 애도하는 소리를 들을 수 없었다. 초원의 저쪽 끝에서 괴괴한 천둥소리처럼 밀려오는 그 낮고 구슬픈 소리를. 코끼리는 영원히 림보*에서 천천히 걸어 다니게 될 것이다. 그곳에는 고향의 밀림과 고산, 급류가 거꾸로 선 그림자의 거꾸로 선 그림자밖에 없다.

---

*　원죄는 있으나 죄를 짓지 않은 사람들이 머무는 지옥의 가장자리.

文物修復。或任何一種修復的技術
與過程。都仰賴每日不斷勞動身體勞動.
　　因為那不是一種理論或言說.
　而是用記.識經驗與技巧
　　渗達到記憶裡去的專業.
　義大利硬石修復學院 Gastone Tognaccini 教授.

　유물 복원을 비롯한 모든 복원 기술과 과정은 하루하루 끊임
없는 육체노동을 통해 이뤄내는 것이다. 그것은 이론이나 담화
가 아닌 지식, 경험, 기교를 통해 기억 속으로 스며드는 일이다.

이탈리아 오피치오 델레 피에트레 두레* 교수
가스통 토냐치니

*　이탈리아의 문화재 복원 전문 연구소.

만약 당신에게 오래된 자전거가 있는데 그걸 원래 모습 그대로이면서 탈 수 있는 상태로 복원하려 한다면, 당신은 빗물과 습기로 인해 켜켜이 쌓인 녹과 만물을 시들고 썩게 만드는 시간의 힘에 부득불 맞서야 할 것이다.

　　곳곳이 개조되고 새것으로 바뀐 고물 자전거를 원래 상태로 복원하는 과정을 우리는 '구원'이라고 부른다.

　　골동품 자전거를 실제로 보지 않은 사람은 자전거의 녹슨 흔적에 그것의 시대, 지리 환경, 주인의 습관, 제작 기술이 드러난다는 사실을 이해하기 힘들 것이다. 일치시기의 무거는 프레임, 흙받기, 림을 대부분 흑철로 만들었다. 이것은 나로 하여금 고대 로마의 시인 푸블리우스 오비디우스 나소가 인간의 세기를 '황금시대' '백은시대' '청동시대' '흑철시대'로 나눈 것을 떠올리게 한다. 흑철시대에 인류는 항해와 채굴을 익혀 전쟁에 열중하느라 신앙을 잃고 말았다.

　　흑철은 탄소강을 의미한다. 탄소강은 사용된 역사가 아주 길고 광범위한 용도로 사용됐지만 강성*과 인성** 모두 나중에 나온 백철에 미치지 못한다. 흑철이 녹슬면 시각적으로든 촉각적으로든 화성암처럼 매끄럽지 않은 질감이 되기 때문에 마치 자전거 전체가 운석과 시간이라는 망치와 모루에 의해 연마된 것처럼 보이기도 한다. 내 친구들이 흑철 자전거에 매료된 것은

---

*　　어떤 물체가 외부로부터 압력을 받아도 모양이나 부피가 변하지 아니하는 단단한 성질.
**　　외부에서 잡아당기거나 누르는 힘 때문에 갈라지거나 늘어나지 않고 견디는 정도.

남아 있는 수량이 적다는 이유도 있지만 그 특수한 질감 때문이기도 하다.

백철 기술이 완숙 단계에 이르자 자전거 부품에 백철 비중이 점점 늘어났다. 대만의 일부 해안 도시에서는 해풍에 저항하기 위해 자전거 프레임을 특별히 백철로 감싸서 제작한 적도 있었다. 백철은 흑철에 비해 녹슨 자국을 쉽게 제거할 수 있지만, 녹이 오래되면 취약한 부분부터 삭아 들어가는데 이것을 '꽃이 졌다'라고 한다.

이 '꽃'이 자전거가 저마다 가진 독특한 표식이 되었다.

흑철시대에서 백철시대로의 변천은 전기도금 기술의 발명 덕분이다. 전기도금은 전기화학적 과정이자 산화환원의 과정이다. 기본 원리는 금속염 용액에 담근 부품을 음극으로 하고 금속판을 양극으로 해서 직류전원을 연결한 뒤 부품 위에 얇은 금속층을 쌓는 것이다.

물론 전기도금도 시간의 흐름에 따라 차츰 벗겨진다. 시간은 전기도금 기술과 재료의 질을 시험한다. 골동품 자전거 중에 간혹 먼저 구리도금을 하고 그 위에 다시 크로뮴도금을 한 것들이 있다. 그것들은 겉에 있는 전기도금층이 벗겨지면 구리를 함유한 원소의 붉은 반점이 위로 올라오고, 아직 벗겨지지 않은 도금층만 군데군데 남는데 이런 얼룩덜룩한 자국에 매료된 자전거 마니아도 있다.

자전거의 녹슨 자국을 자세히 살펴보면 자전거가 있었던 지역의 기후 조건, 주인의 습관, 자전거가 겪은 일을 추측할 수 있다. 비가 많이 오는 대만의 자전거는 빗줄기가 떨어지는 수직선 방향대로 녹이 슬고, 유럽에서 수입한 클래식 자전거는 현지의 건조한 기후 때문에 전체적으로 색이 바랜 것이 많다. 프레임의 뒷부분이 유독 심하게 녹슨 자전거를 산 적이 있는데 진산과 스린을 오가며 생선 장사를 한 판매자의 할아버지가 타던 것이라고 했다. 매일 뒷 짐받이에 생선을 싣고 달린 탓에 생선 피, 바닷물, 얼음 녹은 물이 흘러내리며 독특한 녹 자국을 만들어낸 것이었다.

자전거를 복원하는 동안 모든 부품을 직접 분해하고 닦고 조립하기 때문에 녹슨 자리와 녹이 쌓인 두께를 정확하게 기억하게 된다. 수집가는 이 과정을 거쳐야 비로소 그 자전거를 '안다'고 할 수 있다.

샤오샤는 골동품 자전거에 관한 한 자연주의자다. 그는 나사 구멍 속 기름때까지 속속들이 닦아내지만 절대로 페인트를 덧칠하지 않고 타이어도 바꾸지 않는다. 타이어가 터지면 때우고, 때울 수 없을 만큼 손상됐다면 타지 않고 박물관 소장품처럼 벽에 걸어놓는다. 또 새 부품이나, 특수 가공을 통해 오래된 것처럼 보이게 만든 부품으로 옛 부품을 교체하지도 않는다. 일부 수집가들처럼 핸들을 새로 전기도금을 하거나 도색 공장으로 보내 열처리 도색을 하지 않는 것은 말할 것도 없다. 심지어 그는 나사 하나조차 새것으로 갈아 끼우지 않는 자기만의 원칙을 고집스럽게 고수하고 있다. 잘못된 관리와 잘못 사용된 부품은 자전거가 시간 속에서 만들어낸 미감을 훼손한다는 것이 그의 지론이다.

그는 시간이 자전거에 새긴 모든 흔적이 자전거에 고스란히 남으며 그 흔적을 간직한 자전거가 진정한 골동품 자전거라고 굳게 믿고 있다. 그래서 그에게 자전거를 사려는 사람은 그와 긴 대화를 나누어야 한다. 만약 자전거를 망가뜨릴 것 같다면 그 사람에게는 절대 자전거를 팔지 않는다.

자전거를 '구원할' 때 가장 흔히 맞닥뜨리는 난관은 망가진 부품이 오랜 세월 눌어붙은 때와 녹 때문에 해체되지 않는 것이다. 나사 구멍이 바스러지고 각진 부분이 닳아 무뎌진 상황에서는 연장에 강한 힘을 주어서도 안 된다. 타공 도구를 빌릴 수 없다면 부품과 인내심 싸움을 하는 수밖에 없다.

한번은 핸들바가 꼼짝하지 않는 자전거를 샀다. 예전 주인이 달아둔 장바구니 고리를 떼어내기 위해 날마다 녹 제거제를 뿌리고 녹 제거 크림으로 두툼하게 쌓인 녹을 닦아낸 뒤, 핸들바를 힘껏 돌리며 고무망치로 두들겼지만 꿈쩍도 하지 않았다. 무언가가 악어처럼 그곳을 단단히 문 채 시간이 흐르지 못하도록 꽉 붙잡고 있는 것 같았다.

그런데 어느날 아침을 먹고 집을 나서다 무심코 핸들바를 툭 쳤는데 그게 갑자기 헐거워지더니 덜컥, 하고 힘없이 풀렸다. 작업실에 나 혼자였으므로 기쁨을 함께 나눌 사람이 없어서 자전거를 향해 소리쳤다. "풀었다! 풀었어! 드디어 풀었어!" 그때 내가 느낀 것은 '꽉 물려 있던' 나사나 마디를 마침내 풀어낸 후련함 이상의 감정이었다. 마음속에서 무언가가 느슨하게 이완되며 치유되는 느낌이었다.

자전거를 '구원할' 때 종종 맞닥뜨리는 또 하나의 난관은 동시대 동일 모델의 부품을 찾는 것이다. 자전거 마니아들은 골동품 자전거에 필요한 부품을 찾으려면 경험, 지식, 부지런함 외에도 운이 아주 큰 역할을 한다는 걸 잘 알고 있다.

오래된 부품을 찾을 수 있는 장소가 몇 군데 있다. 첫째, 당시의 자전거 생산 공장이나 중간 대리점. 그곳에 약간의 재고가 남아 있을 수 있다. 오랫동안 아무도 찾지 않은 제품이 잘 포장된 채 어두컴컴한 창고 귀퉁이에 수십 년 동안 방치되었을 가능성이 크다. 그런 부품을 '골동품 재고'라고 부른다. 두 번째 가능성은 별로 알려지지 않고 신형 모델도 거의 없으며, 노사부 혼자 지키고 있는 오래된 자전거포다. 다락방이나 창고에 중고 부품이 쌓여 있는 경우가 많아, 골동품 자전거 마니아에게는 투탕카멘의 무덤과 같다.

물론 더는 수리가 불가능해 버려진 다른 자전거에서 마지막 남은 쓸 만한 부품을 떼어낼 수도 있는데, 이런 방법을 중고 자동차 판매상이 쓰는 말 그대로 '살육'이라고 한다. 더는 탈 수 없지만 쓸 만한 부품을 품은 채 도시나 지방의 거리 또는 오래된 주택 마당에 세워져 있는 자전거를 '야생' 자전거라고 부른다.

길에서 오래된 자전거를 찾으러 다니던 첫날, 나는 그렇게 많은 야생 자전거가 떠돌이 개처럼 거리에 버려져 있다는 사실에 무척 놀랐다. 그것들의 주인은 어디에 있을까? 그들은 그 자전거와 함께한 시간을 잊어버린 걸까?

나는 오래된 자전거를 사고 싶다는 내용의 글과 내 전화번호를 적은 메모지와 고무줄을 항상 가지고 다니다가 아직 더 쓸 수 있는 자전거를 발견하면 메모를 남기고 온다. 물론 운 좋게 정상적으로 굴러가는 골동품 자전거가 내 앞을 지나가면 주저하지 않고 따라간다. 자전거를 살 수 있는지 없는지는 별개의 문제이고, 어떤 자전거 주인과는 낡은 자전거에 관심이 있다는 말을 시작으로 길에 서서 한참 이야기를 나누기도 한다. 그런 사람들에게는 오랜 단골인 자전거포가 있기 마련이기에 또 한 명의 노사부를 만날 기회까지 덤으로 얻을 수 있다.

가끔 자전거를 타고 거리를 돌아다닐 때 샤오샤나 아부, 또 다른 자전거 사냥꾼들이 각자 어딘가에서 골동품 자전거 레이더를 세운 채 돌아다니는 상상을 한다. 그럴 때마다 샤오샤의 말소리가 귓가에 들리는 것 같다. 저 울타리 뒤에 70형 행복표 외장 기어3단 로드바이크 한 대(반 대라도 좋으니)가 세워져 있을까요? 우리가 처음 보는 모델이 있을까요?

사비나와 스즈코가 자전거를 내게 주기로 결정한 뒤 나는 각지의 수집가들과 온라인으로 빈번하게 연락했다. 이 자전거를 '구원'하기 위해 소가죽 안장, 체인커버 뒷부분, 오리지널 행복표 흙받기 엠블럼, 흙받기 지지대 등이 필요했기 때문이다. 또 시간 날 때마다 자전거를 닦고, 윤활유를 바르고, 광을 내며 몸의 노동을 통해 자전거에 다시 활력을 불어넣으려 했다.

자전거 사진을 온라인에 올리자 각지의 수집가들이 댓글을 달아 이 행복표 자전거를 평가하고 어떤 부분이 '불완전한지' 토론하기 시작했다. 나는 핑둥에 사는 수집가 쩡 선생에게 체인 커버를 사고, 타이난에 사는 '꾸지나무'라는 베테랑 수집가에게 구리 나사를 샀으며, '불완전한' 오순표 자전거에서 떼어낸 오리지널 행복표 소가죽 안장으로 교체했다.

두 손으로 문지르고 돌리고 비틀고 닦고 긁고 조정하면서 자전거가 조금씩 원래 모습을 되찾기 시작했다. 내 인생에서 조금 떼어낸 시간으로 쇠락하는 자전거에게 시간을 벌어주는 것 같았다.

린왕의 표본 제작 과정을 자세히 보도한 기사를 본 적이 있다. 린왕의 실제 몸집과 똑같은 크기의 모형을 만든 뒤 린왕에게서 벗겨낸 가죽을 모형에 씌우는 특별한 박제 기술이 사용되었다. 당시 동물원은 해외의 표본 제작가가 아닌 린원룽이 이끄는 대만 기술팀에게 표본 제작을 의뢰했다.

린왕의 병세가 깊어지자 린원룽은 자주 동물원을 찾아가 그의 모든 동작을 영상으로 자세히 촬영했다. 린왕이 마지막 숨을 거둔 날 표본 제작팀은 곧바로 해부칼과 전기톱으로 코끼리 가죽을 나눠서 벗겨낸 뒤, 미리 비워둔 동물원 직원 식당으로 빠르게 옮겨 소금에 재웠다.

표본 제작팀은 린왕의 시신을 부위별로 분해한 뒤 무게를 측정해 많은 사람들과 함께 자란 이 거대한 동물의 체중이 5.5톤이라는 걸 알아냈다. 그다음 많은 인력이 동원되어 벗겨낸 가죽에 붙어 있는 지방과 살점을 제거했다. 또 다른 전문팀은 린왕의 머리로 본을 떴다. 그들은 죽음이 아니라 탄생을 다루는 사람처럼 분초를 다투며 신속하게 움직였다.

벗겨낸 가죽은 얼마 안 가 이란 시의 폐업한 가죽 공장으로 옮겨졌고 무두질을 거쳐 냉동됐다. 그러는 동안 표본 제작팀은 철재와 목판을 이용해 골격을 만들고 단단한 고무를 이용해 린왕의 몸과 근육을 만들었다. 습도와 온도가 그들이 날마다 주무르는 고무에 영향을 미칠 수 있었으므로 제작팀은 매일 새로운 도전과 마주해야 했다.

그들은 린왕의 몸을 지탱해 수없이 많은 길을 걸었던 근육과 이제는 잘려 나가버린 지방, 그의 감정과 생명을 전달했던 뼈, 피, 신경을 재현하기 위해 모든 노력을 기울였다. 기초 조형 작업이 완료되자 조각칼과 전기톱으로 모양을 다듬고, 마지막으로 유리섬유로 만든 린왕의 머리 금형에 발포제를 부어 굳힌 뒤 꺼냈다. 깊고 우울하고, 한때 전쟁과 욕정의 고통에 시달린 대뇌를 감쌌던 두개골이 마침내 완성됐다.

그다음에는 인공으로 만든 몸에 냉동된 코끼리 가죽을 씌워 꿰맬 차례였다. 얇게 깎아내거나 두껍게 채우고 늘린 코끼리 가죽을 네다섯 사람이 바닥과 높은 사다리 위에서 함께 펼쳐 잡고 기준점을 맞추는 작업을 진행했다. 가죽을 인조 골격과 근육에

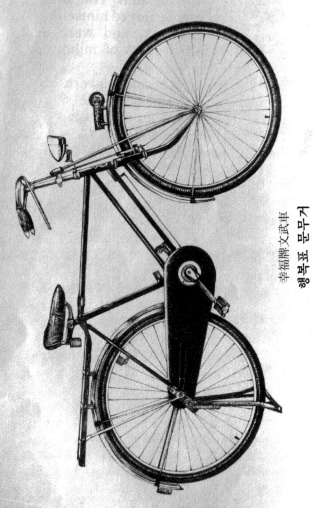

幸福牌文武車
행 복 표 문무거

빈틈없이 밀착시켜야 했다. 무두질을 하고 냉동하는 과정에서 가죽이 약간 수축됐기 때문에 코끼리 모형을 계속 깎고 수정하며 위치를 정확하게 맞춰야 했다.

냉동 상태로 꺼낸 코끼리 가죽을 탄력성과 신축성을 가진 원래 상태로 되돌리려면 섭씨 45도의 온수에 장시간 담가 젖은 상태를 유지해야 했다. 코끼리 가죽은 마르면 탄력성이 전혀 없는 상태로 돌아가기 때문에 시간을 조금도 지체할 수 없었다. 밥을 먹고 물을 마시고 화장실 가는 시간까지 최대한 절약했고, 대화 대신 눈빛을 주고받았다.

사람들이 여러 각도에서 사다리를 놓고 올라가 펜치로 굵은 바늘을 잡아당기며 코끼리 가죽을 봉합했는데 이 과정만 장장 삼십 시간이 걸렸다. 마지막 한 땀이 완성됐을 때 모든 사람이 바닥에 쓰러지듯 드러누워 이 거대한 짐승을 올려다보았고, 그 순간 그들은 자신이 성전에 와 있는 듯한 전율을 느꼈다.

작업등이 켜진 작업실에서 행복표 자전거를 마주할 때마다 강산 얼가오촌에서 아공뗸 강으로 흐르는 신비한 지하 수로, 은륜부대가 종단한 말레이반도, 코끼리 수송대가 가로지른 북미안마 밀림이 차례로 머릿속을 스쳐 지나갔다. 죽은 뒤 다리가 잘려 의자가 된 코끼리, 어디서 왔는지 알 수 없는 라오쩌우의 은륜부대 자전차, 내게 돌아온 이 행복표 자전거가 지나왔을 기나긴 길을 떠올리고, 매일 새벽 자전거 수리 공구를 손에 쥐어보는 노쇠한 장인과 동물원 우리 앞에 조용히 앉아 그림을 그리는 스즈코를 생각했다.

몇 주 뒤 마침내 자전거의 모든 부품이 각자 자리를 찾았다. 안장을 달기 전, 영원히 끝나지 않는 어둠을 품은 터널처럼 좁고 검은 싯포스트 안을 들여다보았다.

흔히 볼 수 없는 행복표 다이너모를 자전거에 달고 손으로 페달을 돌려보았다. 페달이 체인과 톱니바퀴를 움직여 그것들이 끼릭끼릭 소리를 내며 돌아가자 타이어와 발전기 고무가 마찰하며 12볼트의 전류가 발생했다. 내가 들을 수 없는 미세한 소리를 내며 전선을 따라 소켓 끝으로 전해진 전류가 텅스텐필라멘트를 통과해 희미하지만 따뜻한 불빛을 내는 순간, 표본 제작가가 린왕의 표본을 완성했을 때 느꼈다고 했던, 성전에 와 있는 듯한 전율을 나도 느꼈다.

창밖이 이미 희붐하게 밝아오고 있다. 이제 펜을 내려놓고 창가로 다가가 약간 어지러운 머리와 눈으로 하늘의 구름과 도시를 바라볼 것이다. 얼핏 보면 세상은 달라진 것 없이 그대로인 것 같지만 나는 알고 있다. 어제까지의 세상과 미세하게 다른 새로운 세상이라는 것을. 바람을 타고 날아가는 아주 작은 벌레도, 먼 항성에서 온 빛도, 유리 위 먼지도 모두 이전과 같지 않다는 것을.

10. 나무

　외삼촌들이 외할아버지 집을 팔기로 했다고 어머니가 말했다. 원래 열 명 넘게 살던 시끌시끌한 집이지만 아들들이 결혼해 차례로 타이베이로 떠나고, 딸들도 하나씩 결혼한 뒤 십여 년 전 외할머니마저 돌아가시자 서서히 가족들에게 잊힌 채 방치되었다고 했다. 시골집이라 팔아봤자 얼마 되지 않는 데다, 팔려면 집을 공동으로 상속받은 아들 모두의 동의가 있어야 하는 바람에 차일피일 늦어진 것이었다.

　어머니는 병상에서 내게 이 소식을 전하며 집안 큰딸의 아들인 내가 둘째 외삼촌을 모시고 시골집을 청소를 하러 다녀오면 좋겠다는 생각을 전했다. 몸이 괜찮다면 어머니 본인이 직접 다녀왔을 거라면서.

　외삼촌 아들들은 다 뭘 하고 있느냐고 묻자 어머니는 그들의 근황을 일일이 얘기해주었다. 큰외삼촌의 두 아들은 외국에 살고, 둘째 외삼촌은 아들이 없고, 셋째 외삼촌은 온 가족이 캐나다로 이민 갔으며, 넷째 외삼촌은 신장병으로 오랫동안 병석에 있었다. 다섯째 외삼촌은 몇 년 전 갑작스레 돌아가셨는데 그 아들은 시골집을 판다면 동의서에 도장은 찍어줄 수 있지만 직접 일을 처리할 생각은 없다는 입장이었다.

나는 중부의 작은 항구에 있는 그 집을 아직 기억하고 있다. 아주 '깊은' 2층짜리 단독주택으로 뒤쪽에 큰 부엌이 있어서 농번기에는 커다란 솥에 밥을 해서 일꾼들에게 밥을 주었다. 부엌 뒤편 공터를 지나면 돼지우리가 있었다. 어릴 적 명절에 내려가면 외할머니가 사람을 불러 돼지를 잡았는데, 돼지가 우렁차게 울부짖는 소리가 마치 기뻐서 지르는 환호성처럼 들렸다. 장정 여럿이 돼지를 장대에 묶어 메고 가면 돼지는 온몸에 피멍이 든 것처럼 붉은 도장이 찍혀서 돌아왔다. 세금을 냈다는 증명이라고 했다.

나는 차가 없기 때문에 둘째 외삼촌의 토요타 자동차를 타고 갔다. 가는 동안 외삼촌은 열심히 화제를 찾아내 말을 걸었지만 나는 할 얘기가 별로 없었고 분위기가 점점 어색해졌다. 나는 원체 누구와도 잘 맞지 않는 성격이지만 상대가 친척인 경우에는 더욱 그랬다. 가끔은 어머니도 아버지처럼 친척들과 왕래하지 않으면 좋겠다는 생각도 했다. 이런 일이 내게는 정말 괴로운 임무이기 때문에 빨리 끝나기를 진심으로 바랐다.

마조사당 맞은편에 있는 노포에서 점심으로 동갈삼치탕을 먹은 뒤 쇠락한 작은 항구로 향했다. 하늘이 유리처럼 환했다. 오래전 고깃배가 드나들던 작은 항구는 1백 미터쯤 되는 거리만 남은 채 썰렁하게 방치되어 있었고, 강한 바닷바람 때문에 모든 건물이 바다와 수직 방향으로 지어져 있었다. 외할아버지 집에 도착해 문에 걸려 있는 녹슨 쇠사슬을 부수었다. 문을 열어 보니 뜻밖에도 거실이 텅 비어 있었다. 뒤뜰 쪽으로 난 창은 부서져 있고 집 안에 있던 물건은 누가 가져갔는지 아무것도 남아 있지 않았다.

내가 빗자루를 들고 바닥에 뒹굴고 있는 맥주 캔과 두껍게 쌓인 먼지를 쓰는 동안 외삼촌은 도둑을 욕하며 속상한 표정으로 집 안을 서성거렸다.

설계가 좀 독특한 집이었다. 옛날 집들은 문 앞에 곡식 말리는 앞마당을 두는 것이 보통인데 이 집은 문이 바로 길에 접해 있고 마당은 집 뒤편에 있었다. 길 건너에는 원래 물고기를 기르는 큰 저수지가 있었는데 오래전 저수지를 메운 뒤 길을 따라 나란히 집을 지었다. 하지만 지금은 사는 사람이 많지 않은 듯했다.

뒷마당 한 귀퉁이에 용안나무가 자라고 있었는데 예전에는 본 기억이 없었다. 꽃이 피고 열매를 맺는 계절이라 여기저기 떨어진 용안에 파리 떼가 달라붙어 있었다.

"이 나무는 언제 심었어요?"

"네 외할머니가 돌아가시기 몇 년 전이었을 거야." 외삼촌이 나무를 흔들자 용안이 우수수 떨어졌다. "옛날에 외할아버지가 이 자리에다 벼를 말리셨는데."

외삼촌이 용안이 잔뜩 떨어져 있는 뒷마당을 가리켰다.

"외할아버지 논이 넓었어요?"

"한 갑甲* 남짓이었지. 어릴 때 우리가 논에 가서 허수아비를 했단다."

"허수아비를 만들었어요?"

"아니. 우리가 직접 허수아비가 됐어." 국어가 서툰 둘째 외삼촌이 대만 방언으로 바꿔 말했다. "그땐 너무 어려서 힘든 일은 도울 수 없었지만 이삭이 날 때부터 수확할 때까지 참새 겁주는 일은 아이들 몫이었어. 논바닥에 웅크리고 앉아서 허수아비를 꽉 붙잡고 천천히 흔드는 거야."

"허수아비가 움직이지 않으면 참새가 겁을 안 내요?"

"응. 워낙 영리해서 움직이지 않으면 도통 겁을 안 내. 그래서 집집마다 애들을 보내서 참새를 겁주게 했지. 뭘 모르는 사람은 지나가다가 사람은 안 보이고 허수아비만 흔들거리는데 갑자기 아이들 말소리가 들리니까 깜짝 놀라곤 했어."

"어머니한테도 얘기 들었던 것 같아요."

"맞아. 아주 재밌었어." 외삼촌이 무슨 생각이 났는지 한숨을 내쉬었다. "그런데 일이 터졌지."

"무슨 일이요?"

"그날도 어머니가 참새를 쫓으라고 우리를 논으로 보냈는데 하필 그때 공습이 닥쳤어."

"공습이요?"

---

* 대만에서 논밭의 면적을 세던 단위. 1헥타르는 1.0310갑이다.

"그래. 사실 미국 비행기가 우리 마을을 폭격하려고 한 건 아니었어. 그런데 너도 알다시피 그때는 폭격의 정확도가 높지 않았잖아. 그중 한 대가 우리 마을 근처 들판에다 포탄을 떨어뜨리고는 비행기까지 추락했어. 결국 논 가장자리로 허수아비를 흔들러 갔던 아이 셋이 폭격을 맞고 죽었어." 외삼촌이 담배에 불을 붙이고 한 모금 빨았다. "천만다행으로 네 엄마는 죽지 않았어. 논바닥에서 잠이 들었었나 봐. 그래서 공습이 벌어진 것도 몰랐던 거지. 깨어나 보니 다른 아이들이 보이지 않더래. 논바닥에서 기어 올라와 보니 논두렁에 공명차가 한 대 있었는데 급한 마음에 누구 건지도 모르는 그 공명차를 타고 집에 돌아온 거야. 참 이상하지. 그때 네 엄마는 공명차를 탈 줄 몰랐어. 게다가 그 공명차는 아주 컸단 말이지. 그런데도 저절로 타는 법을 깨우친 거야. 울면서 공명차를 타고 오다가 중간쯤에서 아이들을 찾으러 달려 나온 마을 사람들을 만났어. 나머지 세 아이가 죽어서 돌아올 줄 누가 알았겠어?"

"그래서 어떻게 됐어요?"

"외할아버지는 마조신이 돌봐준 덕분이라면서 네 엄마를 데리고 마조신께 절을 올리려 가려고 했어. 그런데 네 엄마가 타고 온 공명차가 일본 순사 것인 줄 누가 알았겠어? 일본 순사가 공습 때 논바닥에 떨어져 죽은 거야. 일본 순사가 죽었으니 당연히 조사를 했고, 반나절도 안 돼서 일본 순사들이 우리 집 앞에 세워져 있는 공명차를 발견했어. 생각해봐라. 입이 백 개라도 변명할 수 있겠어? 일본 순사들이 네 엄마를 공명차 도둑으로 몰아

세우니까 외할아버지가 나서서 살기 위해 도망치려고 눈에 보이는 공명차를 타고 온 것이지 그게 일본 순사 것인 줄은 몰랐다고 해명했어. 마을에서 아이가 셋이나 죽어 경황이 없는 와중이라 곧바로 가져다가 신고하지 못했다고. 순사 나리에게 그해 수확한 벼로 배상하겠다고도 했어. 그런데 하필이면 외할아버지가 노다라는 순사의 심기를 건드린 적이 있었어. 외할아버지가 수확한 곡식을 몰래 감췄다가 노다에게 들킨 적이 있었거든. 괴롭힐 핑계를 찾은 노다가 그대로 물러설 리 있나. 그 일본 놈이 돼지한테 하듯이 외할아버지 목구멍에 물을 들이부었어. 외할머니가 우리를 데리고 가서 정신을 잃은 외할아버지를 모시고 왔지.

그땐 의사를 부를 돈도 없었어. 집에서 상약* 몇 첩 달여 먹는 게 고작이었지. 그래도 외할아버지는 예전보다 더 기력이 넘치는 것 같았어. 농사일을 더 열심히 하면서도 하나도 피곤해 보이지 않았지. 가끔 복통이 있었지만 돌팔이의사한테 지어온 약으로 통증을 달래곤 하셨어. 그해 전쟁이 끝나고 두 번째 수확을 마친 뒤 어느 날, 밭에서 새참을 먹던 외할아버지가 쓰러졌는데 집으로 옮기자마자 돌아가셨단다. 중요한 임무를 끝마친 사람처럼 말이야. 네 엄마는 늘 자기 탓이라고 자책했지만, 그게 아니야. 운명이었어."

그렇게 돌아가셨다고요?

---

* 외상이나 내상을 입었을 때 먹는 약.

그렇게 돌아가셨어. 그땐 사람들이 그렇게 등잔불 꺼지듯이 죽었어.

등잔불 꺼지듯이.

담배 연기가 엷은 바람에 실려 두 뺨을 감싸자 외삼촌의 두 눈이 가늘게 감겼다. 외삼촌도 어느새 많이 늙어 있었다. 힘없는 목소리에서 노화를 느낄 수 있었다. 나는 외할아버지를 직접 본 적이 없고 초상화로만(원래 거실에 걸려 있었다) 보았지만 초상화 도 어디로 갔는지 사라지고 없었다. 기억을 떠올려보니 외삼촌 이 초상화 속 얼굴과 조금 닮은 듯했다.

'운명'이라는 말을 또 들었다. '운'을 '명'의 앞에 두는 그 말. 어머니는 외할아버지가 어떻게 돌아가셨는지 우리에게 한 번도 얘기한 적이 없었다. 지금껏 나는 아버지가 우리 집에서 제일 과 묵한 사람이라고 생각했다. 아버지는 그 어떤 얘기도 해준 적이 없기 때문이다. 또 어머니는 우리 집에서 제일 푸념을 많이 하는 사람이라고 생각했다. 어머니는 무슨 얘기든 다 하는 데다가 이 미 한 얘기를 계속 반복했기 때문이다.

그런데 내 생각이 틀렸던 것이다. 사람은 가끔 새 같지만, 또 가끔은 조개 같기도 하다.

"나중에 내가 네 엄마랑 타이베이로 올라가 가게를 얻어 장사 를 하려고 외할아버지 논 한 갑을 팔았지." 외삼촌은 자리에 없 는 어머니를 위로하고 싶은 듯 말했다. "따지고 보면 네 엄마가 외할머니, 외할아버지를 도와서 동생들을 다 키웠어."

"참, 외할아버지한테 깡통 상자가 있었다는 거 아세요? 그 안에 할아버지가 태어나시던 날의 신문이 들어 있다고 하던데."

"알지. 근데 어디 있는지는 몰라."

또 하나의 어디로 갔는지 알 수 없는 것.

최근 내 귓가에 작게 맴도는 이상한 소리가 있었다. 장마에 내리는 부슬비보다도 가느다란 소리지만 사라지지 않고 고집스럽게 귓가를 맴돌았다. 소리를 떨치려고 머리를 털다가 내 몸이 노곤하게 까부라지고 있다는 걸 알았다. 오랜 수영 끝에 물 밖으로 머리를 내밀었다가 몸을 축 늘어뜨려 물 밑으로 가라앉을 때처럼. 머릿속으로 쉬지 않고 걸었던 것이 실제 몸의 피로로 나타난 걸까?

푸 씨 아저씨에게 들은 코끼리 다리 의자 얘기를 떠올렸다. 그때 나는 푸 씨 아저씨에게 물었다. "왜 그런 얘길 하세요? 코끼리 다리 의자에 무슨 비밀이라도 있어요?" 아저씨는 없다고 했다. 무슨 비밀이 있겠느냐며 그저 자기 경험에서 나온 생각이라고 했다. 고물 장수로 반평생을 살아온 푸 씨 아저씨는 어떤 일을 겪고 나면 그 흔적이 물건의 어느 부분에 씨앗처럼 남는다고 믿었다.

하지만 눈에 보이는 물건은 언젠가 망가지거나 떨어져 사라지고 만다는 나의 말에 푸 씨 아저씨는 이렇게 말했다. "그건 눈에 보이지 않는 것도 똑같아. 언젠가 망가지거나 떨어져 사라지지."

그럼 이 물건들을 간직하는 게 무슨 의미가 있어요?

중요한 건 '망가지는 것'도 아니고 '사라지는 것'도 아니야. 푸 씨 아저씨가 말했다.

제비 한 쌍이 현관 앞에 있는 둥지로 돌아왔다. 제비는 웬 센
서를 달아놓은 것처럼 빠르게 날아왔다가 또 빠르게 날아가며
번갯불처럼 용안나무 가지 사이를 스쳤다. 그 모습을 보다 벽에
박혀 있는 익숙한 물건에 시선이 닿았다. 철판으로 만든 향꽂이
였다.

어머니가 우리를 데리고 설을 쇠러 시골집에 내려올 때마다
초아흐레에 천공天公에게 절을 했다. 외할머니는 우리를 순서대
로 절하게 한 다음 장남을 시켜 현관에 있는 향꽂이에 향을 꽂
게 했다. 향꽂이 위쪽 천장은 오랜 세월 향 연기에 그을려 먹구
름이 낀 것처럼 거무스름했다.

향꽂이를 내가 가져도 되는지 묻자 외삼촌이 선뜻 그러라고
했다. 어차피 아무도 가지려는 사람이 없을 터였다.

시골집에 다녀온 뒤 누나들에게 문자메시지를 보내 일을 끝
마쳤음을 알리고 내일 병원에 교대하러 갈 테니 어머니에게 전
해달라고 했다. 큰누나에게 답장이 왔다. '엄마 검사 결과 나왔
어. 췌장과 척추에 문제가 있는 거 같대. 척추는 그러려니 하는
데 췌장은 의사도 조금 의심스럽다고 담췌관 MRI를 찍어보자
네.' 뭐가 의심스럽다는 얘긴지. 애매하고 불확실한 상황에 짜증
이 났다.

작업실에 도착해 침대에 누웠지만 통 잠이 오지 않았다. 위, 간, 소장 이런 기관들의 생김새는 머릿속에 또렷이 그려지지만 췌장이 어떻게 생겼는지는 떠오르지 않았다. 나를 수태하고 낳았던 배 속에 있는 췌장이 뭐가 의심스럽다는 걸까? 어머니가 누나에게 성왕공을 찾아가 물어보라고 했던 것이 생각났다. 누나는 성왕공에게 가보았을까? 성왕공은 어머니 배 속, 이상한 병변이 일어나고 있는 노쇠한 췌장을 들여다볼 수 있을까?

다음 날 일찍 일어나 면도를 하고, 수리가 끝난 행복표 자전거를 구석구석 잘 닦은 다음 단단한 소가죽 안장을 한 번 툭 두드린 뒤 집을 나섰다.

거리에서 차들이 쉬지 않고 지나가고 낮게 깔린 소음이 물결처럼 흘렀다. 차들이 아슬아슬하게 서로 스치며 지나갈 때마다 노면의 진동이 내 몸을 타고 올라왔다. 중산베이로를 지나 지룽강을 건넌 뒤, 신베이터우 역 근처 골목에 있는 아파트 앞에 도착했다. 주소를 확인하고 초인종을 누르자 문이 열렸다. 사비나와 청청 그리고 낯선 여자가 있었다.

전날 밤 사비나가 청청을 데리고 타이베이에 와서 애니의 아파트에 묵고 있다고 문자메시지를 보내왔다. 나는 그에게 제일 먼저 자전거를 보여주겠다고 했다. 함께 있는 다른 여자는 애니일 것이었다.

애니는 화장기 없는 맨 얼굴에 품이 넉넉하고 단조로운 디자인의 옅은 호두색 옷을 입고 있었다. 하지만 그를 처음 보는 사람은 그의 옆얼굴에 시선을 빼앗길 것 같았다. 뭐라고 해야 할

까, 어떤 각도에서 보면 그는 요하네스 페르메이르의 〈진주 귀
고리를 한 소녀〉 속 소녀와 닮은 듯했다. 특별히 예쁘지는 않지
만 저절로 눈길이 가고, 다시 만나고 싶다는 생각이 들기에 충분
했다. 뒤에 서 있는 사비나가 나를 보고 미소 지었다. 처음 만난
날보다 더 낯설고 수줍어하는 것 같았다.

내가 뒤에 있는 자전거를 보여주자 사비나가 무릎을 굽히고
앉아 자전거에 붙어 있는 연갈색 에나멜 상표를 손으로 쓸며 말
했다. "전혀 다른 자전거가 됐네요."

애니가 내게 말했다. "직접 답장을 드리지 않아서 죄송해요."

"괜찮습니다. 모든 일에는 우여곡절이 있는 법이죠."

나는 자전거의 어느 부품을 교체했는지, 이 자전거 모델을 식
별할 수 있는 특징은 무엇인지 얘기해주었다. 청청이 옆에서 심
드렁한 표정으로 대화를 들었다. 아이의 짧은 인생은 이제 어떤
물건에 정이 생기기 시작하는 단계로 접어들었을 것이다. 변신
로봇이라든가 기차 장난감이라든가. 하지만 이 자전거는 그중
에 끼지 못했다. 나는 아이를 번쩍 안아 올려 자전거 뒷자리에
앉히고 사비나와 애니에게 말했다. "한 바퀴 돌고 올게요."

베이터우 강을 따라 위로 올라가자 길가에서 나는 유황 냄새
가 옛 추억을 상기시켰다.* 어릴 적 아버지가 우리를 데리고 지
옥곡(원래 이름이 지열곡地熱谷이라는 걸 알고 있었지만 일부러 지옥곡
이라고 불렀다)이라는 곳에 데려가 온천물에 계란을 삶아준 적이

---

* 베이터우는 타이베이 근교의 온천 지대로 노천 온천이 있다.

있었다. 경사가 가파른 데다가 행복표 자전거가 고정 기어 자전
거이기 때문에 금세 등이 땀에 젖었다. 어느 정도 올라간 뒤 핸
들을 돌려 반대로 내려가기 시작했다. 청청은 내 허리를 꼭 붙잡
고 신이 나는 듯 웃었다. 내 등에 부는 아이의 숨결과 허리를 잡
은 작은 손이 왠지 따뜻했다.

그 순간, 아버지가 된다는 건 어떤 기분일지 궁금했다. 한 아
이에게 필요한 걸 채워주는 것과 온종일 아이처럼 누군가를 필
요로 하는 것 사이엔 어떤 차이가 있을까?

사비나와 애니가 기다리고 있는 노천카페에 도착하자 문득
형이나 압바스 또는 나 같은 사람이 너무 어린애 같다는 생각이
들었다. 나는 테이블에 앉아 별로 향기롭지 않은 커피를 마시며
스즈코가 들려준 얘기를 두 사람에게 해주었다.

"그사이 마 양에게 무슨 일이 있었을까요?" 애니가 우울한 눈
동자로 말했다.

"스즈코 씨를 다시 만날 거예요. 그때 물어볼게요."

헤어질 때 사비나가 내게 편지 봉투 하나를 건넸다.

"이게 뭐죠?" 내가 물었다.

"소설의 마지막 부분이에요." 사비나가 말했다. "시간 날 때
읽어보세요."

자전거를 타고 도시를 한 바퀴 도는데 문득 이 도시가 몹시
낯설었다. 도시는 어떤 껍데기에서 서둘러 탈출하려는 것처럼,
불명예스럽고 슬프고 괴상한 과거에서 하루빨리 벗어나려는

것처럼 계속 새로워지고 있었다. 수많은 사람의 기억 속에서 불가사의하리만치 환하게 빛나던 물건들은 새로워진 도시에서 어디론가 사라져버렸다. 나는 조금 아쉽고 또 조금 외로웠다. "음…… 그것도, 또 그것도 다 사라졌어." 거의 모든 길에서 이렇게 말할 수 있었다.

다다오청에 도착한 뒤 종이에 적힌 주소를 따라 좁은 골목으로 들어가 오래된 3층 건물 앞에서 멈췄다. 벽돌 틈 사이로 여러 가지 이끼가 자라고, 발코니에서 자라는 식물이 무늬가 조각된 철창 사이로 줄기를 뻗어 벽을 타고 기어올라 덩굴이 벽을 뒤덮고 있었다. 1층의 붉은 나무 문이 새로 칠해진 상태가 아니었다면 아무도 살지 않는 집이라고 생각했을 것이다.

초인종을 누르자 위층에서 낭랑한 새소리가 울리고 잠시 후 미나가 문을 열어주었다. 시간이 정지된 듯, 계단 벽에 오래된 유백 유리등이 걸려 있고 계단 끝마다 미끄럼방지용 모자이크 타일이 붙어 있었다. 유일하게 현대적인 물건은 난간에 설치된 레일형 승강기였다. 자전거를 메고 2층으로 올라가자 등받이가 높은 의자에 앉은 스즈코가 만면에 미소를 지으며 자전거를 자기 옆에 세워놓으라고 손짓했다.

스즈코의 집 거실을 둘러보았다. 높은 건물에 가로막히지 않은 쪽 창을 통해 햇빛이 비껴들고, 깨끗이 닦은 바닥타일 위로 실내 모습이 반사되었다. 좁고 긴 아파트는 어머니가 말했던 '거실은 밝고 방은 어두워야 한다'라는 풍수에 완벽하게 부합했다. 거실 네 귀퉁이에 화분이 있고, 요즘은 보기 드문 브라운관 텔레비전이 놓여 있었으며 일력도 매일 자를 대고 한 장씩 뜯어내는 것처럼 반듯하게 뜯겨 있었다.

해가 들지 않는 쪽 벽에는 스즈코가 그린 듯한 그림이 가득 걸려 있었다. 모두 동물 그림이었는데 평범한 동물은 아니었다. 화려한 줄무늬를 가졌지만 뒷다리는 조립식 플라스틱 장난감인 호랑이, 한쪽에 목각 날개를 나사로 이어 붙인 올빼미, 한쪽 뿔이 나뭇가지를 철사로 묶어놓은 의족 뿔인 사불상 등.

육식동물의 시선은 똑바로 앞을 향하고 있고, 초식동물의 눈은 양쪽에 달려 있기 때문에 그림을 보는 사람은 그들이 자신을 응시하는 것 같은 느낌을 받을 수 있었다. 평면의 그림이 아니라 분노, 슬픔, 경계, 공포의 감정을 느낄 수 있는 살아 있는 동물인 것처럼 눈빛이 무척 또렷했다.

그림들이 정확히 잰 듯 일정한 간격을 두고 걸려 있는 것만 보아도 스즈코의 신중한 성격과 그가 그림들을 얼마나 소중하게 여기는지 알 수 있었다.

제일 가장자리에 걸린 그림만 유일하게 동물 그림이 아닌, 한 남자가 자전거를 타고 철교를 오르는 그림이었다. 구부정하게 굽은 등과 잔뜩 굽힌 허리, 안장에서 떨어진 엉덩이. 오른쪽 다리에 힘을 준 채 정지하고 있는 순간을 그린 것이었다. 바람이 세게 부는 듯 남자의 외투가 돛처럼 부풀어 올라 그림을 보는 사람도 그가 힘들게 페달을 밟고 있음을 느낄 수 있었다.

그 옆은 멀리서 숲을 바라본 듯한 그림이었는데 가까이서 보니 나비 날개를 이어 붙인 것이었다. 나뭇가지와 나무줄기가 서로 뒤엉켜 교차하고 나무 사이로 냇물이 졸졸 흐르고 있었다. 2미터만 물러나서 보아도 나비 날개로 만든 모자이크 그림이라는 걸 알아볼 수 없었다. 사비나가 무 선생의 자전거와 바꾼, 어머니의 작품이 틀림없었다.

내가 그림 감상을 하고 있는 동안 스즈코는 계속 자전거를 보고 있었다. 편안히 잠든 사람처럼 그의 얼굴 위로 따뜻함과 만족감이 떠올랐다.

스즈코가 말했다. "예전에 무 분대장이 이 자전거에 날 태우고 강변에 갔었어요."

그가 잠시 침묵했다. 나는 운 좋게 같은 시기에 제작된 소가죽 안장을 구하기는 했지만, 원래의 안장이 사라진 것은 역시 아깝다고 말했다. 가죽은 타는 사람의 엉덩이 모양에 따라 변하는데 이런 변화는 소가죽 안장마다 단 한 번의 기회밖에 없기 때문이다.

"그렇군요. 그때 나는 짐받이에 걸터앉았는데 무 분대장이 짐받이에 스펀지 방석을 묶어줬어요. 이게 바로 그 짐받이일까요?"

"짐받이는 바꾸지 않았어요."

그가 젊을 적 고왔을 것 같은 손을 짐받이에 올렸다.

나는 속으로 몇 번이나 연습한 질문을 입 밖에 냈다.

"참, 선생님의 아버지께서 선생님을 자전거에 태워 동물원에 가곤 하셨는데 나중에 실종됐다고 하셨죠? 그럼 그 자전거는 어떻게 됐나요?"

"어느 날 그걸 타고 시먼딩에 갔는데 한 군인이 나를 불러 세웠어요. 나보고 내리라고 하더니 자기가 타고 가버렸죠."

"자전거를 타고 갔다고요?"

"네. 자기 자전거인 것처럼 타고 어디론가 가버렸어요."

미나가 재스민차를 내왔다. 내가 두 잔을 따라 스즈코에게 한 잔을 건네자 스즈코가 한 모금 마셨다.

"또, 무 분대장님이 곳곳에 다니면서 나무를 탔다고도 하셨어요."

스즈코가 고개를 끄덕였다. "맞아요. 그랬어요."

"왜 그러셨던 거예요?"

"처음부터 얘기해줄까요?"

"네."

"무 분대장은 고아였어요. 어릴 적 중국 쓰촨에서 구걸하며 살다가 모집 공고를 보고 인도 주둔군으로 들어갔대요. 그에게 종군은 살기 위한 길이었어요. 부대에 배치받을 때 자기 나이도 생일도 몰라서 부대에서 정해준 생일을 썼대요. 부모가 없는 건 그렇다 쳐도 자기 생일도 모르다니 자기가 참 바보 같다고 했어요. 고향이 뉴자오포*라는 것만 알았지 어느 뉴자오포인지는 몰랐어요.

한번은 유명한 점쟁이에게 데려가서 자미두수로 그의 생일을 찾아달라고 했어요. 점쟁이가 그에게 '답을 아는 문제'와 '답을 모르는 문제'를 질문하면서 그의 대답을 가지고 시간을 거슬러

---

* 소뿔 모양의 언덕을 말한다.

417

올라가며 생일을 추측하는 방법이었어요. 하지만 무 분대장은 대부분의 질문에 모른다거나 기억나지 않는다고 대답했어요. 대부분의 질문에 자세히 대답하길 귀찮아했고요. 그래서 결론을 내지 못했어요. 자신에게 형제자매가 있는지 없는지, 군대에 있을 때 몇 살이었는지 아무것도 알아내지 못했어요. 점쟁이 집을 나오면서 사람이 겪은 일을 가지고 인생이 어느 날부터 시작됐는지 추측할 수 있느냐고 투덜거리더군요. 꼭 생일을 갖고 싶다면 자기가 전쟁에 참전했던 그날을 자기 생일로 삼겠다고 했어요.

그리고 그 전쟁은 나무 한 그루 때문에 시작됐어요."

1943년 겨울로 막 접어들었을 무렵, 인도 주둔 중국군 제112연대가 국화부대라고 불린 일본군 정예 부대 제18사단와 후쾅 계곡에서 교전을 벌였다. 이 원정 부대는 영국령 인도군을 도와 일본군과 전투한 경험이 있었는데 당시 일본군의 사기가 한창 올라 있는 데다가 얼마 후 양곤이 일본군에 점령당하면서 영국군이 패퇴했다. 그때 영국군 한 부대가 일본군에 쫓기다가 포위당하자 신편 제38사단 쑨리런 사단장이 소수의 정예 부대를 보내 영국군 7천여 명을 구해주었는데 이것이 바로 유명한 '예난자웅 전투'다.

하지만 타웅지와 라시오가 차례로 일본군에 함락되자 영국군과 중국군이 만달레이에서 합류하려고 한 계획이 수포로 돌아갔다. 전략목표가 사라진 중국 주력군은 두위밍 장군의 통솔하에 직선으로 쿠몬범 산을 넘어 윈난으로 철수하려고 했지만 이 결정이 부대를 지옥으로 몰아넣고 말았다. 군대는 지세가 험하고 곳곳에 전염병이 도사리고 있는 쿠몬범 산을 빠져나가지 못한 채 몇 달이나 헤맸고 그러는 동안 병사 3만여 명이 목숨을 잃었다. 사람의 피를 먹고 자라는 밀림이라고 해도 과한 표현이 아니었다.

그런데 그때 군령에 따라 쿠몬범 산으로 들어가지 않고 서쪽으로 이동해 인도까지 철수한 부대가 있었다. 바로 사단장 쑨리런이 이끄는 신편 제38사단이었다. 그들은 일본군의 추격을 차단하라는 두위밍의 명령에 따라 뒤에 남아 있었다. 전쟁사를 연구하는 일부 학자들은 신편 제38사단이 황푸군관학교* 출신이 아니기 때문에 부대가 전멸할 수도 있는 임무를 맡게 된 것이라 했다. 하지만 쑨리런은 군기를 엄격하게 관리했고, 그가 이끄는 부대의 전투력은 놀라울 정도로 강해 주력군이 안전하게 철수할 수 있도록 보호했을 뿐 아니라 부대도 큰 손실을 입지 않았다. 임무 완수 후 쿠몬범 산 밑에 도착한 쑨리런은 이미 병사 수만 명이 쿠몬범 산에 들어갔으므로 뛰어다니는 동물은 물론이고 먹을 수 있는 풀은 이미 모두 그들이 먹어치웠을 것이라고 판단했다. 그런 상황에서 부대를 이끌고 쿠몬범 산에 들어가는 것은 제 발로 사지에 들어가는 것과 다름없었다. 그는 항명하기

---

* 1924년 쑨원이 광저우 황푸에 세운 사관학교.

로 결단을 내린 뒤 부대를 인도로 철수시켰고, 덕분에 그의 부대가 그해 미얀마 반격의 주력 부대가 되었다.

쿠몬범 산에 들어간 제112연대는 먼저 여러 강의 지류가 교차하는 열대 밀림을 피해 친드윈 강 상류로 선봉 부대를 보냈다. 물살이 빨라 부대가 강을 건널 수 있는 지점이 매우 적었다. 부대 지휘관은 우선 중대 하나를 밀림으로 보내 얍방가라는 인적 없는 나루터까지 폭 50센티미터쯤 되는 길을 내도록 했다.

이 선봉 부대는 '임공'에서 일본군과 맞닥뜨렸다. 숲의 임공은 토양층이 상대적으로 얇고 수분이 적어 작은 관목과 풀만 자랄 뿐 큰 나무는 자랄 수 없기 때문에 적에게 노출되기 쉬웠다. 일본군은 임공을 향해 92식 중기관총과 96식 경기관총을 난사해 중국군을 진퇴양난에 처하게 했다. 총알이 쉭쉭 날아다니며 풀을 베었고, 둔탁한 소리를 내며 진흙에 박히기도 했으며 병사의 몸에 맞으면 연기가 피어올랐다. 발사속도가 다른 두 가지 기관총은 소리가 완전히 다르기 때문에 노련한 군인은 소리만 듣고도 사격 위치를 파악하고 암호를 외쳐 젊은 병사들을 안전한 방향으로 이동시킬 수 있었다. 그들은 사지에서 살아 나온 직감과 경험으로 포위를 뚫고 밀림으로 도망쳐 들어갔지만 불행히도 얼마 가지 못하고 타론 강 근처에서 병력이 더 강성한 일본군을 만나 포위되고 말았다.

며칠 뒤 무 분대장이 소속된 제112연대 제1대대 보강중대가 그들을 지원하러 갔다. 안팎에서 협공을 펼쳐 일본군을 섬멸한다는 것이 그들의 계획이었으나 역부족이었고 양측이 나루터에서 대치했다. 일본군은 앞뒤로 중국군과 맞선 상황을 벗어나고자 매일 밤 어둠을 틈타 강을 건넜고, 강기슭을 지키던 수비군은 어둠 속에서 기관총 소리로 적의 위치를 파악해 총을 난사하며 일본군의 도강을 저지했다. 밤새 총성이 빗발친 뒤 날이 밝으면 강물에 시체가 둥둥 떠 있었다. 하지만 요행히 저지선을 뚫은 일본 병사들이 하나둘씩 밀림으로 도망쳐 들어가면서 점차 전세가 일본군 쪽으로 기울었다.

한편 신편 제38사단 본부가 한 일본군 장교의 시신에서 기밀 문건을 발견했다. 일본군 포병이 얍방가에 지원군을 보낼 계획이라는 내용이었다. 지휘권을 가진 영국 참모총장이 정보를 믿지 않자 쑨리런이 그와 얼굴을 붉히며 격렬한 논쟁을 벌인 뒤에야 신편 38사단의 주력 부대를 파견하기로 결정했다. 하지만 험준한 나가 언덕을 넘는 데만도 삼 주는 족히 걸릴 것이었다. 제112연대가 지원군의 도움으로 사지에서 탈출하려면 혹독한 이십 일을 더 견뎌야 한다는 뜻이었다. 그러나 나루터를 사수하고 있는 보강중대는 이미 병력이 130여 명밖에 남지 않은 상황이었다.

이 중대는 길이 2백 미터, 폭 1백 미터 지역을 지키고 있었고 여기에 임공이 두 곳 있는데 하나는 넓고 하나는 좁았다. 마침 임공 옆에 주위를 내려다보는 감제고지의 역할을 할 수 있는 용수나무 한 그루가 우뚝 서 있었는데 사방으로 뻗어 나온 공기뿌리 중 몇 줄기는 웬만한 나무보다도 굵었고, 우람한 줄기의 지탱을 받는 나뭇가지가 지름 수십 미터 면적에 그늘을 드리우고 있었다. 지휘관 리커지는 병사들에게 나뭇가지 사이에 기관총좌와 박격포 발사대를 만들게 하고 땅에 있는 기관총좌와 촘촘히 교차해 불 그물을 만들었다. 병사들은 그 나무를 '리의 요새'라고 불렀다.

일본군이 수시로 이 나무를 공격했다. 가끔은 소규모 부대가 키가 큰 풀 밑으로 몰래 기어가 나무에 가까이 다가가려고 했지만 매번 반격에 막혀 물러섰다. 이 기간 동안 리의 요새에 있는 병사들은 미군 전투기가 부정확하게 투하해주는 얼마 안 되는 식량과 탄약으로 힘들게 버텨야 했다.

건기였기 때문에 병사들은 파초 뿌리와 대나무에서 물을 얻을 수밖에 없었다. 병사들이 매일 새벽에 일어나 제일 먼저 하는 일이 방수포를 이용해 나뭇잎에 매달린 이슬을 모으는 것이었다. 하지만 그들은 그 물을 마시지 않고 먼저 자신의 소변을 마셨다.

그들은 나무 덩굴을 베어낸 뒤 단면에 작은 구멍을 뚫고 주전자를 받쳐놓아 덩굴 속 수분이 한 방울씩 떨어지게 했는데 덩굴 한 줄기에서 2~3리터의 물을 얻을 수 있었다. 하지만 그렇게 해도 그들은 늘 목구멍을 칼로 도려내는 듯한 고통에 시달렸고, 뙤약볕과 수분 부족으로 인해 갈라진 피부에서 피고름이 흘렀다.

나무 덩굴과 주위에서 채집한 식용 식물, 달팽이, 새가 리의 요새의 보급품이 되었다. 병사들이 삼 주의 곱절이나 되는 시간을 악전고투한 끝에 마침내 신편 제38사단의 주력 부대가 도착했다. 그때부터 전세가 역전되어 체중의 4분의 1이 빠지고도 아직 생존해 있던 수십 명의 병사들이 구조됐다.

부대가 반격을 시도하자 수세에 몰린 일본군도 무장한 용수나무에 의지해 버티려고 했지만, 미군의 산포와 기관총으로 무장한 신편 제38사단이 나무에 있는 보초병, 저격수, 기관총사수를 모두 쏘아 떨어뜨리고 그들의 치아를 무자비하게 뽑아 피를 말려버렸다. 도망친 일본군들이 타론 강으로 뛰어들었으나 그중 대부분은 반대쪽 기슭으로 올라가지 못했다. 북미얀마 밀림에서 운명은 양쪽 젊은이들에게 똑같이 잔인했다.

무 분대장은 그 '나무 전투'에서 나무의 보호를 받아 살아남았고 그 후 린왕의 코끼리 무리를 만날 수 있었다. 무 분대장은 그 전투가 벌어진 날을 자기 생일로 삼았으며 코끼리들을 형제자매로 여겼다. 피붙이도 하나 없어 고향에 돌아가겠다는 의지조차 없던 그가 고통스러운 전쟁터에서 견뎌낸 건 전적으로 그 덕분이었다.

나는 신비할 정도로 거대한 용수나무를 상상했다. 나무가 어떻게 작은 마을 같은 요새를 떠받친 채 버틸 수 있었을까? 병사들은 나무 위에서 잠을 자고 피를 흘리고 손이 잘리고 심장박동이 멈췄으며 태양과 안개처럼 뒤덮은 모기를 참아냈다. 나무는 뭉텅뭉텅 베였지만 사람의 피, 시체, 내장이 나무의 일부가 되었다.

"그게 무 분대장님이 나무를 타신 이유인가요?"

스즈코가 무슨 소리를 들으려는 것처럼 고개를 한쪽으로 비스듬히 기울였다. "그는 나무를 탄다고 말하지 않았어요. 나무 위에 '숨는다'고 했죠. 그때의 시간이 그를 찾아오거나, 어디서 왔는지 모를 고통이 와서 문을 두드릴 때면 그는 조용히 나무에 올라가 숨었어요. 이상하다고 생각하겠죠. 나무는 그가 제일 고통스러웠던 시간의 상징이잖아요? 하지만 그의 말은 정반대였어요. 나무가 없었다면 그를 포함해 중대 전체에서 단 한 명도 살아남지 못했을 거라고 했어요.

일본군과 대치하고 있던 그때, 잠시 잠에 들었다 눈을 뜨면 나무에서 여전히 새잎이 돋아나고, 햇빛이 여전히 나뭇잎 사이로 쏟아져 내리는 걸 볼 수 있었대요. 그건 그의 일생에서 가장 아름다운 경험이었어요. 그럴 때마다 그는 자신이 아직 살아 있고, 나무도 아직 살아 있다는 걸 알았대요. 그 순간에는 고통도 자신을 찾아오지 못했다고 했죠."

나는 스즈코의 말을 가만히 곱씹었다. "분대장님께서 이 이야기를 우리 아버지에게도 들려줬을 것 같아요."

"나도 그렇게 생각해요. 그날 밤 선생의 아버님과 무 분대장이 항구의 긴 벤치에 앉아, 각자 떠나지 못한 채 맴돌고 있는 시간의 이야기를 서로에게 들려줬을 거예요. 그게 바로 선생의 아버님이 무 분대장에게 자전거를 준 이유이기도 할 거고요. 음…… 나는 청 선생의 아버님이 일부러 자전거를 그에게 남기고 간 거라고 생각해요.

아버님이 어디로 가셨는지는 모르겠어요. 무 분대장에게도 말하고 싶지 않으셨던 것 같아요. 그래서 아무 말도 없이 자전거를 두고 떠나신 거죠. 가족들에게도 알리고 싶지 않으셨던 것 같아요. 선생의 아버님을 알지는 못하지만 그분이 전쟁 당시 일본에 갔던 얘기를 무 분대장에게 듣고, 두 사람의 성격이 아주 비슷하다고 생각했어요. 그들이 내린 결정을 이해할 수 있을 것 같기도 해요. 참, 아버님이 자식들에게 무척 엄격했죠?"

나는 아무 대답도 하지 않았다.

"내 생각이지만, 그런 사람들은 자칫 잘못하면 자신에게 남은 상처를 다른 사람에게 옮겨주게 돼요. 청 선생의 아버님이 결국 어떤 선택을 내렸든 그건 그 상처가 자신에게서 끝나길 원했기 때문일 거예요."

스즈코의 부드러운 목소리를 듣는 동안 무 분대장이 나무 위에 숨어 있는 모습이 점점 눈앞에 떠올랐다. 그는 젊고 강인한 얼굴로 눈을 감은 채 나뭇잎에서 이슬이 굴러떨어지는 소리를 듣고, 한 손으로 나무 몸통을 짚은 채 비바람에 두껍게 연마된 나무껍질을 느꼈다. 하지만 눈을 떠보니 손등에 검버섯이 생기고, 음낭은 축 늘어져 있으며 배는 힘없이 주름 잡혀 있었다. 나무 밑에서 소리 없이 코끼리 길을 따라 걷는 코끼리 무리가 보였다. 차분하게 걸어가던 코끼리 무리가 이유를 알 수 없이, 아무 조짐도 없이, 한 마리씩 바닥에 털썩 쓰러졌다. 하지만 남은 코끼리들은 장엄하고 차분한 걸음을 멈추지 않았다.

"무 분대장이 어떻게 세상을 떠났는지, 내가 얘기한 적이 없었지요?"

내가 고개를 끄덕였다.

"우라이 산의 어느 나무에서 떨어져 며칠 만에 발견됐어요. 발견했을 때 이미 숨을 거둔 뒤였어요."

"아, 죄송합니다." 나는 뭐라 말할 수가 없었다.

"누가 누구에게 죄송할 일이 아니에요. 그 사건이 실린 신문을 지금도 갖고 있어요. 그가 자전거 주인을 찾는 광고를 냈던 신문도요. 한동안 그를 용서할 수 없었어요. 난 그가 우라이에 갔다는 것도 몰랐으니까. 알았다고 해도 그가 어떤 나무에 올라 갔는지 몰랐을 테지만요.

그가 대만의 나무들이 너무 아름답다고 말한 적이 있어요. 젊었을 때 베이차텐 산에서 등산 로프를 이용해 붉은노송나무에 올라간 적이 있었대요. 안개가 몸을 휘감아 흐르고, 처음 보는 벌레들이 나뭇잎에서 교미를 하고, 공기에서 대부분의 사람들은 한 번도 맡지 못했을 것 같은 냄새가 났다고 했어요.

그를 용서한 후에도 줄곧 이런 생각을 떨칠 수 없었어요. 혼자 나무에 올라가면 위험하다는 것도 몰랐을까? 그는 왜 나도 모르게 그런 위험한 일을 했을까? 날 위해서라도 안전하게 잘 살아 줄 수는 없었을까?"

무언가 내 가슴을 꽉 움켜쥐는 기분이었다.

"하지만 지금은 그런 생각을 하지 않아요." 스즈코가 빈 찻잔을 내려놓고 다시 차를 가득 따른 뒤 손바닥으로 감싸고 만지작 거렸다.

나는 일어나 코끼리 그림 앞으로 다가갔다. 길게 뻗은 코끼리 코에서 나뭇잎이 무성한 덩굴이 뻗어 나와 그의 머리, 피부, 다리를 감아 오르고 있었다.

"참, 그날 동물원에서 가쓰누마 선생님의 뒷얘기를 해주지 않으셨어요. 그분을 다시 만나셨나요?"

스즈코가 고개를 돌려 옆에서 휴대폰을 들여다보고 있는 미나에게 방에서 뭘 가지고 오라고 했다. 미나가 방에서 오래된 앨범을 들고 나왔다. 접착식으로 사진을 붙이는 구식 하드커버 앨범이었다. 표지에 자물쇠도 달려 있었다. 스즈코가 주머니에서 작은 열쇠를 꺼내 자물쇠 구멍에 넣었다. 그는 금고를 열듯 느리고 조심스럽게 한 페이지를 펼쳤다.

코끼리와 젊은 시절의 스즈코가 함께 찍은 사진 몇 장이 있었다. 사진 속 젊은 스즈코가 찬란한 미소를 짓고 있었다. 또 소녀 시절의 스즈코가 두 중년 남자와 함께 찍은 사진도 있었는데 손으로 그린 아치 다리와 버드나무 배경을 보니 사진관에서 찍은 것이었다. 그중 한 사람은 가쓰누마이고, 다른 한 사람은 스즈코의 아버지인 듯했다.

"오른쪽의 뚱뚱한 분이 가쓰누마 선생이에요. 고향인 기후 현 미노에 나와 같은 나이의 딸이 있어서 나를 딸처럼 아껴주셨어요. 휴가에 일본 집에 갈 때 내 사진을 가져다가 딸에게 보여주고, 대만에 돌아올 때는 딸의 사진을 가져다가 나에게 보여줬어요."

스즈코가 다른 페이지를 펼쳐 안에 끼워진 수제 종이 질감의 베이지색 편지 봉투를 꺼냈다.

"전쟁이 끝나고 아버지가 실종된 뒤 동물원에서 가쓰누마 선생의 미노 집 주소를 알아다가 편지를 보냈어요. 선생이 안 계시더라도 그분의 딸이면 편지를 받을 거라고 생각했어요. 하지만 답장이 오지 않았고 다시는 가쓰누마 선생의 소식을 들을 수 없을 것 같았어요. 그런데 어느 날 갑자기 이 편지가 도착했어요. 가쓰누마 선생이 있을 것 같은 곳과 마 양이 한동안 사라졌던 이유가 여기에 적혀 있었어요." 스즈코가 봉투에서 기름종이처럼 얇은 편지지를 꺼내 내게 건넸다. 나는 조심스럽게 받았다. 붓으로 쓴 수려한 글씨체에, 글자 중간중간 한자가 섞여 있었다. 편지 맨 아래에 '가쓰누마 미오'라고 적혀 있었다.

"읽어줄까요?" 내가 일본어를 잘 모르는 걸 안 스즈코가 내게 물었고, 나는 고개를 끄덕였다.

스즈코 양에게

제 부친께 관심을 가져주셔서 고맙습니다. 스즈코 양의 부친께서 무사히 돌아오시길 기원합니다. 예전에 제 부친께서 편지를 보내실 때 스즈코 양의 얘기를 많이 하셨기 때문에 스즈코 양이 남국에 사는 친자매처럼 느껴집니다.

스즈코 양도 알고 있다시피 제 부친께서 실종되셨습니다. 부친은 종전 후 미노로 돌아오지 않으셨고 부친의 동료로부터도 그 어떤 소식을 듣지 못했습니다. 저와 모친은 눈물로 나날을 보내며 부친께서 기적적으로 돌아오시길 기다리고 있었습니다. 그동안 스즈코 양이 보낸 몇 통의 편지를 모두 받았지만 깊은 슬픔에 빠져 뭐라고 답장을 써야 할지 몰라 망설였습니다.

그런데 얼마 전 하마사키 선생이라는 분이 오사카에서 일부러 찾아오셔서 부친의 소식일 수도 있는 이야기를 들려주셨습니다. 스즈코 양도 그 소식을 알고 싶어할 것 같아 이렇게 펜을 들었습니다.

하마사키 선생은 당시 위안산동물원에서 수의사로 근무하셨고 저희 아버지와 또 다른 사육사인 다니 지로 선생과 친하게 지내셨다고 합니다. 스즈코 양이 편지에서도 썼듯이 스즈코 양이 제 부친을 마지막으로 본 것은 동물원에서 '맹수 처분'을 한 뒤였죠. 그때 처분 대상은 호랑이, 사자, 곰 등 동물원에서 1급 위험 동물로 분류된 동물이었습니다. 하지만 그 후에 2급 위험 동물도 처분됐습니다. 오랑우탄 이치로 군과 코끼리 마 양이 2급 위험 동물이었습니다. 오랫동안 친구처럼 지낸 동물의 처분을 이미 한 번 경험한 사육사들은 더는 처분에 참여하려 하지 않았습니다. 자기 손으로 가족을 죽이는 것과 다름없으니 너무도 괴로웠습니다. 그래서 이치로 군이 울타리를 넘어 탈출할 염려가 없다는 것을 군대에 보여주기 위해 울타리를 한 겹 더 쌓고 울타리 벽에 방폭 강화 처리를 했습니다. 하지만 군대는 그런 노력을 인정하지 않았습니다. 명령이 철회되지 않고 예정된 처분 날짜가 하루하루 다가오자 사육사들은 오랜 정이 든 이치로 군에게 약을 주사해 죽일 수밖에 없었습니다. 이치로 군을 처분하던 날 많은 사람이 울었습니다.

그리고 마 양을 처분해야 하는 최종 시한이 점점 다가왔습니다.

그때 제 부친이 하마사키 선생과 다니 선생에게 대담한 제안을 했습니다. 마 양을 '숨기자'는 것이었습니다.

마 양을 보호해야 한다는 점에는 모두 찬성했지만 그렇게 큰 동물을 어디에 숨길 것인지가 문제였습니다.

그때 하마사키 선생이 이런 얘기를 했습니다. 다이쇼 12년(1923) 히로히토 황태자가 대만에 왔을 때 황태자는 지룽에서 '황실열차'를 타고 타이베이에 내린 뒤 칙사대도와 메이지교를 지나 신사에 가서 참배를 했습니다. 그때 환영의 의미로 타이베이딩, 뤄주딩, 신치딩, 라오쑹딩, 바자딩에 환영문을 세우고 장식을 꾸며뒀죠. 그런데 겉으로 보이는 그런 장식 외에도 황태자의 안전을 위해 긴급사태 대비용으로 비밀리에 위안 산에서 강을 건너 대만신사까지 이어지는 지하 터널을 만들었습니다. 그 후에는 물자를 저장하는 공간으로 썼는데 이 사실을 아는 사람이 거의 없습니다.

그중 강 밑을 지나는 구간이 폐쇄된 후로 지하 터널은 더는 쓰이지 않았지만 오랜 경력의 하마사키 선생이 당시 터널을 파는 공사에 참여했었고, 통로 하나가 바로 위안 산 부근에 있다는 사실을 알고 있었습니다. 하마사키 선생이 마 양을 잠시 거기에 숨겨둘 수 있을 것 같다고 하자 어떤 분은 먹이 공급을 책임지겠다고 하고, 제 부친과 다니 선생은 교대로 지하 터널에 가서 마 양을 돌보겠다고 했습니다.

이 놀라운 제안이 몇몇 동물원 직원의 동의를 얻어 정말로 실행에 옮겨지게 된 것입니다. 그들은 이것을 절대로 외부에 발설하지 않기로 약속했고, 제 부친이 마 양과 함께 지하에 숨어서 미군의 폭격 위협이 사라지길 기다렸습니다. 전쟁이 끝나면 마 양을 다시 동물원으로 데리고 갈 계획이었습니다. 물론 얼마나 오래 기다려야 하는지도 모른 채, 신중히 고려하지 않고 충동적으로 내린 결정이었습니다.

그렇게 해서 사람들에게 보이지 않는 강 밑 땅속에서 코끼리 한 마리가 땅 위의 사람들처럼 전쟁이 끝나길 기다리게 됐습니다. 일에 참여한 동물원 사육사가 매일 손수레에 강아지풀, 목초, 고구마 등을 모아다가 손전등 몇 개에 의지해 빛 한 점 들어오지 않는 터널로 실어 날랐습니다.

그들이 죽은 말과 들소고기를 코끼리고기라고 속여 시역소와 군대에 보냈기 때문에 시역소와 군대에서는 마 양을 처분한 것으로 믿었습니다.

쇼와 20년 5월 31일, 타이베이에 대대적인 공습이 있었습니다. 필리핀에서 출격한 미군기가 타이베이 상공에서 몇 시간 동안 쉬지 않고 폭격을 가했습니다. 폭격 목표는 타이베이성城으로 집중되었고, 스즈코 양이 사는 다다오청에서도 폭격의 위력을 느낄 수 있었을 것입니다. 총독부마저도 비정한 폭격에 무참히 무너졌습니다. 그때 터지지 않고 타이베이 땅속에 파묻힌 불발탄들이 전후 수십 년이 지나서야 파내졌다고 들었습니다.

공습이 끝난 뒤 하마사키 선생과 다니 선생이 마 양과 제 부친이 잘 있는지 확인하러 비밀 터널에 갔는데 부근에 포탄이 떨어져 돌이 무너지고 진흙이 쌓이는 바람에 입구가 봉쇄되어 있었습니다.

하마사키 선생과 다니 선생이 제 부친과 마 양을 구출하기 위해 일에 참여한 동물원 직원들을 불러다가 입구에서부터 통로를 파내기 시작했습니다. 며칠 뒤 직원들이 거의 포기하려 할 때쯤 돌무더기

안쪽에서 기척이 느껴졌습니다. 커다란 바위 몇 개가 믿을 수 없는 힘에 밀려 나왔습니다. 모두들 작은 소리로 외쳤습니다. "가쓰누마 선생님! 마 양! 가쓰누마 선생님! 마 양!"

어스름이 막 내려앉을 무렵 불빛 속에서 바위 틈으로 뻗어 나온 코끼리 코가 보였습니다. 모두 흥분해서 흙을 파기 시작했습니다. 마침내 깊은 밤 앙상하게 야윈 마 양이 지하 터널을 빠져나왔습니다.

하지만 부친의 시신은 찾지 못했습니다. 아마 더 깊은 곳, 떨어진 바위에 깔려 강 밑에 조용히 누워계셨겠죠. 그때 하마사키 선생은 가능성이 높지만 받아들이기 힘든 추측을 할 수밖에 없었고, 더는 인력을 충원해 깊이 파 들어갈 수도 없었습니다. 하마사키 선생은 모친과 제게 이 얘기를 전하고 사죄하기 위해 일부러 저희 집에 찾아온 것이었습니다. 선생은 터널에 파묻힌 사람이 자신이길 얼마나 바랐는지 모른다고 말씀하셨습니다.

정확한 진실은 알 수 없지만, 저는 제 부친이 그 지하 터널에서 돌아가셨다면 죽음 직전까지 전력을 다해 출구가 있는 쪽으로 마 양을 끌고 가셨으리라 믿고 있습니다.

친애하는 스즈코 양, 이것은 하마사키 선생께 들은 이야기 중 일부입니다. 다니 선생은 종전 후 병사했고, 다른 동물원 직원들도 이 일을 절대 비밀에 부쳤기 때문에 아무에게도 말하지 않았습니다. 하마사키 선생도 비밀이 누설되지 않도록 직접 찾아와서 얘기할 수밖에 없었다고 합니다.

스즈코 양, 몇 년이 흘러 저와 모친의 마음이 차분해지면 대만에 가서 제 부친이 일하셨던 동물원을 보고 스즈코 양도 만나고 싶습니다. 그때가 되면 스즈코 양도 스즈코 양 부친의 소식을 들었을지도 모르겠습니다. 이것은 코끼리 마 양이 이어준 인연이라고 생각합니다.

편지의 마지막 문장이 끝난 뒤 나는 숨을 깊이 들이마셨다. 이야기는 언제나 우리 자신이 과거부터 현재까지 어떻게 흘러왔는지 알 수 없는 그 순간에 존재한다. 어째서 시간에 마모되고도 여전히 겨울잠을 자듯 어디선가 살아 있는지 처음에는 이해할 수 없지만, 귀 기울여 들으면 이야기는 늘 깨어나 숨결을 따라 우리 몸에 들어온다. 그리고 바늘처럼 척추를 따라 머릿속으로 들어간 뒤 때로는 뜨겁게 또 때로는 차갑게 심장을 찔러댄다.

"보이는 물건은 언젠가는 모두 사라져요."

내가 푸 씨 아저씨에게 이렇게 말했을 때 푸 씨 아저씨는 흰개미 촛대를 닦으며 대꾸했다.

"넌 몰라. 사라지는 건 중요한 게 아니야."

그의 왼쪽 눈은 계속 자신의 오른쪽 눈을 찾고 있었다.

스즈코의 아파트를 나오고도 집 안을 가득 채우고 있던 식물 향기가 내 몸에 배어 있는 것 같았다. 침울함을 털어내려면 숨 돌릴 곳이 필요했다. 자전거를 타고 원래 교코의 집이었던 린고에 가서 아다에게 사과 퓌레를 주문했다.

배낭에 있는 물건을 다 꺼내 순서대로 테이블에 늘어놓았다가 다시 하나씩 배낭에 넣었다. 감정을 다독이는 나만의 방법이었다. 몇 년 전 심한 가뭄이 들어 대만 전체가 물 절약 방법을 고민하고 있을 때 돌가루는 '흰개미를 파러' 나를 데리고 인적이 드문 숲으로 갔다. 그곳은 원래 돌가루가 식물을 관찰하러 자주 가는 평지 숲이었는데 푸르던 숲이 잿빛으로 변해 있었다. 돌가루는 나중에 찾을 수 있도록 표시해두었던 고목 속 흰개미굴을 찾은 뒤 일개미들이 만들어둔 수평굴의 끝에서부터 밑으로 파 들어가기 시작했다.

"일 시키려고 날 데려온 거구나." 내가 투덜댔다.

돌가루가 자를 집어넣어 깊이를 잰 뒤 흰개미굴을 따라 밑으로 파 들어갔다. 점점 드러나는 흰개미 통로는 납추를 매단 듯 수직으로 내려간 것이 아니라 불필요한 굴곡을 만들며 구불구불 밑으로 이어져 있었다. 일개미와 병정개미가 어지럽지만 어떤 규율이 있는 듯 줄지어 통로를 오갔다. 밑에서 올라오는 일개미들은 아래턱으로 작은 흙 알갱이를 물고 있었다.

한 시간, 두 시간, 세 시간이 흐르면서 돌가루가 밑에서 흙을 퍼내면 내가 위에서 받거나, 내가 밑에서 흙을 퍼내면 돌가루가 위에서 받는 식으로 저절로 분업이 이루어졌다. 우리가 파낸 구덩이가 한 길 깊이를 넘어 거의 두 길 깊이가 되었다. 돌가루는 이미 예상한 듯 그의 짐에 긴 밧줄 사다리와 야영 장비가 들어 있었다.

그날 우리는 숲에서 야영을 한 뒤 다음 날도 계속 구덩이를 팠다. 둘째 날 석양 무렵에야 12미터 길이의 흰개미굴이 온전하게 우리 앞에 모습을 나타냈다. 돌가루는 그중 조금 넓은 굴을 가리키며 그곳이 흰개미의 '진균 배양소'라고 했다. 흰개미들은 그 공간을 축축한 상태로 유지하며 기른 진균을 유충에게 먹였다. 하지만 심한 가뭄으로 인해 진균 배양소도 푸석푸석하게 마르고 텅 비어 있었다. 돌가루가 내게 장갑을 벗고 굴의 제일 끝에 있는 마지막 진균 배양소를 만져보라고 했다. 과연 축축하게 젖었던 흔적이 남아 있었다. 흰개미들은 내 손가락에 관심이 없다는 듯 통로를 더 깊이 파는 데만 열중했다.

"더 내려가면 물이 나올 거야." 돌가루의 얼굴에 피곤한 기색 하나 없이 오히려 흥분한 빛이 떠올랐다.

"이 개미들은 얼마나 더 파려는 걸까?"

"모르지. 그래도 최소한 몇 미터는 더 파야 물을 볼 수 있을 거 같은데."

"물을 찾으려고 굴을 파는 거야?"

"응. 흰개미는 물이 없으면 견디기 힘들어. 반드시 물이 필요해. 그래서 동료가 얼마나 희생되든, 시간이 얼마나 오래 걸리든, 어떤 대가를 치르든 물을 찾을 때까지 계속 파 들어가. 운명이고 본능이지. 아무리 무서운 적도 저들을 막지 못해."

깊고 어두운 구덩이 속 돌가루의 표정이 보이지 않았다. 손전등을 위에서 밑으로 비추며 물을 향해 파 들어간 흰개미굴을 살펴보던 그때를 회상하다가 별안간 전혀 다른 화면이 눈앞에 떠올랐다. 지면에서 밑으로 내려간 주 통로와 반쯤 파다가 버린, 어지럽지만 방향성을 가지고 뻗어 있는 개미굴이 지구의 중심을 향하는 촛대 같다는 생각이 들었다. 그 축축한 진균 배양소는 촛대 끝에 있는 작은 불꽃이었다.

그런 생각을 하고 있을 때 태블릿에서 새로운 메일이 왔다는 알림이 울렸다. 태블릿을 열어 보니 압바스가 보낸 메일이었다.

샤오청에게

수리를 마친 행복표 자전거 사진은 잘 받았어요. 내 카페에 세워져 있던 자전거라는 걸 알아보지 못할 뻔했어요. 과거의 모습을 되찾은 것 같더군요. 자전거가 원래 있어야 할 자리로 돌아가서 기쁘고 뿌듯해요. 샤오청의 메일에 답장이 늦은 이유를 설명해야 할 것 같군요. 사실 한 가지 일과 그로 인한 내 감정이 일단락된 후에 답장을 보내려고 기다리고 있었어요.

내가 어디 갔는지 궁금하겠죠? 이 메일이 도착할 때쯤이면 나는 아마 라시오 근처의 어느 작은 마을을 막 떠났을 거예요. 바쑤야의 테이프에 나오는 그 마을이죠. 전쟁이 끝난 뒤 바쑤야가 부대와 함께 잠시 머물렀던 마을이요.

이곳은 전형적인 샨족 마을이에요. 불교 사원과 초등학교가 있는데, 사원에 있는 종은 제2차 세계대전 때 불발탄을 녹여 만든 거라고 하는데 소리가 아주 크게 울려요. 아침에 승려들이 종을 치면 그 소리가 먼 숲속 구석구석까지 날아갈 것 같아요.

나는 이 고향 같은 마을에서 아버지와 바쑤야의 일을 생각하고, 샤오청이 들려준 샤오청 아버지의 이야기를 생각했어요. 샤오청이 메일로 알려준 스즈코 씨의 이야기도 생각했고요. 무 분대장님이 처음이자 마지막으로 샤오청의 아버지를 만난 얘기 말이에요. 물

론 샤오청이 사비나와…… 애니를 만났을 때의 상황도 상상했어
요. 애니가 어때 보였는지 묻지 않을 테니 걱정 말아요.

난 그저 몇 가지 얘길 해주고 싶어요. 직접 만나 얘기할 때는 절대
로 할 수 없는 이야기예요.

군대를 전역하고 몇 년 뒤, 어느 날 경찰이 집에 찾아와 바쑤야가
죽었다고 했어요. 바쑤야가 교외로 택시를 몰고 가서 비닐관을 배
기구에 꽂아 배기가스가 차 안으로 들어오게 하는 방법으로 자살
했다고 했어요. 경찰을 따라가 바쑤야의 시신을 확인하고 차도 확
인했어요. 차에 있는 모든 틈새를 천으로 틀어막았더군요. 그의 고
집스러운 성격처럼. 바쑤야는 어릴 적 나를 데리고 동물원에 갈 때
기차에서 잠들었던 것처럼 고개를 한쪽으로 떨군 채 운전석에 앉
아 있었어요.

생각해보면 바쑤야는 나를 무척 아꼈어요. 그때 나는 네다섯 살이
었고 우린 타이베이 역에 내려서 버스를 타고 위안 산에 갔어요.
바쑤야와 어머니는 먼저 나를 데리고 놀이공원에 가서 커피잔 놀
이기구와 대관람차를 태워준 뒤 동물원에 갔어요. 그때 봤던 흑표
범, 호랑이, 사자가 지금도 기억나요. 곰이 우리 안에서 왼쪽에서
오른쪽으로, 오른쪽에서 왼쪽으로 계속 돌아다니는 바람에 정수리
털이 민둥민둥하게 빠져 있었어요.

그다음에 코끼리 우리에 도착했는데 신기한 일이 일어났어요. 우
리가 울타리 앞에 서자 코끼리가 소리 없이 입을 우물거리며 반짝
이는 눈동자로 우리를 보았어요. 그러더니 누군가의 부름을 들은

것처럼 그늘에서 천천히 걸어 나와 울타리로 다가와서는 긴 코를 뻗어 바쑤야의 어깨에 올렸어요. 머리에 비해 아주 작은 눈이 형형하게 반짝였죠. 내 손을 잡고 있는 바쑤야의 손바닥이 뜨겁고 축축해졌어요. 바쑤야가 다른 쪽 손을 코끼리 코에 올렸어요. 오래된 친구끼리 인사를 하는 것 같았죠. 어머니가 코끼리와 함께 서 있는 우리 모습을 카메라로 여러 장 찍었는데, 그중 한 장이 바로 샤오청이 본 그 사진이에요. 다른 한 장은 내가 찍은 사진인데 바쑤야가 귀중한 카메라를 내 손에 쥐여주며 바쑤야와 어머니, 코끼리를 함께 찍어달라고 했죠. 그게 내 첫 작품이자 가장 아름다운 작품이라는 걸 오랜 세월이 지난 뒤에야 알았어요.

그때 코끼리의 이름은 이미 린왕으로 바뀌어 있었어요. 바쑤야도 처음에는 린왕이 바로 아메이라는 걸 알아보지 못했던 것 같아요. 수많은 사람과 동물이 묻힌 북미얀마 밀림에서 헤어진 그를 이런 대도시에서 다시 만나게 될 줄도 몰랐을 테고요. 그때 내 인생에서 처음이자 마지막으로 바쑤야의 얼굴에 감정이 나타난 걸 봤어요. 바쑤야는 그해 이후로 점점 집에 오는 날이 줄어들었어요. 어머니는 은연중에 바쑤야에게 다른 여자가 생긴 것 같다고 생각했어요. 그 후 어머니와 바쑤야 간에 다툼이 부쩍 잦아지더니 어느 날, 바쑤야가 술을 마신 것 때문에 또 어머니와 싸우다가 바쑤야가 홧김에 젓가락으로 자기 오른쪽 귀를 찔렀어요.

샤오청에게 아직 말하지 않은 것 같군요. 바쑤야가 그 전쟁에서 왼쪽 귀의 청력을 잃었다는 것을요. 바쑤야의 왼쪽 귀는 개미처럼 미세한 소리만 들을 수 있었어요. 돌멩이가 귓구멍에 박혀 소리의 흐름을 막고 있는 것처럼. 바쑤야가 밤마다 다른 쪽 귀의 이명 때문에 고통스러워한다는 걸 어머니에게 들은 적이 있어요. 그날 밤 바쑤야는 소리를 들을 수는 있지만 시끄러운 울림이 가득 찬 그 귀마저 찔러서 망가뜨려버렸어요.

그 후, 어머니는 더는 바쑤야와 다투지 않았고 두 분 사이가 조용해졌어요. 집이 갑자기 넓게 느껴질 만큼 조용해졌죠. 내 마음속에 있는 짐을 낯선 누군가가 하나씩 가져가 텅 빈 방이 된 것 같은 기분이었어요.

샤오청도 알고 있다시피 그 후 나는 아버지라는 호칭을 입에 올린 적이 거의 없어요. 바쑤야라고 불렀죠. 나중에 바쑤야는 혼자 도시에 가서 택시를 몰았어요. 자신이 소리를 듣지 못한다는 걸 교묘한 방법으로 감추고 택시 기사 면허를 땄죠. 바쑤야는 상대의 입술을 읽을 수 있었고, 또 어린 내게 말했듯 폭발음에 한쪽 귀의 청력이 소실된 대신 마음의 소리처럼 일반인은 들을 수 없는 소리를 들을 수 있었기 때문이에요. 코끼리처럼 말이죠.

라오쩌우가 죽고 얼가오촌도 철거된 뒤 강산에 관한 역사를 찾아보려고 다시 찾아간 적이 있어요. 이상하게도 거기 살았던 이 년 동안은 그곳에 아무런 감정도 없었고, 그곳에 대해 알고 싶다는 생각도 한 적 없었어요. 그런데 라오쩌우가 죽은 뒤 갑자기 그가 묻힌 그곳이 어떤 곳인지 알고 싶어졌어요.

알고 보니 그곳에서 많은 사람들이 이름 없이 죽어 매장된 사건이 두 번이나 있더군요.

막 식민 통치가 시작됐을 때 일본인들이 일본에 저항하는 민란을 미리 방지하기 위해 근방 몇몇 마을 청년을 무차별적으로 학살했어요. 열여섯 살 이상 젊은 남자들을 집합시켜놓고 찌르고 베어 죽인 뒤 시신을 불태웠어요. 무기가 없는 사람은 어쩔 수 없이 절에 있는 법기*를 무기 삼아 저항했지만, 힘없는 저항이자 구슬픈 울부짖음에 불과했죠.

1944년 미국이 무기 공장과 일본 항공대가 모여 있는 강산에 대공습을 감행했어요. B-29가 '일본해군제61항공장'을 주요 목표로 650톤의 폭약을 투하해 강산을 송두리째 폐허로 만들었어요. 라오쩌우가 주운 일본군 비행사의 비행안경은 아마 그 공습 때 폭격당해, 제2항공대 기지이자 훗날 라오쩌우의 집 마당이 된 곳에 떨어진 것 같아요. 포탄이 떨어지며 튀어 오른 흙과 무너진 담장 밑에 파묻혀 있다가 수세미를 심던 라오쩌우에게 발견된 것이죠.

내 추측이에요. 그럴 수도 있을 것 같다는 상상이죠. 하지만 그 밭 가운데 버려진 건물의 지하실은 영영 잊을 수 없을 거예요. 잠수복을 입고 산소통을 메고 조류를 따라 아공뎬 강의 암류에 휩쓸린, 꿈인지 생시인지 분간할 수 없는 경험을 말이죠. 마치 두 개의 세계를 잇는 줄 위를 걷는 것 같았어요. 말레이시아 밀림에서 겪었던 일과는 다르지만 손에 땀이 맺히는 느낌은 아주 비슷해요. 작은 새도 생각났어요. 그 알락할미새를 영원히 잊을 수 없을 거예요. 라오쩌우의 어깨에 앉아 별처럼 반짝이는 눈동자를 깜박이며 날 보

---

* 불교나 도교 의식을 치를 때 쓰는 도구.

다가 비밀 얘기를 하듯 라오쩌우의 귀에 부리를 가까이 가져다 대곤 했죠.

그동안 샤오칭의 아버지, 바쑤야, 라오쩌우 모두 뾰족한 가시 같은 것이 몸에 남아 있던 사람들이라고 생각했어요. 그들은 아주 긴 세월에 걸쳐 그것을 하나씩 뽑아냈지만, 마지막 하나가 남았을 때는 오히려 그걸 더 찔러 넣었죠.

아프가니스탄과 체첸에 갔었어요. 영웅 같은 사진작가, 종전 사진기자가 되겠다는 꿈을 이루고 싶었지만 몇 개월 동안 언저리만 맴돌다 포기했어요. 언저리라고 하는 건 국경을 넘지 않았다는 뜻이 아니라 문제의 핵심, 감정의 핵심으로 들어갈 수 없음을 느꼈다는 거예요. 버스를 타고 모스크바에 도착한 뒤 세베로오세티야를 통해 체첸의 수도 그로즈니로 갔어요. 트럭을 개조한 버스에서 불타는 유정油井과 황폐한 들판, 무너진 농가, 도랑 끝에 거꾸로 누워 있는 쟁기를 보고 카메라를 들었어요. 무언가 찍은 줄 알았지만 기껏해야 그게 전부였죠. 고작 그것뿐이었어요. 현지의 정신으로 들어갈 수 없었고, 사람의 마음을 움직이는 힘이 담긴 사진을 찍을 수도, 독특한 세계관을 만들어낼 수도 없었어요.

진정한 종전 사진작가는 전쟁 이야기를 하든 전쟁터 사진을 찍든 인류가 계속해온 이 일을 중단시킬 수 없다는 걸 알고 있어요. 하지만 그들의 사진은 보는 이들에게 더 복잡한 어떤 느낌을 주죠. 천국에 올라가거나 지옥에 떨어진 것 같은 충격을 줘요. 하지만 난 그렇게 할 수 없었어요.

그동안 몇 가지를 깨달았어요. 내가 라오쩌우와 바쑤야의 말조차 진정으로 귀 기울여 듣지 않았다는 것을요. 난 인간의 본질을 들여다보는 사진작가가 될 자격이 없다는 것을요. 난 그저 역사 교과서처럼 그들이 겪은 일을 대하고, 뷰파인더를 통해 사진을 찍을 뿐이에요. 종전 사진작가를 가장하고 사칭한 거예요.

그 시대의 많은 사람들이 폐어가 건기를 버티는 방식으로 어떤 순간을 버텼을 거예요. 어쩌면 나는 지금 곡괭이를 들고 그들 옆에 서서 달빛을 받으며 묵묵히 그들과 함께, 어딘가에 파묻혀 있지만 우리도 뭔지 잘 모르는 어떤 물건을 파내려 하는지도 모르겠어요. 아니, 뭔가를 파내기 위해서가 아니라, 그저 그들과 함께 한 번 또 한 번 땅을 파는 거죠.

하지만 이미 늦어버린 거죠. 그렇죠?

지금 내가 있는 마을은 바쑤야의 상자에 들어 있던 지도를 가지고 찾아온 곳이에요. 바쑤야가 테이프에서 말한 그 마을이요. 마을 사람들은 이미 전쟁을 겪은 그 세대가 아니에요. 원주민 외에 일본인이나 중국인의 혼혈도 몇 살고 있어요. 마을 사람들은 주로 농사를 지어요. 농가는 안개비에 싸여 있고 좁은 오솔길 몇 개가 마을을 가로지르고 있어요. 오후의 태양이 내리쬐고 소택지와 농작물이 반짝반짝 빛나면 마을에 고즈넉하고 편안한 분위기가 감돌며 굴뚝에서 밥 짓는 연기가 피어올라요.

나는 마을 어느 집의 빈 방에 묵으며 시간이 날 때마다 지도에 표시된 지점일지도 모르는 곳을 찾아가 곡괭이로 땅을 팠어요. 마을 아이들이 재미있어 보였는지 나와 함께 땅을 팠죠. 나는 대만에서 가져온 과자를 아이들에게 나눠주고 아이들과 함께 라면을 먹었어요. 아이들은 직접 딴 야생 열매를 내게 주거나 자기 집에 가서 밥을 먹자고 했죠. 내가 묵고 있는 농가의 남자 주인이 서툰 영어로 뭘 찾고 있느냐고 물었지만, 난 그 복잡하고 방대한 이야기를 그에게 이해시킬 방법이 없었어요. 그런데 이상하게도 그는 '나무'와 '자전거'라는 영어 단어만 알아듣고도 내가 뭘 찾으려 하는지 알았어요. 다음 날 아침 그와 아이들이 마을 서쪽에 있는 숲 가장자리로 나를 데리고 갔어요.

마을을 벗어나 대략 한 시간쯤 걷다 보니 넓게 펼쳐진 숲이 나타났어요. 저 멀리 우뚝 선 커다란 용수나무가 보였죠. 앙상하게 드러난 골반뼈처럼 얼기설기 뒤엉킨 나뭇가지가 각종 양치식물과 덩굴로 뒤덮여 있었어요. 남자는 유창하지는 않지만 자신 있는 영어로 이 나무가 '천국으로 올라가는 영혼을 붙잡는' 나무라고 했어요(대략 이런 뜻이었던 것 같아요). 그가 하늘을 가릴 듯 무성한 나뭇잎 사이에 매달려 있는 자전거 프레임을 가리켰어요.

내가 찾던 것이 바로 거기에 있었어요.

나는 바쑤야가 파묻은 자전거가 땅속에 있을 거라고만 생각했어요. 어쩌면 열매를 먹은 새가 공중에서 누고 간 똥이 진흙에 떨어졌다가 바쑤야가 자전거를 땅에 묻을 때 함께 묻힌 걸지도 몰라요. 우기가 왔다가 지나간 뒤 새똥에 섞여 있던 씨앗에서 싹이 텄고, 시간이 흐르면서 일부는 죽고 일부는 살아남았다가 제일 튼튼한 싹이 진흙에서 줄기와 둥치를 뻗어 올리며 땅속에 파묻힌 자전거를 점점 들어 올린 거죠. 어느 해에는 자전거가 지면을 뚫고 나오고, 또 어느 해에는 사람 키 높이만큼 올라오더니 십 년이 지나자 나뭇가지가 자전거 프레임과 한 몸이 된 듯 자전거를 촘촘히 휘감았을 거예요. 나무는 자전거를 끌어안은 채 계속 지면에서 멀어져 그런 모습이 됐고요.

남자는 처음에는 마을 사람들이 이 나무에 별로 관심을 갖지 않았다고 했어요. 그곳은 버려진 땅이었고, 마을 사람들은 전쟁이 끝난 뒤 마을 동쪽으로 이주해 농지를 개간했대요. 몇 년 전에야 누군가 우연히 이 나무가 '자전거를 안고 있는' 것을 발견했고, 마을 사람들은 이 일을 기적으로 여기면서도 두려워하고 있었어요. 남자는 해가 진 뒤 이곳에 오지 말라고 내게 충고했어요.

그 나무와 자전거를 보고 바쑤야가 자전거를 파묻을 때의 상황을 상상했고 라오쩌우도 생각했어요. 그의 자전거는 아마 또 다른 바쑤야가 땅에 묻었겠죠.

시간은 많은 것을 훔쳐 가지만 또 많은 것을 세상에 내놓아요. 안 그래요?

슬프고도 냉혹한 북미얀마 밀림으로 들어가려는 압바스

메일에 첨부된 파일은 '자전거를 안고 있는 나무' 사진이었다. 울창하게 뻗어나간 나뭇가지가 하나의 도시 같았다. 작은 자전거가 나무 중앙 몸통 부근에서 나뭇가지에 감싸여 전체 형체를 알아보기 힘들었다. 자세히 보지 않으면 나무의 일부로 착각할 것 같았다.

사진을 멍하니 응시하던 중 수많은 일이 뇌리를 스쳤다. 그때 린고에서 쇄쇄 잡음 섞인 음악이 흘러나왔다. 바 테이블 쪽으로 고개를 돌리자 예전에 없던 커다란 스피커가 보였다.

"뭐에 넋이 나가 있나 했어요. 이렇게 큰 걸 못 보다니."

"이게 뭐예요?"

"78알피엠 턴테이블이에요. 이 노래는 대만 최초의 유행가 가수 춘춘이 부른 '망춘풍'이고 셸락레코드*예요."

"이런 건 어떻게 구했어요?"

"전에 소개해준 친구에게 샀어요. 아부요. 아니, 빌렸다고 해야겠네요. 잠시 빌린 거예요. 혹시 카페가 망하게 되면 원가에 되살 테니 돌려달라고 했으니까요. 사람들은 이 레코드판이 대만에 단 세 장밖에 남지 않은 줄 알지만 네 번째 레코드가 바로 여기 숨어 있다고 했어요."

아다가 신이 난 표정으로 레코드판을 보여주었다. 그가 손잡이를 천천히 돌리자 철제 레코드 바늘이 얼어붙은 강물을 도는 스케이팅 선수처럼 홈을 따라 돌며 복원해낸 소리가 스피커를 통해 흘러나왔다. 춘춘의 약간 카랑카랑한 비음이 신기하리만치 구석구석 스며들며 카페를 가득 채워 공기에서도 미세한 진동이 느껴졌다.

"이 레코드판은 락깍지벌레라는 곤충의 분비물에 송진, 카본

---

* 　1900년대 초반 동물성 천연수지인 셸락으로 만든 레코드판으로 일 분간 78번 회전한다.

블랙, 황토를 섞어 만든 거예요. 이런 것에 소리가 저장된다는 게 놀랍죠. 아니, 사람들이 소리를 저장하기 위해 이런 방식을 생각해냈다는 사실이 놀라워요."

비록 우리가 듣는 그대로를 담아내기는 어렵겠지만 소리를 보존하는 방식에는 아주 여러 가지가 있을 것이다. 나는 조용히 앉아 '망춘풍'을 다 들었다. 어머니가 이 노래를 부르는 것을 얼마나 많이 들었는지 모른다. 어머니는 상가의 치러우에서 음식을 만들거나 나를 목욕시킬 때 늘 이 노래를 부르곤 했다. "외로운 밤 홀로 등불 밑을 지키면 찬바람이 내게 불어와요." 나는 어머니의 새된 노랫소리가 거친 손바닥과 굽슬굽슬한 파마 머리와 어울리지 않는다고 놀렸지만 어머니는 들은 체 만 체 계속 목청 높여 노래를 불렀다.

창밖을 보니 어느새 어둑어둑해져 있었다.

린고를 나와 자전거를 타는데 비가 조금씩 흩날리기 시작했다. 도시를 한 바퀴 한 바퀴 돌고 또 돌았다. 다른 자전거들이 나보다 빠른 속도로 달렸기 때문에 나는 뒤에 처져 사람들의 뒷모습을 봐야 했다. 비는 계속 추적추적 내렸고 거의 자정 무렵에야 병원 후문을 빙 돌아 식당 직원이 출입하는 통로로 자전거를 끌고 몰래 들어갔다. 이 시간이면 쓰레기를 버리기 위해 통로를 열어둔다는 걸 알고 있었다. 병원에 들어간 뒤, 미리 파악해두었던 의료진의 동선을 피해 아무의 눈에도 띄지 않고 자전거를 가지고 비상구가 있는 계단실로 들어가는 데 성공했다.

경량을 추구하는 요즘 자전거와 달리 자전거 무게가 꽤 나갔기 때문에 어깨에 메고 옮기기가 쉽지 않았다. 한 손으로 자전거 프레임을 받치고 다른 한 손으로는 손잡이를 붙잡고 어머니 병실이 있는 12층으로 한 걸음씩 올라갔다. 어머니는 비상구로 들어가 오른쪽 첫 번째 병실에 있었다. 12층까지 올라가자 속옷부터 겉옷까지 땀에 푹 젖었다.

병실 문을 열었을 때 처음 눈에 들어온 건 테이블에 기댄 채 잠들어 있는 형이었다. 그가 드디어 돌아온 것이다. 불빛을 받은 그의 옆얼굴을 보자 나도 모르게 한 가지 일이 떠올랐다.

나보다 열 몇 살이나 많은 형은 어릴 적부터 나를 놀리며 재미있어했다. 그날도 나를 놀리는 형에게 악착같이 들러붙어 따지자 점점 화가 난 형이 내 가슴에 주먹질을 했다. 아프고 억울해서 울음을 터뜨리며 엄마한테 이르겠다고 하자 형은 일러도 소용없다면서 자기가 칠상권으로 나를 때렸는데 칠상권에 맞으면 이레 뒤에 죽는다고 했다.

형의 말에 나는 그 일을 부모님에게 말도 못 하고 가슴에 묻은 채 혼자 괴로워했다. 내가 곧 죽을 거라는 사실을 부모님은 까맣게 모르고 있다고 생각하자 자기 연민과 슬픔이 뒤섞인 이상한 쾌감이 들었다.

그때의 절망을 지금도 똑똑히 기억하고 있다. 발이 이미 낭떠러지를 벗어나 허공에 뜬 채, 내 몸이 곤두박질쳐 바닥에 닿기만을 기다리는 기분이었다.

그때 우리 집은 상가 3층에 따로 방 하나를 얻어 형과 내가 쓰고 있었다. 밤에 형이 책상에 기대어 잠든 틈에 아버지의 도구 서랍에서 재단용 가위를 몰래 꺼냈다. 나를 죽인 형의 목을 찌를 생각이었다. 그 가위는 아버지가 제일 아끼는 도구였다.

형에게 다가가자 가늘게 코 고는 소리가 들렸다. 그의 젊은 옆얼굴은 뭐라 설명할 수 없이 그윽하고 부드러웠으며 생명의 존재감 같은 것이 느껴졌다. 나도 언젠가는 그런 옆얼굴로 그렇게 잘 것 같았다. 한참을 형 앞에 우두커니 서 있다가 가만히 가위를 도구 서랍에 다시 넣었다.

물론 이레가 지나고도 나는 죽지 않았고 형도 죽지 않았다. 형에게 날 속였다고 따졌더니 바보나 그런 말을 믿을 거라고 했다. 정말 바보나 믿을 얘기였다.

병상에 누운 어머니는 깊은 잠과 얕은 잠 사이 어딘가를 떠돌고 있었다. 왠지 몰라도 어머니에게서 갓난아기 냄새가 났다. 하지만 나는 어머니가 걸음을 내딛는 것조차 고통스러울 만큼 노쇠했다는 걸 알고 있었다. 어머니의 무릎은 이미 체중을 감당할 수 없어 벽을 붙잡거나 보행 보조기에 의지해야 간신히 한 걸음을 옮길 수 있었다. 며칠 전 누나가 어머니에게 양말 신겨주는 걸 커튼 사이로 보았다. 털양말을 먼지 왼발에 신긴 뒤 오른발에 신겼다. 어릴 적 엄마가 우리에게 양말을 신겨주던 습관 그대로. 어머니가 내 신발끈을 매어줄 때도 언제나 왼발, 오른발 순서였다. 병원 이불 밖으로 나와 있는 어머니의 발은 코끼리처럼 부어 있고 발목에 양말 고무줄 자국이 움푹 파여 있었다.

문득 중화상창이 철거되기 전, 평생 자기 양복 한 벌 없는 양복사였던 아버지가 갑자기 내게 당신 치수를 재달라 한 일이 생각났다. 아버지는 차트를 꺼내더니 내게 줄자를 들고 기장, 소매 길이, 어깨선 등을 재게 한 뒤 치수를 차트에 적었다. 아버지는 줄자를 잘 잡고 수평을 유지해야 정확한 치수를 잴 수 있다고 했다. 아버지의 왼쪽 어깨가 오른쪽 어깨보다 더 높고, 요추 중 몇 마디가 불룩 튀어나와 있다는 걸 그때 처음 알았다. 허리둘레를 재기 위해 아버지 허리에 팔을 두르려는데 아버지가 내 손에 있는 줄자를 빼 가며 말했다.

"됐어. 이건 내가 할게." 아버지가 나를 흘긋 보았다. "네가 이 기술을 배우지 않겠다니 아쉬워."

자전거 킥스탠드를 내려두는데 스프링 튕기는 소리에 형이 깼다. 몽롱한 정신의 형이 자전거를 병실까지 끌고 올라온 나를 어리둥절하게 보았다.

나는 모르는 척 자전거 안장에 앉아 찰카당찰카당 페달을 돌렸다.

어릴 적에도 상가 치러우에 세워둔 아버지 자전거에 올라타 제자리에서 페달 돌리는 놀이를 제일 좋아했다. 그때는 키도 작고 다리도 짧아서 발이 끝까지 닿지 않았기 때문에 페달을 발로 힘껏 구른 다음 밑으로 내려간 페달이 반원을 그리며 발 닿는 높이까지 올라오면 다시 발로 힘껏 차서 돌렸다. 이런 방법으로 페달을 돌리면 바퀴, 체인, 허브 사이에서 씽씽 소리가 났는데 그 소리를 들으면 괜히 신이 났다.

물론 킥스탠드를 내려두었으므로 아무 데도 갈 수 없었다.

하지만 자전거를 타고 거리를 달리는 상상을 하면 눈앞에 정말로 거리 풍경이 스쳐 지나가는 것 같았다. 페달을 돌려 산에 가면 나무, 새, 맹수가 나타나고 하늘에 올라가면 구름을 뚫고 달과 별 사이를 누볐다. 자전거를 타고 또 어디 어디에 다녀왔다고 하면 형과 누나들은 낄낄대며 비웃었지만, 형이 내가 잠든 사이에 내가 알지 못하는 어떤 방법으로 칠상권에 맞아 막힌 급소를 뚫어줬다고 믿었던 것처럼, 나는 제자리에서 페달만 돌려도 자전거가 달릴 수 있다고 굳게 믿었다. 반드시 그럴 거라고, 틀림없다고.

딱딱하게 손에 잡히는 감촉이 좋은 브레이크레버를 쥐고 가볍게 당겨가며 씽씽 소리에 미묘한 리듬을 만들었다. 씽씽씽씽 끼이익 씨잉씨잉 씽씽씽씽 끼익. 군데군데 녹슨 자전거 프레임, 샤오샤가 준 철제 흙받기, 빛바랜 검은 소가죽 안장, 반짝반짝 새로 기름칠을 했지만 제동을 걸 때마다 끽끽 소리가 나는 브레이크드럼, 흙받기에 달린 근사한 행복표 윈드커터. 페달 밟는 속도가 점점 빨라졌다.

중화상창의 충 동에서 효 동까지 계속 돌았다. 한 바퀴, 한 바퀴 또 한 바퀴. 그런 다음 체중을 한쪽에 실어 완벽한 커브를 그리며 돌아 샤오난 문, 시먼딩, 중산탕, 한커우가, 카이펑가, 베이먼우체국, 타이베이 역을 지났다. 아버지, 리 씨 아저씨, 갈비씨,

망나니, 이모, 샤오펑, 아무, 톰, 마크, 까마귀, 아쩌, 테레사, 아카, 내 누나들, 형 옆을 스쳐 지나갔다. 세 번째 바퀴를 돌고 난 뒤 그들을 뒤로하고 사대문 밖으로 나갔다. 성문과 성곽을 지나 다첸백화점 앞으로 해서 강딩, 첸추가, 융러딩, 타이베이딩을 돌아 예전의 타이베이철교에 도착했다. 시멘트 다리가 아니라 철교였다.* 기차가 다리를 건너고 있었다. 다리 위로 올라가자 스즈코가 멀리 단수이 강 저쪽 끝에서 떠내려오는 상어 지느러미 같은 시체를 응시하고 있고, 아이들은 공중에서 우산 손잡이 같은 궤적을 그리며 물로 뛰어들고 있었다. 그리 멀지 않은 관인 산에서 타이베이대교소아과의 린 선생님이 젊은 포병의 모습으로 미군에 폭격당해 검은 연기가 피어오르는 이 도시를 내려다보고 있었다. 기와가 깨지고 벽돌과 시멘트 부서지는 소리가 그의 귓속을 가득 채웠다. 전쟁이 끝난 뒤 그가 청진기로 들은 수많은 아이들의 심장 박동이 합주를 하는 것 같았다.

자전거를 타고 연기 속을 빙빙 돌았다.

산길로 올라갔다. 머리카락부터 발가락까지 온몸의 힘을 짜내 산으로 올라갔다. 젖산이 허벅지에서 아우성치고 무릎은 시큰해지고 폐는 거의 터질 것 같았다. 거기서 태평양을 멀리 내다보고 도시와 시골의 경계를 보았다. 산등성이 사이를 자전거로 달리며 숲과 계곡의 발원지, 구름이 막 생겨난 곳, 새도 숨이 가쁠 것처럼 산소가 부족한 곳을 지났다. 크게 소리치자 소리가 바

---

*   원래 철교였던 타이베이대교가 1969년 보수공사를 통해 시멘트 다리로 바뀌었다.

람에 날려 멀어지다가 우박을 맞고 떨어져 땅이 움푹움푹 파였다. 한대림에서부터 미끄러지듯 내려갔다. 옆으로 스치는 나무마다 얼음 구슬이 걸려 있고 바람이 두 뺨과 심장을 따갑게 때렸다. 열대의 고무나무 숲에서 흘러내리는 액체로 만든 타이어로 온대림과 아열대림을 가로지른 뒤 등이 땀에 흠뻑 젖는 열대림에 도착했다. 그곳은 아메이와 마 양의 고향이자 불길에 휩싸였던 땅이었다. 모든 생물이 그곳에서 행군하고, 그곳의 강과 숲이 사람들의 다리와 희망을 잘랐다. 군인들은 아메이와 마 양의 꼬리에 불을 붙이고 귀에 칼을 꽂았다. 코끼리들은 전진 또 전진할 수밖에 없었다. 굵은 네 다리로 말처럼 달려야 했다.

강물 속으로 들어갔다. 세상의 모든 강은 서로 연결되어 있다. 모든 강물에는 물고기로 변한 수많은 사람들이 헤엄치고 배회하며 이번 생에서 들이마신 모든 숨을 다 합친 것 같은 기포를 뱉어낸다. 그곳이 그들의 림보다. 흠뻑 젖은 채 물 밖으로 나오자 테레사가 강가에서 세수를 하고 있었다. 우리의 첫 번째 야외 데이트였고 그는 당혹감과 경계심을 품은 얼굴로 가만히 기다렸다. 나는 '임공'에서 그에게 입을 맞췄다. 총알이 우리 옆으로 쉭쉭 날아갔다. 내 뜨거운 음경이 그의 몸속으로 들어갔지만 그의 몸은 점점 차갑게 식었다. 아직 내가 어린아이였기 때문이다.

테레사를 두고 떠나며 내 다리는 계속 페달을 돌려 각섬석으로 가득 찬 산맥의 암벽을 뚫고 들어갔다. 어떤 소리가 들렸다. 모든 강이 이곳에서 시작되고 모든 골분 항아리가 이곳에 있다고 했다. 사비나의 소설에 이런 말이 있었다. 나비를 죽이고 날개를 떼어낼 때마다 아윈은 나비 날개를 보며 한숨을 내쉬었다. 몸통을 잃은 나비는 더 생기 있게 보이고, 날개는 더 선명해졌다. 그런 뒤 아윈은 그것들을 방 벽에 붙였고 마침내 그의 방 전체가 하나의 나비 그림이 되었다. 그 그림은 이미 사라진, 메이시 상류에 있는 숲이었다. 팔랑팔랑 날아가는 나비를 따라갔다. 그들은 아무 목적도 없이 바다를 향해 날아갔다. 그곳에 가라앉아 있던 배들이 일제히 바다 위로 떠오르고, 그중 한 척의 갑판에서 어린 싼랑이 토악질을 하고 있었다. 그가 게워낸 건 그의 위장에 유일하게 남아 있던 고향 음식이었다.

오야시오 해류를 따라 남쪽으로 달렸다. 자전거가 해류의 소용돌이에 휩쓸려 돌다가 또 다른 해류로 빨려 들어갔다. 나는 틱타알릭*처럼 나무가 빽빽하게 자란 섬으로 올라간 뒤 나무뿌리를 따라 섬의 한가운데로 향했다. 거기 오랑우탄 이치로가 어미 품에 안겨 있었다. 그들은 이 나무에서 저 나무로 흔들흔들 옮겨 다녔고 이해하기 힘든 미소를 지으며 내 앞을 스쳐 지나갔다. 나는 나무에 걸려 앞으로 나갈 수 없었다. 나무뿌리가 허브와 체인링 사이를 지나 나사와 너트 틈을 통해 보텀브래킷 속으로 뻗어 들어간 뒤 공기 주입구를 통해 타이어 튜브로 들어가 여러 바퀴를 감은 뒤 모든 스포크를 따라 잎사귀를 내밀었다. 병사는 내몸과 짐받이에 기관총을 걸치고 내 손가락을 잘라 물을 받았다. 새벽이 되자 뜨뜻한 오줌이 내 몸으로 쏟아졌다. 각종 구경의 기

*　3억 7500만 년 전 데본기에 늪지에서 살던 생물로 어류에서 양서류로 진화하는 중간 단계였다.

관총이 수없이 내 몸을 관통하고 자전거 프레임을 찌그러뜨리고 구부러뜨리고 뚫어버렸다. 어쩌다 기관총 소리가 멈추면 누군가 나무 위 어딘가에서 자위를 했다. 고통스러운 정액이 나무 잎사귀, 가지, 뿌리와 대지 위로 흩뿌려졌다.

자전거를 타는 동안 멀리 있는 모든 것은 가까워지고, 가까이 있는 모든 것은 멀어졌다. 비행기 엔진의 둔중한 소음이 하늘에서 멈추더니 낯선 남자가 변소 칸 밖에서 내 눈을 보며 말했다. "넌 마흔다섯 살까지밖에 못 살 거야."

멀리 또 다른 섬의 해변이 보였다. 컴컴하고 안개 자욱한 곳에서 한 소년이 자전거를 타고 나타났다. 소년이 자전거에서 내리더니 어둠 속에서 의미심장한 눈빛으로 나를 보았다. 너무 멀어서 이십 년이 지난 뒤에야 내게 도착한 눈빛이었다. 소년은 어두운 항구 어귀로 천천히 걸어갔다. 항구, 바다도, 그의 눈빛도 어두웠다. 그가 늙고 온순한 개를 돌아보듯 고개를 돌려 쓰러져 있는 자전거를 흘긋 보았다. 그리고 몸에 맞지 않는 옷을 입은 채 바다를 헤엄쳐 건널 수 있다고 믿는 사람처럼 천천히 물속으로 들어갔다. 그는 마치 집에 돌아가는 것처럼 보였다. 나는 나무에 안겨 있는 자전거에 앉아 은빛 테가 출렁이는 검은 물결을 바라보았다.

그때 누군가 내 귓가에 물었다. "그 자전거는 어디로 갔나요?"

자전거 페달 밟는 소리가 어머니를 깨웠다. 소리에 눈을 뜬 어머니는 먼저 형을 본 뒤 등이 축 젖어 자전거를 타는 나를 의아

한 표정으로 보았다. 밖에서 누군가 문을 열고 들어왔다. 교대하러 온 누나일 것이다. 큰누나이거나 둘째 누나이거나 셋째 누나이거나 넷째 누나이거나, 아니면 '만'이라는 이름을 가진 다섯째 누나일 것이다.

어머니가 방에게 묻는 건지, 나나 다른 누군가에게 묻는 건지 알 수 없는 물음을 중얼거렸다. "저 사람은 누구지? 자전거 타는 뒷모습이 너희 아버질 무척 닮았구나."

그 말에 내가 고개를 돌리자 어머니의 눈 속에 밀물이 차올랐다가 이내 조용히 잦아들었다.

애도할 수 없는 시대

2006년 나는 소년공으로 징집되어 일본의 전투기 공장에서 일한 남자의 이야기를 그린 《수면의 항로》라는 소설을 쓰기 시작했다. 소설의 역사적 배경을 느끼기 위해 일본에 두 차례 다녀왔는데 그중 한 번은 가나가와 현의 야마토와 코자 두 소도시에 묵었다. 하루는 M과 함께 숲에 갔는데 입구에 '들새의 숲'이라고 적힌 작은 팻말이 서 있고 그 옆에 오래된 자전거가 놓여 있었다. 마치 자전거 주인이 숲에 들어갔다가 다시 나오지 못한 것처럼. 숲은 깊고 고요해서 한 걸음 내디딜 때마다 내 몸이 조금씩 빠져 들어가는 기분이었다.

일 년 뒤 소설이 발표되고 한 독자의 메일을 받았다. 그는 소설의 마지막에서 주인공의 아버지가 중산탕 앞에 자전거를 세워두었는데 그다음엔 어떻게 됐느냐고 물었다.

한 번도 생각해본 적 없는 문제였지만, 그 순간 내가 자전거를 들새의 숲 앞에 세워둔 채 혼자 숲으로 들어간 그 사람 같다는 생각이 들었다.

그렇게 해서 길이 펼쳐지고 소설이 시작됐다.

그 후 대만의 자전거 역사에 관한 자료를 수집하기 시작했다. 하지만 어느 정도 지나자 세상과 너무 동떨어지고 게으른 일이라는 생각이 들었다. 온라인으로 찾은 자료 대부분 어디선가 가져다가 짜깁기한 것이었고, 신뢰성을 판단할 수 없었다.

그다음부터는 온라인으로 오래된 자전거 부품을 사 모으기 시작했다. 우선 자전거 헤드튜브에 붙어 있던 에나멜 배지 몇 개를 산 뒤 다이너모 전조등을 하나 사고, 인지세 납부 확인증이 붙어 있는 행복표 타이어 튜브 두 개를 샀다. 그 후 행복표 문무거를 시작으로, 두 번째 승륜표 무거, 세 번째 대만 라레이, 네 번째 행복표 남녀 공용 로드바이크 등 고물 자전거를 사들였다. 그러는 동안 고물 판매상과 수집가 몇 명을 알게 되고, 길에서 '야생' 고물 자전거를 발견하면 일면식도 없는 자전거 주인에게 연락을 하기도 했으며, 노년의 장인에게 옛날 자전거에 대한 지식과 기술을 배워 고물 자전거를 수리하거나 복원해보려 하기도 했다. 인생의 중요한 조각을 어딘가에 떨어뜨린 사람처럼 길을 걸을 때면 늘 길가에 버려진 자전거를 찾았다.

그러다 어느 순간 누구도 태우지 않은 허구의 빈 자전거가 움직이기 시작하더니 내가 절대로 가볼 수 없는 곳으로 나를 데려갔다.

어떤 소설가들에게 소설은 인생의 경험을 표현하기 위한 방법이겠지만 내게 소설은 사람의 존재를 인식하고 사고하는 방식이다. 나는 글쓰기를 통해 과거에 내가 이해할 수 없었던 일을 조금이나마 이해하고, 체험할 수 없었던 인간의 본성과 감정을 체험하는 평범한 사람이다. 이 세상을 똑똑히 볼 수 없어서 글을 쓰고, 내면의 불안과 무지 때문에 소설을 쓴다.

고대 그리스 사학자 폴리비오스는 "타인의 재난을 돌이켜보는 것만큼 교훈적인 일은 없다, 이것은 운명의 변화를 엄숙하게 견뎌내는 법을 배우는 유일한 방법이다"라고 했다. 나는 글쓰기를 통해 '운명의 변화를 엄숙하게 견뎌내는 법'을 배우려 한다.

이 소설은 제2차 세계대전사, 대만사, 대만의 자전거 발전사, 동물원사, 나비 공예사 등에 관한 이야기다. 이 소설을 쓰는 동안 그것들이 내 지식 용량을 훨씬 초월한다는 사실을 깨닫고, 자료를 수집해 읽고 또 많은 기관이나 전혀 모르는 사람에게 자문을 구하기도 했다. 이 책이 찰나나마 '완전하기까지' 많은 분의 도움이 있었다.

내 문의에 전문적이고 친절하게 답변해준 타이베이시립동물원과 타이중국립과학박물관, 어릴 적부터 나를 보살펴주시고 내 부친의 시대를 다른 관점에서 보여주신 대교소아과 린옌칭 원장님, 대만 나비 가공업에 관한 귀한 자료와 신비한 코끼리 다리 의자에 관한 자료를 제공해주신 과학박물관 교육팀 탄메이팡 팀장님, 생물학팀 잔메이링 박사님, 지질팀 쥐페이원 연구원님, 아끼는 소장품을 흔쾌히 보여주시고 자전거에 관한 지식을 알려주신 호라이즌미디어의 차이위린 선생님, 민간 문물 수집가 우보쉬안 선생님, 행복표 자전거 수집가 차이왕평 선생님, 수집가 장위수 선생님, 행복63자전거포 장치밍 선생님, 내가 수리하지 못하는 자전거를 수리해 복원해주시고 소중한 인생 경험을 얘기해주신 싼충순파부품점 황 선생님, 베이터우 우밍자전거포 촹 선생님, 자료 수집 방향을 알려주신 둥화대학 사학과 장주산 교수님, 동물원의 역사에 대해 토론하며 여러 가지 문제를 해결해주신 동물학과 장둥쥔 교수님. 이 모든 분들께 진심으로 감사드린다.

이 책은 출판사 마이텐에서 출간되었다. 몇 년 전 린슈메이 부편집장께서 왕더웨이 교수님의 제안을 전달해주었고, 오 년간 꾸준히 의견을 주고받은 끝에 이 책이 완성될 수 있었다. 왕더웨이 교수님은 편집에 관한 내 의견에 가장 따뜻한 관용을 베풀어주셨다. 최선을 다해 편집해준 린슈메이 부편집장과 모든 과정에 세심하게 배려해준 천잉루 부대표, 이 책에 아름다운 마침표를 찍어준, 내 제자이자 지금은 훌륭한 디자이너인 우신웨이에게도 진심으로 고맙다.

여러분이 있었기에 이 책이 완전해질 수 있었다.

이 소설에는 몇 종류의 언어가 사용되었다. 소설을 쓰는 동안 어떻게 하면 독자들이 이야기에 쉽게 몰입할 수 있을지 고민하는 한편, 독자들이 언어 본질의 매력을 느낄 수 있길 바랐다. 이런 고민과 바람을 해결하기 위한 방법으로 이해하기 어렵거나 특별한 문장은 음성 표기 방식으로 쓰기로 결정했다. 그렇게 하면 다른 언어로 의미가 나타날 때의 맛을 독자가 직접 음미할수 있을 뿐 아니라, 원한다면 문자를 소리 내어 읽어 음운을 몸소 느낄 수도 있기 때문이다. 언어는 소통 수단일 뿐 아니라 그자체에 '시'의 본질을 품고 있다고 생각해왔다. 모든 언어를 함부로 동일시하는 것은 끔찍하고 안타까운 일이다. 하지만 끊임없는 글쓰기와 다시 쓰기가 언어에 내포된 아름다운 원소를 새롭게 발굴해 부활시키는 유일한 방법이라는 사실도 믿고 있다.

　소설 초고가 완성된 후 인용한 자료의 정확성을 높이기 위해대만의 소설 출판 과정에서는 매우 드문 감수를 진행해달라고출판사에 부탁했다. 그렇게 해서 터푸예부락의 쩌우족 장로 가오더성 선생님에게 소설에 나오는 쩌우족 문화와 언어에 대한의견을 묻고, 타이중교육대학 대만어과 양원엔 부교수님과 리쓰후이 학생에게 소설에 나오는 대만어를 수정해달라고 부탁했다. 중앙연구원 근대사연구소의 런톈하오 연구원은 일치시기역사에 관한 세심한 의견을 제시해주었고, 크리스토퍼 레아 선생은 각 장의 영문 제목을 감수해주었다. 또 나의 저작권 담당자인 탄광레이 선생에게(그의 도움 덕분에 출판에 관한 모든 일을 안심하고 처리할 수 있다) 원고를 보내 프랑스 리옹3대학 다문화·다언어연구소 그웨나엘 가프리크 교수, 대만대학 번역학 석사반대릴 스터크 교수, 대만 서적을 일본에 소개하는 에이전시 문문당의 아마노 겐타로 선생 등 내 작품을 번역한 번역가 몇 명에게도 읽어봐달라고 했다. 그들은 각기 다른 분야에 있는 독자들의 의견을 제시해주었다. 만약 이 소설에 아직도 미진한 부분이 있다면 그것은 전적으로 내 책임일 것이다.

언제나 나를 지지해주는 둥화대학 중문과 동료들이 가장 큰 관용을 베풀어주었고, 어머니 정슈위 여사는 한결같이 나의 이야기 창고가 되어주었으며, 내 생활을 보살펴줄 뿐 아니라 제멋대로인 나를 너그럽게 보듬어주는 M은 원고를 읽고 진지하고 세심한 의견을 들려주었다. 그는 언제나 내 작품 속으로 깊이 들어가, 내가 한 번 더 깊이 고민하게 하는 의견을 차분히 건네준다.

나는 소설을 쓰는 동안 헤밍웨이, 가즈오 이시구로, 조너선 프랜즌의 소설 번역판에 서문을 썼고, 덕분에 같은 시기에 여러 유형의 소설을 많이 읽었다. 조너선 프랜즌은 에세이 《혼자가 되는 법 How to Be Alone》에서 소설은 '경험에서 떠오른 찌꺼기를 언어의 황금으로 만드는 것이며 소설은 세상에 버려져 길가에 뒹구는 쓰레기를 주워, 아름다운 사물로 만드는 것이다'라고 했다. 자전거를 타고 도시의 거리를 돌 때마다 이 말이 떠올랐다. 이 소설이 정말로 '고물 줍기'에서 시작됐기 때문이다. 거리, 쓰레기장, 기억의 폐허에 버려진 자전거들이 나를 태워 사물과 영혼의 어떤 곳으로 데려다주었고, '그때는 한 사람을 온전히 사랑할 수도 애도할 수도 없는 시대였다'라는 어떤 작품에서 읽은 글귀를 기억나게 해주었다.

그리고 지금 나는 고물을 주워다 조립한, 초라하고 비루하고 낡은 자전거를 타고 당신에게 왔다. 원래 나는 이 이야기의 여정에서 홀로 자전거를 타고 가는 외로운 사람이었다. 하지만 당신이 이 소설을 펼쳐 읽을 때, 우리는 무수히 많은 낯선 길 위, 서로가 서로를 보지 못하는 상태로 자전거를 타고 가는 사람들처럼 어떤 보이지 않는 힘에 의해 신비하고 거대한 역사의 흐름 속에 모여들게 될 것이다.

이 소설은 과거에 대한 감상을 바탕으로 한 것이 아닌, 내가 경험해보지 못한 시대에 대한 존숭과 돌이킬 수 없는 인생 경험에 대한 경의에서 비롯되었다. 자전거를 찾다가 우연히 어떤 시간의 흐름 속으로 빨려 들어간 이야기를 통해 독자와 소설 속 인물들이 서로 정을 느끼고, 페달을 밟는 속도, 땀, 불규칙한 호흡, 눈물 나는 슬픔과 눈물이 나지 않는 슬픔을 느낄 수 있길 바란다.

하지만 아무도 멈추지 않을 것이다. 서로를 부르거나 입을 맞출 필요도 없다. 그저 소리 없이, 힘겹게, 간절하고 또 고요하게 페달을 밟기만 하면 된다.

우밍이

시대에 대한 존숭, 경험에 대한 경의

대만은 여러 뿌리를 가진 사람들이 복잡한 역사를 품고 모여 사는 나라다. 국민당과 공산당의 내전으로 본토에서 내려온 외성인外省人, 그전부터 대만에서 살던 본성인本省人, 아주 오래전 한족이 대만 섬으로 내려오기 전 태평양을 건너와 섬에 정착한 오스트로네시아족 원주민이 섞여 살고 있다.

고물 자전거 한 대에서 시작된 이 소설은 기억을 더듬어 올라가는 여정을 통해 어느 가족사를 펼쳐놓는가 싶더니 그 여정에서 만난 사람들의 기억으로 넓혀간 뒤, 대만 역사, 더 나아가 동아시아 역사까지 확장된다. 소설 도입부를 읽고 이 이야기가 제2차 세계대전 당시 말레이반도 밀림에서 벌어진 전투까지 거슬러 올라갈 거라 예상할 수 있는 사람은 많지 않을 것이다.

전쟁이라는 공통된 경험과 기억을 가지고 자전거 체인처럼 연결된 인물들은 그 자체로 대만의 축소판 같다. 외성인 무 분대장과 라오쩌우, 본성인 '나'의 아버지, 원주민 바쑤아까지. 처한 상황이 달랐기에 전쟁에서 대치했지만, 전쟁이 끝난 뒤 비슷한 상처에 갇혀 있던 사람들이 '자전거를 주고받으며' 조용히 화해하고, 전쟁이 서로에게 남긴 상처를 위로한다. 화해의 전제는 서로의 경험을 공감하고, 상대가 어떻게 살아온 사람인지 알고, 그를 자기 삶 속으로 받아들이는 것이다. 상대를 인정하고 받아들이는 것은 그의 과거에 대한 공감에서 시작된다. '나'의 아버지는 무 분대장에게 전쟁에서 자신이 그와 반대편에 있었음을 털어놓은 뒤 그에게 자전거를 남긴 채 떠나고, 무 분대장은 2·28 사건 중 실종된 스즈코 아버지의 얘기를 들은 뒤 자신을 옭아매고 있던 밀림 전투에서의 고통스러운 기억을 깨고 나온다. 또 '나'와 사비나의 만남은 '나'가 아윈의 이야기에 진심이 담긴 답장을 보낸 뒤에 이루어진다.

우밍이 작가는 자기 경험이나 성장 과정, 가족사를 기록하기 위함이 아니라, 미지의 것을 알고 이해하기 위해 글을 쓴다고 말했다. 그는 이 소설을 쓰기 위해 수많은 자료를 수집했을 뿐 아니라, 실제로 행복표 자전거 일곱 대를 수집해 직접 수리하고 조립했다. 그래야만 '진짜' 이야기를 쓸 수 있다고 생각했기 때문이다. 1898년 일본 통치에 저항하는 민간인들이 무참히 학살당한 아공덴 학살사건, 1947년 장제스 정부가 차별에 항의하는 본성인 시위대를 유혈 진압한 2·28사건, 제2차 세계대전 때 일본군에 징발됐다가 국민당에 포로로 잡힌 뒤 타이베이동물원 우리에 갇혀 살다 2003년 세상을 떠난 코끼리 린왕 등…… 허구의 소설임에도 그는 역사학자만큼이나 철저히 고증하고 연구했다. 심지어 오랑우탄 이치로의 이야기도 작가가 구순이 넘은 의사에게 직접 듣고 동물원에 확인한 실화다. 하지만 또 한편으로는 환상적인 요소를 과감하게 녹여 넣었다. 특히 처연한 슬픔을 몽환적으로 표현한 9장 〈림보〉는 이 소설의 백미 중 하나다. 사실과 허구, 환상이 마치 톱니에 착착 맞춰져 돌아가는 자전거 체인처럼 유기적으로 직조된 이야기를 읽으며 현실의 장대함이 여느 판타지 소설의 세계관을 능가할 수 있음을 알았다.

이 소설은 작가의 전작과도 연결고리를 갖고 있다. 작가의 단편집 《햇빛 어른거리는 길 위의 코끼리》에도 '중화상창'이라는 동일한 배경이 등장하며 아원의 나비 그림은 작가의 생태에세이 《나비탐미기》를 연상시킨다. 물을 찾아 집요하게 땅을 파 들어가는 흰개미처럼 오랫동안 '자연'과 '과거 회상'이라는 두 가지 키워드에 천착해온 우밍이는 매번 더 깊어진 사색과 단련된 글솜씨로 독자를 마중한다. 그래서일까 그의 문장은 감히 건드려 번역하기 두려울 만큼 묵직하고 단단하며 극도로 정제되어 있다.

'가장 대만적인 작가'로 불리는 그에게, 이 소설이 2018년 맨

부커 인터내셔널 부문 후보에 올랐을 때 주최 측이 그의 국적을 '대만, 중국Taiwan, China'으로 바꾼 것은 결코 용납할 수 없는 일이었다. 그는 즉각 이것이 자기 의사에 반하는 일임을 공개적으로 항의했고, 국적 표기가 '대만Taiwan'으로 되돌려졌다. 문학의 힘으로 대만의 역사를 기억하고 지키고자 목소리를 내는 작가 우밍이를 많은 독자들이 기억해주길 바란다.

2023년 1월
허유영

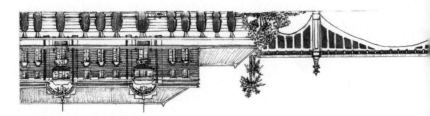

1905년
9월 27일 〈대만일일신보〉에 타이난의 유명한 의사 옌전성이 자전거를 도둑맞았다는 기사가 실림.

🚲 1918년
스즈코 출생.

🚲 1941년
대만에서 훈련하던 은륜 부대에 바쑤야 입대.

🚲 1901년
제1대 메이지교가 완공되고 칙사대도가 착공됨.

🚲 1916년
1915년 타이베이청에 의해 관영으로 전환된 위안산동물원이 1916년 4월 정식 개장.

🚲 1926년
오랑우탄 이치로 군이 위안산동물원으로 옮겨진 이듬해인 1926년 코끼리 마 양이 위안산동물원으로 이동.

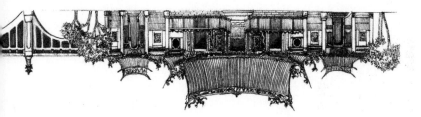

도둑맞은 자전거

1판 1쇄 발행 2023년 1월 31일 **1판 2쇄 발행** 2024년 2월 26일

지은이 우밍이
옮긴이 허유영

발행인 박강휘
편집 류효정, 정혜경 **디자인** 정윤수
마케팅 이헌영 **홍보** 반재서, 이태린

발행처 김영사
주소 경기도 파주시 문발로 197(문발동) 우편번호10881
등록 1979년 5월 17일(제406-2003-036호)
구입 문의 전화 031)955-3100 **팩스** 031)955-3111
편집부 전화 02)3668-3276 **팩스** 02)745-4827 **전자우편** literature@gimmyoung.com
비채 블로그 blog.naver.com/viche_books
인스타그램 @drviche @viche_editors **트위터** @vichebook
ISBN 978-89-349-4367-9 03820 책값은 뒤표지에 있습니다.

비채는 김영사의 문학 브랜드입니다.